KNAUR

SASKIA SARGINSON

ALS DIE ZUKUNFT NOCH VOR UNS LAG

ROMAN

Aus dem Englischen von
Maria Sophie Hochsieder

KNAUR

Die englische Originalausgabe erschien 2020
unter dem Titel »The Bench« bei Piatkus, London.

Besuchen Sie uns im Internet:
www.knaur.de

Aus Verantwortung für die Umwelt hat sich die Verlagsgruppe
Droemer Knaur zu einer nachhaltigen Buchproduktion verpflichtet.
Der bewusste Umgang mit unseren Ressourcen, der Schutz unseres Klimas
und der Natur gehören zu unseren obersten Unternehmenszielen.
Gemeinsam mit unseren Partnern und Lieferanten setzen wir uns für
eine klimaneutrale Buchproduktion ein, die den Erwerb von Klimazertifikaten
zur Kompensation des CO_2-Ausstoßes einschließt.
Weitere Informationen finden Sie unter:
www.klimaneutralerverlag.de

FSC
www.fsc.org
MIX
Papier | Fördert
gute Waldnutzung
FSC® C083411

Deutsche Erstausgabe Juli 2022

Ein Imprint der Verlagsgruppe Droemer Knaur GmbH & Co. KG, München

Redaktion: Kerstin Kubitz
Das dem Teil 1 vorangestellte Zitat ist aus:
William Shakespeare, Hamlet. Übersetzt von August Wilhelm von Schlegel.
Covergestaltung: ZERO Werbeagentur, München
Coverabbildung: Collage unter Verwendung von r.kathesi, arvitalyaart und
Ezakiell / shutterstock.com
Satz: Adobe InDesign im Verlag
Druck und Bindung: CPI books GmbH, Leck
ISBN 978-3-426-22758-9

2 4 5 3 1

Auf dieser Bank wurde das Leben langsamer, hier erblühte die Liebe, und Erinnerungen wurden begründet.

PROLOG

Hampstead Heath, 2004

Ihr Atem geht schneller, als sie nach dem Aufstieg die Bank erreicht und sich auf die Holzlatten fallen lässt. Mit zusammengepressten Knien und durchgedrücktem Rücken sitzt sie da und verschränkt die Hände im Schoß. Nur die Daumen, die rastlos umeinander kreisen, verraten ihre Nervosität. Sie macht die Augen zu und verschließt sich dem Anblick der mit Büschen bewachsenen Hügel, der uralten Eichenwälder und der Teiche, die sich aus den dunklen Quellen des River Fleet speisen.

Ist er schon hier? Geht er über einen der Pfade, vorbei an den Joggern, Hundebesitzern und den Müttern mit Kinderwagen? Besäße sie übernatürliche Kräfte, würde sie dann seine Schritte erkennen, wenn der Kies unter seinem Gewicht hochspringt? Auf einem der Felder am Fuß des Parliament Hill ist ein Fußballspiel im Gange, sie hört Schreie von dort und das Heulen von Sirenen in der Ferne.

Sie öffnet die Augen, plötzlich hat sie Angst, dass sie ihn irgendwie verpassen könnte, und fährt mit den Fingern über die eingravierten Buchstaben an der Rückenlehne. Vor sehr langer Zeit hat Cat ihm die Inschrift vorgelesen, und dann dachten sie sich beide eigene Formulierungen aus, die wie Zauberformeln waren, und brachten einander zum Lachen. Das letzte Mal aber, als sie sich an dieser Bank trafen, war ihre letzte Begegnung gewesen, und zu diesem Zeitpunkt hatten alle Worte ihre Kraft verloren. Stattdessen hatten sie sich dicht aneinandergepresst, seine Hände hatten ihr Gesicht gehalten und still die Tränen fortgewischt, seine salzigen Daumen hatten über ihre Wangen gestreift. Zehn Jahre war das her.

Sie legt die Hand auf das Holz, als erwarte sie, dass seine Körperwärme in den Fasern zurückgeblieben ist. Zahllose Menschen werden seither hier Zuflucht gefunden haben, vielleicht ein Sandwich gegessen oder eine Zeitung gelesen haben, glücklich, dass sie einen so schönen Ort gefunden hatten, alleine oder in Gesellschaft, sie mochten ein Kind auf dem Schoß gehalten oder einen Hund zu ihren Füßen gestreichelt und in die Senke hinuntergeblickt haben.

Wird er kommen? Die Angst schnürt ihr die Kehle zu. Vielleicht hat er es vergessen. Vielleicht hat er jemand anders gefunden. Sie sieht einen Mann auf sich zukommen. Noch hat er die Größe einer Puppe; als er sich nähert, bemüht sie sich, Einzelheiten auszumachen. Selbst aus dieser Entfernung und Perspektive ist sie davon überzeugt, dass er die richtige Größe und Figur hat. Halt. Nein. Die Haare dieses Mannes sind grau. Andererseits ist er fast fünfzig, ruft sie sich in Erinnerung. Er nähert sich über die Wiese. Ist er es? Sie zieht die Stirn kraus und schirmt mit der Hand die Augen ab. Da erkennt sie den kleinen Jungen, der hinter ihm herstapft und dann auf ihn zurennt und seine Hand ergreift. Sie haben einen Drachen, ein rotes Plastikdreieck mit einem flatternden Schwanz. Dieser Fremde und sein Enkel lachen. Die Enttäuschung brennt ihr in den Augen.

Sie versucht, sich zu fassen, denkt an das Tagebuch und daran, dass alles aufgeschrieben wurde – ihre ganze Geschichte von Anfang an.

Beim ersten Mal, als Cat und Sam auf dieser Bank saßen, konnten sie nicht aufhören zu reden, es gab so viel zu erzählen. Beim zweiten Mal war sie wütend auf ihn. Sehr wütend. Als sie sich das dritte Mal hier trafen, war das Leben ein großes Durcheinander, doch noch schien es möglich, und die pure Freude des Zusammenseins stellte alles andere in den Schatten.

»Vor hundert Jahren«, sagte er, »hat hier das Vieh gegrast, und die Leute sind hergekommen, um Sand abzubauen und Holz für das Kaminfeuer zu sammeln. Stell dir vor, wir wären ein Paar gewesen, das in einem verrauchten Häuschen lebt; wir hätten hier gestanden und die Sonne auf unseren Gesichtern gespürt, und in der Luft hätte der Geruch der neuen Teiche gehangen. Ich hätte deine Hand genommen, dich geküsst, dein Haar, deinen Mund, und es hätte mich nicht gekümmert, ob man uns dabei sieht.«

Sie erwiderte nichts und malte sich dieses einfache Leben aus, in bäuerlichen Kleidern, ohne Lügen, Täuschung oder den Gedanken an Untreue, nichts als die reine tröstliche Zweisamkeit, während um sie herum die Kühe grasten. Cat liebte Sams poetisches Wesen, das sich in seinen Liedtexten und seinen Worten zeigte. Sie liebte es, wie aus allem eine Geschichte, ein Lied wurde. Mit leuchtenden Augen hatte er ihr erzählt, dass Guy Fawkes und seine Mitverschwörer geplant hatten, von diesem Punkt aus zu beobachten, wie das Parlament in die Luft flog, und dass der Legende nach Boudicca hier begraben war.

»Boudicca? Das hast du dir ausgedacht!«

Er zeigte ihr ein zerfleddertes Buch, das er in der Jackentasche bei sich trug. *Hampstead Heath: Zehn Spaziergänge durch Londons Parklandschaft.*

»Das ist ja mal Sex and Drugs and Rock 'n' Roll«, neckte sie ihn.

Da stürzte er sich auf sie, und Cat entwand sich seinem Griff, rannte den Hügel hinunter, stolperte über Grasbüschel, trat in schmatzende Schlammlöcher, suchte mit rudernden Armen das Gleichgewicht und sehnte sich danach, dass er sie einholte, erwartete den Aufprall seines Körpers auf ihrem, dass seine Rippen an ihre Wirbelsäule rempelten, ein Herz hinter dem anderen.

Das Erste, was sie berührt, ist sein Schatten, er fängt sie ein, zieht sie ins Dunkel, sodass sie den Blick hebt. Er atmet schwer, er muss den steilen Hang heraufgerannt sein, wie ein junger Mann, um zu ihr zu kommen.

Sein Haar ist nicht grau, es ist dicht und schwarz, mit helleren Strähnen an den Schläfen. Mit zitternder Hand fährt er sich durch die feuchten Haare und schiebt sie aus dem Gesicht. Schweigend starren sie einander an. Es gibt so viel, was sie ihm sagen möchte, doch die Worte sitzen ihr im Halse fest.

Er wendet die Augen nicht ab, er blinzelt nicht einmal. Sein Blick hält sie fest. Über sein Gesicht zucken Gefühlsregungen, eine nach der anderen, wie ein Kartensatz, der aus der geöffneten Hand fällt. Und trotz allem ist der Ausdruck, der zuletzt auf seinem breiten Mund, um die Falten auf seiner Stirn und in seinen schwarzen Augen erscheint, ein Ausdruck von Hoffnung.

ERSTER TEIL

Durch die Zeit beginnt die Liebe

EINS

Cat, März 1983

Zu Moms beharrlichem Verdruss sind sämtliche Männer, denen ich begegne, tot. Aber so ist das nun mal, wenn man in einem Bestattungsinstitut arbeitet. Selbst die Typen, die ich an meinen freien Tagen zu Gesicht kriege und die in Schlaghose und mit offenem Kragen über die Uferpromenade bummeln, grinsend den Mädchen hinterherglotzen und händeweise salzige Karamellbonbons in sich hineinstopfen, sehen kaum aus, als ob sie am Leben wären. Zugegeben, sie sind Touristen, die hier sind, um sich in den Casinos und Spielhallen zu amüsieren. Sie sind in Atlantic City, um der Realität zu entfliehen.

Morgens, wenn ich aufstehe und zum Strand gehe, sind keine Touristen unterwegs. Nicht nur, weil es gerade erst dämmert und der Himmel noch rosa ist, sondern weil unser Stadtteil als unsicher gilt. Die übliche Empfehlung lautet, sich nicht weiter als einen Häuserblock vom Strand zu entfernen. »Gütiger Himmel«, sagen die alten Damen in ihren Karohosen zueinander. »Pass ja auf, dass du nicht versehentlich zu weit gehst.«

Sobald ich aber die breite Fahrbahn der Atlantic Avenue passiert habe, gibt es keine mit Schindeln gedeckten Häuser und Baulücken mehr, und ich bin in der Gegend, die die Menschen beim Gedanken an Atlantic City vor Augen haben: große Casinos, hoch aufragende Hotels, Portiers in Uniform, die gähnend auf ihrem roten Teppichflecken stehen. Hier rieche ich schon die salzige Luft vom Ozean her, und bald bin ich auf der lang gezogenen Promenade, und unterhalb von mir raunt das Meer. Der schwachen Frühlingssonne gelingt es noch nicht, die Luft zu erwärmen, und niemand ist so dumm, ans Schwimmen zu denken. Ich gehe an den Geschäften vorbei, an deren Türen Schilder mit der Aufschrift »Geschlossen« hängen; in der Brise klirren die festgeketteten Surfbretter, und außer mir sind nur die Straßenkehrer und ein paar streunende Katzen unterwegs.

Entlang der gesamten Uferpromenade stehen grüne Holzbänke mit Blick über das Wasser. Jeden Morgen bleibe ich an derselben Bank stehen und fahre mit den Fingern über die kleine Bronzetafel. Unten am Strand wartet das Meer, das tröstliche Schwappen der Wellen, die unendliche Weite aus Blau auf Blau. Ich halte den Atem an in der Hoffnung, Delfinflossen auszumachen, und schnappe nach Luft, als ich sie tatsächlich sehe: Drei Delfine tauchen in den Wellen auf und ab. Ich weiß, dass ich ihnen nicht nahe kommen werde, aber die Freude über ihren Anblick jagt mich die Stufen hinunter zum Strand. Direkt am Wasser ziehe ich die Jeans und das Sweatshirt aus, unter denen ich meinen Badeanzug trage, und bevor ich mir allzu viele Gedanken darüber machen kann, wie eisig es ist, stürze ich mich hinein.

Nichts existiert mehr als das grünblaue Wasser und die betäubende Kälte. Ich schwimme schnell, meine Arme graben sich einen Weg durch die sanften Wellen, und ich zähle, das Ufer immer im Blick, die noch nicht besetzten Häuschen der Rettungsschwimmer, damit ich weiß, an welcher Stelle ich umkehren und zurückschwimmen muss. Als ich schließlich wieder an Land bin, mich abgetrocknet und mir die Kleider über die klebrig salzige Haut gezogen habe, versammeln sich die ersten Leute am Strand. Ich höre das vertraute Klappern und Klirren, als die Spielhallen öffnen, Markisen, die vor den Schaufenstern der Geschäfte ausgefahren werden, Ständer mit Postkarten und Souvenirs, die auf den Holzsteg gerollt werden.

Als ich mich auf den Heimweg mache, weht Kaffeeduft vom Beach Shack herbei und erinnert mich daran, dass ich Hunger habe. Vor mir setzt ein hochgewachsener Junge seinen Gitarrenkasten und einen riesigen Rucksack auf dem Boden ab, rollt die Schultern und zieht dann einen Stadtplan aus der Jeanstasche. Er ist vielleicht Mitte zwanzig, sein Gesicht gefällt mir. Sein breiter Mund scheint fürs Lächeln wie gemacht. Er senkt den Blick, um den Stadtplan zu inspizieren, und sein strähniges dunkles Haar fällt ihm in die Augen. Ich verlangsame meine Schritte und überlege, ob ich ihm Hilfe anbieten soll, doch ein Pärchen vor mir ist bereits stehen geblieben. Gestikulierend halten sie ihm einen Fotoapparat hin. Als ich an ihnen vorbeigehe, höre ich seine höfliche Antwort. Er ist Engländer. Seine Stimme klingt so, wie ich mir die altertümlichen Helden in meinen Lieblingsromanen vorstelle.

Unversehens habe ich eine Szene im Kopf – irgendetwas zwischen *Stolz und Vorurteil* und *Rebecca,* eine Kreuzung aus Mr Darcy und Mr de Winter: ein Mann mit hervorragenden Umgangsformen und einem herrschaftlichen Anwesen. Ein Mann mit einem breiten Mund und einem ungezwungenen Lächeln. In meiner Vorstellung schreitet er über die grüne Weite einer englischen Landschaft, um irgendwo eine Ungerechtigkeit aus der Welt zu schaffen und das Herz der Frau zu gewinnen, die er liebt.

Ich frage mich, was der lange Kerl mit der Gitarre sagen würde, wenn er wüsste, dass sein britischer Akzent innerhalb von fünf Sekunden solche Fantasien hervorgerufen hat. Aber genau das ist es ja, was so schön ist am Fantasieren: die Freiheit, im eigenen Kopf umherzuschweifen. Ohne das wäre ich vermutlich schon durchgedreht.

Zusammengesackt sitzt Dad auf seinem Stuhl auf der Veranda, und es ist offensichtlich, dass er nicht im Bett war, sondern

Blackjack oder Poker in einem der Casinos gespielt hat. Mit zerzaustem Haar blickt er mich aus roten, müden Augen an.

Ich nehme ihn an der Hand. »Komm schon, Dad. Du musst was essen. Du darfst nicht schon wieder zu spät zur Arbeit kommen.«

»Ich hatte eine Glückssträhne, Kit-Cat«, sagt er mit heiserer Stimme. »Es war mein Glückstag …«

»… und dann irgendwann nicht mehr«, beende ich den Satz.

»Ja.« Er streicht sich mit der Hand durch das schüttere Haar, zieht eine zerknautschte Zigarettenschachtel aus der Tasche und versucht, sich mit zittrigen Fingern eine Zigarette anzuzünden, doch die Flamme erlischt. Ich knie mich neben ihn und halte ihm das Feuerzeug hin. Er riecht nach altem Schweiß und Nikotin. Tief zieht er den Rauch ein.

Auf meiner Stirn ist ein kleines Muttermal, das die Form eines Sterns hat, zumindest, wenn man die Augen zusammenkneift und seiner Fantasie freien Lauf lässt. »Mein Glücksstern«, sagt Dad oft. Ich frage ihn nicht, wie viel er verspielt hat. Er würde es ohnehin nicht zugeben. Kein Grund zur Panik, ermahne ich mich, mein Gehalt reicht für die Miete. Gut so, denn im Haus ist nichts mehr, was man noch verkaufen oder verpfänden könnte. Moms Klavier ist schon seit Monaten weg. Sie sagt, es sei besser so, jetzt müsse sie sich nicht mehr sorgen, es zu verlieren. Aber ich ertappe sie manchmal dabei, wie sie die Finger über den Küchentisch gleiten lässt und den Klängen in ihrem Kopf nachspürt.

Ich dusche mich kurz und ziehe die Uniform aus schwarzem Hemd und schwarzer Hose an. In der Küche werkelt Mom in einer weißen Schürze über dem geblümten Baumwollkleid, eine blaue Schleife im Haar wie ein kleines Mädchen. Sie kocht Maisgrütze und Eier für meinen Vater. In einem Topf auf dem Herd köchelt Kaffee. Ich schenke mir eine Tasse ein.

Bekümmert blickt sie auf meine Stiefel mit den Stahlkappen. Ich habe es aufgegeben, ihr zu erklären, dass ich sie zum eigenen Schutz trage und sie vorgeschrieben sind. Sie würde mich so gern in schicken spitzen Schühchen mit zierlichen Absätzen sehen.

Ich trinke einen Schluck brühheißen Kaffee. »Es ist schlimmer geworden.« Ich hebe den Blick zur Decke. Über unseren Köpfen ächzt der Holzboden unter Dads schweren Schritten.

Sie dreht sich zu mir um und faucht: »Denkst du, ich weiß das nicht?«

»Aber Mom …«

»Es hat keinen Zweck, Catrin. Wir brauchen nicht darüber zu reden. Wir kommen zurecht, oder nicht?« Ihre Worte versickern. Eine Weile sagt keiner von uns beiden etwas. »Es war schwer für ihn, als der kleine Frank gestorben ist.« Ihre Hände flattern. »Und dann warst du so krank … an der Schwelle zum Tod. Es war eine große Belastung. Dazu die Arztrechnungen. Seit damals ist alles so mühsam. Ich denke, das ist der Grund. Deswegen macht er das, glaube ich.«

»Ich weiß ja, dass er uns nicht wehtun will …«

Mom verzieht das Gesicht. »Ich habe mal wieder meine Migräne.« Mit den Fingerspitzen massiert sie sich die Schläfen in winzigen Kreisbewegungen. »Tu mir nur einen Gefallen«, sagt sie.

»Ja?«

Sie kommt näher, und ich erwarte, dass sie mich bittet, ihr die Füße zu massieren oder ein feuchtes Tuch zu holen, um ihr die Stirn zu kühlen. »Überstürze die Dinge nicht, wenn du dir einen Mann suchst«, sagt sie. »Nicht so wie ich.« Sie packt mein Handgelenk und drückt fest zu. Mir war nicht klar, dass sie so viel Kraft hat. »Triff die richtige Entscheidung. Hör auf deinen Kopf, nicht auf dein Herz. Du sollst ein gutes Leben haben, abgesichert sein.« Sie lässt meine Hand los. »Es geht um deine Sicherheit.«

»Sicherheit?«, wiederhole ich. »Mom, in dieser Frage werde ich mich nicht auf einen Mann verlassen.« Missmutig reibe ich mir über das Handgelenk. »Bereust du … dass du Dad geheiratet hast?«

Beinahe mitleidig sieht sie mich an. »Reue bringt einen nicht weiter, Catrin. Besser, man trifft Entscheidungen, die einem diesen Kummer ersparen.«

»Aber … du hast ihn doch mal geliebt, oder?«

»Liebe?« Ungeduldig schnalzt sie mit der Zunge. »Die Liebe gibt es nicht, Catrin. Zumindest nicht die romantische Liebe.« Sie wendet sich von mir ab und beschäftigt sich damit, das Geschirr aufzuräumen.

Ich habe so viel Zeit damit zugebracht, mir zu wünschen, Frank wäre als Baby nicht gestorben, und mir vorzustellen, was aus ihm geworden wäre, dass der Wunsch ihn hat echt werden lassen, jedenfalls so, dass ich ihn nach Belieben heraufbeschwören kann: einen schlaksigen großen Bruder, der mich fest in den Arm nimmt und mir Ratschläge erteilt und nicht mit Frotzeleien spart. Seine Stimme ist tief und behäbig, sie hat einen südlichen Einschlag, nicht den vom Land, sondern diese schönen trägen, gedehnten Vokale wie bei Mom.

Mom liebt Dad nicht mehr, erzähle ich ihm. *Meinst du, Dad weiß das?*

Ich stelle mir vor, dass Frank die Augen verärgert zusammenkneift. *Wie soll man auch einen Mann lieben, der lügt? Dad hat doch keinen blassen Schimmer. Hast du denn gar nichts mitgekriegt?* Er flüstert mir ins Ohr. *Hör mal, du kannst das Leben von Mom und Dad nicht in Ordnung bringen. Du musst dich um dich selbst kümmern, Cat. Fang an zu leben.*

Ich vermute, dass Frank nichts von meinem Job hält. Was genau genommen irgendwie paradox ist. Wie Mom macht er sich wahrscheinlich Sorgen, weil so wenig zwischenmenschlicher Kontakt dazugehört, und ich muss zugeben, dass die meisten Menschen, denen ich begegne, nicht gerade große Geschichtenerzähler sind. Leichen sind im Allgemeinen eher ruhige Typen.

Ich bin rechtzeitig bei Greenacres und stapfe die Treppen zum Eingang hinauf, an dem Schild vorbei, auf dem steht: *Bestattungsinstitut, gegr. 1927.* Kaum drücke ich die Tür auf, befinde ich mich in der gedämpften, pietätvollen Ruhe des Foyers mit der hellen Vase voller Lilien.

Am Ende jedes Arbeitstages liegt weicher Staub auf meiner Haut, etwas Gräuliches, das aussieht wie feiner Ruß. Die menschliche Asche dringt überallhin, auf einer Hitzewolke schwebt sie heraus, sobald man die Tür zum Krematorium aufmacht.

»Ach, Catrin«, sagte Mom, als ich ihr von meinem Job erzählte. »Wie willst du denn jemals einen Mann finden, wenn du dort arbeitest?« Sie schauderte. »Sag keiner Menschenseele, dass du das machst.«

»Ich dachte, es ist eine Sünde zu lügen?«, neckte ich sie.

»Also, das ist was anderes.« Sie warf mir einen unglücklichen, schlecht gelaunten Blick zu. »Ein echter Gentleman würde das sehr merkwürdig finden.« Sie sog die Wangen ein. »*Jeder* würde das komisch finden.«

Sie kann meine Arbeit schlechtreden, wie sie will, denn die Wahrheit ist, dass es die bestbezahlte Wahl für jemanden wie mich ist, die nichts hat als einen Highschool-Abschluss und keinerlei Ausbildung. Nicht, dass man mich falsch versteht, ich wollte durchaus aufs College und englische und amerikanische Literatur studieren. »In der Bücherei gibt es auch jede Menge Bücher«, war Dads hilfreicher Kommentar dazu.

Natürlich hat Mom recht. In einer Leichenhalle werde ich niemals einen Mann kennenlernen. Moms Südstaatenerziehung hat ihr eingeredet, dass eine Frau weder vollständig noch lebensfähig ist ohne Mann an ihrer Seite, der ihre Tugendhaftigkeit schützt und ihre Rechnungen bezahlt. Doch ich bin nicht im tiefen Süden aufgewachsen. Ich bin auf der Straße aufgewachsen, musste mich an immer neuen Schulen alleine durchschlagen, ohne jemals lange genug an einem Ort zu bleiben, um echte Freunde zu finden oder meine Bildung zu vervollständigen. Mehr als einen Mann wünsche ich mir eine Begabung.

Bei Greenacres bin ich oft die Letzte, die einen Menschen hier im Diesseits berührt, und mir kommt es so vor, als verfolgten ihre Geister meine Finger. Um sie freizugeben, muss ich schreiben. Nach der Arbeit gehe ich nach Hause, notiere Ideen für Geschichten und erwecke diese verlorenen Seelen als völlig neue Charaktere wieder zum Leben. Vielleicht ist es das – vielleicht ist ja das meine Begabung. Zumindest will ich das glauben.

ZWEI

Sam, März 1983

Eine Meeresbrise trägt Salz in die Morgenluft und zerrt an seinem Haar. Sam wünschte, sie würde auch das Rattern und Klingeln der Spielautomaten fortwehen. Von irgendwoher kommt der Geruch nach Kaffee und macht ihm bewusst, dass er seit gestern Mittag nichts mehr gegessen hat. Jeder Einzelne um ihn herum scheint an einem Bagel zu knabbern oder Salzkaramell aus einer Papiertüte zu futtern. Ihm läuft das Wasser im Mund zusammen. Vorsichtig setzt er die Gitarre ab, schnallt den Rucksack von den Schultern und lässt ihn ächzend auf die Promenade plumpsen. Mit jeder Woche seiner Reise ist der Rucksack leichter geworden, doch das Gewicht bricht ihm immer noch fast die Wirbel. Seinem Reiseführer zufolge gibt es nicht weit von hier ein Hostel. Er zieht den Stadtplan aus der Tasche und streicht ihn mit der Handfläche glatt. Es ist in Fußnähe.

Während er noch nachrechnet, wie viel Geld ihm fürs Essen bleibt, spricht ihn ein Ehepaar an und fragt, ob er ein Foto von ihnen machen könnte. Sie stellen sich neben einer Casino-Werbung in Form eines riesigen Dollarzeichens in Pose. Er richtet die Kamera auf ihr strahlendes Lächeln und weist sie an, sich dichter nebeneinanderzustellen.

Nachdem sie fort sind, wuchtet er den Rucksack wieder hoch und neigt den Oberkörper etwas vor, um das vertraute Gewicht auszubalancieren.

Er hat Glück, ein Bett ist noch frei. Das untere eines Stockbetts. Er fragt die Frau am Empfang des Hostels nach den örtlichen Sehenswürdigkeiten und wohin er gehen sollte, um einen Geschmack von der Stadt zu bekommen. Sein Magen knurrt, als er das Wort »Geschmack« ausspricht. Sie bewundert ihre lackierten Fingernägel. »Halte dich an die Promenade«, sagt sie mit gelangweilter Stimme. »Geh nicht weiter als bis zur Atlantic Avenue, wenn dir deine Uhr und deine Brieftasche was wert sind.«

Außer einem jungen Mann in Unterhose, der mitten im Zimmer Liegestütze macht, ist der Schlafsaal leer. Sam legt den Gitarrenkasten aufs Bett. In Gemeinschaftsräumen zu schlafen, erinnert ihn ein bisschen an die lange zurückliegenden Internatstage. Nach der Ungestörtheit seiner luftigen Wohnung in Barnsbury und dem komfortablen Doppelbett mit den Laken aus Makobaumwolle, das er mit Lucinda teilte, war es zunächst ein Schock gewesen, in einer winzigen Schlafkoje aufzuwachen, während dicht neben ihm jemand schnarchte. Aber er hat sich daran gewöhnt, mit knappem Budget zu reisen; mittlerweile gefällt es ihm sogar, weil er jeden Luxus umso mehr wertschätzt, wenn er sich doch einmal ergibt, und weil ihn die begrenzten Mittel zum Improvisieren zwingen.

Stöhnend kommt der junge Mann von seinen Liegestützen auf die Füße. Er blickt Sam an. »Hundert jeden Tag.« Mit einem leicht verlegenen Lächeln neigt er grüßend den Kopf. »Levi Hansma.«

»Sam«, sagt Sam und legt den Kopf in den Nacken. »Sam Sage.«

»Sam Sage«, wiederholt Levi mit übertriebenen Zischlauten. »Cooler Name, Kumpel.«

»Dein Englisch ist gut. Bist du Deutscher?«

»Holländer. Bist du hier, um ins Casino zu gehen?«

»Nein, nur auf der Durchreise«, erwidert Sam. »Morgen fahre ich weiter. Ich will nach Miami, dann nach New Orleans.«

Levi zieht sich eine Jeans an und zwängt den Kopf durch ein kariertes Hemd, ohne die Knöpfe aufzumachen. »Wir sind zum Spielen hier. Wir sind zu dritt. Hast du Lust, heute Abend mit uns auszugehen?«

Sam ist in Versuchung, Ja zu sagen. Ihm gefällt Levis breites, aufgeschlossenes Gesicht und seine unkomplizierte, freundliche Art. Levis Begleiter stellt er sich als ähnlich liebenswerte blonde Riesen vor. Er vermisst die Kameradschaft unter Männern, seinen Freund Ben und dessen unablässige Neckereien, wenn er alles und jeden auf die Schippe nimmt. Doch er schüttelt den Kopf. »Ich habe kein Geld mehr. Mein Visum läuft bald aus. Hab nur noch drei Wochen.« Er setzt sich auf sein Bett. »Ich war viel draußen unterwegs. Hab schon eine Weile nicht mehr in einem Bett geschlafen.«

»Bist du Musiker?« Mit dem Kopf deutet Levi auf die Gitarre.

Sam hält kurz inne. »Ja«, sagt er dann. Er setzt sich aufrecht hin. »Das bin ich.« Er macht den Kasten auf, legt die Hand auf seine Akustikgitarre und tätschelt sie liebevoll.

»Wow. Gestern Abend waren wir in einer Bar. Die Musik war gut«, erzählt Levi. »Das war an der Pacific Avenue.« Er zieht die Stirn kraus. »Wie hieß die Bar noch gleich …« Er hebt einen Finger. »Ally's. Das war's. Ist nicht weit von hier. Sie haben so eine Art Rock gespielt. Live. War gut.«

»Wenn der Eintritt frei ist, dann schaue ich mir das vielleicht an«, meint Sam. Er schnuppert an seinen Achseln und verdreht die Augen. »Ich denke, ich sollte erst mal duschen, bevor ich was essen gehe. In den vergangenen Wochen bin ich ein bisschen verlottert.«

»Verlottert?« Levi hebt die Augenbrauen. »Das Wort kenne ich nicht.«

Sam grinst. »Verwildert.«

Levi begreift und öffnet den Mund zu einem stummen

»Ah«. »Die Gemeinschaftsduschen sind am anderen Ende des Flurs. Unten an der Straßenecke ist eine Hotdog-Bude.« Er reckt den Daumen hoch. »Wir sehen uns.«

Der Waschraum ist leer. Es riecht wie in einem öffentlichen Schwimmbad nach Füßen und Desinfektionsmittel, und ein undichter Duschkopf tropft. Sam tritt die Turnschuhe von den Füßen, zieht die abgewetzte Jeans aus und lässt das schwarze Sweatshirt auf den gekachelten Boden fallen. Dann stellt er sich unter den Wasserstrahl und lässt ihn sich auf die Kopfhaut, die wunden Schultern und den Nacken prasseln.

Er betrachtet das schmutzige Wasser, das an seiner Haut hinunterrinnt, und sein Blick fällt auf das neue Tattoo. Er verzieht das Gesicht. Lucinda wird es schrecklich finden, und dieser Gedanke versetzt ihm mittlerweile vertraute Gewissensbisse. Er muss eine Telefonzelle suchen. Er hatte versprochen, sich einmal die Woche zu melden. Und er weiß, dass sie bei jedem seiner Anrufe hofft, dass er wieder bereit ist, in das gemeinsame Leben zurückzukehren. Seit dem letzten Studienjahr in Oxford, als sie beide ein Paar wurden, hegt Lucinda große Pläne: nach London gehen, sich um ihre ersten Stellen bewerben, zusammenziehen, die neue Wohnung einrichten. Und jetzt soll er sich in der Anwaltskanzlei, in der er arbeitet, zum Partner hocharbeiten. Er hat versucht, ihr zu erklären, dass er das nicht will. Aber sie hört gar nicht hin. Ihm graut vor der bemühten Unterhaltung, bei der jede Pause vom Knacken in der Leitung verstärkt wird.

DREI

Cat, März 1983

Im Bestattungsgeschäft bin ich immer noch ein Frischling. Besonders hart ist es bei den jung Verstorbenen. »Es bringt nichts, wenn man sich die Sache zu Herzen nimmt, da ist gar nicht genug Platz drin für alle«, sagt Ray. Doch anders als er habe ich keine vierzig Jahre damit zugebracht, mich an die Alltäglichkeit des Todes zu gewöhnen.

Nach der Arbeit nehme ich den Minibus zur Maryland Avenue und steure auf meine Lieblingsbank an der Promenade zu. Hier verbringe ich gern ein paar Minuten damit, einfach hinaus aufs Meer zu blicken. Dann geht es mir besser.

Du solltest abends mal ausgehen, ermahnt mich Frank ständig. *Du musst leben*. Genau das will ich: mir einen Drink in einer Bar holen, laute Musik, um mich herum das ungezähmte Gedränge anderer Menschen. Ich sehne mich nach der beiläufigen Berührung einer Hand an meiner Schulter, nach ein paar Witzeleien. Die einzigen Menschen hier in dieser Stadt, die ich kenne, sind Ray und meine Chefin Eunice. Mit keinem der beiden werde ich was trinken gehen. Und so gern Frank mir diesen Gefallen auch tun würde, so verbieten es leider die Umstände.

Ich gehe die Stufen zum Strand hinunter. Direkt am Wasser schlüpfe ich aus den Schuhen, setze mich auf den kalten Sand und wackle mit den Zehen, bis meine Füße halb eingegraben sind.

»Gehst du mit mir was trinken?«, frage ich eine Möwe in der Nähe, und sie fixiert mich mit einem skeptischen Auge, schlägt mit den großen Flügeln und erhebt sich über das Blau.

»War bloß eine Frage«, brumme ich und lege die Arme um die Knie.

Hinter mir kreischen die Menschen auf der Achterbahn, die Spielautomaten klingeln, und die Leute auf der Promenade plappern und jauchzen. Der Wind hat aufgefrischt, bläst mir Sand in die Augen und weht Abfallreste von der Promenade herunter. Als ich mich auf den Heimweg mache, klatscht ein Papier gegen meinen Knöchel und bleibt dort kleben. Ich bücke mich, um es abzustreifen. Es ist der Flyer eines Clubs: Ally's auf der Pacific Avenue. Freier Eintritt. Live-Musik. Ich will ihn zerknüllen und in den Müll werfen, doch dann wandern meine Augen zurück zu dem, was dort steht.

Na los, drängt mich Frank. *Das ist ein Zeichen. Riskier mal was. Wen kümmert es, ob du alleine in eine Bar gehst? Das hier sind die Achtziger, Mädchen. Vielleicht lernst du ja jemanden kennen, findest Freunde.*

Ich zerknautsche das Blatt in der Hand.

Trau dich!, fordert mich die Stimme heraus.

Ich weiß gar nicht, wann ich angefangen habe, mir die Stimme meines Bruders vorzustellen, ich muss wohl noch ziemlich klein gewesen sein. Inzwischen ist er eine ganz eigene Persönlichkeit. Seit Jahren begleitet er mich, und er gab mir Kraft, wenn ich mich wieder einmal in einer dunklen Ecke verkroch und auf Moms Schluchzen im Nebenzimmer lauschte, während Dad ihr versprach, dass er damit aufhören werde und es – Hand aufs Herz – ganz bestimmt das allerletzte Mal gewesen sei, dass er ein beschissenes Casino von innen gesehen hatte. Dads Lügen haben mir beigebracht, nicht zu vertrauen, aber Frank hat mich nie im Stich gelassen. Wann immer wir bei Nacht und Nebel aus einem Mietshaus flüchteten, war er an meiner Seite und flüsterte mir tröstliche Worte zu, während ich mich bemühte, mit Mom und Dad Schritt zu halten, die, beladen mit Koffern, durch die Dunkelheit hetzten. Schon früh wurde mir klar, dass ich an nichts festhalten konnte, was mir etwas bedeutete; selbst mein altes Stofftier, ein abgewetzter Hund namens Titch mit nur einem Ohr, blieb in einem dieser Häuser zurück, das wir verließen, in einer Stadt, in die wir nie mehr zurückkehrten. Alles, was finanziellen Wert besaß, konnte jederzeit in Dads Taschen verschwinden, und alles, was ich liebte, konnte jeden Augenblick verloren gehen. Nichts war sicher. Frank aber konnte nicht verschwinden, weil seine Stimme in meinem Kopf war.

Ich blicke hinunter auf den zerknüllten Zettel in meiner Hand. Frank weiß, dass ich nicht kneifen werde. Also gut, sage ich. Du hast gewonnen. Was bist du für ein Quälgeist. Aber ich gehe in diesen Club.

VIER

Sam, März 1983

Das Bett im Hostel ist zu verlockend, um ihm zu widerstehen. Nach der Dusche und einem viel zu schnell heruntergeschlungenen Hotdog kriecht er in seine Schlafkoje und schließt die Augen. Zwei Stunden, mehr nicht, denkt er.

Als er aufwacht, mit trübem Blick, Zwiebelgeschmack im Mund und einer eingetrockneten Senfkruste an der Wange, ist bereits früher Abend. Er tastet nach den Turnschuhen und entdeckt in einem davon einen Zettel. *Bis heute Abend bei Ally's! Levi.*

Er rechnet sich aus, dass ihm noch etwas Zeit bleibt, um sich umzusehen, kurz irgendwo etwas zu essen und herauszufinden, was die Stadt zu bieten hat, bevor er Levi und seine Freunde trifft. Er steckt den Reiseführer ein.

Eine Weile läuft er an der Promenade entlang, sieht sich die Spielhallen an, legt den Kopf in den Nacken, um an den hoch aufragenden Casinos hinaufzublicken. Ganz plötzlich bemerkt er sie, und es fühlt sich beinahe an wie ein Stromschlag. Sie steht von einer Bank auf. Man kann sie schwer übersehen: Sie ist groß, schlank und von Kopf bis Fuß schwarz gekleidet, und ihr Gesicht wirkt so traurig, dass er sich fragt, ob sie von einem Begräbnis kommt. Seine Bewegungen erstarren, als sie vorbeigeht, so dicht, dass er einen Blick auf den Wangenknochen im Profil und das Schimmern ihrer bloßen Haut erhaschen kann. Im Sonnenlicht funkeln ein paar goldene Strähnen im hellbraunen Haar, das sie sich aus der Stirn gestrichen und am Ansatz ihres langen Halses zusammengebunden hat. Niemand sonst scheint sie zu bemerken, als sei sie ein Geist, denkt er. Er sieht ihr zu, wie sie die Stufen zum Strand hinuntergeht, ihre schweren Arbeitsstiefel stampfen ganz und gar ungeisterhaft über die Holzbohlen, und er folgt ihr mit Blicken über den Sand bis ans Wasser. Am liebsten würde er ihr hinterhergehen, sein Körper zuckt unwillkürlich und will sich in Bewegung setzen, aber sie wirkt, als wolle sie alleine sein. Er wendet sich ab.

Es wird kühl, als die letzten Sonnenstrahlen versickern. Er setzt sich an einen Ecktisch in ein Café namens Beach Shack, bestellt sich einen Teller Pommes und einen Cappuccino, während er den menschenleeren Strand im Auge behält. Er hofft, dass er das Mädchen noch einmal zu Gesicht kriegt, und denkt, dass er sie in ihren schwarzen Kleidern kaum verpassen dürfte. Aber sie taucht nicht mehr auf. Enttäuscht widmet er sich dem Reiseführer. Ihn interessieren die Fakten und Geschichten der Orte, die er besucht. Er bestellt sich noch einen Kaffee und liest über die Schießereien auf den Straßen von Atlantic City in den Zwanzigerjahren nach.

Nachdem die Kellnerin zum vierten Mal nachgefragt hat, ob er noch etwas wünscht, klappt er das Buch mit Schwung zu, steht auf und streckt seine steifen Muskeln. Er findet das Ally's auf der Pacific Avenue und fragt den Türsteher, welche Band spielt. Schon jetzt dröhnt ohrenbetäubendes Gebrüll aus dem Innern heraus. Der massige Kerl in dem schwarzen Parka und der dunklen Brille legt die Hand um die Ohrmuschel.

»Wer spielt heute?«, schreit Sam noch einmal.

»The Magic Men«, sagt der Türsteher. »Eine Coverband.«

»Eine Coverband?« Sams Stimmung sinkt. Er zögert. Vielleicht gibt es ja noch eine andere Band, irgendwas Authentisches, Interessantes, die in der Nähe spielt. Andererseits ist es kalt, und der Eintritt ist frei. Er schwankt, kann sich nicht entscheiden.

»Sam! Sam Sage!«

Levi überragt die Schulter des Türstehers. Er kommt ihm entgegen, flankiert von zwei rotgesichtigen jungen Männern, die Sams Erwartungen so sehr entsprechen, dass er lachen muss.

»He, Kumpel.« Spielerisch knufft ihn Levi gegen die Schulter. »Da bist du ja. Es wird dir gefallen. Ist echt cool hier.«

Und so wird Sam von drei blonden Riesen in den Club eskortiert, die ihm allesamt auf den Rücken klopfen und ihn auf ein Bier einladen.

FÜNF

Cat, März 1983

Der Sicherheitsmann winkt mich durch, der Eintritt kostet nichts. Im Innern des kleinen Clubs ist es eng und laut.

Schultern und Ellbogen schubsen und rempeln mich an, als ich mir den Weg zum Tresen bahne, wo ich mir ein Miller Lite geben lasse. Die Menge klatscht und johlt. Ich drehe mich zur Bühne um, auf der sich vier Typen grinsend vor einem Schlagzeug, einem Keyboard und zwei Gitarren aufstellen. Einer von ihnen greift sich das Mikrofon und brüllt: »Atlantic City! Wir sind die Magic Men. Und wir haben heute Abend unsere Lieblingssongs mitgebracht.«

Sie fangen mit einer Coverversion von Aerosmiths *Walk This Way* an, und das Publikum tobt. Ich trinke einen Schluck Bier. Zunächst denke ich, dass der verschliffene Gesang mit einem Fehler am Mischpult zusammenhängt, doch als der Sänger über sein Gitarrenkabel stolpert, wird mir klar, dass er betrunken ist. Es gibt Gelächter und Pfiffe, und er reckt den Daumen hoch und nimmt den nächsten Song in Angriff. Mitten im Lied taumelt er nach vorne, offenbar hat er vor, die Hüfte nach Elvis-Manier kreisen zu lassen, doch sein Fuß verfängt sich in einem Lautsprecherkabel, und mit einem überraschten Schrei stürzt er Kopf voran von der Bühne. Kreischend bricht die Musik ab, jammernd klingt die Gitarre nach, ein letzter Schlag auf das Hi-Hat. Über den Bühnenrand gebeugt, starren die anderen Bandmitglieder auf ihren Sänger hinunter.

Kräftige Sicherheitsleute schieben sich nach vorne. Es herrscht gespenstische Ruhe, bevor das Durcheinander der Gespräche wieder auflebt.

»Scheiße«, sagt jemand. »Vielleicht ist er bewusstlos.«

»Nee, der Typ ist bloß knülle«, sagt ein anderer. »Wetten, der hat gar nichts mitgekriegt.«

Es gibt Gelächter und Buhrufe, als die Türsteher den Sänger mit versteinerter Miene halb fortschleifen, halb tragen. Ein Mann im Anzug klettert auf die Bühne und bittet mit schwenkenden Armen um Ruhe. »Der Manager«, sagt jemand. Aber die lärmende Menge will nicht schweigen. Die Mitglieder der Band stehen zusammen und beratschlagen sich, ihre Gesichter in den Stroboskoplichtern sind besorgt. Noch ein Mann kommt auf die Bühne, vermutlich ein Roadie, denn er trägt ein schwarzes T-Shirt und Jeans. Er sagt etwas zu dem nervösen Mann im Anzug, der sich am Kopf kratzt. Jetzt redet der neue Kerl eindringlich auf die Band ein. Sie diskutieren, gestikulieren. Der neue Typ kommt nach vorne und nimmt das Mikrofon.

»Hi«, sagt er. »Wie es aussieht, ist der Sänger heute … nicht in der besten Verfassung.« Es folgt Gejohle und Pfeifen. Er wartet ab, bis es leiser wird. »Mein Name ist Sam Sage. Wenn ihr mich wollt, dann übernehme ich gern ein paar Coversongs.«

»Und ob ich dich will«, schreit eine Frau. Noch mehr Gelächter.

Sam Sage wirft ihr einen amüsierten Blick zu. Er hat einen breiten Mund und ein schiefes Lächeln. Schnell zähle ich eins und eins zusammen: der Mund, der Akzent. Es ist der Typ, den ich heute Morgen auf der Promenade gesehen habe. Ich erinnere mich an die Gitarre, die er bei sich hatte. Er streicht sich mit der Hand durch das strubbelige schwarze Haar und schließt kurz die Augen. Dann nickt er und schnippt mit den Fingern. One. Two. Three. Der Raum verstummt. Die Bandmitglieder blicken sich an, zucken die Achseln, und der Keyboarder beginnt, eine sanfte Tonfolge zu spielen. Sam macht den Mund auf und stimmt das Lied *Because the Night* von Patti Smith an. Es ist eines meiner Lieblingslieder. Als das Schlagzeug einsetzt und er zum Refrain ausholt, singen alle im Raum mit, und ich will, dass sie die Klappe halten, denn er ist gut. Richtig gut.

Sam Sage singt noch mehr Coversongs. Als es vorbei ist, klatschen sich die Bandmitglieder gegenseitig stürmisch ab vor Erleichterung. Das Publikum applaudiert und jubelt. Sam springt von der Bühne in die Menge, und ich sehe, wie sich Hände ausstrecken, um ihm auf die Schulter zu klopfen, und ein hochgewachsener blonder Mann ihm ein Bier in die Hand drückt.

»Muss schön sein, ein Held zu sein«, sagt ein Mann neben mir.

»Er war toll«, sage ich.

»Ich finde ihn eingebildet«, sagt ein Typ links von mir. »Wenn ich auf die Bühne gegangen wäre, hätte ich das auch hingekriegt.«

»Bist du aber nicht«, erwidere ich.

Die Toilette ist voller Mädchen, die sich um einen Platz vor dem Spiegel drängen. Während ich in der Kabine sitze, dringen körperlose Stimmen durch den Spalt über der Tür herein. »Echt süß«, sagt eine.

»Ich steh total auf diesen Akzent«, seufzt eine andere.

»Ich hole mir seine Telefonnummer.«

Danach wasche ich mir die Hände und bücke mich zum Wasserhahn, um ein paar Schluck lauwarmes Wasser zu trinken. Ich richte mich wieder auf und wische mir die Lippen und das Kinn mit dem Handrücken ab. Das Mädchen neben mir beugt sich dicht an den Spiegel und klimpert mit ihren schwarz getuschten Wimpern. Dann richtet sie sich auf und zwinkert mir zu. »Dieser Engländer hat ja voll den Aufstand ausgelöst. Aber ich würde auch nicht Nein sagen.«

Als ich wieder reingehe, hat die Band die Instrumente abgebaut. Ich habe keine Lust, im Gedränge herumzustehen und alleine zu trinken. Ich entdecke Sam Sage in der Menschenmenge, die Leute greifen nach seiner Hand und schütteln sie, schlagen ihm freundschaftlich auf den Rücken. Er hat es verdient, denke ich. Er hat den Abend gerettet.

Ich habe es getan, erzähle ich Frank. Ich habe ganz alleine einen Abend in einer Kneipe verbracht. Aber jetzt läuft Discomusik vom Band, und alle sind total besoffen. Ich gehe jetzt nach Hause und kümmere mich um Mom.

Gut gemacht! Frank klingt überrascht. *Das ist ein erster Schritt in die richtige Richtung, Schwesterchen. Mann, ich bin stolz auf dich.*

Draußen glitzern die Lichter von der Promenade auf dem dunklen Meer. Der Sandstreifen zwischen mir und dem Wasser ist eine im Schatten liegende Leerstelle. Ich weiß, dass nachts die Junkies unter dem Pier herumhängen, Jugendliche mit Springmesser in der hinteren Hosentasche, aber ich gehe trotzdem hinunter zum Strand und ziehe die Schuhe und Socken aus. Ich will über den Sand laufen und über Sam Sage nachdenken, darüber, wie er dort oben auf der Bühne geklungen hat, wie er ins Publikum gelächelt hat und wie es einen Augenblick lang so schien, als würde er mich geradewegs anlächeln.

SECHS

Sam, März 1983

Kaum war der Frontsänger ins Publikum gefallen, hatte Levi ihn gegen die Rippen geknufft. »Geh du auf die Bühne!«, drängte er ihn. »Die brauchen dich da oben, Kumpel. Du kannst doch singen, oder?«

Er hatte sich gewehrt, aber sobald Levi die Tatsache kundgetan hatte, dass Sam ein Sänger war, hatten die drei Holländer ihn hochgehoben und behutsam hinter den Lautsprechern abgesetzt. Er blinzelte ins Licht, überwältigt von der neuen Perspektive. Dann übernahm sein Instinkt. Es fühlte sich gut an, vor einem Publikum zu stehen. Nur einen kurzen Augenblick überkam ihn die Angst, und sein Mund wurde trocken, doch dann strömten die Worte heraus. Von dem idiotischen Sänger abgesehen, bestand die Band aus Profis. Nach dem Konzert stopfte ihm der Manager ein Bündel Dollarnoten in die Hand und fragte ihn, ob er den Rest der Woche singen würde oder wenigstens so lange, bis die Band eine Lösung gefunden hätte.

Während die blonden Riesen ihn mit heftigem Schulterklopfen beglückwünschen, späht er zum Ausgang, wo er eine vertraute Gestalt sieht. Sein Herz macht einen Satz. Da ist sie. Das große Mädchen vom Strand. Kurz kann er ihr Gesicht erkennen, als sie in die Menge blickt, und erinnert sich an den Ausdruck: diese unendliche Traurigkeit, ihre Reglosigkeit. Er muss mit ihr reden. Sie ist gerade dabei aufzubrechen. Panik steigt in ihm auf.

So schnell es geht, bahnt er sich den Weg zur Tür, aber alle scheinen ihn zum besten Freund haben zu wollen. Er schiebt sich weiter, vorbei an den erwartungsvollen fremden Menschen und den Fingern, die sich nach ihm ausstrecken, an den Worten, die auf ihn hereinprasseln, und den Fragen, die sich wie Hindernisse vor ihm auftürmen.

Verdammt, denkt er, als er schwer atmend vor dem Club steht. Er hat sie verloren. Auf der Straße herrscht wildes Treiben. Eine Horde Urlauber schiebt sich vorbei, deren Gesichter vom Blinken und Pulsieren der Casinolichter verzerrt sind. Es stinkt nach Frittierfett und Alkohol. Er schnuppert, trotz allem ist er hungrig, und nimmt noch einen anderen Geruch wahr. Den Atlantik. Er folgt dem Duft, seine Schritte verschmelzen mit dem Menschenstrom und leiten ihn zur Promenade. Während er den Betrunkenen ausweicht, lenkt ihn der Salzgeruch dem Strand, Meer und Nachthimmel entgegen. Er stützt sich auf das Geländer an der Promenade und hält sich wie an einem Floß im Sturm daran fest. Dort draußen herrschen nur das schwärzeste Blau und das Schimmern der Sterne. Eine Bewegung erregt seine Aufmerksamkeit, und er blickt nach unten. Auf dem Strand entfernt sich eine Gestalt.

»He!« Ungeschickt stolpert er hinter ihr er.

Mit gestrafften Schultern und geballten Fäusten wirbelt sie herum, und ihm wird bewusst, dass sie Angst hat. »Entschuldigung.« Er bleibt stehen und hebt die Hände. »Ich will dir nichts tun. Ich habe nur …«

Sie starrt ihn an. Aus ihrer Furcht ist vorsichtige Zurückhaltung geworden, in ihrem skeptischen Blick liegt Neugierde. »Du bist der Typ aus dem Club.« Sie legt den Kopf schief, sodass ihr das Haar über die Wange fällt. »Sam Sage.« Sie spricht seinen Namen aus, als wolle sie beweisen, dass sie sich daran erinnere.

Beschämung sitzt ihm wie ein Kloß in der Kehle.

»War cool, was du da drin gemacht hast«, sagt sie. »Ganz schön mutig.«

»Genau genommen hatte ich keine Wahl … trotzdem danke.« Er zuckt die Schultern. »Lustig, ich habe dich heute Nachmittag gesehen.«

»Du hast mich gesehen? Heute Nachmittag?« Ihre Augenbrauen schießen hoch.

Ihm ist nicht ganz klar, warum sie so überrascht ist. »Ja. Du hast ein Stück weiter vorne auf einer Bank an der Promenade gesessen.« Er deutet vage in die Richtung. »Und dann bist du zum Strand hinuntergegangen.«

Sie tritt einen Schritt zurück und verschränkt die Arme. »Hast du mich beobachtet?«

»Du bist mir aufgefallen«, sagt er schnell. »Du bist irgendwie herausgestochen, weißt du, alle waren aufgedreht und haben gelacht, und da warst du, von Kopf bis Fuß in Schwarz, und hast ausgesehen, als hättest du irgendwas Wichtiges vor. Und du hast so …«

»Was?«

»Traurig ausgesehen«, sagt er.

»Oh.« Mit diesem einzelnen Laut scheint alle Luft aus ihr zu weichen.

»Ist etwas … Schlimmes passiert?«, fragt er.

Aber im selben Moment sagt sie: »Das war meine Bank …«

Sie muss lachen, weil sie beide gleichzeitig losreden. Er auch. Die Luft zwischen ihnen knistert von der nervösen Anspannung. Sie hat ein nettes Lachen, denkt er. Es wirkt offen und aufrichtig, und sie legt dabei nicht die Hand vor den Mund wie so viele.

»Deine Bank?«

»Na ja, nicht wirklich meine persönliche. Aber sie ist mir ans Herz gewachsen. Von dort aus hat man einen wunderbaren Blick. Und dann ist da diese Widmung …«

»Widmung?« Er kommt ein paar Schritte auf sie zu. Zwischen ihren Vorderzähnen ist eine Lücke, die er unglaublich liebenswert findet.

»Na ja, du weißt schon. So eine kleine Tafel an der Rückenlehne. Ich lese die so gern. Sie sind wie kleine Geschichten über Liebe und Verlust. Ich male mir immer aus, für wen sie sind, denke mir Geschichten über diese Leute aus.«

»Ja«, sagt er verwundert. »Ich weiß, was du meinst. Lustig, ich mache das auch immer.«

»Ehrlich?« Ihre Augen werden ganz groß. »Ich hätte nicht gedacht, dass außer mir noch jemand so was macht.«

Er bemerkt, dass sich eine Haarsträhne in ihrem Ohrring verfangen hat; sie bildet einen zarten Kringel, den er berühren und entwirren möchte. Ihre Haarfarbe liegt irgendwo zwischen Blond und Braun. Wie nennt man diese Farbe? Honigblond vielleicht. Oder bernsteinfarben?

»Was steht denn auf der Plakette?«, fragt er. »An deiner Bank.«

»*Für Frank, der den Ausblick von dieser Bank so sehr liebte. Ich weiß, dass du noch immer neben mir sitzt.*«

Sein Puls setzt aus, als er die Worte wiedererkennt. »Das steht da?« Dann erinnert er sich an den ersten Teil der Widmung. »Hast du den Mann gekannt, diesen Frank?«

»Nein. Er hat einfach nur denselben Namen wie jemand … jemand, der mir wichtig ist.«

»Dein Freund?«

Sie schüttelt den Kopf. »Nein, nicht so was.« Sie kratzt sich an der Nase. »Bist du Engländer?«

Erleichtert nickt er. »Ich bin aus London.«

»Machst du Urlaub?«

»So ähnlich. Ich bin herumgereist. Mein Visum ist fast abgelaufen.« Kann er in ihren Augen wirklich Enttäuschung erkennen? Womöglich ist es einfach nur Wunschdenken. Aber in dieser Sekunde trifft er eine Entscheidung. »Für den Rest meiner Reise bleibe ich hier«, erklärt er. »Ich kann im Ally's jobben, bis sie Ersatz gefunden haben. Ich war noch nie in Atlantic City. Hättest du Lust, mir die Stadt zu zeigen?«

Still lächelt sie in sich hinein. Dann schenkt sie ihm einen langen, durchdringenden Blick. »Warum ich?«

Hart schlägt das Herz gegen Sams Rippen. »Ich kenne niemand anders.«

»Mich kennst du auch nicht.«

»Nein, aber … na ja … ich dachte, vielleicht wärst du so nett und …«

»Ich bin kein Groupie, nur dass das klar ist.«

»Nein.« Sam reißt die Augen auf. »Um Gottes willen, nein. Das wäre mir nie in den Sinn gekommen …«

Sie zuckt die Achseln. »Hier gibt es nicht viel zu sehen. Die Touristen halten sich an die Promenade und die Casinos.«

»Na ja«, erwidert er langsam und gibt sich den Anschein von Beiläufigkeit. »Vielleicht könntest du mir dann ja die echte Stadt zeigen?«

»Glaube kaum, dass sie dir gefällt.«

Er blickt auf seine Turnschuhe hinunter und kickt in den Sand. Ist das ihre Art, Nein zu sagen? Dann sieht er auf. Sie bückt sich, und er bemerkt, dass sie sich die Schuhe anzieht. Es sind nicht mehr die groben Männerschuhe vom Nachmittag, sondern rote Pumps. Sie trägt auch nicht mehr Schwarz. Sie hat glitzernde kurze Socken an und ein rot-gelbes Kleid. Sie richtet sich wieder auf und streicht das Kleid mit den Händen glatt. »Nach der Arbeit«, sagt sie. »Morgen nach der Arbeit können wir uns treffen.«

»Super.« Er bemüht sich, nicht allzu dämlich zu grinsen. »Kann ich dich nach Hause begleiten?«

Ihr Kopf zuckt zurück, und sie wendet sich ab. »Nicht nötig.«

»Es ist nur … Na ja, ist es nachts am Strand nicht gefährlich?«

»Ich komme alleine zurecht.« Wieder blickt sie ihn durchdringend an. »Außerdem haben wir uns gerade erst kennengelernt, also weiß ich nicht, ob ich darauf vertrauen sollte, dass du mich sicher nach Hause bringst.«

»Natürlich, entschuldige. Ich wollte nicht …«

Nachgiebiger sagt sie: »Ich wohne hier. Ich kriege das schon hin.«

»Klar.« Er steckt die Hände in die Hosentaschen.

»Dann gute Nacht.« Sie dreht sich um und will gehen.

»Warte!« Seine Hände fahren aus den Taschen, seine Stimme wird zu einem Kieksen, und von seiner vorgeblichen Coolness ist nichts mehr übrig. »Wo arbeitest du?« Er räuspert sich. »Damit ich dich abholen kann.«

Sie zieht die Augenbrauen zusammen, als sei das eine schwierige Frage. »Treffen wir uns einfach am Strand«, sagt sie nach einer Pause. »Dort, wo du mich das erste Mal gesehen hast. Gegen halb sechs.«

»Super«, sagt er noch einmal. Er ist in der Lage, Verse und Liedtexte aus dem Ärmel zu schütteln, diesem Mädchen gegenüber aber bringt er nichts als Einwortsätze heraus. Bevor sie sich umdrehen kann, sagt er schnell: »Ich weiß gar nicht, wie du heißt.«

Sie wirkt argwöhnisch, als wittere sie eine weitere Fangfrage, dann nickt sie. »Catrin Goforth.« Sie streicht sich das Haar hinters Ohr. »Manche Leute nennen mich Cat.«

Er wartet ab und blickt ihr hinterher, bis sie in der Dunkelheit verschwunden ist. Das Geschrei und Getrappel auf der Promenade über ihm klingt, als stamme es aus einem Albtraum. Kurz illuminiert die blinkende Leuchtreklame einen Strandabschnitt, der gleich darauf wieder in schwarze Dunkelheit fällt. Die Vorstellung, dass sie alleine unter dem Pier durchgeht, gefällt ihm nicht. Aber sie wird wissen, was sie tut, beschwichtigt er sich selbst. Sie ist beinahe so groß wie er und macht weit ausholende, energische Schritte. Er erinnert sich an das, was sie gesagt hat, wie sie ihm mit hocherhobenem Kinn gegenübertrat, bereit, sich zu wehren, obwohl sie Angst hatte – all das zeigt ihre Selbstsicherheit. Da war nur etwas in ihrem Gesicht, das den Eindruck erweckte, sie sei verletzlich – eine Wachsamkeit, als verberge sie einen Schmerz.

Catrin Goforth. Der Name klang nach der Heldin eines Theaterstücks, irgendwas Klassisches, Komisches. Ein Oscar-Wilde-Stück vielleicht. Manche Leute nennen mich Cat, hatte sie gesagt. Leute. Jetzt kommt es ihm merkwürdig vor, dass sie nicht gesagt hat »meine Freunde« oder »meine Familie«. An ihr ist nichts Katzenhaftes. Weder hat sie eine Stupsnase noch Schlitzaugen. Sie hat kantige, klare Gesichtszüge, einen breiten Mund mit weißen amerikanischen Zähnen, dem nur die Lücke zwischen den vorderen Schneidezähnen die kleine notwendige Unvollkommenheit verleiht, und diesen festen blau-gelben Blick, dessen Offenheit verunsichert.

Als er sich zurück zur Promenade aufmacht, verflüchtigt sich die Freude darüber, dass sie sich einverstanden erklärt hat, ihn zu treffen. Er hätte ihr nicht hinterhergehen dürfen. Ihm steht es nicht zu, irgendeine Art von Beziehung anzubahnen, wo er zu Hause eine Freundin hat. Er kann die Sache nicht absagen, denn er hat ihre Telefonnummer nicht. Er wird sich also mit ihr am Strand treffen müssen. Wobei es eine ziemlich vage Verabredung ist, wie ihm jetzt bewusst wird. Vielleicht taucht sie gar nicht auf. Falls doch, können sie ja einen Kaffee trinken, und dann geht jeder seiner Wege – eigentlich keine große Sache.

Wäre da nicht der Umstand, dass es sich durchaus wie eine große Sache anfühlt. Trotz seines Vorsatzes, den Menschen aus dem Weg zu gehen, ist er im Verlauf der vergangenen Monate auf seiner Reise schon aus reiner Notwendigkeit einer Menge Fremder begegnet, netten Menschen, die ihm Ratschläge gaben oder den Weg erklärten, die ihm ihre Lebensgeschichte erzählten, ihn im Auto mitnahmen oder sogar ihr Mittagessen mit ihm teilten. Doch keiner dieser Leute hat bei ihm dieses Gefühl geweckt. Er versucht, »dieses« Gefühl zu definieren, und kommt zu dem Schluss, dass er es am ehesten eine unerklärliche Vertrautheit nennen würde und gleichzeitig das berauschende Gefühl, auf dem Gipfel eines Bergs zu stehen und in einen wirbelnden Abgrund hinabzusehen.

Er denkt daran, wie sie auf sein Angebot, sie nach Hause zu begleiten, reagiert hat, fast so, als habe er sie beleidigt. Womöglich hat er zu bestimmend gewirkt, wie ein Macho, während er es doch eigentlich nur richtig machen wollte. Eine der vielen Regeln, die ihm seine Erziehung eingebläut hat, ist, dass man ein Mädchen sicher bis vor die Haustür zu bringen hat. Aber die Welt, die ihm diese Regeln anerzogen hat, liegt in Trümmern. In seinem Kopf hört er die Stimme seines Vaters, die ihn auffordert, ein Mann zu sein, zu tun, was sich gehört, und sich ehrenhaft zu verhalten. »Verpiss dich, Dad«, zischt er leise.

Manchmal braucht es nur den Hauch eines Geruchs, um ihn unerwartet und in Sekundenschnelle zurückzukatapultieren, geradewegs so, als sei er wie Alice ins Kaninchenloch gefallen. Selbst nach all den Jahren. *Wummms*. Auf direktem Weg in die Hölle. Dieser ganz spezielle Duft setzt sich aus unterschiedlichen Bestandteilen zusammen. Kreide. Silberpolitur. Nach Hormonen müffelnde Achseln, von Akne gepeinigte Haut, schwitzende Handflächen. Angst. Davor war ihm nie bewusst gewesen, dass Angst einen Geruch besaß, aber an jenem ersten Tag im Internat wurde ihm das klar.

Vor ihm war es die Schule seines Vaters gewesen. Sein Vater war Schülersprecher gewesen, sein Name stand auf der Ehrentafel. Pokalsieger. Mannschaftskapitän in den Cricket- und Rugbyteams der ersten Liga. Sein Rekord über 400 Meter war nie gebrochen worden. Ein paar Lehrer waren so alt, dass sie schon seinen Vater unterrichtet hatten, und als sie den Zusammenhang herstellten, blickten sie durch ihre verschmierten Brillengläser auf ihn herab und sagten: »Soso, du bist sein Sohn? Nun denn.« Und er spürte, dass er den Erwartungen nicht entsprach, dass er eine Enttäuschung war, genau wie zu Hause.

Er war ein Spätentwickler, klein für sein Alter, was ein immenser Nachteil war, nachdem die meisten Altersgenossen über Nacht mehrere Zentimeter zu wachsen schienen, ihre Körperbehaarung eifrig spross und Waden und Unterarme täglich muskulöser und kräftiger wurden. Selbst aus den Teams der dritten Liga wurde er hinausgeworfen und seine Sportschuhe in den Wipfel eines Baums geschleudert.

Fast täglich wurde er verprügelt. Da war Oberschüler Salt, dem er zu dienen hatte, mit Gürtel in der Hand. Sieben ordentliche Hiebe. Gründe gab es genug: Tagträume, Lächeln, angebrannter Toast, unzureichend polierte Knöpfe an Salts Kadettenuniform. Oder aber sein Widerstand, wenn eine Hand in seine Hose schlüpfte, wenn er zurückwich, weil man ihn begrapschte und sich an ihm rieb. Also rannte er fort. Er brauchte sechs Stunden, Stunden, in denen er voller Angst durch Dunkelheit und Regen lief, in Straßengräben auf die Knie stürzte und sich an der windigen Autobahn um Mitfahrgelegenheiten bemühte. Als er nass und erschöpft zu Hause ankam und erklärte, warum er fortgelaufen war, verprügelte ihn sein Vater dafür, dass er eine miese Petze war. Daraufhin wurde er zurückgeschickt, wie ein Paket. Scham übermannte ihn, Scham über seine Schwäche, darüber, dass er nie werden würde wie sein Vater.

Als Sam zurück im Hostel ist, kriecht er in seine Schlafkoje und zieht sich die Decke über den Kopf. Der holländische Trupp ist noch unterwegs. Über sich hört er, wie sich ein Körper auf der Matratze hin und her wälzt, dazu gedämpftes Schnarchen. Er wird jetzt nicht über seinen Vater nachdenken. Draußen dröhnt der Verkehr, das Hostel liegt in der Nähe der Stadtautobahn. Er wünschte, er könnte das leise Raunen des Meers wahrnehmen, aber alle Außengeräusche werden vom Zischen der Reifen auf dem Asphalt und dem Röhren der Motoren vereinnahmt. Diese Stadt ist ein unerforschtes Rätsel für ihn. Irgendwo in einer der fremden Straßen ist dieses Mädchen. Cat. Hoffentlich ist sie wohlbehalten an ihrem Ziel angekommen. Bestimmt ist sie mittlerweile in ihrem eigenen Bett, ihrem eigenen Zimmer. Vielleicht träumt sie. Der Gedanke an Cat ist irgendwie tröstlich. Er wünschte, er hätte diesen widerspenstigen Haarkringel berührt und zwischen den Fingern gespürt, wie er sich anfühlt.

SIEBEN

Cat, März 1983

Als ich zu Hause war, konnte ich nicht einschlafen. Dass ich diesen Jungen am Strand getroffen hatte – beinahe hatte es gewirkt, als habe er nach mir gesucht, als wäre ich der einzige Grund, dass er sich dort in der Dunkelheit und Kälte herumtrieb. Aber das ist unmöglich, oder? Die Begegnung hat mich in einen Schockzustand versetzt. Ich fühle mich, als hätte man mir in den Magen getreten, und nun liege ich wie ein Käfer auf dem Rücken und versuche mühsam, mich aufzurappeln. Natürlich will ich ihn wiedersehen. Aber ich traue der Sache nicht. Wie könnte es auch anders sein. Ich habe darauf gesetzt, dass Franks Stimme sich Gehör verschafft und mir erklärt: Das alles passiert wirklich, und du hast es verflucht noch mal verdient, Cat. Doch er schweigt hartnäckig.

Mädchen sind total scharf darauf, mit Typen wie Sam Sage ins Bett zu gehen – das habe ich ja gehört, als ich auf dem Klo saß. Ich sollte ihn mir aus dem Kopf schlagen und abhauen, bevor es zu spät ist. Bestimmt ist er arrogant und oberflächlich, das kann gar nicht anders sein, so wie er aussieht und sich ausdrückt. Ich brauche keinen Mann in meinem Leben. Ich bin nicht wie Mom.

Ray zieht die Luft zwischen den Zähnen ein und schüttelt missbilligend den Kopf, als ich das zweite Mal einen falschen Leichnam aus dem Kühlraum bringe. »Was ist heute nur los mit dir, Mädchen?« Er schickt mich fort, um eine Frau in mittleren Jahren zu schminken, deren Verwandte darauf bestehen, ihr von Angesicht zu Angesicht Lebwohl zu sagen. Sie ist seit drei Tagen tot, und da man sie nicht einbalsamiert hat, sieht sie nicht allzu gut aus. Neongrüner Pilz hat sich über ihren Wangen ausgebreitet. Sie ist eher pummelig, und ich habe festgestellt, dass dickere Frauen schneller verwesen.

Ich mache es mir neben ihr bequem und klappe die große Make-up-Tasche auf. Darin befinden sich sämtliche Kniffe der Bestattungsbranche: Mundverschlüsse, Nadelinjektoren, perforierte Augenkappen, um die Augenlider zu fixieren. Dazu kommt ein reiches Sortiment an handelsüblichen Kosmetika: Fläschchen mit Grundierung, Lippenstifte, sogar Wimperntusche. Es wird eine Menge Arbeit, ihren Verfall zu vertuschen. Das Etikett an ihrem Zeh sagt mir, dass sie Cindy hieß. »In Ordnung, Cindy, fangen wir an.« Ich beuge mich näher heran. »Ich kann nicht zaubern«, erkläre ich ihr, »aber den ein oder anderen Trick habe ich schon auf Lager. Ich gebe mein Bestes, damit du auf der Party was hermachst.« Und dann kümmere ich mich darum, ihren Mund zu schließen, und gebe den Lippen ein gefälliges leichtes Lächeln.

Beim Arbeiten male ich mir eine Geschichte aus, in der sie am Leben ist und als Hauptfigur im Mittelpunkt des Geschehens steht und sich ihr Herzenswunsch erfüllt wie bei einem modernen Aschenputtel.

Zusammen mit den Urlaubern in ihren bunten Freizeithosen, grellen Windjacken und verspiegelten Sonnenbrillen steige ich aus dem Minibus. An meiner Bank mache ich halt und sehe hinunter zum Strand. Da steht er und blickt über die Brandung auf den Atlantik. Ich erkenne seinen Hinterkopf sofort, das dunkle Haar ist immer noch zerzaust und wird in der Meeresbrise umhergeweht.

Frank flüstert mir zu. *Vielleicht ist er der Richtige.*

Es gibt keine Märchen, ermahne ich ihn, als ich die Stufen zum Strand hinuntergehe, während mir das Herz in der Brust zu zerspringen droht. Außerdem ist allgemein bekannt, dass es keinen Traumprinz ohne Riesenego gibt. Meine Schuhe mit den Schutzkappen knirschen über den Sand. Während ich auf ihn zugehe, versuche ich, mir eine schlaue Bemerkung auszudenken, irgendwas Geistreiches.

Noch bevor ich ihn erreicht habe, dreht Sam Sage sich um. »Hallo«, sagt er mit seinem britischen Akzent, in dem jeder Laut strammsteht. »Du bist da.«

»Ja«, bringe ich krächzend heraus. »Da bin ich.«

»Also …« Er deutet auf die Stadt. »Wohin willst du mich führen?«

Ihn führen? Darüber habe ich gar nicht nachgedacht. Ich habe mir nicht erlaubt, weiter zu denken als bis hierher. »Hm. Setzen wir uns einen Augenblick auf die Bank«, sage ich schnell. »Ich … kann erzählen, was es zu besichtigen gibt, die Sehenswürdigkeiten und so. Dann … kannst du dir was aussuchen.«

»Also schiebst du mir den Schwarzen Peter zu«, sagt er mit leicht geschlossenen Lidern.

Ich führe ihn zu der Bank, und er hält kurz inne, um die Inschrift auf der Tafel zu lesen. Als wir so nebeneinander dasitzen, vor uns den rauschenden Ozean, über unseren Köpfen das Kreischen der Möwen, lässt meine Nervosität nach. Er wirkt recht entspannt. Vermutlich ist das hier für einen Kerl wie ihn völlig alltäglich. Er hat die Ärmel bis zum Ellbogen hochgekrempelt, und ich bemerke ein Tattoo mit Musiknoten auf seinem Unterarm.

»Würden sie eine Melodie ergeben, wenn man sie spielt?«, frage ich. Am liebsten würde ich mit den Fingern über die Achtel- und Viertelnoten auf seiner Haut fahren.

»Das wäre eigentlich eine gute Idee gewesen, stimmt«, erwidert er lachend. »Aber nein. So genau hatte ich die Sache nicht durchdacht. Wenn man bedenkt, dass es für den Rest meines Lebens da sein wird.«

»Hast du das schon lange?«

»Ungefähr einen Monat.« Er fährt mit dem Daumen über das Tattoo. »Wahrscheinlich kannst du dir denken, dass es ein spontaner Entschluss war. Wobei ich zu meiner Verteidigung sagen muss, dass ich nicht betrunken war.«

»Aber gab es einen Anlass? Ist es ein Zeichen für … du weißt schon … irgendwas Wichtiges?«

»Es soll einen Wendepunkt markieren«, sagt er langsam, und plötzlich klingt er ernst. »Ich will nicht länger tun, was alle anderen von mir erwarten, sondern das, was ich selber will.«

»Musik?«

»Ja. Schon klar, das Motiv ist nicht gerade originell, aber …«

»… es bringt die Sache auf den Punkt.«

Wieder lacht er. »Weißt du, es ist wirklich seltsam«, sagt er langsam. »Ich wollte es die ganze Zeit schon sagen, aber die Widmung auf der Bank erinnert mich an eine Bank in Hampstead Heath.«

Ich stutze. »Diese Widmung?«

»Genau, da steht dasselbe, der Teil über den Menschen, der immer noch neben einem sitzt. Mir gefällt die Vorstellung. Da sitzt der Geist von jemandem, der gestorben ist, und die Erinnerung leistet einem Gesellschaft.«

»Wo ist das, dieser Ort, den du gerade genannt hast? Hampstead Heath?«

»Das ist in London. Im Norden der Stadt. Eine große Parklandschaft mit Hügeln und Bäumen und Wäldern. Es ist altes Land.« Er hält inne und sieht mich lächelnd an. »Es würde dir gefallen, glaube ich. Da gibt es viele Bänke. Und viele Widmungen.«

»Vielleicht komme ich ja eines Tages hin. Ich wollte immer mal nach London. Ich habe den ganzen Dickens gelesen. Und eines meiner Lieblingsbücher ist *84, Charing Cross Road.*«

»Das über den alten Buchhändler und die Frau, die sich

Briefe schreiben?« Er sieht mich an. »Das hat mir auch gefallen. Und wie kommt es, dass du so viele englische Romane gelesen hast?«

»Die habe ich schon immer gemocht. Besonders die Klassiker. Ursprünglich stammt die Familie meines Dads aus England«, erzähle ich. »Er behauptet, dass wir Nachfahren der Normannen sind. Dad gibt gern damit an, dass sie sich in Buckinghamshire niedergelassen haben und Teil des Landadels wurden.«

In unseren Adern fließt blaues Blut, Kit-Cat.

Ich deute auf die Promenade. »Soll ich dir erzählen, was es hier so zu sehen gibt?«

Er schüttelt den Kopf. »Wollen wir nicht einfach ein bisschen bummeln?«

Er steht auf und streckt mir die Hand hin. Ich nehme sie, und warm und entschlossen umfassen seine Finger meine Hand. Als ich stehe, blicken wir uns in die Augen. Mein Magen macht einen Satz, und wir wenden beide den Blick ab.

Mit einem Nicken deutet er auf die weite Fläche aus hellbraunem Sand und Grasbüscheln. »Es muss wunderschön gewesen sein, bevor man alles zugebaut hat.« Dann wird seine Stimme sanft. »Hallo, Kätzchen.«

Eine Millisekunde lang denke ich, dass er mit meinem Namen spielt, tatsächlich aber schlüpft eine echte Katze unter den Holzbohlen heraus. Ich gehe in die Knie und halte ihr die Hand hin. Hoheitsvoll schnuppert sie daran, dann wendet sie den Kopf ab. »Hier unter den Planken leben Dutzende Katzen«, erzähle ich ihm. »Sie gehören zum Inventar. Es gibt ein Programm, sie zu sterilisieren, aber trotzdem kommen dauernd neue Junge.« Wie aufs Stichwort tappt ein winziges Geschöpf aus dem Schatten und miaut. Gründlich leckt die Mutter sein Hinterteil ab, packt es dann im Nacken und bringt es in Sicherheit.

»Ich könnte wetten, dass die eben die Augen verdreht hat«, sagt Sam lachend.

O Mann. Er mag auch noch Tiere. Geht es noch perfekter?

Halt die Klappe, Frank. Nicht jetzt.

Wir gehen weiter und lassen den Rummel an der Promenade hinter uns. Mir kommt es so vor, als gäbe es nur noch uns beide. Sein Arm streift meinen, unsere Schritte sind im Takt.

»Und was machst du so?«, fragt er. »Ich meine, was arbeitest du?« Er legt den Kopf schief. »Vermutlich gehört dazu, dass man Schwarz trägt.«

Ich schlucke. Da ist sie, die entscheidende Frage. Ich muss an Moms Warnung denken. Zögernd antworte ich: »Ich arbeite im Kosmetikbereich.«

»Verkaufst du sie? Oder … machst du sie?«

»Hm. Weder noch. Ich benutze sie nur, um die Leute zu verschönern … wenn sie«, ich huste, »ein bisschen kränklich aussehen.«

»Du bist Maskenbildnerin?«

Ich lasse ein unverbindliches Brummen hören und räuspere mich. »So interessant ist das wirklich nicht«, erwidere ich schnell. »Anders, als wenn man ein Sänger ist.«

»Im Grunde genommen bin ich das gar nicht.« Er runzelt die Stirn. »Ich bin Anwalt. Nur … dämmert mir langsam, dass ich einen Fehler gemacht habe, verstehst du, als ich mich für den sicheren Weg entschieden habe. Um meinen Eltern zu gefallen. Obwohl ich immer davon geträumt hatte, Lieder zu schreiben und Musik zu machen.« Er bleibt stehen und verdreht die Augen. »Klingt wie ein Klischee, ich weiß.«

Mir ist nicht klar, ob das hier ein Beispiel für die berühmte ironische Selbstherabsetzung der Briten ist oder echte Bescheidenheit. Ihm muss doch klar sein, wie großartig er ist. »Du musst singen«, sage ich. »Und das ist nicht nur meine

Meinung. Im Club sind doch alle ausgeflippt wegen dir. Zumindest die Mädchen.« Diese letzte Bemerkung kann ich mir nicht verkneifen.

Er reibt sich über die Nase und wirkt verlegen. Dann schiebt er eine Hand durchs Haar. »He, möchtest du noch mal zum Konzert kommen? Ich könnte es einrichten, dass du hinter die Bühne darfst.«

Ich hole tief Luft. »Klar.« Irgendwo muss doch der Haken sein. Dann fällt es mir ein: Er reist bald ab.

»Woher genau kommst du denn?«, frage ich und denke, es wäre lustig, wenn er auch aus Buckinghamshire käme.

Er blickt zu Boden. »Wir haben auf dem Land gelebt, aber ich war als Kind selten zu Hause.«

»Oh … Warum?«

»Internat.«

»Wahnsinn! Du warst auf einem Internat? Da wollte ich als Kind immer hin.« Ich kann meine Begeisterung nicht bremsen. »In der Bücherei habe ich ein paar Angela-Brazil-Romane entdeckt, das klang so toll, du weißt schon, mit mitternächtlichen Partys und lustigen Streichen. Die Helden haben ständig ›du liebe Güte‹ und ›famose Sache‹ gesagt. Eine Zeit lang habe ich auch so geredet. Die Leute haben schon gedacht, ich sei irgend so ein komisches Kind aus England.«

Er lacht.

Ich spiele mit einer Haarsträhne. Früher dachte ich, dass meine Probleme schon gelöst wären, wenn ich nur auf eine Schule gehen würde wie die in den Büchern. Ich würde jede Nacht im selben Bett schlafen und hätte echte Freunde.

Um die Stimmung nicht zu verderben, erzähle ich nichts davon. Stattdessen lächle ich und stelle fest, dass wir direkt vor der Tür zu Ripleys Kuriositätenkabinett stehen. »Hier gehen alle Touristen rein, die etwas auf sich halten«, erkläre ich. »Aber ich war noch nie drin.«

»Eine echte Touristenattraktion? Dann ist es für uns beide ein erstes Mal.«

Während wir uns die Wachsfigur des größten Mannes der Welt anschauen, frage ich: »Du willst jetzt also Musiker werden statt Anwalt?«

Er nickt. »Nicht unbedingt ein offenkundiger Karriereschritt, aber …« Er zuckt die Achseln.

»Es ist das, was du wirklich bist«, sage ich leise.

»Ja.« Er reibt sich übers Kinn. »Genau. Egal, ob ich erfolgreich bin oder nicht, nur wenn ich meine eigenen Lieder singe, spüre ich, dass ich wirklich ich selbst bin.«

»Du wirst Erfolg haben. Das weiß ich einfach. Mensch, vielleicht wirst du ja berühmt.«

»Was das Berühmtsein angeht, weiß ich nicht«, sagt er langsam. »Der Einsatz ist höher, weil ich schon älter bin. Ich bin kein Jugendlicher mehr. Aber«, er breitet die Arme aus, und über sein Gesicht legt sich sein lang gezogenes, schiefes Lächeln, »ich will, dass so viele Leute wie möglich meine Musik hören.« Er neigt den Kopf zu mir. »Und du? Strebst du auch internationalen Ruhm und die Weltherrschaft an?«

Lachend schüttle ich den Kopf. »Ich bin in nichts wirklich gut. Es gibt nichts, worin ich berühmt werden könnte, selbst wenn ich wollte. Und ich will nicht.«

»Ich bin mir sicher, dass es etwas gibt, worin du gut bist … Du bist bloß bescheiden. Anders als ich.«

Ich kann ein Krematorium bedienen und einen Leichnam für die Verwandtschaft herrichten. Nicht gerade Fähigkeiten, die man an die große Glocke hängt. Mein Geschreibsel erwähne ich nicht – das wäre peinlich, zumal Sam ein echtes Talent besitzt.

»Was halten deine Eltern von deinen neuen Karriereplänen?«, frage ich.

»Meine Eltern?« Er starrt mich an. »Die … die sind tot.«

»O nein!« Ich lege die Hände an meine Wangen. »Das tut mir leid.«

»Ist schon in Ordnung«, meint er. »Aber wenn es dir nichts ausmacht … möchte ich lieber nicht darüber reden.«

»Natürlich«, sage ich aufgewühlt. Wild wandert mein Blick umher auf der Suche nach Ablenkung. In einer Vitrine entdecke ich zwei runzlige braune Kugeln mit kreuz und quer abstehendem schwarzem Haar. »Schau mal«, sage ich fröhlich. »Hier steht, dass das Schrumpfköpfe von Amazonasindianern sind.« Der eine hat einen beachtlichen Schnurrbart und trägt eine Art Stirnband mit knalligem Muster unter dem Haarschopf. »Ganz im Stil von John McEnroe.«

»Wie bitte? Das kann nicht dein Ernst sein!«, schreit Sam in einer gelungenen Nachahmung von McEnroes legendärem Wutanfall.

Wir lachen beide, und alles ist wieder in Ordnung. Als wir die Kuriositätenausstellung verlassen, breitet sich in meinem Innern Freude aus wie eine sich öffnende Blüte, süß, unbefangen und voller Wunder.

Auf der Promenade bleibt er stehen, jetzt lacht er nicht mehr. »Eben ist mir etwas klar geworden«, sagt er.

»Ja?« Unsere Gesichter sind sich nahe, und mein Herz verklumpt sich und schlägt ganz langsam, sodass ich kaum atmen kann.

An den Fingern zählt er es ab. »Nicht nur einer, sondern gleich zwei abgeschlagene Köpfe beim ersten Date.« Er grinst. »Das ist ganz sicher ein Rekord. Außerdem habe ich etwas über dich erfahren: Du bist kein bisschen zimperlich.« Er lächelt. »Meine beiden Schwestern hätten das gruslig gefunden.«

Dass der erwartete Kuss ausbleibt, bringt mich aus dem Gleichgewicht. Dann aber fällt mir ein, dass er es ein Date genannt hat.

»Na ja … ein bisschen gruslig war es vielleicht schon«, räume ich ein und versuche, so zu klingen, als meine ich es ernst. Ich bemühe mich, nicht an Cindys trauriges Gesicht mit dem Wangenrouge und der steifen Miene zu denken. Immerhin habe ich es fertiggebracht, dass ihr Teint eher rosa als grün ist. Ich schiebe das Bild fort. Jetzt will ich mich auf nichts anderes als diesen Augenblick konzentrieren und auf den Mann hier neben mir.

ACHT

Sam, März 1983

Der Club ist gesteckt voll. Sam läuft der Schweiß über das Gesicht. Mit dem Ärmel wischt er sich über die Stirn. Die Menge klatscht und johlt. Im Dunkeln vor der Bühne kann er nichts erkennen als ein Durcheinander an Silhouetten. Cat steht direkt hinter dem schmalen Vorhang in dem kleinen Backstagebereich. Sie grinst, wenn er sich zu ihr umdreht, und beim Anblick dieses breiten Lächelns mit der Zahnlücke spürt er jedes Mal von Neuem einen Ruck. Sie sieht umwerfend aus: die langen Beine in ausgebleichten Jeans, das honigfarbene Haar, das ihr über die Schultern fällt. Er kennt sie kaum, doch es gibt keinen anderen Menschen auf der Welt, mit dem er diesen Augenblick teilen will.

Er greift nach dem Mikrofon, führt es ganz nah an den Mund und sagt: »Das nächste Stück ist für Cat. *Feel Like Makin' Love* von Bad Company.« Von unten kommt erwartungsvoller Beifall, und er blickt zu Len, dem Drummer, der mit dem Stick den Takt vorgibt. Und dann denkt er an nichts mehr, weil die Worte ihn ganz und gar ausfüllen. Er legt den Kopf zurück, schließt die Augen und öffnet den Mund. Doch das Bild von Cat bleibt, es hat sich vor seinem inneren Auge eingebrannt.

Er lehnt das Angebot ab, mit der Band noch was zu trinken, und verdrückt sich direkt nach dem Konzert. Durch die Menge schiebt er sich zur Bar, wo sie auf ihn wartet. Er genießt es, über den Schultern der Leute und in den plötzlich aufblitzenden Stroboskoplichtern immer wieder kurze Anblicke von ihr zu erhaschen und zu wissen, dass er gleich bei ihr sein wird und sie als Ganzes sehen wird. Als er bei ihr ankommt, flüstert er ihr ins Ohr: »Komm, wir hauen ab.«

Die Luft draußen ist kühl, und die Geräusche wirken gedämpft nach dem Lärm im Club. Cat zieht den Reißverschluss ihrer Jacke zu und schaudert. »Können wir spazieren gehen?«, meint sie. »Damit uns warm wird.«

»Oder wir gehen irgendwo rein?«, schlägt er vor. »In eine andere Bar?« Er fragt sich, ob sie ihn zu sich einladen wird. Er weiß nicht einmal, ob sie mit jemand anders zusammenwohnt – oder auch mit mehreren anderen.

»Wollen wir erst mal ans Meer?«

Sie gehen über den Sand, der im Mondlicht grau schimmert. Kein Mensch ist zu sehen. In der Ferne dreht sich noch das Riesenrad. Sie hat recht. Es tut gut, am Meer zu sein. Das Rauschen der Wellen besänftigt das Hämmern in seinen Ohren. Sie gehen nebeneinanderher, ihre Hüften und Schultern sind beinahe auf gleicher Höhe. »Wir würden jeden Dreibeinlauf gewinnen«, sagt er.

»Was?«

»Eine englische Tradition. Ein Wettrennen zu zweit, bei dem die benachbarten Knöchel zusammengebunden werden. Macht ihr so was in Amerika?«

»Ja, klar«, lacht sie. »Das gibt es hier auch. Es sieht lustig aus, aber mitgemacht habe ich bei so was noch nie.« Sie zieht ihren Schal vom Hals. »Komm, wir schauen, ob du recht hast.« Sie kniet sich hin und wickelt den Schal um ihren rechten und seinen linken Knöchel. Er spürt, wie sie den Knoten festzieht. Dann richtet sie sich auf. »Was jetzt?«

»Na ja … ich muss den Arm um dich legen. Und du auch.« Kurz hält er inne, dann schiebt er seine Hand um ihren Oberkörper. Ihr Atem hebt und senkt sich unter dem Stoff und lässt seine Sinne vibrieren. Er zwingt sich zur Konzentration.

Leicht legt sie ihre Hand um seine Taille und wendet ihm einen erwartungsvollen Blick zu. »Und nun?«

Er will sich zu ihr beugen und sie küssen, doch stattdessen schreit er: »Auf die Plätze, fertig, los!«

Einen Moment lang sind sie voneinander abgekoppelt, sie torkeln und fallen beinahe hin. Dann packt er sie fester, und sie finden den Takt. Seine Zähne schlagen aufeinander, während sie dreibeinig über den Sand durch die Dunkelheit galoppieren, und er hat das Gefühl, dass sein Herz zerspringt.

Am Wasser kommen sie stolpernd zum Stehen. Eine große Welle spült über ihre Füße, und Sams Turnschuhe und der untere Rand seiner Jeans saugen sich mit eiskaltem Meerwasser voll.

»Mist!«, jault er.

Cat lacht. Sie kniet sich hin, bindet den Schal los, zieht die Schuhe aus und kickt sie fort. Ihre Augen strahlen, als sie die Jeans hochkrempelt.

»Was machst du?«

»Noch nässer werden«, antwortet sie und watet in den schwarzen Ozean. »Mann, ist das kalt!«, ruft sie. »Aber irgendwie fühlt es sich auch toll an. Komm rein!«

»Gibt es etwas, das du mir sagen solltest? Hat dieser Zwang, sich ständig die Schuhe auszuziehen, einen Namen, und besteht eine Chance auf Heilung?« Er steht am Ufer. Sie ist nur wenige Schritte von ihm entfernt, aber der Abstand weckt ein Gefühl von Sehnsucht in ihm. Die Wellen brechen an ihren Beinen und spritzen Gischt über ihre Oberschenkel. Sie kreischt und lacht erneut. In ihrem Haar verfangen sich silberne Lichtsprenkel.

»Auch im seichten Wasser können einen Haie erwischen, das weißt du schon, oder?«, ruft er.

»O Mann, dieser Film hat wirklich eine Menge Schaden angerichtet.«

»Aber es gibt doch Weiße Haie hier an der Küste«, beharrt er. »Stimmt doch, oder?«

»Schon möglich. Aber es sterben mehr Haie durch Fischer als umgekehrt. Delfine habe ich allerdings wirklich gesehen. Am besten geht das frühmorgens.« Sie stapft aus dem Wasser. »Ich gehe fast jeden Tag vor dem Frühstück schwimmen.«

Sie schlottert vor Kälte, die Zähne klappern aufeinander wie Rumbarasseln auf Speed, und es taugt wunderbar als Vorwand, seine Arme um sie zu legen und sie an sich zu ziehen. Das Honighaar kitzelt ihn am Mund, und er holt tief Luft und atmet den Tang und das Salz vom Ozean ein. Es kommt ihm so vor, als hielte er eine Meerjungfrau im Arm. Seine Hände sind unter ihrer Jacke an ihrer weichen Hüfte. In seinen Lenden erwacht das Begehren. Sie löst sich von ihm und bückt sich, um ihre Schuhe wieder anzuziehen. »Schauen wir, ob wir eine Bar finden, die noch offen hat«, sagt sie.

Sie halten sich an den Händen und gehen zügig über den Strand auf eine Treppe zu, die hinauf zur Promenade führt. Er fragt sich, ob auch bei ihr Lust aufgekeimt ist oder ob es nur ihm so ging. Wie ist es möglich, eine solche Vertrautheit zu empfinden und sich gleichzeitig so unrettbar ahnungslos zu fühlen?

Als sie unter einem dunklen Pier hindurchgehen, nimmt er im Augenwinkel eine Bewegung wahr. Aus dem Schatten schälen sich zwei Gestalten. Er packt Cats Hand fester. »Dreh dich nicht um. Geh einfach weiter.«

»He!«, schreit jemand. Es klingt grob, drängend und schwerfällig. »Habt ihr was zu rauchen?«

»Nein, tut mir leid, Kumpel«, ruft er über die Schulter zurück, ohne innezuhalten.

Torkelnd, aber mit eiligen, weit ausholenden Schritten bewegen sich die Männer auf die Treppe zu. Sie sind auf gleicher Höhe und gewinnen Vorsprung, und darin ist Absicht zu erkennen. Sam spürt ihre Zielstrebigkeit, und ihm ist klar, dass sie ihnen den Weg abschneiden wollen. Adrenalin schießt ihm durch den Körper, und sein Instinkt sagt ihm, dass die Situation sehr schnell eskalieren könnte. Sie sind zu zweit. Womöglich haben sie Messer. Vermutlich stehen sie unter Drogen. Er darf nichts riskieren, noch dazu nicht mit Cat. »Schnell, lauf!«

Ohne ein Wort stürzt sie los und rennt neben ihm her. Er ist dankbar, dass sie so schnell ist und nicht eine Sekunde zögert. Hand in Hand laufen sie auf die Treppe zu. Die dunklen Gestalten rennen ebenfalls, einer lässt gackerndes Gelächter hören. Sams Brust ist wie zugeschnürt, und Cats Atem geht schnell. Hinter sich hört er die Männer, und es scheint, als seien sie zurückgefallen, aber noch ist es nicht sicher. Sie dürfen noch nicht stehen bleiben.

Keuchend nehmen sie zwei Holzstufen auf einmal und gelangen stolpernd auf die Promenade. Sie stützen die Hände auf die Knie und schnappen nach Luft. »Scheiße.« Er blickt sich um. Es ist menschenleer. »Wo sind die verdammten Touristen, wenn man sie braucht?«

»Komm mit«, sagt sie. Sie steuert auf eine enge Gasse zwischen zwei Gebäuden zu. Es ist stockdunkel, aber ihre Hand gibt ihm Halt. Auf der anderen Seite ist eine breite Straße. Cat schlüpft zwischen zwei geparkte Autos, kauert sich hin und zieht ihn hinter sich her.

Sie pressen sich aneinander und bemühen sich, ihren Atem zu beruhigen. Cats Jeans ist nass. Sams sämtliche Sinne sind in höchster Alarmbereitschaft, und der Herzschlag dröhnt ihm in den Ohren. Alles ist deutlicher, lauter: das Brummen der vorüberfahrenden Autos, das Schnurren der Reifen, entfernte Stimmen, Sirenen. »Wir haben sie abgehängt«, sagt sie und fängt an zu lachen. Erleichterung durchflutet ihn, und auch er muss lachen. So sehr, dass ihm der Bauch wehtut.

Ihr Gelächter geht in Schluckauf über. Cats Gesicht ist direkt neben seinem, und er sieht nichts als ihre Augen, die dunklen Pupillen, die ihn zu sich ziehen. Er neigt sich diesen beiden Abgründen entgegen, und ihre Münder berühren sich. Sie küssen sich, und durch den Kuss hindurch fällt er in ihren Körper, in ihre Seele, während ihre Zungen und Lippen alles sagen, was er seit ihrer ersten Begegnung empfunden hat.

Sie lösen sich und blicken einander an. »Wow«, flüstert er.

»Ich muss dir was sagen.« Sie senkt den Blick. »Ich habe gelogen.«

»Was?«

»Ich bin keine Maskenbildnerin.«

Sein Gehirn kann nicht folgen. Der Kuss hat die Synapsen blockiert, er fühlt sich wie betrunken. »Was?«

»Ich arbeite in einem Bestattungsinstitut.«

Er ist noch immer nicht in der Lage zu reagieren. Die Wörter purzeln durch sein Gehirn und ergeben keinen Sinn.

»Es tut mir leid.« Sie schüttelt den Kopf. »Mir war schon klar, dass dich das ekelt. Bestimmt ist dir das unheimlich. Ist ja auch nicht gerade … wie soll ich sagen … sexy.«

»Ich habe keine Ahnung, was das bedeutet«, erwidert er langsam. »Ich weiß gar nicht, was es heißt, wenn man in einem Bestattungsinstitut arbeitet.«

»Das bedeutet, dass man viel Zeit mit toten Menschen verbringt«, antwortet sie. »Leichen. Ich hole sie von zu Hause oder aus dem Krankenhaus ab. Ich äschere sie ein. Ich kehre die Asche aus dem Ofen. Wenn die Verwesung eingetreten ist, richte ich sie her, damit sie für die Verwandten schöner aussehen. Ich mache sie fertig für die Beerdigung.«

»Okay.« Er holt tief Luft. »Das … Mann … das ist …«

»Krank?«, schlägt sie vor. »Schräg? Widerlich?«

»Nein.« Er packt sie am Handgelenk. »Es ist notwendig. Und … na ja … mutig. Ich weiß nicht, ob ich das könnte.«

Sie schluckt. Schließt die Augen. »Küss mich noch mal«, sagt sie.

Danach verbringen sie viel Zeit damit, sich an parkende Autos gelehnt oder in Hauseingängen zu küssen. Sie ist eine gute Zuhörerin, und er hat schon lange nicht mehr richtig mit jemandem geredet, und so erzählt er ihr zwischen den Küssen, wie er Liedtexte schrieb, während die anderen Jungs Rugby spielten, und sich alleine in seinem Zimmer Akkorde auf der Gitarre beibrachte.

»Und warum hast du dann nach der Schule nicht Musik gemacht, wenn du doch genau das immer machen wolltest?«

»Mein Vater hat mir das Gefühl gegeben, dass ich alle enttäusche, wenn ich nicht in seine Fußstapfen trete und Jura studiere. Seit Generationen sind wir Juristen. Anwälte. Richter. Es ist Familientradition.«

»Aber nur weil etwas Tradition ist, ist es doch noch nicht richtig«, erwidert sie. »Es gibt so viele Traditionen, die einfach nur falsch sind.«

»Ach, ich weiß nicht.« Er reibt sich fest über die Stirn. »So einfach ist es nicht. Ich werde so viele Leute enttäuschen … meine Familie … die Kanzlei, in der ich arbeite.«

»Entschuldige, wenn ich das so direkt sage, aber …«, ihre Stimme wird sanfter, »deine Eltern sind tot.« Sie zuckt die Achseln. »Und die Kanzlei wird einen anderen Anwalt finden, der dich ersetzt. Wenn du das wirklich willst, dann solltest du es tun.«

Er lächelt und zieht sie zu sich heran, um sie aufs Haar zu küssen. »Wie kommt es, dass du so weise bist?«

Sie schüttelt den Kopf. »Ich bin nicht weise. Aber ich weiß, wie es ist, wenn man ausgebremst wird. Ich stecke hier bei meinen Eltern fest, weil wir mein Gehalt für die Miete brauchen.« Sie blickt zu Boden, und ihre Finger verflechten sich.

»Ich wollte aufs College und englische und amerikanische Literatur studieren, aber das ging nicht.«

»Es gibt keine Altersgrenze fürs College.« Er will sie ebenso ermutigen, wie sie es für ihn getan hat. »Vielleicht musst du ja auch gar nicht studieren. Ich frage mich sowieso manchmal, was es mir gebracht hat.«

Sie seufzt. »Mag sein. Also … Spielst du mir irgendwann mal deine eigenen Lieder vor?«

»Mach ich«, sagt er. »Versprochen.«

Mit verschlungenen Armen laufen sie die endlose gerade Atlantic Avenue entlang und stoßen immer wieder aneinander. Er ist erschöpft, aber gleichzeitig vibriert alles in ihm, als hätte er Drogen genommen.

»Können wir zu dir gehen?« Er ist zu müde, um sich eine weniger direkte Formulierung auszudenken.

»Nie im Leben.« Sie wirkt entsetzt und schüttelt den Kopf. »Meine Eltern. Schon vergessen?«

»Verdammt.« Er beißt sich auf die Lippe. »Wir können auch nicht ins Hostel.«

Cat schweigt. Langsam gehen sie weiter. Sie kommen an einem verlassenen Bushäuschen vorbei, einem gelben Hydranten und an Popeye's Louisiana Kitchen, auf deren Schwelle ein Obdachloser sitzt. Sam sieht nach oben und liest die Namen von Hotels und Casinos, die auf den turmhohen Gebäuden prangen und unaufhörlich neonfarben blinken. Sie bleiben vor einem Lebensmittelladen stehen und küssen sich wieder. »Ich habe eine Idee«, sagt Cat, als sie auseinandergehen. »Ich habe einen Schlüssel von der Arbeit. Dorthin können wir gehen. Morgen Abend.«

»Von der Arbeit? Du meinst …«

»Das Bestattungsinstitut. Immerhin sind wir dort alleine. Und sicher.«

»Kriegst du keinen Ärger?«

»Nur, wenn man uns erwischt.« Sie drückt seinen Arm. »Keine Angst. Die Toten sind alle sicher weggesperrt. Du bekommst nichts Gruseliges zu sehen.«

Er fängt an zu lachen.

»Was ist?«

»Ich muss nur an gestern denken, als ich mir Sorgen gemacht habe, dass dir diese Schrumpfköpfe zusetzen könnten.«

Sie lächelt. »Der Anblick von Blut hat mir nie was ausgemacht. Aber es nimmt einen mit, wenn man Leichen von Leuten sieht, die jung oder gewaltsam gestorben sind.« Sie wendet den Blick ab. »Dadurch, dass ich dauernd den Tod vor Augen habe, sehne ich mich umso mehr nach einem bedeutungsvollen Leben. Aber irgendwie«, sie zuckt die Schultern und sieht ihn an, »zerrinnen mir die Tage zwischen den Fingern.«

»Weil du dich um deine Eltern kümmern musst? Sind sie krank?«

»Mein Dad … na ja, in gewisser Hinsicht ist er wohl krank. Er ist spielsüchtig.« Ihre Stimme klingt sachlich, aber er nimmt den Kummer in ihren Augen wahr.

»Das tut mir leid. Das … muss wirklich heftig sein.«

»Nicht, dass er uns nicht liebt«, setzt sie schnell hinzu. »Das sagt er mir und meiner Mutter ständig. Er ist der großzügige Typ, weißt du, ein Mensch der großen Gesten. Er umarmt einen viel, verstrubbelt mir das Haar und gibt mir Kosenamen. Als ich klein war, hat er einmal ein Go-Cart aus Holz und einem alten Reifen gebaut. Aber an erster Stelle steht immer das Glücksspiel. Und jedes Mal lässt er Mom und mich aufs Neue im Stich.« Sie betrachtet ihre Hände, während sie weitererzählt. »Es lässt sich leicht reden. Es ist ein Unterschied, ob du jemandem sagst, dass du ihn liebst, oder ihm zeigst, dass du es tust.« Sie zuckt die Schultern. »Wir ziehen oft um. Wir haben nicht immer genug Geld für Essen. Plötzlich macht er einen Riesengewinn und kauft uns teure Geschenke.« Sie sieht Sam an. »Dann sind wir wieder pleite. Mom steckt in der Vergangenheit fest. Sie hat in ihrem ganzen Leben keinen Cent verdient. Also hängt es an mir.«

Die Worte sind derart aus ihr herausgesprudelt, dass er kaum Zeit hat zu begreifen, was sie ihm da erzählt. Er kann sich gar nicht vorstellen, wie sie mit dieser Unsicherheit lebt. Wobei er eine gewisse Erfahrung damit hat, von dem Menschen verraten zu werden, der einen eigentlich beschützen sollte. Angesichts dessen, was sie ihm gerade erzählt hat, fühlt er sich dennoch hilflos. Unglücklich runzelt er die Stirn. »Ich wünschte, ich könnte dir irgendwie helfen.«

»Du hilfst mir«, flüstert sie. »Mit dir zu reden, hilft mir schon.« Sie blinzelt. »Ich habe das nie zuvor jemandem erzählt.«

»Ich bin froh, dass du es getan hast.«

»Ist dir das nicht zu viel?« Sie klingt verunsichert.

Er schüttelt den Kopf. »Nichts, womit ich nicht umgehen könnte.« Er wünschte, ihm würde eine bessere Erwiderung einfallen, etwas, das klarmacht, wie sehr es ihn ehrt, dass sie ihm das alles anvertraut hat. Deswegen, denkt er, ist es so viel einfacher, Lieder zu schreiben. Mit der Melodie kann man das Unausgesprochene ausdrücken, den Teil der Geschichte, der sich dem Text entzieht.

Flackernd verlöschen die Straßenlaternen.

»Ich hab gar nicht gemerkt, dass es schon so spät ist.« Sie reibt sich die Augen. »Ich muss nach Hause, mich duschen.« Sie verdreht das Haar zu einem langen Schwanz und schiebt es über die Schulter. »Ich muss zur Arbeit.«

»Ich begleite dich.«

»Es ist schon fast Tag. Und alleine geht es schneller.«

»Aber ich will sicher sein, dass du gut nach Hause kommst.« Er zieht die Augenbrauen hoch. »Denkst du, du kannst mir jetzt vertrauen?«

Sie hebt die Hände, lässt sie wieder sinken und gähnt.

»Kannst du dich nicht krankmelden oder so?«

Sie schüttelt den Kopf. »Das käme mir falsch vor.«

Plötzlich spürt er einen Stich, der sich anfühlt wie Heimweh. »Cat?«

Sie dreht sich zu ihm um, ihr Gesicht ist erwartungsvoll.

»Ich bin … froh, dass wir uns begegnet sind.«

Sie schenkt ihm ein Zahnlückenlächeln, senkt das Kinn und geht mit den Händen in den Taschen weiter.

Je mehr sie sich von der Küste entfernen, desto heruntergekommener ist mit jeder neuen Straße die Umgebung. Die Häuser wirken verwahrlost, daneben stehen Mülltonnen, aus denen der Abfall auf den Gehweg quillt. Verwaiste Grundstücke sind mit Stacheldraht umzäunt. Ein angeketteter dickleibiger Hund mit einem flachen Kopf bellt sie an. An den Mauern prangt Graffiti.

»Es sieht schlimmer aus, als es ist«, sagt sie. »Aber pass trotzdem auf dich auf, wenn du zurückgehst.« Sie grinst. »Glücklicherweise siehst du nicht aus wie ein Tourist. Du hast den Nicki-Trainingsanzug vergessen.«

Vor einem kleinen holzverkleideten Haus bleibt sie stehen. Links und rechts von den Stufen stehen Blumentöpfe mit üppigen farbenprächtigen Geranien. Er will sie nicht gehen lassen. Er schiebt ihr eine honigfarbene Strähne aus dem Gesicht. »Du bist wunderschön«, sagt er.

Sie errötet und wendet den Blick ab.

Eine Fliegengittertür geht auf, und im Türrahmen steht eine blasse Frau mit grimmigem Blick in einem langen Morgenmantel mit Spitzenbesatz. Sie wickelt ihn fester um den Körper und starrt sie argwöhnisch an.

»Mist«, raunt Cat mit unterdrückter Stimme. »Meine Mom.«

Sam lächelt die Frau an und hebt die Hand zum Gruß. »Guten Morgen«, ruft er.

»Hallo, Mom.« Cat lässt ihn stehen und geht die Stufen hinauf. »Tut mir leid, wenn du dir Sorgen gemacht hast. Mein Freund hier hat mich nur nach Hause begleitet.« Sie hält inne und scheint zu überlegen, ob sie ihn vorstellen soll. »Das ist Sam«, sagt sie hastig. »Er kommt aus England.«

»Junger Mann.« Die blasse Frau starrt ihn an. »Kein Kavalier bringt um diese Zeit eine Dame nach Hause.«

»Mom, bitte«, flüstert Cat.

Er macht den Mund auf, um sich zu erklären und zu entschuldigen, doch Cat wirft ihm einen warnenden Blick zu, sagt tonlos »bis später« und drängt ihre Mutter ins Haus. Die Tür fällt hinter ihnen zu. Einen Augenblick lang steht Sam da und verdaut den leichten Schock, den die Worte ihrer Mutter ihm versetzt haben, und den plötzlichen Verlust von Cat. Dann drückt er den Rücken durch. Er vertraut darauf, dass er das Vorurteil ihrer Mutter aus dem Weg räumen kann. Mit Müttern konnte er immer gut umgehen.

Auf dem Rückweg pfeift er *Morning Has Broken* und sehnt sich danach, in sein Bett im Hostel zu sinken, die Augen zu schließen und den Abend zu rekapitulieren, jeden einzelnen Moment wachzurufen, jede Linie und Fläche ihres Gesichts, jede Nuance ihrer Mimik. Als er wartend an einer Ampel steht, stockt sein Pfeifen plötzlich. Mit dem Daumenballen reibt er sich über die Augen. Warum in Gottes Namen hat er ihr diese Lüge über seine Eltern erzählt? Es war ein spontaner Impuls, die Worte waren draußen, bevor er sich bremsen konnte. Außerdem muss sie über Lucinda Bescheid wissen. Aber dann sagt er sich, dass es schon in Ordnung ist; es ist noch nicht zu spät, um das richtigzustellen.

NEUN

Cat, März 1983

Mom fällt das Haar über die Schultern. Ihr Morgenmantel klafft auseinander und legt ihr vogelzartes Schlüsselbein bloß. Wie der Wächter der Unterwelt versperrt sie mir die Treppe. Mir war klar, dass sie zum falschen Schluss käme, wenn sie Sam mit seinem Tattoo, dem Ohrring und den abgewetzten Klamotten sähe.

»Können wir das bitte vertagen?«, sage ich müde, doch ich weiß, dass sie darauf bestehen wird, es sofort auszudiskutieren. »Ich muss mich für die Arbeit fertig machen.«

Sie rührt sich nicht vom Fleck. »Wer ist das?« Ihre Miene ist angespannt. »Was hast du mit so einem Kerl zu schaffen?« Sie fixiert mich. »Bist du die ganze Nacht bei ihm gewesen?«

»Wir sind nur herumgelaufen und haben geredet. Ich habe die Zeit aus dem Auge verloren. Er ist Sänger, er kommt aus England.« Mit den Fingerknöcheln reibe ich mir über die Augenbrauen. »Er hat nichts gemacht. Und dass er so aussieht … das ist … einfach Mode.«

»Mode?«, faucht sie. »Sieht eher so aus, als käme er direkt von der Müllhalde. So ein Kerl nimmt bestimmt Drogen. Catrin, ich kenne diese Typen … der zieht dich runter.«

»Du weißt doch gar nichts über ihn. Er geht sowieso bald zurück nach England. Wahrscheinlich sehe ich ihn nie wieder. Aber für den Augenblick ist er das Beste, was mir passiert ist.« Ich mache eine Pause. »Überhaupt jemals.«

»Du liebe Güte, wenn er sowieso nur auf der Durchreise ist …« Ihre Stimme ist sanfter geworden. »Wozu soll es dann gut sein, wenn ihr euch wiederseht?«

Ich bin derart müde, dass meine Augäpfel sich anfühlen, als hätte man sie in Salz gewälzt. Übelkeit zieht mir die Kehle zu. »Mom, bitte versuch nicht, mir das auszureden. Ich werde ihn wiedersehen. Du kannst mich nicht daran hindern. Ich bin kein Kind mehr.«

Eine Mischung aus Schluchzen und Keuchen entfährt ihr, und sie presst sich die Hand auf das Herz. »Da ist ein Schmerz ... genau da.«

Sanft ziehe ich ihre Hand von der Brust fort und massiere sie zwischen meinen Händen. »Wir waren doch beim Arzt. Er sagt, dass dein Herz stark ist wie bei einer Zwanzigjährigen. Du bist bloß müde. Bitte, glaub mir, du musst dir keine Sorgen machen. Geh wieder ins Bett.« Ich eile an ihr vorbei und erhasche einen Hauch ihres sauren Atems, als ich die Treppe hinaufsteige.

»Ich hätte dich nicht für einen solchen Dummkopf gehalten«, ruft sie mir hinterher.

Mir fehlt die Kraft, noch mehr zu sagen. »Mom«, flüstere ich. »Bitte. Es ist mein Leben.«

»Denk dran, dass ich dich gewarnt habe.« Mit dürren Fingern stochert Mom in ihrem offenen Haar, schnieft und zieht den Saum ihres Morgenmantels hoch, um hinter mir die Treppe hinaufzugehen. »Komm bloß nicht heulend angekrochen, wenn er dich enttäuscht.«

»Sam ist nicht Dad.«

Schockiert verdunkeln sich ihre Augen. Sie zuckt zusammen, als hätte ich sie geschlagen.

Dad poltert aus dem Schlafzimmer. »Großer Gott! Darf man denn in seinem eigenen Haus nicht mal in Ruhe schlafen?«

Die Niederlage steht ihm ins Gesicht geschrieben, in die Falten auf seiner Stirn, in sein dünner werdendes zerzaustes Haar und die blutunterlaufenen Augen. Er hat die ganze Nacht damit zugebracht, das Spiel, in dem er sein Glück wähnte, zu verlieren.

»Catrin war mit einem Mann aus«, sagt Mom. »Ich kenne dieses Gesindel. Sag ihr, dass sie vernünftig sein soll, Arthur, sag's ihr …«

»Himmel noch mal«, schimpft mein Vater. »Kit-Cat ist alt genug, um zu wissen, was sie tut.«

Auf Zehenspitzen schleiche ich mich davon. Ich will nichts als hinter der verschlossenen Tür meines Schlafzimmers in den Gedanken an Sam schwelgen. *Du bist wunderschön.* Ich will die Erinnerungen festhalten, sie in mein Tagebuch schreiben, die richtigen Worte finden für alles, was geschehen ist. Ich klappe das Tagebuch auf, blättere weiter bis zu einer neuen Seite und nehme den Stift in die Hand.

Ich hatte Sam völlig falsch eingeschätzt. Es hat mich zutiefst erschüttert, dass er nicht so ist, wie ich erwartet hatte: von sich eingenommen, ein Frauenheld. Vielmehr steckt etwas in ihm, das ihn an sich selbst zweifeln lässt. Er ist witzig und warmherzig. Und es ist merkwürdig, wie vertraut er mir ist und wie wohl ich mich bei ihm fühle – einem englischen Jungen, der ein so völlig anderes Leben führt als ich.

Die Erschöpfung überwältigt mich, und ich sinke aufs Bett und liege ausgestreckt auf der verknäulten Decke. Nur eine Minute, denke ich und schließe die Augen, während mir das Tagebuch aus den Fingern gleitet.

Natürlich schlafe ich ein, und Stunden später wache ich in den Kleidern vom Vortag mit Spucke an der Wange auf. Ich greife nach dem Wecker und starre ihn an, als könnte ich die Zeiger mit purer Willensanstrengung dazu bringen, sich rückwärtszudrehen. Zum Duschen bleibt mir keine Zeit. Wenigstens kümmert es die Toten nicht, ob man schlecht riecht. Ich ziehe mir die Arbeitskleidung an, schnappe mir eine Handvoll Kekse und rase aus dem Haus.

Kummervoll schüttelt Ray den Kopf. »Was ist nur los mit dir, Mädchen? Du benimmst dich jetzt schon seit zwei Tagen irgendwie seltsam.«

Am liebsten würde ich nach seiner Hand greifen, sie umdrehen und die lederne Handfläche betrachten, während ich ihm von Sam erzähle. Aber ich darf Ray keinerlei Anlass geben, Verdacht zu schöpfen. Wie ein Schlossherr regiert er über dieses Haus. Er kennt jeden Winkel, und wenn ich auch nur den Staub in einer Ecke aufwühle, dann kann er sich denken, dass ich es war, und wird sich fragen, warum ich mich hier nach Feierabend herumtreibe.

Wir können uns nicht den Luxus gönnen und wie in der Highschool die Tage und Nächte auszählen und abhaken, bis ich ihn ranlasse, die angemessene Zeit abwarten, bis wir miteinander schlafen. Uns bleiben nur drei Wochen, und ich will keine Sekunde darauf verschwenden, mir den Kopf zu zermartern, ob ich das Richtige mache, was andere Leute davon halten mögen oder ob er mich am Morgen danach noch achten wird. Ich werde mit Sam schlafen. Basta. Ich hoffe nur, dass es kein Desaster wird, weil ich so wenig Erfahrung habe. Seit wir in Atlantic City leben, hatte ich nur einen Freund, und als es endlich so weit war, waren wir beide so nervös, dass wir uns eine ganze Flasche Tequila geteilt haben und die darauffolgende ungeschickte Fummelei zu nichts Richtigem geführt hat.

Ich bin mir ziemlich sicher, dass ich noch nie guten Sex hatte. Es fing schon nicht allzu gut damit an, dass ich meine Unschuld an eine der Sportskanonen aus dem Highschool-Footballteam verlor. Nachdem die Tat vollbracht war – während einer Party, auf einem Bett, auf dem sich die Jacken der Gäste türmten –, konnte er sich nicht mehr an meinen Namen erinnern. Dann war da der Typ in Reno, den ich mochte. Er brachte mich zum Lachen, aber er trank zu viel, und das machte mir Angst, weil mich sein Kontrollverlust an Dad erinnerte. Sam ist anders. Ich will ihm körperlich so nah sein wie nur irgend möglich. Plötzlich ist glasklar, was es mit Sex (von der Fortpflanzung abgesehen) auf sich hat.

Zunächst vergeht der Tag sehr langsam, dann schnell, und ich komme mir vor wie in einem dieser verrückten Häuser auf dem Jahrmarkt mit optischen Täuschungen, wo sich die Fußböden unter dir heben und senken. Am Ende des Tages sagt Ray: »Das hast du gut gemacht, Catrin. Du lernst, wie man dem Tod mit Würde begegnet. Ich bin stolz auf dich.«

Schuldgefühle überschwemmen mich angesichts meiner Pläne und des Sakrilegs, das ich begehen will. Frank eilt zu meiner Rettung herbei. *Entspann dich, Mädchen. Du tust niemandem weh. Die Toten wird's nicht stören. Und irgendwohin musst du ja mit dem Typen gehen. Er ist einer von den Guten.*

Auf dem Heimweg umklammere ich die Schlüssel zum Bestattungsinstitut wie einen Talisman, so als führten sie mich geradewegs zum Heiligen Gral.

Ich treffe Sam im Club. Nach dem Konzert bahnt er sich den Weg durch die Menge, verschwitzt, glücklich und zufrieden mit sich selbst. Sobald er bei mir ist, umarmt er mich derart stürmisch, dass er mich von den Füßen hebt, und ich muss lachen und klammere mich an seiner Schulter fest. Ein paar Frauen werfen mir anzügliche Blicke zu. Ich werde in ein anderes Universum katapultiert. Ich will jeden einzelnen Augenblick genießen, damit ich die Erinnerung daran wachrufen kann, wenn er fort ist.

»Okay«, sagt er draußen vor dem Club. »Gehen wir jetzt also wirklich ins Bestattungsinstitut?«

Ich greife nach seiner Hand und drücke sie. »Darauf kannst

du wetten.« Ich hoffe, er spürt das Zittern in meinen Fingern nicht.

Als wir bei Greenacres ankommen, stelle ich mit Erleichterung fest, dass alle Fenster dunkel sind. Wie ein stummer Wachposten wiegt sich der Baum an der Straßenecke ein wenig im Wind. Ich ziehe die Schlüssel aus meiner Tasche.

»Warte«, meint Sam. »Wir sind da?«

Ich nicke.

Er blickt zum Giebel hinauf. »Ich hatte mir das anders vorgestellt.«

»Hinten gibt es noch ein paar Funktionsgebäude«, erkläre ich. »Aber das hier bekommen die Leute zu sehen. Ich war auch überrascht, als ich das erste Mal die Veranda und die Fensterläden gesehen habe. Wirkt wie ein ganz normales Wohnhaus, überhaupt nicht düster.«

Wir gehen die Stufen hinauf, und ich stecke den Schlüssel ins Schloss, während ich mir den Alarmcode im Kopf vorsage und ihn dann eintippe. Meine Nervenenden prickeln, und plötzlich nehme ich Sams körperliche Nähe hinter mir überdeutlich wahr. Ich spüre das Kitzeln meines Haars, das mir schwer im Nacken liegt, und die Vorstellung, dass er mich dort berührt, nimmt mir den Atem.

Während ich mich um die Alarmanlage kümmere, geht Sam voraus ins Foyer, vorbei an dem massiven Tresen mit den weißen Lilien in der Vase und den Ratgeberbroschüren. »Ich hatte keine Ahnung, dass es da so viel zu entscheiden gibt«, sagt er mit gedämpfter Stimme.

Ich muss daran denken, was er über seine Eltern erzählt hat, und frage mich, was für ein Begräbnis sie wohl hatten und ob sie gemeinsam in einem Unfall gestorben sind.

»Stehst du deinen Schwestern nahe?«

»Eleanor lebt in Australien, also sehe ich sie nicht oft. Mattie ist in London, sie ist verheiratet und hat ein Kind. Wir verstehen uns ganz gut. Warum?«

»Ich habe mich das nur gefragt, weil deine Eltern ja tot sind und so …«

Die Stimmung hat sich verändert, plötzlich herrscht wieder eine verlegene Anspannung, und ich habe das Gefühl, dass er sich von mir zurückzieht. Ich blicke zu Boden.

Doch dann steht er vor mir. Er nimmt mein Kinn, hebt es an und sieht mir in die Augen. »Cat, ist alles in Ordnung?« Seine Stimme ist sanft. »Wir müssen das nicht tun, weißt du. Nur, wenn du wirklich willst.«

Ich werfe die Arme um seinen Nacken, und wir küssen uns. Auf seiner Zunge schmecke ich das hefige Bier. Er zieht mich so dicht an sich, dass unsere Rippen sich berühren. Ich löse mich von ihm, nur ganz kurz, um zu sagen: »Ich will.«

Seine Finger tasten nach dem Reißverschluss meines eng anliegenden Kleids und verhaken sich in den langen Halsketten. »O Mann«, keucht er. »Was hast du denn da an? Ist das ein Keuschheitsgürtel?«

Ich zerre an seinem Sweatshirt und ertaste die straffe Haut an seinem Bauch, ihre Wärme und Geschmeidigkeit, und den haarigen Pfad, der von seinem Bauchnabel abwärts führt. Dann liegen wir nackt auf den dunkelblauen Teppichfliesen unter den Regalen, auf denen Urnenmodelle ausgestellt sind.

»In meiner Hosentasche ist ein Gummi«, japst er. »Magst du es dran machen?«

Ich verstehe nichts. »Bei mir?«

Er bricht in Lachen aus. »Keine Sorge. Ich mach das schon.«

Sofort wird mir mein dummes Missverständnis klar, aber es macht nichts. Ich muss auch lachen, wir lachen beide, während er das verfluchte Ding überstreift und mir sagt, dass ich aufhören soll, weil er sich konzentrieren muss.

Wir halten uns in den Armen und küssen uns, rollen von einer Seite auf die andere.

Nichts ist so wie bei den anderen Malen. Die Freude trägt mich empor, als ich seine Finger und Zunge in mir spüre, seine Beine und Arme an den meinen entlanggleiten und meine Haut entfachen. Es ist unmöglich, still zu bleiben. Ich kann gar nicht anders, als aufzuschreien.

Keuchend und schweißnass liegen wir mit ausgestreckten Armen und Beinen da, als hätte man uns wie Puppen aus dem All abgeworfen. Die Teppichfliesen kratzen an meinem nackten Hintern. Ich verlagere das Gewicht auf die Seite. Ich will ihm sagen, dass ich ihn liebe, liebe, liebe. Stattdessen vergrabe ich meinen Mund in der Kuhle an seinem Schlüsselbein und lecke das Salz von seiner Haut. »Ich glaube, ich habe mich am Teppich wund gelegen«, murmle ich.

»Ich auch.« Er greift nach den Kleidern, nestelt damit herum, breitet sein Sweatshirt und meine Jacke über uns aus und steckt sie an unseren Oberkörpern fest. Seine Finger fahren über meinen Bauch und bleiben an der Narbe hängen. »Was ist das?«

»Als ich acht war, hatte ich einen Blinddarmdurchbruch«, erkläre ich.

»Einen Blinddarmdurchbruch? Aber … daran hättest du sterben können, oder?« Sein Kopf wandert hinunter, und ich halte die Luft an, während er die gezackte Linie an meinem Bauch küsst.

Als wir es uns in den Armen des anderen gemütlich gemacht haben, sage ich: »Ich wäre fast gestorben, es stand auf der Kippe. Muss schlimm für meine Eltern gewesen sein. Sie hatten schon ihren kleinen Sohn verloren. Ich kann mich aber nicht mehr an viel erinnern.«

Ihm entfährt ein langes Seufzen. »Ich bin demjenigen, der dein Leben gerettet hat, sehr dankbar.« Dann wedelt er mit den Armen über dem Kopf und ruft laut: »Wer auch immer du bist und wo auch immer du bist: DANKE!«

»Psst!«, zische ich lachend und lege ihm die Hand über den Mund. »Du bist verrückt. Du weckst noch die Toten auf!«

»Ich wünschte, ich wäre Chirurg und würde Leben retten. Das ist schon etwas, findest du nicht?«

»Auch Musik kann Leben retten«, erwidere ich. »Das richtige Lied zum richtigen Zeitpunkt. Das kann manchmal den Ausschlag geben.«

Er zieht mich fester an sich. »Du hast mir noch nicht erzählt, wer Frank ist.« Ich spüre seine Stimme in seiner Brust, sie vibriert an meinem Ohr. »Der Name auf der Parkbank.«

»Er war mein Bruder«, sage ich ruhig. »Der Sohn, den meine Eltern verloren haben. Ich habe ihn nie kennengelernt, er ist vor meiner Geburt gestorben. Aber«, ich schlucke, »er ist dauernd in meinem Kopf. Seine Stimme spricht mit mir.«

»So eine Art … Fantasiefreund?«

Ich nicke. »Irgendwann vor Jahren muss ich mir seine Stimme ausgedacht haben, und dann hat sie ein Eigenleben entwickelt. Er kommt mir ganz wirklich vor. Manchmal wünschte ich, dass er den Mund hält.« Ich blicke in Sams Gesicht. »Findest du mich verrückt?«

»Nein.« Er lächelt. »Du hast ihn gebraucht. Und hast nach einer Lösung gesucht, um diesem Bedürfnis gerecht zu werden.« Er streicht mir eine Haarsträhne aus der Stirn. »Ich finde es toll, dass du Frank an deiner Seite hast.«

Ich lege den Kopf wieder auf seine Brust.

»Hat er … irgendwas über mich gesagt?« Sams Stimme klingt fast ein wenig besorgt.

Ich lächle. »Petzen ist nicht erlaubt.« Mit dem Finger pikse ich ihn zwischen die Rippen.

»Mir ist schon klar, was du da tust«, sagt er und kitzelt mich. »Zwei gegen einen. Das ist unfair.«

Ich lache, aber in meinen Augen brennen Tränen, und ich spüre, wie sie mir still die Wangen hinunter und an der Nase entlanglaufen. Mir ist nicht klar, warum ich weine. Bald ist er weg, aber es ist mehr als das. Wir haben erst zwei Tage miteinander verbracht, sage ich mir. Du kannst ihn unmöglich lieben. Aber ich denke, ich weiß, dass ich es vom ersten Moment an getan habe, als ich ihn auf der Promenade stehen sah und er so höflich zu den beiden Touristen war.

ZEHN

Sam, April 1983

Die Sommerferien erlaubten es ihm, dem Elend der Schule für sechs Wochen zu entfliehen. Wie Schmetterlinge öffneten die Tage ihre Flügel, alles war farbiges Schillern und Licht: die Nachmittage mit seinem Freund Ben aus dem Dorf, an denen sie im Wald mit ihren Stöcken fuhrwerkten und Hütten bauten, und wenn er zum Abendessen nach Hause kam, grinsten ihm Mattie und Elle über den Esstisch hinweg zu. Während der Woche war sein Vater dienstlich in der Stadt, und so waren nur die Mutter, die Schwestern und die sabbernden und furzenden Doggen zu Hause.

An Sonntagen hatte die Familie ihre eigene Kirchenbank ganz vorne in der Kirche St. Mary the Virgin. Mit seinen Schwestern saß er auf dem harten Holz, der Kragen rieb an seinem Hals, und die Schuhe waren fest geschnürt. Während der Pfarrer von der Kanzel herabpredigte, zwickte sich Sam am Handgelenk, um nicht in Tagträumerei zu verfallen. Das Internat hatte ihn gelehrt, was Macht bedeutete; er erkannte die Körpersprache jener, die sie besaßen, und jener, die sie nicht besaßen. Wenn die Familie für die Heimfahrt in den Mercedes stieg, erteilte der Pfarrer ihnen mit einem besonderen Wink seinen Segen, und die Leute im Kirchhof senkten die Köpfe, wenn das große schwarze Auto an ihnen vorbeifuhr – alle außer Ben, der die Zunge herausstreckte.

Mittags beim Rinderbraten am weiß gedeckten Tisch fragte ihn der Vater den Inhalt der Predigt ab. Wenn Sam eine falsche Antwort gab, schlug ihm der Vater mit dem Messer auf die Finger. »Ich gebe doch kein Vermögen für deine Ausbildung aus, nur damit aus dir ein Nichtsnutz und Dummkopf wird«, sagte er. »Ein wahrer Engländer ist zum Anführer gemacht.« Die Hunde saßen hoffnungsvoll wartend am Boden und winselten. Während er blutige Knorpelstückchen in ihre Rachen fallen ließ, setzte der Vater seine eigene Predigt fort: »Ein anständiger Mann führt ein Leben, auf das er stolz sein kann.«

Dieses Kind aus Sams Erinnerungen verblasst immer mehr und verschwindet wie eine Gestalt im grellen Sonnenschein, deren Silhouette verschwimmt, bis sie vom Licht verschluckt wird. Die Stimme seines Vaters aber will nicht schweigen. Sam möchte keine Zeit mehr auf das Nachdenken über den Vater verschwenden. Er will an nichts anderes denken als an sie – Cat. Daran, was sie letzte Nacht getan haben, an ihre kräftigen Knochen, die Schönheit ihrer goldenen Haut mit dem kleinen Makel, das Muttermal auf der rechten Pobacke, die Furche über der Lippe, wenn sie ihr Zahnlückenlächeln zeigt. Zu keinem Menschen hat er eine derartige Verbindung gespürt seit … In Gedanken geht er die Beziehungen durch, die er hatte, und muss feststellen, dass er so etwas nie zuvor erlebt hat, mit keinem anderen Menschen. Noch nicht einmal mit Lucinda, auch nicht ganz zu Anfang in Oxford.

Sie lernten sich bei der Inszenierung von *Romeo und Julia* in der Theatergruppe der Universität kennen. Er spielte den Mercutio, sie hatte die Regie. Schon damals war sie beängstigend tüchtig mit ihren gerade mal ein Meter dreiundfünfzig. Sie wurde von allen bewundert. Anfangs fühlte er sich geschmeichelt, dass sie Interesse an ihm zeigte. Mit der Zeit erkannte er, dass ihr Bedürfnis nach Perfektion mit der Angst zu tun hatte, nicht ernst genommen zu werden. Wenn sie aber aus der Deckung kam, dann konnte sie lustig und süß sein. Es gefiel ihm, dass er der Einzige war, der die wahre Lucinda kannte. Kein anderer kam ihr nahe, sie war viel zu erfolgreich darin, Distanz zu wahren.

Vor seinem inneren Auge taucht ihr Gesicht auf, das ihn ansieht. Die Mundwinkel ihrer Chanel-roten Lippen sind herabgezogen, wieder einmal ist sie enttäuscht. Diesen Gesichtsausdruck kennt er mittlerweile nur zu gut. Wann haben sie sich so auseinanderentwickelt? Und warum ist ihnen das nicht schon früher aufgefallen? Schon seit Jahren ist offensichtlich, dass es besser wäre, wenn sie sich trennen. Er hat ein schlechtes Gewissen wegen des Zeitpunkts, aber er bedauert ganz sicher nicht, dass er Cat begegnet ist. Noch immer hat er den Mut nicht aufgebracht, ihr von Lucinda zu erzählen, und je länger er es hinausschiebt, desto unmöglicher erscheint es ihm. Er hat Angst, ihnen beiden die Zeit, die ihnen miteinander bleibt, zu verderben.

An den Fingern zählt er die Tage ab und weiß, dass sie nicht genügen.

Levi und die anderen holländischen Riesen reisen ab; die Nächte in den Casinos haben sie ärmer gemacht, aber ihren unermüdlichen Frohsinn nicht geschmälert. Levi drückt Sams Hand. »Jetzt bist du doch nicht mehr nach New Orleans gekommen, Kumpel«, meint er. »Ich habe dich kürzlich nachmittags singen gehört. Das war ein eigener Song, oder?« Interessiert betrachtet er ihn. »Hast dich verliebt, stimmt's?«

»Ja, das habe ich.« Sam grinst.

Levi zwinkert. »Viel Glück, Mann. Und komm mich mal besuchen.« An der Tür dreht er sich noch einmal um. »Übrigens gefällt mir deine Musik.« Er nickt und wirkt plötzlich ernst. »Doch, Mann, wirklich cool.«

Jeden Abend singt Sam mit der Band, während Cat vom Vorhang hinter der Bühne aus zusieht. Wieder kehren sie in das Bestattungsinstitut zurück, um auf den Teppichfliesen miteinander zu schlafen oder einmal auch auf dem Mahagonischreibtisch, wobei sie die Broschüren über den Boden verteilen und gegen eine Vase stoßen, sodass der Blütenstaub herumgewirbelt wird und ihn zum Niesen bringt. Wenn Cat nicht bei der Arbeit ist, spazieren sie an den Uferstreifen und Zuflüssen der Stadt entlang über die Strände. Sie sitzen auf ihrer Lieblingsbank, blicken hinaus aufs Meer und reden und reden. An der Absecon Bay, wo die Brücke den breiten Fluss in einem eleganten Bogen überspannt, machen sie Picknick und beobachten die Fischer beim Angeln von Barschen. Er lernt die alten farbigen Schindelhäuser schätzen und die breiten Straßen in den reicheren Gegenden, und er gewinnt die schäbigere Wirklichkeit der ärmeren lieb mit ihren Waschsalons, Modegeschäften für Übergrößen und Friseurläden, an deren Fenstern fast immer mit den *Niedrigsten Preisen in ganz South Jersey* geworben wird.

In den Zeiten, in denen Cat arbeiten muss, sitzt Sam mit der Gitarre auf seinem Bett im Hostel und komponiert Lieder. Jedes einzelne ist von ihr inspiriert. Er denkt an ihr Gesicht, wenn seine Finger über das Griffbrett wandern, wie ihre Züge sich je nach Tageszeit oder Stimmung verändern; manchmal ist ihr Gesicht sanft, so, wie er es sich bei einer Nonne vorstellen würde, manchmal scheint sie von innen zu brennen und strahlt eine so blendende, glühende Schönheit aus, dass es ihn schmerzt. Ihm gefällt ihre verrückte Art, sich zu kleiden, wenn sie Farben miteinander mischt, als hätte sie einen Kostümkoffer geplündert, und die Tatsache, dass sie keine Angst davor hat, anders zu sein. Er liebt ihren kindlichen Humor und dass sie beim Lachen schnaubt. Er liebt ihre Fähigkeit, sich über alltägliche Dinge zu freuen. Und dann ist da noch ihr unerschütterlicher moralischer Kompass, der ihn zwar einschüchtert, aber letztendlich ein zentraler Zug ihrer Persönlichkeit ist. Nie zuvor hat er Liebeslieder geschrieben, er hatte nie das Bedürfnis danach. Diese Lieder aber verlangen lautstark nach seiner Aufmerksamkeit, beinahe fertig komponiert steigen sie in seinem Innern auf. Er spielt sie Cat nicht vor, weil er Sorge hat, dass sie sie für kitschig hält, und weil sie nicht gut genug sind. Noch nicht. Nicht gut genug für sie.

ELF

Cat, April 1983

Ray war am Flughafen, um einen Leichnam in Empfang zu nehmen, eine Amerikanerin aus Atlantic City, die mit einem Engländer verheiratet war. Sie soll auf dem Friedhof von Our Lady Star of the Sea beerdigt werden.

Die Frau wurde in London einbalsamiert und kommt bereits komfortabel im Sarg eingebettet an. Es ist ein Truhensarg mit aufklappbarem Oberteil aus glänzendem dunklem Holz mit Messingverschlägen. Die Familie wünscht eine Verabschiedung am offenen Sarg. Ray hebt die Klappe an, und mit einem metallischen Laut rastet das geölte Scharnier ein. Dann beugt er sich darüber, um festzustellen, ob alles seine Richtigkeit hat. Aufmerksam mustert er ihr Gesicht. »Gute Arbeit«, sagt er anerkennend. »Sieht sehr natürlich aus.« Er wendet sich an mich. »Komm mal gucken, Catrin. Das ist hoch professionell.«

Es klingelt an der Tür, und er geht, um aufzumachen. Ich trete an den Sarg. Ray hat recht. Wer auch immer die Frau einbalsamiert hat, war ein Künstler. Sie sieht aus, als schliefe sie friedlich. Was Ray nicht gesagt hat, ist, wie schön diese Frau ist, diese Tote. Blass, die feinen Gesichtszüge eingerahmt von langem dunklem Haar mit glänzenden Stirnfransen, und die schmalen, wohlgeformten Lippen rubinrot. Fast meint man, dass sie sich zum Sprechen öffnen werden. Unwillkürlich beuge ich mich über sie, um auf ihren Atem zu lauschen, und ich muss an die Prinzessin im Märchen denken, die schlafend in ihrem gläsernen Sarg liegt, bis der Prinz sie wach küsst.

Als Ray mich an der Schulter berührt, zucke ich zusammen.

»Ich brauche dich für dieses Begräbnis«, sagt er. »Wir stellen die Sargträger. Du fährst mit mir im Leichenwagen, okay?«

»Oh, aber dieses Wochenende habe ich doch frei«, erwidere ich. »Ich habe … einen Freund. Er … reist bald ab.«

»Tut mir leid, Cat.« Er schließt den Sargdeckel. »Ich komme nicht ohne dich aus. Sind doch nur ein paar Stunden am Samstag.«

Frustriert verkrampfe ich mich innerlich. »Aber es ist wirklich wichtig, Ray«, bitte ich ihn. »*Er* ist mir wichtig.«

»Hab ich mir doch gedacht, dass es um einen Mann geht.« Ray zieht die Luft zwischen den Zähnen ein und sieht mich bekümmert an. »Läufst rum wie ein Huhn ohne Kopf.« Er zwinkert. »Weißt du was, Mädchen, du kannst direkt im Anschluss gehen.«

»Danke.« Mit dem Kinn deute ich auf den Sarg. »Wie heißt sie?«

»Elizabeth«, sagt er. »Elizabeth Dunn. So hieß sie nach der Heirat. Ursprünglich war sie eine O'Reilly.«

Die O'Reillys sind das, was in diesem Teil der Welt dem Adel am nächsten kommt. Sie besitzen das Atlantic und das Liberty Hotel.

Ray tippt auf den Sarg. »Das hier müssen wir ordentlich machen.«

»Ich muss am Wochenende arbeiten«, erzähle ich Sam. »Es ist das Begräbnis einer Frau aus einer einflussreichen Familie von hier. Tut mir leid.«

»Wie lange?«

»Nur am Samstag, am Spätnachmittag bin ich fertig.«

Er drückt mich fest an sich und presst seinen Mund in mein Haar. »Ich hole dich ab, wenn du fertig bist«, sagt er. »Ich singe nicht mehr im Club, sie haben einen neuen Frontmann gefunden.«

»Dann komm um vier zur Kirche Our Lady of the Sea.«

Sam nickt. »War sie sehr alt? Diese Frau, meine ich?«

»Nein. Sie war jung. Und wunderschön. Sie war auch verheiratet.«

»Verflucht«, sagt Sam leise und legt seine Arme fester um meine Taille.

Am Samstag regnet es. Es ist einer dieser verrückten Stürme, die der Atlantik gern vom Zaun bricht, mit heftigen Regenböen und Windstößen, die sich wie ein Tiger urplötzlich auf einen stürzen. Ray ist fest entschlossen, dass das Wetter der Angelegenheit nichts von ihrer Pracht nehmen wird. Makellos steht er im Frack neben dem Leichenwagen und überwacht das Ausladen des Sargs, gleichgültig gegenüber dem Wasser, das ihm über die dunkle Haut läuft. Wir sechs Sargträger hantieren mit schwarzen Schirmen im Bemühen, den Sarg vor dem Regen zu schützen.

Als der Sarg mit angehobenem Deckel zwischen üppigen Reihen weißer Rosen vorne in der Kirche aufgestellt ist, treten die Trauergäste durch eine Blumenwolke heran, deren Duft so intensiv ist, dass man meinen könnte, ein Parfumflakon sei zerbrochen. Schweigend stehen wir in unseren triefenden Kleidern und mit gesenktem Blick im Hintergrund und warten auf den Augenblick, in dem wir in Aktion treten und den Sarg hinaus zu der Grube tragen, die bereits ausgehoben wurde.

Nur ganz leicht hebe ich mein Kinn, weil ich neugierig auf den Ehemann von Elizabeth Dunn bin. Ich habe mir einen Prinzen ausgemalt, einen großen Mann mit feuerrotem Haar, das ihm wie eine Krone auf dem Haupt sitzt, imposant und mit Ehrfurcht gebietender Ausstrahlung, doch der Mann, der langsam zwischen den Reihen hindurchgeht, ist schlank, wirkt sanft und hat kurz geschnittene braune Locken. Seine runden

Brillengläser sind vom Regen gesprenkelt. An der Hand hält er ein kleines Mädchen. Unwillig lässt sie sich hinterherziehen und stampft mit den Füßen auf, während sie einen Teddybären an die Brust presst. Den ganzen Gottesdienst hindurch höre ich das Mädchen jammern, und bei jeder Trauerrede wird sie noch lauter. Ihr Weinen lässt mich schaudern, zusätzlich zu der Gänsehaut, die ich von der Kälte habe.

Der Rasen ist rutschig vom Regen, und wir gehen es noch langsamer an als sonst. Das Gewicht des Sargs gibt uns Stabilität. Am Grab übernehmen vier Männer den Sarg und arrangieren die Schnüre, an denen Elizabeth Dunn später in die mit Kunstrasen ausgekleidete Grube hinabgelassen wird.

Ich trete zurück, damit die Familie an das Grab herantreten kann. Das Kind kickt seinem Vater gegen die Schienbeine. Er beugt sich hinunter und hält es zärtlich an der Schulter, um es zu bremsen. Es schlägt den durchnässten Teddybären in sein Gesicht und an den Sarg, sodass ein Rosenzweig herabfällt, was von den anderen Trauergästen mit finsteren Blicken und zusammengepressten Lippen quittiert wird. Eine ältere Dame mit schwarzem Gesichtsschleier zischt missbilligend. Der Vater geht in die Hocke und bemüht sich, seine Tochter zu besänftigen, doch sie windet sich aus seinem Griff und schreit: »Ich will meine Mummy!«

Ohne nachzudenken, knie ich mich hin und blicke in ihre dunklen, wütenden Augen. »Hi«, sage ich. »Wie heißt du?«

Abrupt bricht das Heulen ab, und sie sperrt stumm den Mund auf. An die Beine ihres Vaters gepresst, starrt sie mich an. Ihre Unterlippe zittert.

Ich hole tief Luft. »Wollen wir mal sehen, ob du meinen Namen errätst«, sage ich. »Wenn du willst, gebe ich dir einen Tipp.«

Sie verzieht das Gesicht und wischt sich mit der pummeligen Hand über die Rotznase. Ich ziehe das saubere Taschentuch heraus, das Ray uns immer für die Jacketttasche verordnet, und halte es ihr hin. Sie scheint nicht zu verstehen, wofür es gedacht ist, und lässt es ungenutzt von der geschlossenen Faust baumeln. Dann legt sie den Kopf schräg. »Bist du das Rumpelstilzchen?«

»Wie?«

»Rumpelstilzchen.« Mit ernstem Gesicht wiederholt sie das lange Wort, wobei sie über die Silben stolpert.

»Hm. Nein, das bin ich nicht. Mein Name ist ein Tier.«

»Hund.«

Ich lächle. »Nein. Das Tier hat einen langen Schwanz und Fell, und viele Leute halten es als Haustier.«

»Ratte.«

Dieses Kind sagt wirklich die verrücktesten Dinge. »Also gut. Ich gebe dir noch einen Tipp. Ich jage Ratten, und die Hunde jagen mich.«

»Cat!«, schreit sie.

»Kluges Mädchen.« Ich zwinkere ihr zu. »Weißt du was? Was hältst du davon, wenn wir da drüben etwas spielen? Lassen wir deinem Papa ein bisschen Ruhe. Wir bleiben ganz in der Nähe.«

Sie zieht sich in Schweigen zurück und fixiert mich ausdauernd und taxierend unter den nassen zusammenklebenden Wimpern hervor. Dieses Kind wäre ein begnadeter Pokerspieler. Die Sekunden ziehen sich hin, und ich denke schon, dass ich den Wettkampf verloren habe, als sie blinzelt und ernst nickt. Ich strecke ihr die Hand hin, die sie ohne Zögern nimmt.

Es hat aufgehört zu regnen. Wir stehen zwischen den tropfenden Grabsteinen. »Wie heißt du?«, frage ich sie.

»Grace.«

»Das ist aber ein schöner Name. Wie alt bist du?«

»Fünfeinhalb.« Aus der Tasche zieht sie einen rosa Wollfaden, ein verhedderter Knoten, den sie mir hinhält, und mir wird klar, dass ich ihn entwirren soll. Als ich fertig bin, hält sie die gespreizten Finger hoch. »Kannst du das Fadenspiel spielen?«, fragt sie mich.

Ich bin furchtbar schlecht darin, ungeschickt fummle ich an den rosa Fäden, nehme die falschen auf und lasse diejenigen fallen, die ich zwischen den Fingern lassen sollte. Aber meine Tollpatschigkeit bringt sie zum Lachen. »Nein, du Dummchen!«, kreischt sie. »So doch nicht.«

»He«, sage ich. »Wusstest du, dass in der Katzenwiege tatsächlich Katzen leben?«

Sie schenkt mir einen argwöhnischen, aber auch neugierigen Blick.

Ich suche nach Worten, um mir eine Geschichte auszudenken. »In jeder Wollwiege lebt eine unsichtbare Katze. Sie hat dieselbe Farbe wie die Wolle. Und sie wünscht sich so sehr, dass du sie siehst, also hüpft sie jedes Mal, wenn du an den Fäden ziehst, auf und ab und winkt mit den Pfoten.« Ich schwenke meine Hände. Sie lacht. »Diese ganzen kleinen Kätzchen, Bob, der blaue Kater, die gelbe Gail und so weiter, sie winken also wie verrückt. Aber da gibt es diesen ganz besonderen Kater Ronnie. Was denkst du, welche Farbe hat er?«

»Ronnie?« Sie beißt sich auf die Lippe, dann ruft sie: »Rot? Rosa!«

»Genau. Kluges Mädchen. Ronnie, der rosa Kater.« Ich blicke hinüber zum Grab und stelle erleichtert fest, dass die Trauergemeinde sich auflöst. Grace' Vater kommt herüber und legt die Hand auf das dunkle, gekräuselte Haar seiner Tochter. »Danke«, sagt er mit britischem Akzent. »Sie sind der erste Mensch, dem sie traut, seit …« Er hält inne. »Sie hat ja sogar gelacht!«

»Wir haben uns ein bisschen die Zeit vertrieben.«

»Daddy.« Grace zerrt an seiner Jacke. »Daddy, sie soll mir die Geschichte zu Ende erzählen.«

»Jetzt nicht. Sie muss doch arbeiten, Spätzchen.« Das Mädchen zerrt noch fester an seinem Ärmel, und er beugt sich zu seiner Tochter hinab und lauscht, als sie ihm etwas ins Ohr flüstert. »Nein, Grace«, sagt er dann. »Sie arbeitet hier.« Er richtet sich auf. »Für sie ist alles gerade sehr merkwürdig, für uns beide. Noch dazu sind wir den ganzen Weg nach Atlantic City gekommen, wohnen im Hotel und treffen Verwandte, die sie kaum kennt. Leider müssen wir eine Weile bleiben … familiäre Pflichten und juristische Angelegenheiten. Es gibt da ein paar Komplikationen. Dabei müsste ich Grace dringend nach Hause bringen. Und mich um Hilfe kümmern, eine neue Alltagsroutine finden.«

»Nach Hause?«

»London. Hampstead.« Er wirft einen Blick zum Grab seiner Frau. »Sie wollte hier begraben werden. Sie sind alle hier, der ganze O'Reilly-Clan.«

Ich sehe, wie Ray mir von der anderen Seite des Friedhofs einen Wink gibt. Sam dürfte gleich hier sein. Beim Gedanken an ihn schlägt mein Herz schneller.

Ich gehe in die Hocke. »Auf Wiedersehen, Grace.«

Sie lässt das Kinn sinken, wendet sich von mir ab und schmiegt sich, den Daumen im Mund, an ihren Vater. Ich merke, wie die Verbindung zwischen uns wie ein dünner Zwirn gekappt wird.

»Sie ist müde.« Er muss mir die Enttäuschung am Gesicht abgelesen haben. Er streckt die Hand aus. »Leo Dunn.«

»Catrin Goforth.« Wir schütteln einander die Hand. »Ihre Tochter kennt mich unter dem Namen Cat.«

»Cat«, wiederholt er. Sein Händedruck ist überraschend fest. »Wir wohnen im Atlantic. Wenn Sie zufällig mal in der Nähe sind und Lust auf eine Tasse Tee haben, dann kommen Sie doch vorbei, Cat. Zimmer 242. Grace würde sich bestimmt freuen, Sie zu sehen. Sie kann eine Freundin brauchen.« Er lächelt schwach. »Und vielleicht könnten Sie dann die Geschichte zu Ende erzählen.«

Ich bin nicht sicher, ob das hier das ist, was die Engländer machen, nämlich das eine sagen und das Gegenteil meinen.

»Es ist nicht zu übersehen, dass sie Sie gernhat«, fügt er hinzu, bevor er sich umdreht.

Im Weggehen nimmt er seine Tochter auf die Hüfte. Ihre Füße baumeln unterhalb seiner Knie. Er schwankt ein bisschen unter ihrem Gewicht, und sie legt den Kopf auf seine Schulter, wobei ihr das wirre Haar ins Gesicht fällt und der Daumen wieder in den Mund wandert.

ZWÖLF

Sam, April 1983

Sam vermutet, dass der Mann mit der schwarzen Jacke und der vom Regen verschleierten Brille der Ehemann der Verstorbenen ist. Da ist auch ein Kind, ein pummeliges rotwangiges Mädchen, das sich an die Beine seines Vaters schmiegt. Jetzt hat sie keine Mutter mehr. Er kann sich nicht vorstellen, wie Cat Tag für Tag mit diesen Schicksalen fertigwird. Der arme Kerl muss durch die Hölle gehen. Während Sam selbst der glücklichste Mann auf Erden ist.

Der Regen hat nachgelassen, es nieselt nur mehr. Mit wehenden schwarzen Rockschößen eilt der Pfarrer davon. Eine zerstreute Schar Trauernder entfernt sich vom Grab und bewegt sich auf das Tor zu. Der Mann und das Kind sind die Letzten. Er hat es auf dem Arm, und es klammert sich fest an seinen Hals.

Erleichterung durchflutet Sam, und ihm wird bewusst, dass er die Luft angehalten hat, als wolle er damit verhindern, ihre Trauer zu verinnerlichen. Er fühlt sich unwohl auf Friedhöfen. Er möchte nicht an seine eigene Sterblichkeit erinnert werden und auch nicht an jene Sonntage zu Hause. Mit großen Schritten überquert er den durchweichten Rasen und ruft Cats Namen. Sie blickt auf, und ein breites Lächeln verwandelt ihr Gesicht. Sie küssen sich, lange, intensiv, und er möchte lachen, weil er sich in ihrer Anwesenheit so lebendig fühlt. »Du bist ja genauso nass wie ich.« Sie tätschelt seine durchnässte Jacke, dann nimmt sie ihn an der Hand und zieht ihn Richtung Kirche. »Na los, ich will sie dir von innen zeigen. Außerdem kommen wir dann ins Trockene.«

Er mag keine Kirchen – St. Mary's hat sie ihm dauerhaft verleidet –, aber wenn es sie glücklich macht, dann setzt er sich auch in einen Kuhstall oder macht einen Abstecher in die Kanalisation.

»Ich reise bald ab«, platzt er heraus.

Sie bleibt stehen und sieht ihn erwartungsvoll an.

Plötzlich ist seine Kehle trocken. »Sollen wir … können wir … ich meine, ich will nicht, dass das hier zu Ende geht.« Er fährt sich mit der Zunge über die Lippen. »Mir ist schon klar, wir leben auf zwei Seiten des Atlantiks, und Fernbeziehungen sind schwierig, aber …«

Er bemerkt, dass ein Schauder durch ihren Körper geht, sie lehnt sich an ihn und presst die Stirn fest an seine Schulter. »Ich will auch nicht, dass es zu Ende geht.«

Erleichtert berührt er ihr feuchtes Haar, nimmt ihre Hand und hebt sie an seinen Mund. »Allerdings brauche ich dann deine Telefonnummer. Ich meine, wenn wir jetzt ein Paar sind. Du hast sie mir nie gegeben.«

»Ein Paar.« Sie lacht. »Das klingt irgendwie altmodisch, noch dazu aus deinem Mund. Aber es klingt gut. Richtig gut.«

»Telefonnummer?«

»Oh.« Sie schüttelt den Kopf. »Unser Telefon wurde abgestellt.« Sie zuckt die Achseln. »Das passiert immer wieder. Besser, wir schreiben uns.«

»Dann machen wir es auf die altmodische Art. Vielleicht ist das sogar schöner. Ich schreibe als Erster«, sagt er, »weil es eine Weile dauern wird, bis ich eine Wohnung gefunden habe. Ich muss noch ein paar Sachen … klären, wenn ich nach Hause komme.« Begeistert von seinen Plänen, geht er schneller. »Aber sobald ich eine Bleibe habe, kannst du mich besuchen.«

Sie grinst. »Du weißt, dass ich immer schon mal nach London wollte, jetzt habe ich einen guten Vorwand.«

»Na dann …« Er lacht. »Gib mir deine Adresse, ich lege sie zu meinem Pass, damit ich sie ja nicht verliere.«

Sie hat das Kinn auf die Brust gesenkt. »He.« Er nimmt ihre salzigen Wangen zwischen die Hände und hebt ihr Gesicht an. »Was ist los?«

»Nichts.« Sie lächelt durch die tränenverschleierten Augen. »Ich bin glücklich. Mir ging es gar nicht gut, weil du weggehst, aber jetzt sieht es so aus, als würden wir uns wirklich wiedersehen.«

»Natürlich werden wir das. Wir finden einen Weg. Was hältst du davon, wenn du mich in … sagen wir, einem Monat besuchst?«

»Ich komme, wann immer du mich dahaben willst.« Sie blinzelt zu ihm auf. »Ich spare schon seit Jahren auf ein Flugticket. Ich habe immer wieder ein kleines bisschen auf die Seite gelegt.«

Mittlerweile sind sie in der Kirche. Cat zieht Sam auf eine der hölzernen Kirchenbänke. Mit leicht dampfenden Kleidern sitzen sie nebeneinander.

»Sag schon, was wolltest du mir hier zeigen?«, fragt er.

»Immer wenn wir von einer Stadt in eine andere ziehen und alles fremd ist, dann suche ich mir eine Kirche«, erklärt sie und klopft auf die hölzerne Bank. »Egal, wo man ist, Kirchen sind immer irgendwie gleich. Der Geruch. Die gedämpften Geräusche, das Echo. Die leicht modrige Luft. Das ist tröstlich.« Sie blickt zur Deckenwölbung hinauf. »Außerdem werden sie im Winter meistens geheizt. Das ist mir aufgefallen, als ich ungefähr acht Jahre alt war.«

Durch die zusammengepressten Lippen bläst er Luft heraus. »Ich schäme mich richtig«, sagt er. »Für mich war es selbstverständlich, dass ich ein gemütliches Haus mit einem eigenen Zimmer hatte.« Er reibt sich über die Augen. »Ich hatte ein so verflucht privilegiertes Leben. Internat. Oxford. Ein Haus auf dem Land. Wir hatten Pfauen im Garten. Es schmerzt mich, mir vorzustellen, dass du als kleines Mädchen in eine Kirche gehen musstest, um dich aufgehoben zu fühlen und im Warmen zu sein.«

»Jetzt fühle ich mich aufgehoben.« Cat berührt seine Hand, und er verschränkt seine Finger mit ihren. »Warm allerdings nicht.« Sie schaudert und zupft an den feuchten Kleidern.

Er legt den Arm um sie. »Ist es so besser?«

»Viel besser.« Sie lehnt sich an ihn und summt eine kleine Melodie. Ihr fehlt jegliches Gehör für die Töne. Sam zuckt zusammen. Er vermutet, dass sie ein Kirchenlied summen will, aber es klingt falsch.

»Aua! Also eine Nachtigall bist du nicht gerade!«

Sie lacht. »Immer nur her mit den Komplimenten!«

»Bitte, erlöse mich. Wie geht die Melodie?«, fragt er grinsend.

»Genau so. Mehr weiß ich nicht. Ich kann mich gerade nicht an den Text erinnern. Es geht darum, dass jemand in ein Flugzeug steigt. Kennst du das?«

»Ein Flugzeug? Na ja … da gibt es *The Letter* von Al Green. *Wooden Planes* von Art Garfunkel. *Mississippi River.*« Er zählt sie an den Fingern ab. »Jimi Hendrix!«, ruft er dann. »*Power To Love.*« Er dreht sich zu ihr. »Da kommen auf jeden Fall Flugzeuge vor. Mehr? Such dir ein Lied aus, und ich singe es dir vor.«

»Angeber.« Sie knufft ihn am Arm und grinst. »Im Übrigen bin ich mir ziemlich sicher, dass ich keins von denen gemeint habe.«

Leise singt er ein paar Takte aus Al Greens *The Letter* und schlägt dazu langsam den Rhythmus auf den Knien. Ein wunderbarer Song. Seine Brust schwillt an, prall vor Glück, und er wechselt die Stimmlage und singt richtig. Laut und falsch stimmt Cat ein. Vorne in der Kirche dreht sich eine Frau um und zischt. Cat entschuldigt sich, doch sie haben beide Mühe, ihr Kichern zu unterdrücken.

Sie stehen auf und laufen zwischen den Bankreihen hindurch, während sie sich die Hände auf die Münder pressen. Ihm tut der Bauch weh, so sehr strengt er sich an, den Lachzwang im Zaum zu halten, und als sie aus der Kirche stürzen, entlädt sich ihr Gelächter.

Es hat aufgehört zu regnen, und das nasse Gras schimmert im Sonnenschein. Sie werden einander Briefe schreiben, sie werden einander wiedersehen, auch wenn ein Ozean zwischen ihnen liegt. Irgendwie werden sie die Sache hinkriegen. Das wird, ganz bestimmt, denkt er, als er Cat betrachtet, die immer noch lacht und sich die Augen wischt, während die Sonnenstrahlen sich in ihrem honigfarbenen Haar verfangen. Gemeinsam können sie alles schaffen. Er denkt an den Mann vorhin auf dem Friedhof, der soeben all seine Hoffnungen und Träume in einem klammen Loch begraben musste.

»Der Mann, mit dem du geredet hast …« Sam räuspert sich. »Der Mann mit dem kleinen Mädchen. Er war der Ehemann der toten Frau, hab ich recht?«

Sie wird ernst. »Ich habe mich um die Tochter gekümmert«, erzählt sie. »Sie war schrecklich unglücklich.« Cat schüttelt den Kopf. »Das arme Mädchen.«

»Ob sie sich wohl an ihre Mutter erinnern wird, wenn sie älter ist?«

»Weiß nicht. Hoffentlich schon. Es würde mir um die Mutter leidtun, wenn sich das Kind nicht einmal mehr an sie erinnern würde.« Cat schiebt ihre Hand in seine und drückt sie. »Verzeih. Musst du an deine Mom denken?«

Zuerst weiß er gar nicht, was sie meint. »Nein«, antwortet er schnell. »Lass uns nicht traurig sein. Wir haben so viel zu feiern. Wir sollten heute Abend etwas ganz Besonderes machen.« Er knabbert an seinem Daumennagel. »Ich überlege mir was.«

Als sie den Friedhof verlassen, formiert sich ein neues Lied in Sams Kopf; die Worte und die Melodie steigen in ihm auf, eine Eingebung, die an den Grabsteinen abprallt, an der feuchten Erde und der wässrig silbernen Welt und die aus der Berührung ihrer Hand mit seiner hervorgeht. Ein weiteres Lied für Cat.

DREIZEHN

Cat, April 1983

Sam und ich treffen uns vor dem Liberty Hotel. Zu meiner Überraschung führt er mich hinein und durch die plüschige rot-goldene Empfangshalle zu dem dunklen Mahagonitresen entlang der Rückwand. »Was machst du?«, flüstere ich. Er grinst und drückt meine Hand. »Ich buche uns ein Zimmer.«

»Hier? Aber das können wir uns doch gar nicht leisten.« Blinzelnd sehe ich mich um. Alles ist voller Spiegel und glänzt.

»Ich habe Geld. Sie haben mich bei Ally's bezahlt.«

Ich merke, wie aufgeregt er ist, wie stolz. Er tut es für mich – für uns. Also lächle ich und versuche, begeistert zu wirken.

Sam füllt das Formular aus und schiebt es zu mir. Ich setze meinen echten Namen ein, ich werde ganz bestimmt nicht so tun, als seien wir verheiratet. Mit glänzenden geöffneten Lippen deutet die Rezeptionistin auf uns und gibt einem Pagen einen Wink. Er kommt zu uns und neigt den Kopf. »Darf ich Ihr Gepäck nehmen?«

Hochmütig sieht er auf meine ausgebeulte karierte Hose und die abgewetzten Keds und macht mit der behandschuhten Hand eine Geste Richtung Boden, als könnte er alleine mit Blicken einen Stapel Koffer herbeizaubern.

»Wir haben kein Gepäck«, kommt Sam mir zu Hilfe. »Wenn Sie uns einfach den Schlüssel geben wollen, dann finden wir das Zimmer bestimmt auch alleine.«

Er greift in seine Tasche und drückt dem Pagen ein paar Münzen in die Hand. Es ist unverkennbar, dass ihm das leichtfällt, dass es normal für ihn ist.

Mit dem Lift fahren wir nach oben; er ist zu schnell, und mein Magen macht einen Satz. Dann treten wir auf den gemusterten Teppich eines langen Hotelflurs. Sam entdeckt unser Zimmer, lässt einen triumphierenden Ruf hören und drückt schwungvoll die Tür auf.

»Ach du Scheiße«, flüstere ich.

»He«, lacht er. »Das Bett ist ja groß genug für eine ganze Familie!«

Vor uns liegt das Zimmer: ein großer dunkler Teppich und mittendrin wie eine Insel ein rundes Bett, das die Ausmaße eines Ozeanriesen hat. Die beflockte Tapete schimmert silbern, und darauf prangen riesige goldene Spielkartensymbole; egal, wohin ich sehe, überall begegnen sie mir: Pik, Kreuz, Herz und Karo. Schwere goldene Stoffbahnen verhängen die raumhohen Fenster. Ich gehe über den Teppich, wobei meine Füße im hohen Flor versinken, und taste an den Vorhängen herum, um die Öffnung zu finden, doch sie lassen sich nicht zur Seite ziehen. An der Wand ist ein Knopf. Ich drücke darauf, und der Vorhang schiebt sich ruckend auseinander und gibt den Blick auf die Promenade, den Strand und das Meer frei. Sam kommt heran und stellt sich, die Hände um meine Hüfte gelegt, hinter mich. Die dunkle See wälzt sich und wogt auf und ab wie der Rücken eines Wals. Ich wünschte, wir wären dort draußen und würden über den Sand laufen. Mir sinkt das Herz in die Magengrube. Dort unten im Casino sitzt womöglich mein Vater über einen der Roulettetische gebeugt.

»Ich hätte Mom sagen sollen, dass ich die ganze Nacht weg bin.«

Sein Griff an meiner Hüfte wird fester. »Ich … ich wollte dich überraschen. Aber klar, wenn du gehen musst …«

Uns entgleitet die Lage, sie droht in Morast und Unsicherheit zu versinken. »Nein.« Ich drehe mich zu ihm um. »Ich bleibe. Ich stehe einfach früh auf und schaue, dass ich vor dem Frühstück zu Hause bin.«

Dankbar küsst er mich und geht dann hinüber zur Minibar. Er nimmt eine Flasche Sekt heraus und lässt den Korken knallen. »Auf uns.« Er reicht mir ein Glas und hebt seines in die Höhe. »Mann, du hast mich ganz schön schwitzen lassen, als ich dir damals am Strand hinterhergerannt bin. Weißt du noch?« Er lacht. »Ich hatte keine Ahnung, ob du mich magst.«

Ich will ihm sagen, wie sehr ich ihn vom ersten Augenblick an mochte, wie mein Leben aus der Bahn geriet, als er mir hinterherlief. Doch im Bruchteil einer Sekunde hat sich alles verändert, und alles fühlt sich falsch an. Ich kann nicht aufhören, an Dad zu denken: wie solche Hotelcasinos sein Leben zerstört haben und seine Spielsucht mich zur Gefangenen gemacht hat. Ich nehme einen Schluck, stelle das Glas ab und beginne, meine Hose aufzuknöpfen. Ich muss Sams Haut an meiner spüren und zu der Vertrautheit zurückfinden, die uns wie Peter Pans Schatten entglitten ist. Wir entkleiden einander, zerren an Knöpfen und Ärmeln, ziehen enge Nähte über die Kanten unserer Körper. Sein Mund schmeckt nach Sekt. Er atmet schwer, seine Finger nesteln an mir herum. In seiner Brust ist sein Herzschlag zu hören, so laut, dass er an meiner Haut vibriert.

Taumelnd lassen wir uns in das riesige Bett fallen. Seidenlaken wickeln sich um unsere Beine, und pralle Kissen fallen zu Boden, als wir von einer zur anderen Seite rollen. Ich vergrabe die Zähne in seiner Haut und zerre an seinem Haar, ich will meine Spuren an ihm hinterlassen. Als gedämpftes Seufzen dringt das Meeresrauschen von draußen herein. Hinterher liegen wir keuchend nebeneinander, durch die offenen Vorhänge fällt Mondlicht herein, und im blauen Schatten wirken unsere Körper geheimnisvoll.

»Dir gefällt es hier nicht, stimmt's?«, fragt Sam.

»Na ja, es ist nicht so, dass es mir nicht gefällt, es ist schon eine Erleichterung, keine Angst davor zu haben, dass wir von Ray oder Eunice ertappt werden. Und diese Bettlaken …« Ich fahre mit den Fingern über den nunmehr zerknitterten, aber immer noch seidenweichen Stoff. »Kein Wundliegen mehr.«

»Aber?«

»Um ehrlich zu sein, hat es … mit meinem Dad zu tun. Seine großen Gesten bedeuten immer nur Ärger. Deshalb bin ich solchen Dingen gegenüber wahrscheinlich irgendwie argwöhnisch.«

»O Gott.« Er setzt sich auf und schlägt sich mit der Hand an die Stirn. »Wie konnte ich nur so blöd sein? Du hast mir doch davon erzählt. Ich habe nicht nachgedacht …«

»Nein.« Mühsam setze auch ich mich auf. »*Ich* bin blöd. Es ist wunderschön, hier mit dir zu sein. Ich finde es wunderschön, dass du etwas Besonderes für mich machen wolltest.«

Er berührt mein Haar und schiebt es mir aus dem Gesicht. »Ich will dir niemals wehtun, Cat.«

Ich greife nach seinen Fingern und küsse sie. »Weißt du … hier zu sein … zu wissen, dass mein Dad vielleicht da unten beim Spielen ist … irgendwie lässt es mich an allem zweifeln. An unseren Plänen. Ich meine, wie soll ich denn meine Eltern verlassen und nach London kommen? Wer wird die Miete zahlen?«

Scharf zieht er die Luft ein. Er fährt sich mit der Hand durchs Haar. »Du hast gesagt … dass er schon seit Jahren spielt, deine ganze Kindheit hindurch«, setzt er vorsichtig an. »Irgendwie müssen sie es also auch hingekriegt haben, bevor du einen Job hattest. Es darf nicht sein, dass du wegen ihnen kein eigenes Leben hast, Cat. Du kannst dich doch nicht von deinem Pflichtgefühl daran hindern lassen, glücklich zu sein. Glaub mir, ich weiß, wie das ist.«

Ich kaue auf meiner Unterlippe. »Sie sind meine Eltern.«

»Sie schaffen es auch ohne dich«, meint er. »Wenn es sein muss, dann kriegen sie das hin.«

»Hoffentlich«, flüstere ich.

»Dort draußen wartet die Welt auf dich«, sagt er. »Nicht nur London. Es gibt so viele Orte, die wir zusammen bereisen können. Du musst um deine Freiheit kämpfen.« Er macht eine Geste. »Sag, wohin würdest du sonst noch gern reisen?«

»Außer London?« Ich lehne mich zurück in seine Armbeuge. »Ich wollte schon immer einmal die Wildnis in den Staaten kennenlernen. Die Badlands zum Beispiel. Und dort vielleicht zelten.«

»Ich war dort, im Nationalpark«, erzählt er. »Zwei Wochen war ich völlig alleine, bin in Seen geschwommen, habe im Wald Gitarre gespielt. Und ich habe einen Bären gesehen. Einen wilden Bären.« Kurz hält er inne. »Es war unglaublich. Er hat mich direkt angesehen mit seinen gelben Augen. Mir ist das Herz stehen geblieben.«

»Wow. Da wäre ich gern dabei gewesen.«

Er lacht. »Du bist das einzige Mädchen, das ich kenne, dem es lieber ist, einem Bären zu begegnen und auf dem Boden zu schlafen als in einem bequemen Fünf-Sterne-Bett.« Mit den Fingern fährt er an meinem Arm auf und ab. »Ich würde deine Eltern gern kennenlernen, bevor ich abreise«, fügt er leise hinzu. »Ich denke, das sollte ich.«

»Du hast doch gesehen, wie Mom reagiert hat.«

»Schon, aber ich komme gut an bei Müttern.« Spielerisch hebt er eine Augenbraue. »Ist so ein Talent von mir. Ich werde ihr Herz schon erobern.«

Ich knabbere am Fingernagel. »Es gibt einen Grund, warum Mom so ist, warum sie unbedingt einen Gentleman aus den Südstaaten für mich will.« Ich zwirble das Laken zwischen den Fingern. »Die einzige verrückte, impulsive Sache, die sie je gemacht hat, war, gegen den Willen ihres Vaters mit meinem

Dad davonzulaufen. Die Konsequenz war, dass sie ihre Eltern nie wiedergesehen hat und auch ihren Bruder nicht. Sie hat alles für die Liebe riskiert und wurde enttäuscht und steht ohne jede Sicherheit, ohne ein richtiges Zuhause und ohne die Chance, zur Gesellschaft dazuzugehören, da. Der Mann, für den sie alles geopfert hat, ist ein notorischer Lügner, der es nicht fertigbringt, sich von den Casinos fernzuhalten. Eigentlich hatte sie einen netten Südstaatenjungen heiraten sollen, der ihr ein gutes Leben ermöglicht hätte.«

Ich betrachte den Mond vor dem Fenster, und mir kommt ein Gedanke. Würde ich ihn Mom als Anwalt vorstellen, herausgeputzt in Hemd und Krawatte, dann würde sie sich vermutlich von seinen beruflichen Aussichten und seinem höflichen Wesen einnehmen lassen. Aber das werde ich nicht tun. Er soll so sein, wie er wirklich ist: der Junge in Jeans und T-Shirt auf der Bühne.

»Aha.« Tief holt er Luft. »Okay, ich denke, ich verstehe, was dahintersteckt. Unter diesen Umständen leuchtet schon ein, dass sie mir nicht auf Anhieb wohlgesinnt sein würde«, sagt er langsam. »Vielleicht aber … mit der Zeit, wenn sie erkennt, dass wir es ernst meinen und dass ich kein schlechter Mensch bin … vielleicht lässt sie sich dann erweichen.«

»Vielleicht«, murmle ich.

»Und bis dahin, das verspreche ich, führe ich dich nie wieder in ein teures Hotel aus.«

Erleichtert und erschöpft lache ich. »Du wolltest nett sein, das weiß ich. Und ich vertraue dir. Du kannst mich mit allem Möglichen überraschen. Nur eins: Lüge mich nicht an.« Ich blicke ihm ins Gesicht. »Die Lügen meines Vaters haben meine Familie zerstört.« Ich schlucke. »Versprich mir, dass wir einander nicht belügen. Niemals.«

»Keine Lügen«, bestätigt er mit belegter Stimme.

»Gut. Und wenn wir hier schon mit der ganzen Wahrheit

rausrücken, dann muss ich dir noch was sagen.« Ich hole tief Luft. »Als du mich gefragt hast, wovon ich träume, ob es etwas gibt, worin ich gut bin … da gibt es doch etwas. Ich schreibe für mein Leben gern. Ich führe ein Tagebuch, und ich schreibe Kurzgeschichten. Ich schreibe über die Menschen, die ich bestatte, die Schicksale hinter den Namen auf Parkbänken. Ich stelle mir vor, wer sie waren und was für ein Leben sie wohl hatten.« Es ist das erste Mal, dass ich jemandem davon erzähle, aber als ich einen kurzen Blick riskiere, wirkt er interessiert. »Nicht, dass ich berühmt werden will oder so«, füge ich schnell hinzu. »Ich will einfach nur in meinem Zimmer sitzen und mir Geschichten ausdenken.«

»Eine Schriftstellerin!«, ruft er und richtet sich auf. »Ja, du bist eine so genaue Beobachterin und beschreibst alles, was du siehst, als müsstest du der Wahrheit auf den Grund gehen. Und du bist eine wunderbare Zuhörerin. Das passt.« Er grinst. »Siehst du, ich wusste doch, dass du dein Licht unter den Scheffel stellst.«

»Den Scheffel?« Ich verdrehe die Augen.

Auch ich setze mich auf, und dann knien wir auf dem Bett, unsere Knie berühren sich, und er nimmt meine Hände. »Zeigst du mir etwas, was du geschrieben hast? Ich würde deine Geschichten so gern lesen.« Er drückt meine Finger. »Wir sollten einen Pakt schließen. Wenn ich meinen Job kündige und Vollzeitmusiker werde, dann musst du mir versprechen, dass du weiterschreibst und etwas veröffentlichst. Ach, Cat, das ist großartig! Von jetzt an können wir füreinander da sein.«

»Ja«, antworte ich. »Ich kann mir nichts Schöneres vorstellen.« Ich kauere mich auf die Fersen. »Aber du hast mir noch immer keins von deinen eigenen Liedern vorgespielt«, ermahne ich ihn. »Weißt du noch? Du hast es versprochen.«

»Ich habe meine Gitarre nicht dabei«, sagt er. »Aber wenn

du nichts dagegen hast, dann kriegst du etwas a cappella zu hören.«

»Nur zu.«

Er steht vom Bett auf und stellt sich nackt hin; die Lichter von der Promenade leuchten wie Pailletten an seinem Körper. Er schluckt, räuspert sich und sieht einen Moment zu Boden. Dann blickt er mir geradewegs ins Gesicht.

VIERZEHN

Sam, April 1983

Er sucht kein Liebeslied aus – keines davon erscheint ihm wirklich fertig. Stattdessen singt er ein Stück, das er nach der Begegnung mit dem Bären geschrieben hat. Breitbeinig steht er da und ist nervöser als je zuvor.

Als er fertig ist, rührt sie sich nicht. Ihr Gesicht liegt im Schatten, sodass er ihren Ausdruck nicht sehen kann. Aufgewühlt klettert er zurück ins Bett und versucht, ihre Reaktion einzuordnen. Doch als sie die Arme um ihn legt und ihn fest an sich drückt, spürt er, dass ihre Wangen nass sind.

»Du weinst!«, sagt er. »War es so schlimm?«

»Es war wunderschön.« Ihre Stimme ist tränenerstickt. »Du *musst* einfach weiter Lieder schreiben und singen.« Sie schluckt schwer. »Ich glaube an dich, Sam.«

Sie lehnen sich an die Kissen, ihr Kopf liegt an seiner Schulter. Er streicht ihr übers Haar. Seit sie sich kennengelernt haben, hat sie ihm so viel von sich erzählt: von ihrer Kindheit, ihrem spielsüchtigen Vater, ihrem Wunsch zu schreiben. Die Wahrheit ist ein Schlüssel, wird ihm voller Schuldbewusstsein klar. Ohne sie wird es immer eine Tür geben, die verschlossen bleibt.

»Mann«, lacht sie. »So viel habe ich in meinem Leben noch nicht geweint.« Sie wischt sich über die Augen. »Und ich war noch nie so glücklich.«

Er küsst ihre Schulter und wendet den Kopf zum Fenster, hinter dem der Mond als großer Kreis in den Wolken schwebt. Heute Nacht sind keine Sterne zu sehen. Schon bald wird er denselben Mond von London aus betrachten, ihnen bleiben nur mehr zwei Tage. Das Gefühl der unausweichlichen Abreise ergreift immer mehr Besitz von ihm, unabwendbar und kalt wie die länger werdenden Schatten in der Abenddämmerung. Er hat nicht gelogen, sagt er sich. Er hat nur nicht die ganze Wahrheit gesagt. Tatsache ist: Seine Eltern sind tot. Für ihn könnten sie genauso gut begraben unter der Erde liegen.

Er hält Cat fest, schwer liegt ihr Kopf auf seinem Arm. *Aber was ist mit Lucinda,* meldet sich eine innere Stimme zu Wort. *Du hast ihr verschwiegen, dass du zu Hause eine Freundin hast.* Von Tag zu Tag und Stunde zu Stunde wird dieses himmelschreiende Versäumnis drängender und quälender; die erklärenden Worte wirbeln ihm durch den Kopf. Doch jetzt ist es zu spät, zu spät, um die Wahrheit über Lucinda, über seine Eltern und alles, was damit zusammenhängt, zu sagen. *Versprich mir, dass wir einander nicht belügen,* hat sie gesagt. Er darf nicht riskieren, sie zu verlieren. *Er* hat diese Sache verbockt, Cat hat mit dem ganzen Schlamassel nichts zu tun. Wenn er nach Hause kommt, wird er sich den Dingen stellen.

Er steckt seine Nase in Cats Haar und atmet ihren Duft ein. Jetzt weiß er, was die Leute meinen, wenn sie davon sprechen, dass ihnen das Herz zerspringt. Er legt eine Hand auf seine Brust, als könne er den Schmerz dort lindern.

»Wir werden zusammen zelten gehen«, murmelt er. »Auf Berge steigen und Wälder erkunden.«

»Ja«, sagt sie. »Und wir werden Bären begegnen.«

»Löwen.«

»Elefanten«, fügt sie gähnend hinzu.

Als er im Morgengrauen aufwacht, ist sie bereits aufgestanden und dabei, sich anzuziehen. Schnell schlüpft er in seine Kleider, damit er sie begleiten kann. Sie durchqueren das rote Foyer und treten hinaus auf die Straße. Der menschenleere Strand weht ihnen seinen salzigen Atem ins Gesicht und wischt alle Spuren der vergangenen Nacht fort. In der Morgenröte schimmert das Meer rosa und silbern. Sie möchte ihm einen Delfin zeigen, und so stehen sie an ihrer Lieblingsbank und blicken hinaus zum Horizont. Doch nirgends zeichnen sich die Bögen von Flossen ab. »Macht nichts«, meint er. »Wir werden ein andermal Delfine sehen, an einem anderen Meer vielleicht. Und wenn du nach London kommst, dann zeige ich dir die Parkbank in Hampstead Heath, von der ich dir erzählt habe. Wir setzen uns hin und schauen den Kindern zu, die am Parliament Hill ihre Drachen steigen lassen. Es gibt so viel, was ich dir zeigen will, Cat. So viel, was wir zusammen machen können.«

Er begleitet sie zu dem kleinen Schindelhaus und beobachtet, wie sie hinter der Fliegengittertür verschwindet. Dann kehrt er ins Hostel zurück und klettert in seine Schlafkoje. Seine Haut unter den zerknitterten Kleidern ist überempfindlich, die Lippen sind wund vom Küssen, und an seinen Fingern haftet ihr Duft.

Es ist der letzte Tag. Das Lied ist noch immer nicht ganz fertig, beschließt er, es soll perfekt sein. Er wird sie damit überraschen, wenn sie ihn besucht. An drei verschiedenen Stellen hat er ihre Adresse notiert: auf der letzten Seite seines Notizbuchs, in Filzstift auf dem Gitarrenkasten und auf einem zusammengefalteten Zettel im Geldbeutel. Doch sie wird nach der Arbeit zum Flughafen kommen, um sich zu verabschieden, und er hat eine Entscheidung getroffen: Er wird ihr erklären, was es mit seinen Eltern auf sich hat, und ihr von Lucinda erzählen. Es ist die letzte Gelegenheit, mit der Wahrheit herauszurücken, vor seiner Abreise, bevor sie nach London kommt. Es muss jetzt geschehen, damit der nächste Abschnitt ihres Lebens wirklich beginnen kann – im Reinen und voller Versprechungen.

FÜNFZEHN

Cat, April 1983

Sam und ich sind einmal an die Vase mit den Lilien gestoßen, die auf dem Tresen steht, und beinahe wäre sie mit allem Drum und Dran auf den Boden gepoltert. Mir entfuhr ein Schrei, der dazu getaugt hätte, sämtliche Toten im Kühlraum aufzuwecken, und ich bekam sie im letzten Augenblick zu fassen. Wir sind damit davongekommen. Heute Abend fliegt er nach London. Jetzt, in diesem Moment, ist er sicher dabei, zu packen und sich fertig zu machen. Doch ich bin nicht etwa verzweifelt und unglücklich, ich bin aufgeregt, weil ich nach der Arbeit zum Flughafen fahren und ihm einen Abschiedskuss geben werde, weil ich den Duft seines Haars und seiner Haut einatmen und ihn ein letztes Mal im Arm halten werde. Ein letztes Mal von ihm festgehalten werde – bis wir uns in London wiedersehen. London! Er hat gesagt, dass er mir noch etwas Wichtiges sagen müsse, dass er am Flughafen alles erklären werde. Ich frage mich, was es ist und ob es mit unserer gemeinsamen Zukunft in London zu tun hat. Vielleicht hat er einen Plan, der mit seiner Musik zu tun hat oder womöglich mit meinem Schreiben?

Ich bin am Förderband beschäftigt und überwache den reibungslosen Transport eines Leichnams in den dröhnenden Ofen. Als Ray mir auf die Schulter tippt, zucke ich zusammen. Ich kann nichts verstehen, weil das Getöse von Gebläse und Feuer so laut ist. Wir sehen zu, wie der Karton einrastet und die Türen sich schließen, dann entfernen wir uns von der Maschine, und Ray beugt sich zu mir. »Eunice will, dass du zu ihr ins Büro kommst«, höre ich.

»Was? Wieso denn?«

Er wirft mir einen genervten Blick zu. »Sie hat es nicht für nötig gehalten, mir den Grund zu nennen. Alles, was ich weiß, ist, dass es dringend ist.« Er stützt die Hände in die Hüfte. »Also, was stehst du noch hier herum?«

Ich ziehe die Handschuhe aus, und er nimmt sie kommentarlos entgegen. Meine Beine sind schwer, als ich die Hitze des Krematoriums hinter mir lasse und an der dunklen Kapelle vorbei und durch das Foyer zum Büro gehe. Es war die Sache wert, sage ich mir. Was auch immer passiert, ich bereue es nicht. Ich klopfe an die geschlossene Tür und drücke den Türgriff herunter.

»Catrin.« Eunice sieht zu mir auf. »Kommen Sie rein.«

Eunice ist eine füllige Frau, und als sie vom Stuhl aufsteht und sich mühsam aufrichtet, wackeln der Busen und der Bauch. Mit dem Kopf deutet sie zum Schreibtisch. »Setzen Sie sich. Ihre Mutter ist am Apparat.«

Ich starre auf den schwarz glänzenden Telefonhörer, der auf der Tischfläche liegt, und blicke dann wieder Eunice an.

»Ihre Mom«, wiederholt sie. »Sie ist am Telefon.«

Ich lasse mich auf den Sessel sinken, in dem normalerweise die Kunden sitzen, die Box mit den parfümierten Taschentüchern in Reichweite. Eunice geht um den Schreibtisch herum, legt mir im Vorbeigehen eine schwere Hand auf die Schulter und drückt sie. »Nehmen Sie sich so viel Zeit wie nötig«, murmelt sie.

Ich höre, wie die Tür hinter mir ins Schloss gezogen wird.

Vielleicht ist Mom diesmal ja wirklich krank. Mit den Fingerspitzen fasse ich den Telefonhörer. »Mom? Ist alles in Ordnung?«

Ich höre nichts als gedämpftes Schluchzen. Schließlich kommt ihre weinerliche, abgehackte Stimme. »Catrin? Oh, ich weiß nicht, was ich tun soll«, jammert sie. »Du musst nach Hause kommen. Ich weiß nicht, was ich tun soll …«

Panik jagt mir den Rücken hinauf und hinunter. »Mom, bitte, atme tief durch. Und fang ganz von vorne an. Wo bist du?«

»Ich … ich bin bei einer Nachbarin, sie hat mir erlaubt, ihr Telefon zu benutzen.«

Ein wenig entspanne ich mich. Sie ist nicht im Krankenhaus. Ich rücke an die Sesselkante. »Was ist denn los? Was ist passiert?«

»Dein Vater … Er ist…« Ich höre schweres Schlucken, Geraschel, ihren keuchenden Atem.

»Dad? Was ist mit ihm? Sag's doch endlich!« Ich schreie beinahe, während ich den Hörer fest ans Ohr presse.

»Er wurde verhaftet«, flüstert sie.

Der Schock trifft mich wie ein Schlag in den Magen. »Verhaftet?«

»Wegen Unterschlagung. Joe von der Arbeit war da, um es mir zu sagen. Oh, Catrin!« Wieder weint sie. »Ich habe solche Angst. Komm nach Hause. Bitte. Komm schnell nach Hause.«

Ich steige aus dem Minibus und trabe durch die Straßen, sodass die Tasche bei jedem Schritt gegen meine Hüfte rumst. In den schweren Arbeitsstiefeln scheinen meine Füße sich kaum vom Fleck zu bewegen. Ich stürze durch die Haustür und rufe nach Mom. Aus der Küche kommt ein tiefes wortloses Klagen, als hätte sich ein verletztes Tier dort verkrochen.

Sie sieht schrecklich aus. Außer Fassung. Der Haarknoten hat sich gelöst, ihre Wangen sind eingefallen. Unwillkürlich muss ich an den sterbenden Blaubarsch denken, den die Fischer in der Absecon Bay am Haken hatten. Ich krame im Schrank und fördere eine Flasche Rum zutage, hole zwei Gläser und schenke uns ein. »Setz dich hin und trink«, fordere ich sie auf, während ich mich an den Tisch setze. »Und dann erzähl mir alles. Langsam und der Reihe nach.«

»Ich weiß nicht mehr als das, was ich dir schon gesagt habe.«

Sie fährt sich mit der Zunge über die trockenen Lippen. »Joe war da und hat erzählt, dass sie Arthur verhaftet haben. Drei Polizisten haben ihm Handschellen angelegt und ihn dann zur Wache gebracht.« Mit der Hand schlägt sie sich an die Stirn. »Wie kann er bloß seinen Arbeitgeber bestehlen?«

»Mom«, erwidere ich ruhig. »Um sich Geld zum Spielen zu beschaffen, würde er alles tun.«

»Es ist vorbei, Catrin«, sagt sie. »Ich kann so nicht weitermachen. Es geht einfach nicht, ich kann das nicht, ich kann das nicht.« Sie fängt an zu schluchzen, hält ihren Rocksaum umklammert und schwankt so heftig hin und her, dass ich mir Sorgen mache, dass sie umfällt. Ich stehe auf und lege meine Arme um ihre gekrümmten Schultern.

»Du stehst unter Schock. Komm, ich bringe dich ins Bett. Ich gehe zum Münztelefon am Kaufhaus und rufe in der Haftanstalt an, um Genaueres zu erfahren.«

»Du bist ein gutes Mädchen«, sagt sie und nimmt mein Gesicht in ihre Hände. »Du bist ein gutes Mädchen. Möge Gott uns jetzt beistehen.« Ihre Stimme bricht. »Wir sind ruiniert.«

Ich stecke sie in ihr Nachthemd und gebe ihr zwei Schlaftabletten. Ihre Finger zittern so stark, dass sie das Wasserglas nicht halten kann. In diesem Zustand möchte ich sie nicht alleine lassen, also setze ich mich ans Bett und sage, dass alles wieder gut wird, streichle ihr die Stirn und tätschle ihre zarte Hand.

»Siehst du, ich hatte recht, als ich dich gewarnt habe …«, murmelt sie.

Ich beuge mich zu ihr. »Was meinst du, Mom?«

»Wegen dem Jungen, mit dem du ausgegangen bist. Ich will nicht, dass du dasselbe durchmachst wie ich … diese … Demütigung erleben musst.«

»Mom«, widerspreche ich sanft, aber bestimmt. »Ich habe es dir schon einmal gesagt, Sam ist nicht Dad. Heute Abend fliegt er zurück nach England. Aber wir werden einander wiedersehen. Er wird mir schreiben. Du sollst dir darüber keine Sorgen machen, bitte. Ich verspreche dir, ich weiß, was ich tue.«

Sie erwidert meinen Blick, dann seufzt sie und nickt. Ich tätschle ihre Hand, die das Bettlaken umklammert. Als ihre Augen endlich zufallen, gehe ich die Treppe hinunter und hinaus auf die Veranda und ziehe die Tür hinter mir zu. Alles sieht aus wie immer. Alles ist anders. Ich blicke auf die Uhr. Sam wird jetzt im Abflugbereich am Flughafen sein und in der Menge nach meinem Gesicht suchen.

Das Münztelefon am Billigkaufhaus ist dem Vandalismus zum Opfer gefallen, also laufe ich auf der Suche nach einem anderen einen Häuserblock weiter. Ich muss es lange läuten lassen, bis ich endlich jemanden erreiche. Es ist eine Frauenstimme, sie ist kurz angebunden und gereizt. Umständlich bugsiere ich weitere Münzen in den Schlitz. Sie fragt nach Dads vollständigem Namen und seinem Geburtsdatum, bestätigt, dass er verhaftet wurde und darauf wartet, dem Haftrichter vorgeführt zu werden. Besucher sind nicht erlaubt, erklärt sie mir auf meine Frage. Ihm wurde ein Pflichtverteidiger zugewiesen; sie gibt mir eine Faxnummer.

Ich lege den schmierigen Hörer zurück auf die Gabel, und meine letzte Quarter-Münze klickert durch. Ich stelle mir vor, dass Dad in einem fensterlosen Zimmer sitzt, sein großer Körper vornübergebeugt. Werden sie ihm erlauben zu rauchen? Wird irgendwer nett zu ihm sein? Ich sehe auf die Uhr. Sam. Ich bin zu spät dran, ich habe ihn verpasst. In der Brust gibt mein Herz einen Klagelaut von sich und stirbt wie ein überfahrenes Tier. Am Abendhimmel über mir zieht ein glitzernder Punkt einen Kondensstreifen hinter sich her. Ich verrenke den Hals, starre hinauf und frage mich, ob er dort oben ist und zwischen den Wolken hinunterblickt. Plötzlich kommt mir das Lied in den Sinn, an das ich mich nicht erinnern konnte – *Leaving on a Jet Plane* von John Denver. So gern würde ich Sam davon erzählen, sagen: »Stell dir vor, es ist mir eingefallen«, ihn lachen hören, und dann würde er es für mich singen: *Hold me like you'll never let me go.*

Vielleicht hat er den Flug verstreichen lassen. In mir keimt die verrückte Hoffnung, dass ich ihn vor unserem Haus antreffe, wo er mich auf der Verandatreppe mit der Gitarre auf dem Rücken erwartet. Aber dann fällt mir ein, dass sein Visum abläuft. Der Zauber der vergangenen Wochen hat sich verflüchtigt, und das wahre Leben lässt sich hart und schwer auf meinen Schultern nieder. Mir ist übel beim Gedanken an Dad in Handschellen, dass man ihn anklagt und er ins Gefängnis muss. Deutlich und schmerzlich bin ich mir bewusst, dass ich völlig alleine bin.

Ich habe nicht die geringste Ahnung, was ich tun soll. Der Albtraum all des Ungewissen, was mir bevorsteht, nimmt mir den Atem. Wie kann ich denn jetzt noch nach England reisen? Ich krümme mich vornüber, als mir die Galle hochsteigt, und laufe dann immer weiter den Gehweg entlang, ohne zu wissen, wohin. Schließlich fange ich an zu rennen, so schnell ich kann, den Kopf zurückgeworfen und mit auf und ab schwingenden Armen.

Auf der Promenade taumle ich wie eine Betrunkene zu unserer Bank und lasse mich darauf fallen. In der Dunkelheit vor mir wogt der Ozean, derselbe Ozean, in den ich in jener Nacht gewatet bin, während Sam mir vom Ufer aus zugesehen hat. Ich lege den Kopf in den Nacken und blicke hinauf zu den Flugzeugen, die mit blinkenden Lichtern den Abendhimmel durchkreuzen, so weit entfernt, dass ich nicht einmal ihr Dröhnen hören kann.

SECHZEHN

Sam, April 1983

Er wartet bis zum allerletzten Aufruf, an Bord zu gehen. Als der kommt, wartet er weiter, wie gelähmt von der nervösen Anspannung, bis sie seinen Namen aufrufen; jetzt muss er rennen, jagt im Zickzack durch die Menge und springt über Koffer und Trolleys.

Den Blick gesenkt, versucht er, die gereizten Mienen der anderen Passagiere zu ignorieren, während das Bordpersonal die Tür hinter ihm schließt. Das Flugzeug ist voll besetzt, es fällt ihm nicht schwer, den einen freien Platz in der Mitte einer Reihe zu finden. Nachdem er seine Tasche ins Gepäckfach gestopft und sich angeschnallt hat, überkommt ihn der spontane Impuls, aufzuspringen und zu brüllen, dass sie stehen bleiben sollen. Er will aussteigen, zurückrennen und nach Cat suchen. Er ist schon dabei, seinen Gurt zu lösen, aber dann sitzt er doch nur wie ein Feigling da und starrt vor sich hin, als das Flugzeug abhebt.

Ständig hat er Bilder vor Augen, er sieht sie zusammengesackt an einer zersplitterten Fensterscheibe, ein Bus steht schräg mitten auf der Fahrbahn, und von ihrer Stirn tropft Blut herab und verdeckt das winzige Muttermal oberhalb der Augenbraue. Er stellt sich Krankenwagen vor, Blaulicht, Sirenen. Ihr Puls wird schwächer.

Als die Stewardess ihm das Tablett mit dem eingeschweißten Essen hinhält, lehnt er ab, setzt den Kopfhörer auf und drückt an seinem Walkman auf die Play-Taste. Musik flutet seinen Körper und schirmt ihn vom Lärm des Flugzeugs ab. Die Stimme von Al Green erscheint ihm wie ein alter Freund, der ihn zur Vernunft bringen will. Er spürt, wie die Muskelfasern sich lösen und die Anspannung in den Schultern nachlässt.

Er denkt an sein altes Kinderzimmer zurück, der Internatskoffer liegt ausgeräumt da, und sein Inhalt ist über den Boden verstreut. Das Fenster steht offen, über den lang gestreckten Rasen draußen zieht sich ein sommerlicher Glanz. Mit einer Harke in der Hand kniet seine Mutter im Garten, ein Sonnenhut beschattet ihre Augen, und unter einem Baum in ihrer Nähe dösen die Hunde.

Vorsichtig legt er die neue LP, die er bei Woolworths gekauft hat, auf den Plattenteller und dreht den Regler laut auf. Er stimmt ein, als Reverend Al Green über die Liebe und das Glück singt, und er stellt sich vor, wie es wäre, selbst so zu klingen, auf der Bühne zu stehen und solche Gefühle in den Menschen zu wecken, wie er sie in diesem Augenblick empfindet.

Er überhört das Klopfen an der Tür. Plötzlich ist sein Vater im Zimmer, die Augen schmal und die Zähne vor Wut zusammengebissen. Er beugt sich über den Plattenspieler, packt den Tonarm und reißt die Nadel nach oben. Mit einem schrecklichen Kreischen kratzt sie über die Rillen. Die Platte ist ruiniert.

»Das taugt nichts«, sagt er. »Dein Zeugnis. Eine Enttäuschung.« Seine Nasenflügel blähen sich, und Sam bemerkt die schwarzen Haarsprenkel an den Innenseiten. »So geht das nicht«, sagt sein Vater immer wieder. »Du vertust deine Möglichkeiten mit deinen Träumereien.«

Seine Worte füllen das Zimmer aus, und Sam hebt die Hände, als könne er sie vertreiben. Mit gesenktem Kopf wartet er ab. Sein Vater spricht über den Großen Plan: ein renommiertes College, ein Examen aus Oxford oder Cambridge, die Familientradition weiterführen, Anwalt werden.

Sam betrachtet die roten Adern, die sich über die Wangen seines Vaters ziehen, das dünne Haar, das über die rosa Kopfhaut gekämmt ist. Ich will dein Leben nicht, denkt er. Ich will nicht sein wie du.

Sein Vater rückt ganz dicht an ihn heran. »Du bringst deine Mutter um«, sagt er ruhig. »Sie ist krank vor lauter Sorge. Sie möchte erleben, wie ein Mann aus dir wird.«

Dann geht er aus dem Zimmer und zieht mit einem Klicken die Tür hinter sich zu. Draußen im Garten erklingt der Schrei eines der Pfauen. Sam lässt den Kopf hängen. Vielleicht ist er wirklich ein selbstsüchtiges Arschloch, denkt er. Vielleicht ist ja irgendwas verkehrt mit ihm.

Mit ihm ist nichts verkehrt. Das war es nie, abgesehen davon, dass er einen Vater hatte, der ihm den Eindruck vermittelte, es sei ein Verbrechen, er selbst zu sein. Cat hat ihm dabei geholfen, das zu erkennen. Seine Pläne, die Juristerei aufzugeben und Musiker zu sein, erscheinen ganz einfach, wenn sie bei ihm ist. In Gedanken formuliert er einen Brief an sie. Es muss eine rationale Erklärung geben, warum sie nicht aufgetaucht ist. Irgendwas bei der Arbeit, das sie aufgehalten hat. Oder ihr Bus ist im Stau stecken geblieben. Wie enttäuscht sie gewesen sein muss. Er holt tief Luft. Alles wird gut. *Ich glaube an dich,* hat sie gesagt. Es drängt ihn so sehr, ihr die Wahrheit über seine Eltern und Lucinda zu beichten. Er konnte es ihr nicht persönlich sagen, also wird er es ihr in einem Brief erklären.

Am Zoll hält man ihn an und winkt ihn an einen Tresen, hinter dem zwei Beamte stehen. Ihm ist klar, dass es an seinem langen Haar, dem Ohrring und dem gammligen Sweatshirt liegt. Er zwingt sich, ungerührt zuzusehen, als sie mit den Händen in seinen Sachen wühlen, seinen Waschbeutel ausschütten, Deckel abschrauben und an seinen Cremes schnuppern. Offensichtlich enttäuscht, geben sie ihm den Rucksack und Gitarrenkasten zurück, und er ist klug genug, sich einen Kommentar zu verkneifen. Durch die Schiebetür tritt er in die geschäftige Ankunftshalle.

Er gerät in den frühmorgendlichen Pendlerverkehr; in der dicht besetzten U-Bahn rast er durch die dunklen Tunnel. Er ist sich nicht sicher, wie Lucinda ihm begegnen wird. Als er ihr das erste Mal sagte, dass er eine Reise nach Amerika machen wolle, befand sie, das sei lächerlich. »Komm mit«, bat er sie. »Wir können mit dem Auto durchs Land reisen. Abenteuer erleben.« Aber sie wollte ihr Hochglanzbüro in der Werbeagentur in Soho nicht verlassen. »Bist du völlig übergeschnappt?«, meinte sie, als er das Ticket nach New York gekauft hatte. »Du verschenkst deine Chance auf eine Karriere in einer der besten Kanzleien Londons.«

»Tut mir leid«, hatte er geantwortet.

»Du riskierst damit auch, mich zu verlieren«, fügte sie hinzu. »Das sollte dir klar sein.«

Als er zum Flughafen aufbrach und das Taxi unten bei laufendem Motor auf ihn wartete, ignorierte sie ihn und wandte den Kopf ab, als er sie küssen wollte.

Er legt den Kopf in den Nacken und sieht an seinem Wohnhaus hoch. Sie weiß, dass er nach Hause kommt. Er schließt die Tür auf, durchquert den Hausflur und steigt die drei Treppen zur obersten Etage hinauf. Das Penthouse, wie sie es spaßhaft nannten. Er drückt kurz auf die Klingel, um sie vorzuwarnen, und dreht den Schlüssel im Schloss herum. Es ist eine Mezzaninwohnung, die minimalistische offene Küche und das Wohnzimmer sind sauber und aufgeräumt. Er setzt den schweren Rucksack ab und stellt den Gitarrenkasten auf den Boden. Als er sich aufrichtet, hört er Schritte.

Sie ist auf halber Strecke auf der Treppe stehen geblieben,

eine kleine aufrechte Gestalt. »Jack«, sagt sie. Das dunkle Haar ist makellos frisiert, sie trägt einen marineblauen Hosenanzug und Absatzschuhe. Sie ist nie ohne Absätze unterwegs, je höher, desto besser. Ihm steckt ein Kloß im Hals. Nur er weiß, wie sehr sie unter ihrer Körpergröße leidet, dass sie alles tut, um größer zu wirken, und den ganzen Tag auf wackligen Stöckelschuhen umherstolziert, ihr Haar hochbindet und sogar Hüte trägt.

Sie kommt die letzten Stufen herunter und wirkt dabei elegant und beherrscht. Erst als sie in seiner Nähe ist, bemerkt er ein Zittern in ihren Fingern, während sie goldene Kreolen in ihren Ohren befestigt. Sie küsst ihn auf die Wange, und er beugt sich zu ihr hinunter und nimmt sie in den Arm. Der vertraute Dior-Duft steigt ihm in die Nase. »Du siehst aus wie ein Student«, sagt sie seufzend und tritt einen Schritt zurück. »Außerdem solltest du dich duschen.«

»Stimmt. Kein Wunder, nach zwölf Stunden im Flugzeug.« Er schenkt ihr ein reumütiges Lächeln. Er hat lange darüber nachgedacht, welche Formulierung er wählen soll, um ihr die Sache mit Cat zu erklären. Er wischt sich die feuchten Handflächen an der Jeans ab, macht sich bereit, und spürt sein Herz unter den Rippen pochen. Doch sie hat sich abgewandt und hantiert an der Kaffeemaschine herum. »Hast du seelisch jetzt endlich alles aufgearbeitet, was aufzuarbeiten war?«, fragt sie mit einem Blick über die Schulter.

Er zuckt zusammen. »Was meinst du?«

Sie dreht sich wieder zu ihm herum. »Die Sache mit deinem Vater. Ich verstehe schon, dass es im ersten Augenblick ein Schock war, aber du bist doch kein Kind mehr. Du hast eine Arbeit. Verpflichtungen. Mich.« Sie holt tief Luft. »Bist du bereit, ins wirkliche Leben zurückzukehren, Jack? Der Mann zu sein, in den ich mich verliebt habe?« Er mutmaßt, dass sie diese Rede eingeübt hat; es sieht ihr ähnlich, dass sie sich eine perfekte Wortwahl zurechtlegt. »Ich finde, dass ich ziemlich viel Geduld aufgebracht habe«, fährt sie fort. »Nicht, dass du nicht auch mal deinen Spaß haben sollst. Du bist von der Uni direkt in den Beruf gewechselt, das verstehe ich schon. Vielleicht hast du dich überarbeitet. Vermutlich war diese Amerika-Reise so eine Art Auszeit für dich.«

Er senkt den Blick und starrt auf den Boden. »Lucinda … Lu … Ich gehe nicht mehr zurück in die Kanzlei. Diese Reise … da ging es um weit mehr als darum, Spaß zu haben. Mir ist klar geworden, dass ich mich nicht einem Beruf unterordnen kann, der mich unglücklich macht.« Er sieht ihr in die Augen. »Ich weiß jetzt, was ich mit meinem Leben anfangen will. Ich will Musik machen.«

Mit einer bedächtigen Geste fasst sie sich ins Haar und schiebt eine Strähne zur Seite. »Musik? Du willst wirklich alles, was du erreicht hast, aufgeben, um Musik zu machen? Alles, was wir zusammen erreicht haben? Einfach so? Alle unsere Pläne über den Haufen werfen?«

»Im Grunde waren es nie meine Pläne«, sagt er so behutsam wie möglich. »Ich habe immer nur versucht, anderen Leuten zu gefallen und das zu machen, was von mir erwartet wurde.«

»Anderen Leuten gefallen?«, wiederholt sie, und ihre Stimme klingt eiskalt. »Dann war also alles nur Heuchelei? Wolltest du mir nur gefallen, als du dich in Oxford mit mir verabredet hast, als wir hierhergezogen sind und darüber geredet haben, was wir aus unserem Leben machen wollen?«

»Nein, natürlich nicht. Lu … es tut mir leid.« Er macht einen Schritt auf sie zu, doch wie ein Verkehrspolizist hebt sie die Hand. »Lass das. Fass mich nicht an.« Sie schüttelt den Kopf. »Ich habe das ganze Gerede darüber, dass du Musiker werden willst, nur für eine Abwehrreaktion gehalten, etwas, womit du dich an deinem Vater rächen wolltest. Ich habe nicht damit gerechnet, dass du es ernst meinst. Was ist aus deinem

Ehrgeiz und deinem Stolz geworden?« Lucindas Stimme bricht, ihre Lippen zittern. »Ich dachte immer, du willst aufsteigen und Partner in der Kanzlei werden.«

Lucinda ist diejenige, die will, dass er Partner wird. Doch es wäre kleinlich, ihr zu widersprechen. Und er kann sie auch nicht trösten, das will sie nicht. Er fühlt sich hilflos, wie er da vor ihr steht, die Ärmel hochschiebt und sich mit der Hand durchs Haar fährt.

Ihr Blick fällt auf seinen Unterarm und die tätowierten Noten. Angewidert verzieht sie das Gesicht. »Du bist mir fremd geworden.« Mit nach oben gerecktem Kinn geht sie einen Schritt zurück.

»Ich wollte dir nicht wehtun, Lu«, sagt er. »Ich bin immer noch ich selbst, aber Menschen verändern sich. Manchmal … explodiert dir das Leben unter den Füßen. So hat es sich angefühlt, als ich die Sache mit Dad herausgefunden habe. Meine ganze Einstellung zum Leben hat eine Hundertachtziggradwende gemacht.«

»*Ich* habe mich *nicht* verändert. Ich bin immer noch derselbe Mensch, den du in Oxford kennengelernt hast.«

»Ich weiß«, erwidert er behutsam. »Du wusstest schon immer ganz genau, wer du bist und was du willst. Das bewundere ich an dir. Aber bei mir ist es anders. Mir kommt es so vor, als fange ich gerade erst an zu verstehen, wer ich eigentlich bin.«

Sie schüttelt den Kopf. »Dann sind wir einfach nicht auf derselben Wellenlänge, oder was?«

»Die Sache ist … wir haben unterschiedliche Wertvorstellungen, unterschiedliche Vorstellungen, was die Zukunft angeht.« Die Wahrheit, die in diesen Worten steckt, gibt ihm Kraft. »Als wir uns kennengelernt haben, waren wir sehr jung.« Er bemüht sich um einen sanften Ton. »Ich habe dich immer noch sehr gern, Lucinda, aber es stimmt schon, wir verstehen einander nicht mehr, und wir wollen nicht mehr das Gleiche.«

»Dann ist es also vorbei.« Ihre Stimme ist leise. »Hab ich recht?«

Er nickt. »Es tut mir leid.« Er deutet auf die Küche. »Aber das ist dein Zuhause. Du bleibst hier. Du kannst die Wohnung haben.« Er wird Cat jetzt nicht erwähnen. Das würde sie noch mehr verletzen und nur Verwirrung stiften über den wahren Grund ihrer Entfremdung. »Ich gehe jetzt gleich.«

Sie presst die Lippen aufeinander. »Ich schicke dir deine Sachen nach. Ich gehe mal davon aus, dass du zu deiner hochgeschätzten Schwester ziehst oder zu einem deiner Aussteigerfreunde.«

Vermutlich ist sie eifersüchtig, weil er und Mattie sich so nahestehen. Und über Ben hat sie schon immer schnippische Bemerkungen gemacht, weil sie nicht verstehen konnte, dass eine Freundschaft, die tief in der Kindheit und in gemeinsamen Erinnerungen wurzelt, den unterschiedlichen Lebensentscheidungen, die man als Erwachsener trifft, standhalten kann. Aber sie ist verletzt, und er will keinen Streit vom Zaun brechen. Also ignoriert er ihre Stichelei und sagt: »Ich gehe zu Mattie. Vorausgesetzt, sie nimmt mich auf.«

Er nimmt den Rucksack, der ihm plötzlich nicht mehr schwer erscheint. Trotz der Trauer und der Schuldgefühle, die mit diesem Ende einhergehen, und trotz des Bewusstseins, einem Menschen, den er einmal geliebt hat, wehzutun, hat eine wunderbare Leichtigkeit seinen Körper erfasst.

SIEBZEHN

Cat, Mai 1983

Immer noch kein Brief von Sam. Anfangs habe ich mir eingeredet, dass er damit beschäftigt sei, sich eine Wohnung zu suchen und die nötigen Dinge zu regeln. Dann hatte ich Sorge, dass er die Tatsache, dass ich nicht zum Flughafen gekommen war, als Zeichen gedeutet hatte, es sei vorbei. Aber wie hätte er das tun können? Nach allem, was wir füreinander empfunden und einander erzählt hatten? Mom gegenüber erwähne ich seinen Namen nicht, ich will nicht hören, wie sie sagt: *Siehst du, habe ich dir doch gesagt.* Er weiß nichts von Dad und dem Prozess. Dass er es nicht weiß, bewirkt eine noch größere Distanz zwischen uns, größer als der Ozean.

Was, wenn er tot ist? Wenn er nicht geschrieben hat, weil er krank oder umgekommen ist, und ich werde mein ganzes Leben nichts davon erfahren? Er kann genauso gut eine Klippe hinuntergestürzt sein, so vollständig ist sein Verschwinden. Und ich vermisse ihn. Ich sehne mich nach der geschwungenen Linie seiner Augenbrauen, nach seinen Knochen, seiner Haut, seinem kräftig schlagenden Herzen. Ich sehne mich nach seinem schiefen Lächeln, seiner Stimme, seinem Gesang. Seiner Umarmung und dem Gefühl, das er in mir geweckt hat.

»Ich schreibe dir, sobald ich im Flugzeug sitze«, hatte er versprochen. »Und werfe den Brief gleich nach der Landung ein.«

Vielleicht fand er die Geschichte schrecklich, die ich ihm gegeben habe, und ist enttäuscht, dass ich nicht die Schriftstellerin bin, für die er mich gehalten hat.

Womöglich hat es mit dem zu tun, was er mir sagen wollte, vielleicht hatte er es sich ja anders überlegt und wollte mich doch nicht wiedersehen. Nein. Das kann ich nicht glauben. Himmel noch mal. Ich kann es nicht glauben, und ich werde es nicht glauben.

Mom tut den ganzen Tag über gar nichts. Sie zieht sich an, aber dann sitzt sie bloß da, starrt ins Leere und trinkt gesüßten Eistee aus einem Einweckglas. Ich bin kein besonders geübter Koch, aber Brathähnchen bekomme ich hin. Mom isst nur winzige Häppchen. Sie ist dünn, an jedem abgeknabberten Thanksgiving-Truthahnknochen ist mehr dran. Seit Dads Verhaftung hat sie sich verändert. Nicht einmal ihre Geranien gießt sie noch, und sie redet über nichts anderes als ihre Kindheit und Jugend in South Carolina. In vertrauter Beiläufigkeit fallen die Namen ihrer Eltern und ihres Bruders, so als wären ihre Mom und ihr Dad noch am Leben und sie hätte das Elternhaus nur für einen Augenblick verlassen.

»Habe ich dir schon erzählt, wie ich mal zum Pflaumenpflücken gegangen bin?«, fragt sie und zwirbelt das Haarband zwischen den Fingern. »Ach, ich habe den Geschmack dieser wild wachsenden Pflaumen so geliebt. Aber in dem Gestrüpp, in dem sie wuchsen, lebten Klapperschlangen, hieß es. Daddy hatte mir verboten, mich dort herumzutreiben, aber ich gehorchte ihm nicht. Du lieber Himmel, fast wäre ich auf eine schlafende Klapperschlange getreten! Stell dir nur vor! Mein Fuß war schon in der Luft, und genau da lag sie zusammengekringelt am Boden. Ich habe sie gerade noch rechtzeitig bemerkt, mit diesem Diamantmuster auf dem Rücken. Beinahe hätte ich losgeschrien. Ich habe mir so fest auf die Lippe gebissen, dass sie geblutet hat. Noch Jahre später konnte ich kein Pflaumenmus essen.«

Mom weigert sich, über Dad und das, was ihm passiert ist, zu reden. Sie will ihn auch nicht besuchen. Er wurde zu fünf Jahren verurteilt. Zusätzlich zur Gefängnisstrafe kommt eine hohe Geldstrafe, und er muss jeden einzelnen Cent zurückzahlen, den er gestohlen hat. Er wird sein Leben lang und darüber hinaus damit zu tun haben. Wir leben von meinem Gehalt und von dem Notenbündel, das ich hinten in der Schublade versteckt habe, um auf ein Flugticket nach London zu sparen. Der Mietvertrag läuft bald aus, und wir können uns keine Verlängerung leisten. Ich kaue vor mich hin und höre dem Geplapper meiner Mutter halbherzig zu, den Geschichten über warme Pfirsichaufläufe, Glühwürmchen, über ihre weiße Katze und die Magnolien, den Beschreibungen der moosbewachsenen Zypressen in den Sumpfgebieten. Sie versteht nicht – oder will nicht verstehen –, in welcher Lage wir uns befinden. Ich habe beschlossen, ihrem Bruder Daniel zu schreiben und ihm zu erzählen, was geschehen ist. Sie hat den Brief aufgehoben, in dem er ihr vom Tod ihrer Eltern erzählt hat.

Der Gedanke, einen Brief an Daniel zu verfassen, weckt die schmerzliche Erinnerung an den ausbleibenden Brief von Sam. Der Schmerz ist körperlich und sitzt direkt unterhalb der Rippen. Ich presse die Hand auf den Brustkorb, als könnte ich den Kummer zurückschieben, kaschiere ein Schluchzen mit einem Husten, reibe mir mit dem T-Shirt-Saum übers Gesicht und tupfe meine Augen trocken, bevor ich das schmutzige Geschirr vom Tisch abräume und ins Spülbecken stelle. Ich zwinge mich, darüber nachzudenken, was ich Moms Bruder sagen soll. Ich werde ihr nichts von diesem Brief erzählen, bevor ich keine Antwort habe.

Um mich zu sammeln, schüttle ich mich und stelle eine Tasse Kaffee vor sie hin. Unbestimmt sieht sie mich an und lächelt. »Danke dir, mein Schatz.« Manchmal bin ich mir nicht ganz sicher, ob sie wirklich weiß, wer ich bin. Stundenlang sitzt sie am Küchentisch, vollkommen reglos, und gibt sich nicht einmal ihrem stummen Klavierspiel hin. In der Spüle war Asche. Als ich wissen wollte, was sie verbrannt hatte, antwortete sie vage: »Abfall. Altes Zeug.« Ständig zucken ihre Finger, so als zünde sie ein Streichholz an. Ich habe Angst, dass sie das Haus in Brand steckt, wenn ich bei der Arbeit bin. Wie ein unruhiger Geist wandert sie schon vor Tagesanbruch herum. Ein paarmal habe ich sie in aller Frühe auf der Veranda entdeckt, wo sie in Dads kaputtem Gartenstuhl saß und summend auf die Straße blickte.

ACHTZEHN

Sam, Juni 1983

Etwas Nasses, Stachliges trifft ihn im Gesicht. Mit einem Schrei schreckt er in dem dämmrigen Gästezimmer aus dem Schlaf. Seine Wange ist feucht. Neben dem Bett steht sein Neffe, eine Klobürste in der Faust, und grinst wie ein zahnloser Teufel.

Himmel noch mal. Der Rotzbengel hat ihm das Ding tatsächlich ins Gesicht geschleudert. Mit dem Laken reibt sich Sam das Gesicht trocken, ohne so genau wissen zu wollen, was im Besonderen er da wegwischt. Er streckt die Beine aus dem Bett. Er hat keine Ahnung, wie spät es ist. Seit er vor Wochen bei seiner Schwester untergeschlüpft ist, hat er keinerlei Alltagsroutine mehr, meist weiß er nicht einmal, welches Datum es ist.

Er unterdrückt ein Gähnen und blinzelt den kleinen Jungen an. »Pass bloß auf, dass dich das Kitzelmonster nicht erwischt!« Er streckt die Hände nach ihm aus und wackelt mit den Fingern. »Gleich hab ich dich!«

Auf pummeligen, unsicheren Beinen tapst River davon, wobei er die Waffe seiner Wahl immer noch lachend in den Händen hält.

In der Küche im Erdgeschoss kniet Mattie auf allen vieren am Boden und wischt etwas auf, das nach halb verdautem Essen aussieht. Mit aufgerichtetem Schwanz stolziert die Katze zwischen schmutzigen Tellern und Tassen über den Tisch.

Mattie sieht zu ihm hoch und hebt die Augenbrauen. »Na, ist der Prinz endlich aus seinem Schlaf erwacht.«

»Dein Sohn hat mir eben eine Klobürste ins Gesicht gepfeffert.« Sam verzieht den Mund. »Noch dazu keine allzu saubere …«

»Das ist nur die gerechte Strafe dafür, dass du auf der faulen Haut liegst. Ich bin seit fünf Uhr früh auf und konnte mich noch keine Minute hinsetzen.« Mühsam stemmt sie sich hoch. »Du musst anfangen mitzuhelfen.« Sie reibt die Hände aneinander. »Anderenfalls wird es wirklich Zeit, dass du weiterziehst.«

Sam lässt sich auf den Stuhl fallen, der ihm am nächsten steht, und sitzt zusammengesackt am Tisch. Er nimmt ein verkohltes Stück Toast und beißt hinein. »Ich habe dir doch erklärt«, sagt er mit vollem Mund, »dass ich nirgendwo hingehen kann, solange sie nicht antwortet. In meinen Briefen habe ich deine Adresse angegeben und auch deine Telefonnummer.«

»Das ist Wochen her, Jack.« Sie zieht die Augenbrauen hoch und korrigiert sich. »Sam. Jetzt kommt keine Antwort mehr.« Sie setzt sich neben ihn. »Schau mal, ich will wirklich nicht grausam sein, aber jemand muss dir sagen, wie es ist. Dieses Mädchen, Cat, ich weiß schon, wie verliebt du bist. Aber ich fürchte, dass sie für dich nicht dasselbe empfindet, sonst hätte sie dir längst geschrieben oder angerufen.«

Sam hört auf zu kauen, an seiner Lippe klebt Marmelade und auf der Zunge das verkohlte Brot, grobkörnig und geschmacklos wie Kohlenstaub. »Du verstehst das nicht. Ich *weiß* einfach, dass sie dasselbe empfunden hat wie ich. Das weiß ich ganz sicher.« Mit den Händen bedeckt er das Gesicht, und von seinem ungewaschenen Körper steigt Moschusgeruch auf. »Was mir solche Angst macht, ist … dass ich ihr gesagt habe, dass ich gelogen habe. In meinem Brief habe ich ihr alles erklärt. Die Sache mit Dad, wie wütend ich war. Dass unsere Eltern gar nicht tot sind. Ich habe ihr erklärt, dass ich dabei war, mich neu zu erfinden, als wir uns begegnet sind, dass ich mir einen neuen Namen zugelegt habe. Ich habe ihr sogar von Lucinda erzählt.« Er sieht seine Schwester an. »Was, wenn es ein Fehler war, das alles in einem Brief zu erklären?«

»Es war richtig, das alles zu erklären, auch wenn es idiotisch von dir war, sie überhaupt erst anzulügen. Es war gut, dass du die Wahrheit gesagt hast. Wenn sie damit nicht klarkommt …« Mattie zuckt mit den Schultern.

»Sie hasst Lügen, Mattie. Ihr Vater ist ein Spieler, sie hat ihr ganzes Leben unter seinen Lügen gelitten.«

»Ich weiß. Das hast du mir erzählt. Ungefähr eine Million Mal.« Sie drückt seine Hand. »Was ist mit deinem Vorsatz, an deiner Musik weiterzuarbeiten?«

»Ja, schon, aber ich muss doch warten …«

»Hör auf zu warten. Fang an zu machen. Und gib diese fixe Idee mit Hampstead Heath endlich auf. Ich weiß wirklich nicht, warum du dich ständig dorthin schleppst, nur um dann Trübsal zu blasen; du vergeudest deine Zeit. Das bringt Cat nicht zurück. Sieh zu, dass du mit der Musik vorwärtskommst. Es wird dich zumindest ein bisschen ablenken. Und was ist mit der Wohnung? Immerhin gehört dir die Hälfte. Hast du mit Lucinda darüber geredet, ob ihr sie verkaufen sollt?«

»Sie kann dort wohnen, zumindest, solange sie das will. Ich werde sie bestimmt nicht aus ihrem Zuhause vertreiben. Ich bin es, der sie im Stich gelassen hat. Es ist das Mindeste, was ich für sie tun kann.«

Mattie seufzt. »Das ist sicher sehr anständig von dir, aber mir gefällt es nicht, dich so zu sehen, Sam. Du gibst so viel auf. Ihr zwei wart Mr und Mrs Perfect in eurer Designerwohnung, und nun sitzt du da, bist pleite, alleine und obdachlos.«

»Wow«, meint er und zieht eine Augenbraue hoch. »Danke, Schwesterchen. Du hast wirklich eine bestechende Art, mit Worten umzugehen.«

»Ich sag's ja bloß.« Sie steht auf. »Wir haben kein Brot mehr.

Ich laufe schnell rüber zum Laden. Pass du so lange auf River auf.«

»Ich gehe schon.« Er will aufstehen.

Sie legt ihm die Hand auf die Schulter. »Auf dem Teppich im Zimmer nebenan liegt ein Riesenberg Legosteine. Wie wär's, wenn du deinem Neffen beibringst, eine Straßenüberführung oder so was zu bauen? Ich muss dringend an die Luft. Im Moment ist ein Gang zum Bäcker so ziemlich das Beste, was ich kriegen kann.«

Die Tür fällt ins Schloss. River sitzt auf dem Läufer neben dem Esstisch, nimmt mit seinen Fingerchen Trockenfutter aus dem Fressnapf der Katze und stopft es sich in die Nase. Als er die Haustür hört, schreckt er zusammen und dreht den Kopf hin und her. Ihm wird bewusst, dass seine Mutter fort ist, und seine Unterlippe beginnt zu beben. Sam rutscht vom Stuhl und setzt sich im Schneidersitz zu River auf den Teppich. »Nicht weinen, Kumpel.«

Dicke runde Tränen kullern River über das Gesicht.

»Hast du Lust auf Lego?«

River schüttelt den Kopf.

Sam kniet sich auf alle viere. »Schau mal, ich bin ein Pferd. Hühott. Möchtest du eine Runde drehen? Ein Galopp durchs Haus?«

Rivers Windel an Sams Steißbein fühlt sich schwammig an. Kleine pummelige Händchen graben sich in sein Haar. Mühsam richtet Sam sich auf, legt eine Hand unter den Kinderpopo, um unbeabsichtigtes Absitzen zu vermeiden, und galoppiert dann buckelnd und wiehernd durch die Zimmer, während River ihm wie ein Rodeoreiter die harten kleinen Hacken in die Rippen bohrt.

Nach drei Runden durchs Erdgeschoss lässt Sam sich keuchend aufs Sofa fallen. Alle viere von sich gestreckt, liegt River auf seinem Bauch und hickst vor Lachen. Innerhalb von

Sekunden fallen dem Jungen die Augen zu; seine Wimpern wirken so übermäßig lang, dass sie aussehen wie angeklebt. Mit angehaltenem Atem schlüpft Sam unter dem schweren schlafenden Kind heraus.

Er zieht ein kleines Päckchen aus der Tasche, drei von Cats ausladender Handschrift bedeckte Blätter, die vom vielen Lesen und Falten abgenutzt und zerknittert sind. Es ist die Geschichte, die sie ihm in die Hand gedrückt hat und die er lesen sollte, wenn er zurück in London war. Er kennt sie schon fast auswendig. Cat schreibt wunderschön. Er hat den Text auf Hinweise durchsucht, warum sie nicht auf seine Briefe antwortet, doch er kann nichts finden. Die Geschichte handelt nicht von ihnen, sondern von einer Frau namens Cindy. Es ist eine Art modernes Märchen. Er faltet die Blätter zusammen und steckt sie sorgfältig zurück in die Tasche.

Mattie wird gleich wieder da sein. Sie hat recht, gesteht er sich ein. Alles, was sie gesagt hat, stimmt. Im tiefsten Innern spürt er das. Er kann sich nicht ewig im Gästezimmer seiner Schwester verkriechen, diese langen Wochen, in denen er sich die Decke über den Kopf gezogen und weder Mattie geholfen noch sonst etwas Sinnvolles getan hat, sondern sich dem Selbstmitleid hingegeben und traurige Liebeslieder auf dem Walkman gehört hat. Wut steigt in ihm auf. Er stellt sich Cats breites Gesicht vor, das Zahnlückenlächeln, ihr langes, seidiges honigfarbenes Haar. Dann reibt er sich mit den Händen so fest über das Gesicht, dass es wehtut, als könne er das Bild ausradieren und sich der Erinnerung an sie entledigen.

NEUNZEHN

Cat, Juni 1983

Schon an der Fliegengittertür spüre ich die Veränderung in der Atmosphäre. Das Haus wirkt lebendig. Außerdem riecht es deutlich nach Tabak. Einen winzigen Augenblick lang denke ich, dass Dad zurück ist, doch in der Küche ist ein Fremder, ins Gespräch mit Mom vertieft. Er hat silbergraues Haar, einen auffälligen Schnurrbart und wirkt so, als fühle er sich an unserem Tisch ganz wie zu Hause. Wie ein weitaus jüngerer Mann hat er einen Fuß über das andere Knie gelegt, und zwischen den Fingern steckt eine Zigarre. In seinem maßgeschneiderten Leinenanzug und den schicken Budapestern stammt er mit ziemlicher Sicherheit nicht aus der Nachbarschaft.

»Mom?«

Sie dreht sich zu mir um, und die Lebendigkeit ihrer Miene nimmt mir den Atem. Seit Jahren habe ich sie nicht mehr so erlebt, womöglich sogar noch nie.

»Na, da ist sie ja!«, ruft sie, steht auf und kommt auf mich zu. »Das ist meine Tochter Catrin.«

Verlegen und verwirrt stehe ich da, während der silberhaarige Mann mich gedankenverloren mustert und nickt, als freue er sich über das, was sich ihm da bietet.

»Catrin, begrüße deinen Onkel. Das ist mein Bruder Daniel.«

»Daniel?« Ich schüttle den Kopf. »Himmel noch mal, du bist wirklich gekommen.«

»Gleich, als ich deinen Brief gelesen hatte.« Er steht auf und streckt mir die Hand hin. »Ich habe auf diesen Augenblick gewartet, ich wusste, dass Lydia uns früher oder später brauchen würde. Es war von Anfang an klar, dass dieser Mann – entschuldige, ich weiß, er ist dein Vater – irgendwann in der Gosse landet.« Sein Händedruck ist warm und fest. »Kein echter Kavalier rennt mit seiner zukünftigen Braut bei Nacht und Nebel davon. Nein, meine Liebe. Er hat deiner Mutter das Herz gebrochen.« Er küsst meinen Handrücken und lässt mich los.

»Daniel, bitte, kein Wort mehr, sonst fange ich gleich wieder an zu weinen.« Moms Hände flattern wie zwei gebrochene Flügel.

»Quäl dich nicht, Lydia.« Daniel tätschelt ihr den Arm. Er wendet sich wieder mir zu und räuspert sich. Seine Augen haben die exakt gleiche Farbe wie die von Mom. »Ich bin hier, um euch zu sagen, dass ihr bei mir in South Carolina ein Zuhause habt. Meine Frau ist vor drei Jahren gestorben, und ich lebe alleine. Es war uns nicht vergönnt, Kinder zu haben. Es würde mich glücklich und stolz machen, wenn ihr beide zu mir zieht.«

Mom setzt sich hin, und ihr Rock legt sich um sie. Mit einem Taschentuch, das sie hervorkramt, tupft sie sich die Augenwinkel ab. »Stell dir nur vor! Ich gehe zurück nach Hause«, murmelt sie. »Nach so langer Zeit.«

»Was ist mit Dad?« Alles geht so schnell, dass mir ganz schwindlig ist. Ich lasse mich auf den Stuhl neben ihr sinken.

Seine Erwähnung lässt sie zurückfahren. »Du weißt doch, dass ich ihn da drin nicht besuchen kann, das mache ich nicht.« Hysterie schleicht sich in ihre Stimme.

»Schon gut, meine Liebe. Kein Mensch kann dich dazu zwingen.« Wieder tätschelt Daniel ihr den Arm. Er blickt mich an, und auf seinem eleganten, gealterten Gesicht zeichnet sich Beunruhigung ab. »Keine Dame sollte ein Gefängnis betreten müssen.«

»Warum bist du nicht schon früher gekommen?«, frage ich ihn. »All die Jahre kein Wort.«

»Es sind viele Jahre vergeudet worden, Catrin, eine traurige Sache.« Er neigt den Kopf zur Seite und schließt für einen Moment die Augen. »Nachdem Lydia weggelaufen ist, hat unser Vater gesagt, dass er ihren Namen in unserem Haus nicht mehr hören will. Er hat uns verboten, sie auch nur zu erwähnen. Jetzt aber, wo er tot ist, Gott hab ihn selig, und dein Vater im Gefängnis, jetzt können wir wieder eine Familie sein.«

»Ich verstehe nicht.« Ich beuge mich zu Mom hinüber und flüstere: »Willst du Dad verlassen?«

Ihr entfährt ein kurzes schrilles Lachen. »Ich habe unsere ganze Ehe lang zu ihm gehalten. Gott weiß, wie schwer das war. Er hat mir schon vor sehr langer Zeit das Herz gebrochen. Jetzt«, ihre großen Augen wandern zur Decke, »ist nichts geblieben, was ich ihm noch geben kann.«

»Aber er wird doch damit rechnen, dass du für ihn da bist, wenn er rauskommt.«

Sie presst die Lippen aufeinander und kneift die Augen zusammen. »Ich kann nicht länger seine Frau sein.« Ihre Halsmuskeln sind angespannt. »Es war ein Fehler, Catrin. Damals, vor all den Jahren, hätte ich auf meinen Daddy hören sollen. Er wusste es besser, immer schon.«

Wir essen gemeinsam zu Abend. Es ist die erste Mahlzeit, die Mom seit Dads Verhaftung kocht: Süßkartoffeln aus dem Ofen mit gebratenem Seewolf. Beim Essen werfen wir uns verstohlene Blicke zu. Mom und ihr Bruder unterhalten sich über Leute, von denen ich noch nie gehört habe, holen alte Erinnerungen hervor und vergleichen sie. Im einen Moment bricht Mom in Tränen aus, und im nächsten lacht sie. Daniel erzählt uns von seinem Haus und dem Garten, der Magnolie vor der Veranda, dem Teich voller Schnappschildkröten. Im Wohnzimmer, so sagt er, wartet ein Flügel auf Mom. Er erklärt, welche Zimmer er für uns vorgesehen hat. Mom hört mit leuchtenden Augen zu.

»Ach, Cat, es wird dir so gut gefallen«, sagt sie zu mir. »Der Süden steckt dir im Blut.«

Onkel Daniel schläft in meinem Zimmer, das ich eilig aufgeräumt habe, und ich liege auf der Wohnzimmercouch. Der zurückliegende Abend lässt mich nicht schlafen – meine Gedanken kreisen darum, wie anders meine Mutter in Anwesenheit ihres Bruders war, und um den bevorstehenden Umzug nach South Carolina. Ich wälze mich auf der schmalen Liegefläche, rücke das Kissen unter meinem Kopf hin und her und denke an Dad, der nicht weiß, dass seine Ehe zu Ende ist. Das eine Mal, das ich ihn besucht habe, wirkte er, als hätte die Umgebung ihn zusammenschrumpfen lassen; er war kleiner und älter, als ich ihn in Erinnerung hatte. Ich möchte nicht diejenige sein, die ihm die Sache mit Mom erklärt, aber ich habe keine Wahl. Er muss es wissen. Ich nehme es ihr nicht übel, er hat sie betrogen und Tag für Tag belogen. Sie hat die Achtung vor ihm verloren – danach hat die Liebe keine Chance mehr. Ich rolle mich in meine Trauer ein und drücke sie fest an mich. Und doch besteht kein Zweifel, dass Daniels Angebot das Beste ist, was uns passieren konnte. Plötzlich kann ich wieder atmen.

Der Morgen ist kaum angebrochen, als ich mich mit pochendem Herzen auf den unebenen Sofakissen aufsetze. Der Gedanke ist mir unversehens in den Kopf geschossen. Womöglich hat ihn mir Frank im Schlaf eingeflüstert. *Komm schon, Cat, du weißt, dass dein Schicksal nicht in South Carolina liegt. Wenn ich mich nicht sehr täusche, dann gibt es einen anderen Ort, der nach dir ruft. Solange ich denken kann, träumst du davon, und jetzt gibt es einen Grund. Du wirst eine Lösung finden,*

Cat, du wirst Sam finden. Du weißt, dass du das kannst. Geh nach London. Geh nach Hampstead. Dort wohnt Leo Dunn, weißt du noch? Der Witwer von dem Begräbnis. Lebt Sam dort nicht auch? In Hampstead Heath ist die Bank, von der er dir erzählt hat – suche nach der Bank, und du wirst Sam finden. Jetzt gibt es nichts mehr, was dich hier hält.

Stolpernd komme ich auf die Beine, ziehe mir die Kleider vom Vortag an, während mir die Panik den Atem raubt, weil ich keine Ahnung habe, ob ich Leo Dunn und seine Tochter noch rechtzeitig erwische, bevor sie aus Atlantic City abreisen.

ZWANZIG

Sam, Juni 1983

Geliebte Cat,

ich sitze in Hampstead Heath auf der Bank, von der ich Dir erzählt habe. Wenn ich hier bin, fühle ich mich Dir näher, und ich frage mich, ob Du das hier vielleicht auch auf Deiner Bank an der Promenade liest. Spürst Du, wie ich neben Dir sitze? Ich gebe die Hoffnung nicht auf, dass Du mir verzeihst, dass ich Dich angelogen habe, als es um meine Eltern und um Lucinda ging. Keine Sorge, ich werde nicht immer weiter Erklärungen zur Entschuldigung vorbringen wie eine Schallplatte, die einen Kratzer hat, in meinen früheren Briefen habe ich alles gesagt. Mit Lucinda ist es aus. Im Grunde war es schon seit Monaten vorbei, lange bevor wir beide uns überhaupt begegnet sind.

Ich liebe Dich, Cat. Das ist es, was zählt, meinst Du nicht? Denn ich glaube, dass Du mich auch liebst. Wir hatten so viele Pläne und Träume, und ich will sie immer noch mit Dir zusammen verwirklichen. Schreib mir bitte, Liebste. Auch wenn Du wütend auf mich bist. Bitte. Dieses Schweigen ist unerträglich. Tatsache ist, dass Du in mir etwas freigesetzt hast. Wenn wir zusammen sind, dann tritt der beste Teil in mir zutage. Und dann ist da die Musik – Du bist der Grund, warum ein Lied nach dem anderen aus mir herausströmt. Jedes einzelne handelt von Dir und ist für Dich. Für mich bist Du das Maß aller Dinge, meine Seele. Und ich möchte dasselbe für Dich sein. Ich möchte Deine Pläne unterstützen, sodass sie Wirklichkeit werden. Ich liebe die Geschichte, die Du ge-

schrieben hast, ich hatte eine Gänsehaut beim Lesen. Du besitzt eine seltene Gabe, Du bist nämlich eine wahrhaftige Geschichtenerzählerin.
Ich lege Dir ein Lied bei; ich habe es in Atlantic City geschrieben, doch ich war zu feige, es Dir zu zeigen. Der Titel lautet Ocean Blue, und es erzählt von meinen Gefühlen. Ich hoffe, dass ich es Dir bald vorsingen kann.

First time I saw you,
Beside the ocean blue,
I just knew you were
Someone to be close to.

I stood in the dark
While you splashed in the sea.
You always were braver than me.
But darling, remember us
Kissing slow on the Avenue,
Talking 'bout our past.
God, I wanted it to last.

I can do what it takes, babe,
I can be me,
But only with you, only with you.
Yeah, I can be me, but only with you.
Always for ever in our ocean blue.

It's your smile that makes me brave,
Your voice that holds me close,
Whispering all I am, all I need to do.
And those dreams, baby,
I want to share them with you.

'Cause it's not just me alone,
It's the sweetness of two.
When I'm with you,
I'm always at home.
So stay with me, lay with me,
Sweet girl of mine, with breath like the sea.

I can do what it takes, babe,
I can be me,
But only with you, baby, only with you.
Yeah, we can be us, but only with you.
Always together in our ocean blue.
Always for ever, in our ocean blue, blue, blue.

Sam steckt den Umschlag in den ersten Briefkasten, den er auf dem Rückweg in den Londoner Süden findet. Er macht einen Abstecher in den Supermarkt, um etwas zum Abendessen zu besorgen: Tomaten, intensiv duftendes Basilikum und eine Flasche guten Merlot. Mattie und River sind heute den ganzen Tag unterwegs, und Sam möchte vor ihrer Rückkehr das Abendessen vorbereiten. Er summt die Melodie zu *Ocean Blue,* als er an der Kasse ansteht, und ist voller Hoffnung. Er wünschte, er könnte es ihr vorspielen, aber den Liedtext mit in den Umschlag zu legen, war seine bislang beste Idee, ihr seine Gefühle zu erklären. Diesmal wird sie zurückschreiben. Da ist er sich sicher.

Die Plastiktüten an beiden Handgelenken schmerzen, als er die Hauptstraße entlanggeht. Plötzlich bemerkt er einen Leichenwagen, der langsam an ihm vorbeifährt. Er erhascht einen Blick auf den Sarg und das Gebinde aus dunkelroten und weißen Blumen, das in Großbuchstaben das Wort MUM zeigt.

Unversehens gerät er ins Schwanken, und sein Hirn reagiert wie ein Glockenschlag. Das Bestattungsinstitut! Er hätte dort anrufen sollen. Warum hat er nicht früher daran gedacht? Ein Gefühl unaufhaltsamer Dringlichkeit erfasst ihn und jagt glühend heiß durch seine Muskeln. Er fängt an zu rennen, hart treffen seine Füße bei jedem Schritt auf dem Gehsteig auf.

Er stürzt in den Flur, greift nach Matties Telefon und will die internationale Auskunft anrufen. Doch erschrocken hält er inne. Wie war der Name? Er sieht das Gebäude ganz deutlich vor sich: die gelb gestrichenen Schindeln, die Fensterläden, die Tanne, die an der Einfahrt Wache steht. Mit der Hand wischt er sich über die Augenbrauen, ballt sie zur Faust und schlägt sich gegen die Stirn. Denk nach. Denk nach. Da war eine Farbe im Namen, meint er sich zu erinnern. Blau. Rot. Wieder hat er den Baum vor sich, dessen Silhouette sich vor der Straßenlaterne abzeichnet. Er spürt Cats Hand in seiner, über die Schulter wirft sie ihm ein Lächeln zu, als sie die Stufen zum Eingang hinaufgehen. Da war das Schild, gleich neben der Tür. Plötzlich fällt es ihm ein: Greenacres.

Wieder und wieder muss er es klingeln lassen. Endlich nimmt jemand ab, eine Männerstimme. »Bestattungsinstitut Greenacres.«

»Hallo«, brüllt Sam in die knackende Leitung. »Kann ich bitte mit Cat sprechen? Catrin Goforth?« Er macht eine kurze Pause. »Es ist … es ist dringend.«

Es folgt Schweigen, und er hört das Echo von Raum und Zeit zurückhallen. Schwer lässt er sich auf eine Stuhlkante fallen und hält den Hörer fest umklammert. »Hallo?«, sagt er noch einmal. »Können Sie mich hören?«

»Catrin ist nicht da«, sagt die Stimme. Zäh tropfen die Worte durch die Leitung.

»Wann kommt sie denn wieder? Können Sie ihr sagen, dass ich angerufen …«

»Sie hat aufgehört«, unterbricht ihn die Stimme. »Sie arbeitet nicht mehr hier.«

»Wie bitte?« Sein rasendes Herz gerät ins Ruckeln. »Wo kann ich sie erreichen?«

»Tut mir leid, da kann ich Ihnen leider nicht weiterhelfen.«

»Warten Sie«, brüllt er. »Sagen Sie mir bitte nur, ob sie bei einem anderen Bestattungsunternehmen in Atlantic City arbeitet.«

Ein deutliches Seufzen ist zu hören. »Meines Wissens ist sie nicht mehr in Atlantic City.«

»Was? Wo ist sie denn hin?«

Die Leitung ist tot. Sam lässt den Hörer los, der hinunterfällt und baumelnd an der Kordel hängt.

Sam serviert die Nudeln mit der Tomatensoße auf drei Tellern. Es überrascht ihn, dass er überhaupt stehen kann, geschweige denn eine Mahlzeit zubereiten. Das Telefonat hat ihn völlig ausgelaugt, er fühlt sich wie taub und merkwürdig distanziert. Sie ist fort. Er wird sie nie wiedersehen.

River ist im Bett, und Mattie, ein großes Glas Rotwein in der Hand, hat ihre nackten Füße auf einen Stuhl gelegt. Ihr gegenüber sitzt Luke, zurück von seiner rätselhaften Arbeit in der City, erschöpft, die Krawatte gelockert und die Ärmel bis zum Ellbogen hochgeschoben.

Mattie rollt sich eine kümmerliche Zigarette, die kaum dicker ist als ein Grashalm, und bläst dann eine lange Rauchwolke heraus. »O Mann, das ist die beste Zeit des Tages.«

»Ich wollte euch danken«, sagt Sam. »Euch beiden. Mir ist klar, dass ich eure Gastfreundschaft überstrapaziert habe und ein furchtbarer Mitbewohner gewesen bin.«

»Ach was, nichts da!« Mattie legt den Kopf schief und zieht eine Schnute. »Du weißt, dass du so lange bleiben kannst, wie du willst. Ich habe das heute Morgen nicht so gemeint.« Sie schenkt ihm einen durchdringenden Blick. »Ist irgendwas passiert? Du bist sehr still heute Abend.«

»Nein, es ist nichts passiert.« Sam stochert in den Nudeln auf seinem Teller. »Mir ist einfach nur aufgegangen, wie egoistisch ich war. Egoistisch und dumm. Hier herumzuhängen und wegen …«, ihr Name kommt ihm nur schwer über die Lippen, »Cat Trübsal zu blasen. Ich muss mich zusammenreißen. Ich habe die Entscheidung getroffen, Musiker zu sein, also muss ich mich jetzt endlich dranmachen. Bis ich herausgefunden habe, wie ich die Sache angehen soll, ziehe ich zu Ben.«

»Nun, das sind gute Nachrichten, Jack«, meint Luke. Dann hält er inne und legt theatralisch die Stirn in Falten. »Entschuldige, du heißt ja jetzt Sam. Oder hast du dir mittlerweile einen neuen Namen zugelegt? Ich komme da nicht mehr ganz hinterher.«

»Luke!«, faucht Mattie ihn an. »Lass das.«

Sam legt die Gabel ab und blickt seinen Schwager an. »Das ist doch nicht so schwer zu verstehen«, sagt er. »Ich habe meinen Namen geändert. Viele Leute machen das.«

»Das ist doch lächerlich.« Spöttisch verzieht Luke den Mund. »Im Übrigen findet Mattie das auch. Euer ganzes Leben lang warst du Jack. Sie sagt nur deshalb nicht die Wahrheit, weil du so verdammt labil bist im Augenblick. Wie's aussieht.«

Böse starrt Mattie ihn an und schüttelt den Kopf. »Beachte ihn nicht«, wendet sie sich an Sam. »Wirklich Sorgen mache ich mir darüber, was zwischen dir und unseren Eltern los ist. Kannst du ihnen denn nicht verzeihen?« Sie legt die Finger aneinander, als vergleiche sie ihre Länge, und beugt sich nach vorne. »Auch Dad und Mum sind nur Menschen. Sie haben Fehler gemacht …«

»Fehler!« Sam lehnt sich zurück und drückt sich vom Tisch ab, sodass die Stuhlbeine über den Boden scharren. »Nichts davon würde ich als *Fehler* bezeichnen. Er wusste ganz genau, was er tat. Und es ging jahrelang so. Ein lebenslanger Betrug.

Lauter Lügen. Er ist doch ... ein Psychopath und ein Heuchler. Und die ganze Zeit ... O Mann!« Sein Kiefer mahlt. »Schön für dich, dass du ihnen verzeihen kannst.« Er schluckt. »Aber es ist mir ein Rätsel, wie du das hinkriegst. Vielleicht liegt es am Yoga. Oder daran, dass du Mutter bist. Oder einfach, weil du ein besserer Mensch bist als ich.«

Er ertappt Mattie und Luke dabei, wie sie einen Blick wechseln und die Augenbrauen hochziehen. Er kommentiert es nicht, sondern schenkt ihnen allen mit zitternden Händen Wein nach. Plötzlich kommt ihm ein Gedanke, und mit einem dumpfen Schlag setzt er die Flasche auf dem Tisch ab. »Du hast ihn nicht wiedergesehen, oder?«, fragt er.

»Wen? Dad?«

Sam macht eine wegwerfende Geste. »Nein. Ihn. George oder wie er heißt.«

»Seit damals habe ich ihn nicht wiedergesehen, nein.« Mattie legt die Arme auf den Tisch und bettet ihren Kopf darauf. Ihre Stimme ist leise. »Deine Wut ist so anstrengend. Ich glaube, es war mir lieber, als du diesem Mädchen nachgetrauert hast.«

Sorgfältig legt Sam Gabel und Löffel auf dem rot verschmierten Teller ab und steht auf. »Ich war in vielerlei Hinsicht ein Dummkopf – insbesondere, was Cat angeht. Und es tut mir leid, dass ich Lucinda verletzt habe. Aber das, was mit Dad passiert ist, ist anders. Es hat alles verändert. Ich habe die Brücken hinter mir abgebrochen, Lucinda, die Kanzlei, und ich will mein altes Leben nicht zurück. Ich will nach vorne schauen und mit meiner Musik etwas Neues anfangen.«

Mattie nickt. »Überleg doch wenigstens, ob du nicht Kontakt zu Mum aufnimmst. Sie ist doch genauso Opfer wie wir alle.«

Mit einem Seufzen lenkt er ein.

Sie kommt um den Tisch und legt ihre Arme um seine Taille. Er stützt sein Kinn auf ihrem Kopf ab. »Mach dir keinen Kopf wegen Cat«, sagt sie. »Und auch nicht wegen Lucinda. Ihr zwei wart nie wirklich füreinander gemacht. Dort draußen gibt es genug andere Mädchen, noch dazu für einen Rockstar.« Sie tritt einen Schritt zurück, und kurz scheint in ihrem Grinsen die vertraute, freche Schwester durch.

Er nickt. Doch sein Kopf ist längst mit etwas anderem beschäftigt. Er versucht, die Erinnerung abzuschütteln – an den dunklen Strand in Atlantic City, Cat ganz dicht neben ihm, ihrer beider Arme verschränkt und die Knöchel verbunden, und ihre Herzen, die im selben Rhythmus schlugen, als sie über den Sand in die Nacht hinausrannten, als wären sie beide zusammen ein Mensch.

ZWEITER TEIL

Blühende Gedanken an einem blühenden Ort

EINUNDZWANZIG

Cat, Februar 1984

Seit einiger Zeit wache ich in einem weiß getünchten viktorianischen Haus an einer baumbestandenen Straße in London auf. Wenn ich aus der Haustür hinaus nach rechts gehe, bin ich innerhalb von zehn Minuten auf den weiten Hügeln von Hampstead Heath. Wie Sam gesagt hat, ist es ein wilder Park voller Wälder und Seen. Ich habe die Parkbank gefunden, obwohl es eine Weile gedauert hat. Jede einzelne habe ich mir angesehen und die eingravierten Inschriften gelesen. Seit ich sie entdeckt habe, gehe ich jeden Tag dorthin und hoffe, dass wir uns wiedersehen. Einmal habe ich eine Nachricht hinterlassen, und als ich wiederkam, war sie fort, aber jemand kann sie mitgenommen haben, vielleicht auch Wind oder Regen. Ich gebe nicht auf. Eines Tages wird er kommen.

Leos Haus ist hoch und schmal, mit neogotischen Zinnen und Fenstern wie im Märchen. In den Zimmern sind Kamine, die man tatsächlich benutzen kann, und altmodischer Stuck, der aussieht wie Zuckerguss aus dem Spritzbeutel. An den Wänden hängen Gemälde, moderne, dick aufgetragene Farbwirbel, und überall stehen Bücherschränke voller Romane. Wenn ich über die Eichendielen gehe, klingen meine Schritte so, als liefe ich über die glänzende Oberfläche meiner Träume.

Der Traum ist vorbei, sobald ich an die Zimmertür von Grace klopfe, um sie für die Schule zu wecken. Nie weiß ich, was mich erwartet. Manchmal hat sie sich unter der Bettdecke verkrochen, eingerollt wie ein kleiner Bär im Winterschlaf, und weigert sich herauszukommen. Oder aber sie steckt schon schief geknöpft in den falschen Kleidern und verdrückt in der

Küche ein Frühstück aus Schokoladenkeksen und Eiscreme. Heute Morgen stand sie splitternackt vor der Zimmerwand und bemalte sie mit Filzstiften.

Ist sie erst einmal sicher in der Schule untergebracht, bleiben mir ein paar Stunden am Tag zum Durchatmen. Meine Aufgaben sind nicht schwer: etwas Hausarbeit, doch nichts Anstrengendes, denn einmal die Woche kommt eine Frau zum Putzen. Ich gehe einkaufen. Im Waschkeller neben der großen Küche stopfe ich die Schmutzwäsche in die Maschine. Ich muss keine Taschen mehr zum Waschsalon schleppen. Für die feuchten Tage gibt es sogar einen Trockner, und an sonnigen eine Wäscheleine im Garten. Wenn ich die Arbeit erledigt habe, habe ich frei. Leo hat mir angeboten, die Bücher im Haus zu lesen, und mir außerdem eine Liste von Museen und Galerien gegeben, die einen Besuch wert sind. Oft setze ich mich ins Café und schreibe Geschichten. Und jeden Tag gehe ich mit einem Buch zu Sams Bank. Sie liegt ein bisschen abgeschieden, weil direkt dahinter ein Weißdorn wächst, doch oben auf einem Hügel, sodass man einen weiten Blick über den Park und die in der Ferne liegende Stadt hat. Wenn ich dort über mein Buch gebeugt bin, sehe ich jedes Mal mit erwartungsvoll pochendem Herz auf, wenn ein Schatten auf mich fällt. Aber er ist es nie.

Zu Grace' Grundschule sind es fünfzehn Minuten zu Fuß.

Wir sind auf halber Strecke den Hang hinunter, als sie sich plötzlich auf den Gehsteig fallen lässt und zu einer Kugel zusammenrollt. »Na los, Grace«, sage ich. »Wir kommen noch zu spät.« Ich kaure mich neben sie. »Gracie, bitte, steh auf.«

»So heiße ich nicht!« Sie dreht den Kopf und sieht mich wütend an.

»Okay, tut mir leid.« Ich setze mich neben sie auf den Gehweg und fange an zu murmeln. »Es war einmal«, sage ich langsam und beiläufig, »eine kleine Ameisenlarve, die dachte, sie sei ein Schmetterling.«

»Was ist eine Ameisenlarve?« Sie hat den Mund an die Knie gepresst, und ihre Stimme klingt gedämpft.

»Ein Insekt mit einem kleinen Panzer drum herum. Sie ist grau und winzig und kann sich zu einer Kugel zusammenrollen, genau wie du es gerade machst.«

Grace rollt sich auseinander und setzt sich auf. Gegen ihren Willen habe ich ihr Interesse geweckt.

»Komm, wir gehen ein Stück, und ich erzähle dir die Geschichte.« Ich stehe auf und reiche ihr die Hand. Widerstrebend legt sie ihre Finger hinein. »Also, immer wieder versuchte sie zu fliegen. Sie stürzte sich von hohen Stellen herunter, von Ästen oder Parkbänken …«, erzähle ich weiter. Wir kommen voran. Das Schultor ist gleich um die Ecke.

Ihr Zimmer ist groß und hübsch. Am Fenster steht ein Schaukelpferd, auf den Regalen stapeln sich die Plüschtiere, und es gibt ein riesiges Puppenhaus. Alles, was ein Kind sich nur wünschen kann. Nachdem ich sie in der Schule abgesetzt habe, setze ich mich mit einer Schüssel Seifenwasser auf den Boden und fange an, das Gekritzel mit einem feuchten Tuch zu bearbeiten. Sie hat Strichmännchen gezeichnet, doch ihnen fehlen die Arme und Beine. An den Köpfen klaffen Spalte, aus denen das Blut strömt, und ihre weit aufgerissenen Münder schreien stumm.

Immer wenn so etwas geschieht, sagt Leo zu mir: »Wir müssen ihr Zeit lassen, sie trauert noch.«

Aus der Bibliothek habe ich mir einen Ratgeber geliehen, wie man Kindern helfen kann, die um jemanden trauern. Darin steht, dass man alles so normal wie möglich belassen soll, dass vertraute Abläufe wichtig sind und große Veränderungen vermieden werden sollten. Ich habe keinerlei Erfahrungen mit

Kindern, geschweige denn mit solchen, die ihre Mutter verloren haben. Es ist ohnehin ein Wunder, dass Leo mich eingestellt hat. Im Grunde hat Grace die Entscheidung gefällt. Als ich in aller Frühe im Hotel aufkreuzte, bat Leo mich, draußen im Korridor zu warten, während er mit seiner Tochter sprach. Als er die Tür wieder aufmachte, sagte er, dass sie mich als neues Au-pair-Mädchen haben wolle. Es war der Tag ihrer Abreise, ich hatte sie gerade noch erwischt. Eunice gab mir ein Empfehlungsschreiben, und das war's.

Als ich ein paar Tage später im Flugzeug saß und unter meinen Füßen die Triebwerke brummten, war ich voller Enthusiasmus und Zuversicht, dass ich Sam finden würde. Ich redete mir ein, dass es eine Erklärung dafür geben musste, warum er nicht geschrieben hatte. Ich musste ihn nur finden, dann würden wir die Sache klären und an der Stelle weitermachen, an der wir aufgehört hatten. Als er nicht bei der Parkbank auftauchte, blätterte ich die dünnen Seiten des Telefonbuchs bis zum Buchstaben S durch, voller Vorfreude auf seine Stimme und seine Überraschung, wenn er erfuhr, wo ich war.

»Sie haben sich verwählt«, sagte man mir jedes Mal. »Hier wohnt niemand, der so heißt.«

Ich höre nicht auf, darauf zu hoffen, ihm in der U-Bahn zu begegnen, dass er mir gegenüber im Bus sitzt, vor einem Geschäft steht oder an der Straße entlanggeht. Jede Menschenmenge suche ich nach seinem dunklen Haarschopf ab. Mir war nicht klar, wie groß London ist, dass der Fluss die Stadt in eine nördliche und eine südliche Hälfte teilt und dass es Stunden dauern kann von einem Stadtviertel ins andere.

Ich hatte angenommen, dass er in Hampstead wohnt, aber ich habe keine Adresse. Ich kenne den Nachnamen seiner Schwester Mattie nicht und weiß nicht, wie seine Eltern gestorben sind. Er hat erwähnt, dass er in Oxford studiert hat. Aber als ich dort anrief, musste ich feststellen, dass es die unterschiedlichsten Colleges gibt. Ich habe sie alle durchtelefoniert, doch keines verzeichnet einen ehemaligen Studenten namens Sam Sage.

Wo bist du, Sam? Ich denke daran, wie du oben auf der Bühne im Ally's geklungen hast, wie mein Magen bei deinem Auftritt taumelte und torkelte. Am deutlichsten aber erinnere ich mich an das Gefühl, das du in mir geweckt hast, wenn wir zusammen waren: Deine Finger, dein Mund und deine Zunge entfachten ein Feuer in meinem Körper. Und ich fühlte mich endlich zu Hause.

Jeden Tag sitze ich auf deiner Bank und warte auf dich. Du bist kein Hirngespinst. Du warst aus Fleisch und Blut, wenn ich dich in meinen Armen hielt. Ich weiß noch, wie deine Haut riecht, wie deine Lippen sich auf meinen anfühlen. Ich vermisse dich.

Mom schreibt mir auf Briefpapier, das nach Rosen duftet, und erzählt mir von dem Leben im Süden, das sie sich zurückerobert hat. Sie erwähnt Dad mit keinem Wort. Seine sporadischen Briefe sind kürzer. Er scheint davon überzeugt, dass er Mom zurückgewinnen wird, sobald er aus dem Gefängnis kommt.

Nie im Leben, stöhnt mein Bruder. *Sie braucht ihn genauso dringend wie ein Maultier ein Steuerrad.*

Frank. Seit ich in London bin, höre ich immer weniger von ihm. Wenn doch, dann sind seine Worte wie ein fernes Echo, als kämen sie in einer Windböe über den Atlantik.

Am Schultor bilden sich Cliquen. Ganz oben stehen die Mütter, dann kommen die Kindermädchen. Vereinzelt drückt sich ein Vater herum, alleine, verlegen und verunsichert. Ganz unten in der Hackordnung stehen die Au-pairs. In diese Kategorie gehöre wohl ich. Dougie ist heute der einzige Mann auf dem Hof und der einzige männliche Au-pair an der ganzen Schule. Er trägt einen Filzhut und hat einen langen Schal um den Hals. Als er mich entdeckt, winkt er mir zu. »Gott sei Dank bist du da.« Mit kalten Lippen küsst er mir die Wangen. »Ich habe eine der Mütter angelächelt, und daraufhin sind sie in Formation zusammengerückt. Im Ernst, man könnte meinen, ich hätte mein Glockenspiel ausgepackt und nicht die Zähne entblößt.«

»Glockenspiel?«

»Eine beschönigende Bezeichnung für Penis«, erklärt er mir. »Nicht so vulgär wie Schwanz. Nicht so anstößig wie Pimperstab. Blumiger als Pinsel.« Er zupft seinen Schal zurecht und wirft den Kopf zurück. »Zugegeben, Schniedelwutz wäre niedlicher gewesen.«

»Schniedelwutz?« Ich lache.

»Ich weiß schon.« Er grinst. »Ist das nicht süß?«

In diesem Augenblick läutet die Schulglocke, und die Luft wird von trampelnden Füßen, schlagenden Türen und Kinderstimmen erschüttert. Die beiden kleinen Mädchen, um die Dougie sich kümmert, sausen mit wehenden blonden Zöpfen auf ihn zu. Ein Wirbelwind aus Schulranzen, Knubbelknien, fest umklammerten Kunstwerken und leeren Brotzeitdosen landet in seinen Armen. Er schafft Ordnung im Chaos, beantwortet stürmisch vorgetragene Bitten und putzt triefende Nasen ab. An jeder Hand hält er ein Mädchen. »Gut, dann gehen wir mal.« Er sieht sich um. »Grace ist nicht da?«

Angestrengt suche ich mit den Augen den Eingang für die Jüngsten ab nach den dunklen Locken und der grünen Jacke. Eine vertraute Ahnung erfasst mich. »Ich gehe besser mal nachsehen. Bis morgen.«

»Lass uns demnächst mal einen Kaffee trinken«, ruft er mir über die Schulter zu. »Wir müssen mal ein bisschen quatschen.«

Grace ist gleich drinnen neben dem Eingang, an ihrer Seite die Lehrerin, eine füllige Frau mit einer übergroßen rosa Brille. Miss Fisher beugt sich zu Grace hinunter und legt ihr eine Hand auf den Rücken. »Setz dich mal kurz dort drüben hin. Ich habe was zu besprechen mit …«

»Catrin«, helfe ich ihr aus.

Sie rückt so dicht an mich heran, dass mir bei jedem Ausatmen der abgestandene Geruch ihres Mittagessens entgegenschlägt. »Leider muss ich Ihnen mitteilen, dass Grace heute ein Kind gebissen hat«, flüstert sie. »Glücklicherweise wurde die Haut nicht verletzt, aber das Kind hat einen schlimmen blauen Fleck.« Sie blickt zu Grace hinüber, die auf einem Stuhl an der Tür sitzt und die Beine baumeln lässt. »Wir können dieses Verhalten nicht länger entschuldigen, ständig passiert etwas Neues. Wir mussten sie bestrafen.«

»Wie?«, frage ich wütend. »Wie haben Sie sie bestraft? Sie ist gerade mal sechs.«

»Sie musste eine Stunde lang in der Ecke stehen. Meistens genügt es schon, wenn man die Kinder für eine Weile ausschließt. Sie muss lernen, falsch und richtig zu unterscheiden.«

Ich stelle mich aufrechter hin. »Sie braucht keine Strafe, sie braucht Hilfe. Sie hat gerade erst ihre Mom verloren.« Mit einem Blick zu Grace vergewissere ich mich, dass sie mich nicht hören kann. »Sie kann doch kaum begreifen, was passiert ist. Und das versucht sie auszudrücken, indem sie sich abreagiert.«

Ich wende der Lehrerin den Rücken zu. »He, lass uns gehen, meine kleine Ameisenlarve. Zur Nachspeise gibt es heute Eis, und du darfst auch Streusel drauf tun.«

Zu Hause brate ich Fischstäbchen für Grace, ihr Lieblingsessen, sie brennen mir nur ein kleines bisschen an. Als sie mit dem Essen fertig ist, setze ich mich neben sie. »Grace«, beginne ich behutsam. »Warum hast du heute jemanden gebissen? Miss Fisher hat es mir erzählt.«

Sie taucht den Finger in den Ketchup-Rest auf ihrem Teller und leckt ihn ab. Dann zuckt sie die Schultern.

»Hat dir das Kind was getan?«

Ohne mich anzusehen, zuckt sie wieder die Schultern. »Kann ich aufstehen?«

»Du darfst anderen Leuten doch nicht wehtun.« Sanft lege ich meine Hand auf ihre. »Auch dann nicht, wenn sie dich wütend machen.« Ihre Finger sind heiß und klebrig. »Ich weiß schon, dass im Augenblick alles ganz schön schwierig ist. Aber es wird besser, mein Spatz, ganz bestimmt.«

Sie blinzelt und rückt von mir ab. »Darf ich jetzt aufstehen?«

Ich seufze. »Wisch dir erst die Hände ab.« Ich reiche ihr ein feuchtes Geschirrtuch. Ohne die Miene zu verziehen, wischt sie sich die Handflächen ab, klettert vom Stuhl und geht aus der Küche. Mutlos lausche ich dem Trampeln ihrer Füße auf der Treppe, als sie in den ersten Stock hinaufgeht.

Gerahmte Fotos von Elizabeth stehen auf Kommoden und Anrichten, hängen an Wänden und sehen von Kaminsimsen herab. Wo auch immer ich bin, stets ist sie da und sieht mir zu. Bin ich alleine, nehme ich manchmal ein Bild zur Hand und halte es mir ganz nah ans Gesicht, als könnte Elizabeth mir einen Rat zuflüstern. Ich erinnere mich daran, wie sie im Sarg lag. Die Frau auf den Bildern ist voller Leben und lächelt mit weit geöffneten Augen. Bevor sie Leo geheiratet hat, war sie Schauspielerin, und sie hat die Ausstrahlung eines großen Stars.

Ich trockne meine Seifenhände an einem Handtuch ab und blicke zur Wanduhr. Ich sollte mit den Vorbereitungen fürs Abendessen beginnen, damit es fertig ist, wenn Leo aus dem Krankenhaus kommt. Mithilfe der Kochbücher, die auf den Regalen am Herd stehen, bringe ich mir englische Gerichte bei, merkwürdig klingende Speisen wie Schäferauflauf, Leber und Speck, angekreuzte Rezepte, deren Seiten fleckig und mit handschriftlichen Bemerkungen von Elizabeth versehen sind. Ich versuche, mich an die Vorgaben zu halten, doch irgendwie gelingt es mir immer, die Speisen zu versalzen, die Zwiebeln schwarz werden zu lassen und das Kochwasser auf dem Herd zu vergessen. Doch Leo nimmt es mit Humor und erklärt, hätte er eine Köchin gewollt, dann hätte er auch eine eingestellt.

Es ist nicht das Leben, das ich mir ausgemalt habe, als Sam mich nach London eingeladen hat. Ich frage mich, wo er ist, ob er sich überhaupt in dieser weitläufigen Großstadt aufhält. Aus meinem Schlafzimmerfenster sehe ich Dächer und Hochhaustürme in der Ferne. Möglich, dass Sam irgendwo dort ist. Möglich, dass ich an seinem Haus vorübergehe und es niemals erfahre.

ZWEIUNDZWANZIG

Sam, Februar 1984

In Bens Wohnung schläft Sam auf einer ramponierten Couch unter alten Wolldecken. An den meisten Abenden ist die Luft stickig vom Nikotin und süßlichen Marihuanaschwaden. Auf der Stereoanlage läuft laute Punkmusik. Sam muss daran denken, wie schockiert Lucinda bei diesem Anblick wäre – er würde in ihrem Ansehen noch weiter sinken als ohnehin.

Nach einer weiteren aus dem Ruder gelaufenen Party wacht er aus einem unruhigen Schlaf auf; er hat sich auf dem unbequemen Sofa zusammengerollt, notdürftig eine mottenzerfressene Decke um die Schulter, deren uralter Stoff fleckig ist von verschüttetem Alkohol, Zigarettenasche und wer weiß, was noch. Irgendwann im Laufe des Abends muss er weggekippt sein. Er dreht sich auf den Rücken und massiert sich die Waden. Ihm ist zu kalt, um wieder einzuschlafen. Er wickelt die Decke enger um sich, starrt in die Luft und erinnert sich.

Seine Mutter hatte Geburtstag, und sie alle – er, Lucinda, Mattie, Luke und River – saßen um den Tisch im Haus seiner Eltern. Es gab eine Torte mit Zuckerguss und Kerzen und Gurkensandwiches. Er nahm gerade ein Stück gefüllte Biskuittorte entgegen, als es an der Haustür klingelte. Die Hunde bellten.

Alle sahen sich an. »Du liebe Güte, wer kann das denn sein?«, fragte seine Mutter.

»Ich gehe schon.« Sam setzte den Teller ab.

Vor der Tür stand ein hochgewachsener junger Mann, etwa in Sams Alter, in dessen Augen ein unausgesprochenes, tief empfundenes Gefühl brannte. Er war stämmig, Typ Rugby-Spieler, hatte rotes Haar, und wieder und wieder ballten sich die kräftigen Hände an seinen Seiten zu Fäusten und öffneten sich. Sam fragte sich, ob er verwirrt und womöglich sogar gefährlich war. Er packte den Türgriff etwas fester. »Ja, bitte?«, fragte er argwöhnisch. »Kann ich Ihnen helfen?«

Der Mann starrte ihn weiter mit durchdringendem Blick an. Das breite sommersprossige Gesicht rötete sich. »Bist du Jack?«

Sam runzelte die Stirn und rückte von ihm ab. »Wer sind Sie?«

Nach einem tiefen, zittrigen Atemzug sagte der Mann: »Ich heiße George. Ich bin dein Bruder.«

Sein Vater kam an die Tür, um nachzusehen, was los war. Im Nu stieß George ihm den Zeigefinger entgegen und brüllte, dass er ihm hierher gefolgt war, stammelte etwas davon, dass er am Tag zuvor in den Rhododendronsträuchern gekauert und das Doppelleben seines Vaters beobachtet hatte. »Pfauen!«, schrie er. »Du hältst beschissene Pfauen in deinem Garten! Und lebst mit deinen anderen Kindern in einer Villa! Was ist mit Mum und mir? Waren wir dir das nicht wert?« Seine Stimme überschlug sich, als er erzählte, dass er nach London zurückgefahren war und erfahren hatte, dass seine Mutter die ganze Zeit über die andere Familie, die Ehefrau und die Kinder Bescheid gewusst hatte. Seine Halbgeschwister, verdammt! Er fing an zu weinen. »Ich bin der Bastard, stimmt's?«

Instinktiv rückte Sam an die Seite seiner Mutter, um sie zu beschützen, doch ein Blick in ihr Gesicht genügte, und er wusste Bescheid. »Du wusstest davon?«

Irgendwann hatte ihr Vater den jungen George gebändigt und in den Daimler verfrachtet. Die Mutter saß vor den Tortenbröseln und zündete sich eine Zigarette an. »Es tut mir leid«, schluchzte sie. »Ich dachte, es sei besser für euch, wenn ihr nichts davon wisst.« Mattie tröstete sie, aber Sam konnte an nichts anderes denken, als dass sein ganzes Leben Heuchelei gewesen war, einschließlich der Erwartungen an ihn, seine Pflicht zu erfüllen, der Aufgaben, die auf seinen Schultern lasteten, seiner elenden Schuljahre, der Laufbahn, die er gar nicht wollte.

Vater hatte von Montagabend bis Freitagmorgen bei George und seiner ehemaligen Sekretärin Maureen gelebt, und war am Wochenende aufs Land zu seiner offiziellen Ehefrau und den drei anderen Kindern zurückgekehrt. In den Ferien hatte er seine Zeit auf die beiden Familien aufgeteilt und diese Farce zwanzig Jahre lang aufrechterhalten. Die Sache wurde ihm dadurch leichter gemacht, dachte Sam bitter, dass beide Frauen die Situation akzeptierten. Doch keines der Kinder, keiner unter den Verwandten, Freunden oder Arbeitskollegen hatte die geringste Ahnung. Er hatte ein falsches Spiel gespielt, mit Namen, Orten und Daten jongliert, ohne einen einzigen Fehltritt zu begehen. Bis zu diesem Moment.

Sam muss wieder eingeschlafen sein, denn als er aufwacht, fällt ein schwacher Lichtschein durch den Vorhang am schmutzigen Fenster herein. In der kalten Luft bildet sein Atem eine Wolke. Von den Schuhen abgesehen, ist er vollständig angezogen. Er zieht sie unter einem Stuhl hervor und schlurft in die Küche, wo Ben am Tisch sitzt und an einer Blechtasse nippt.

»Hallo.« Bens Stimme ist rau. »Tee?«

»Danke.«

Ben schnuppert an der Milchflasche, bevor er etwas davon in eine Tasse kippt. »Hör mal, wir brauchen noch einen Gitarristen bei Slaughter«, meint er. »Möchtest du nicht mitmachen?«

»Ich stehe nicht so auf Punk.« Sam nimmt die fleckige Tasse mit dem heißen Tee. »Nett, dass du es anbietest, aber ich bleibe bei meiner eigenen Musik. Ich habe schon ein paar Stücke fertig.«

»Nur du und die Gitarre?«

Er nickt. »Ich will es auf offenen Bühnen in irgendwelchen Pubs probieren, bei Jamsessions. Schauen, ob ich etwas anstoßen kann.«

Ben stößt die Luft zwischen den Zähnen aus. »Dann kannst du auch gleich zum Stempeln aufs Arbeitsamt gehen.« Er legt die Füße auf den Tisch.

Sam schüttelt den Kopf. »Ich suche mir einen Teilzeitjob, um über die Runden zu kommen. Egal was. An der Bar oder als Kellner.« Er trinkt einen Schluck und verzieht das Gesicht beim Geschmack der sauren Milch.

Es kommt ihm vor, als sei es eine Ewigkeit her, dass er auf einem Bett gekniet und Cats Hände gehalten hat. *Ich glaube an dich.* Seine Wangen feucht von ihren Tränen. Ein Stich fährt ihm in die Brust. Seine Sehnsucht kommt in Wellen, immer dann, wenn er am wenigsten damit rechnet. Er hält sich am Spülbecken fest und blickt hinaus auf das verregnete Brixton. Er ist weit weg von Hampstead, er geht nicht mehr in den Park. Es ist ohnehin zwecklos. Er wird ihr niemals seine Bank zeigen, nie dort mit ihr sitzen und den Drachen zusehen, die in der Luft über den Hügeln tanzen. Doch er hat seine Songs, und seine Aufgabe ist es, sie in die Welt hinauszutragen und die Menschen dazu zu bewegen, ihm zuzuhören. Cat und er hatten nur drei gemeinsame Wochen. Er hat noch ein ganzes Leben als Musiker vor sich.

DREIUNDZWANZIG

Cat, August 1985

Ich gehe nicht mehr zur Bank in den Park, um dort auf ihn zu warten. Er wird nicht kommen. In meinem Innern ist etwas abgestorben, aber ich werde nicht sterben. Ich bin in der Stadt, in der ich immer schon sein wollte, also sollte ich versuchen, das Beste daraus zu machen.

An unseren freien Tagen zeigt Dougie mir seine Lieblingsorte: die viktorianischen Gewächshäuser in Kew Gardens, wo wir in der tropischen Hitze die schmalen Wendeltreppen hinaufsteigen, den Portobello Market, auf dem wir alte Schallplatten, angeschlagenes Porzellan, altmodische Tücher und Perlenketten durchstöbern. An den Wochenenden fahren wir mit der U-Bahn nach Knightsbridge und spazieren an den Männern mit dunklen Brillen vorbei, die an den Eingängen der Geschäfte postiert sind. Mit hocherhobenem Kinn stolziert Dougie herum und sucht Kleider zum Anprobieren für mich heraus, die noch nicht einmal mit einem Preiszettel versehen sind. Ein Schaufensterbummel der besonderen Art. Er hat ein erstaunliches Gespür dafür, was wozu passt; sein Traum ist es, für ein Modejournal zu arbeiten. In Soho setzen wir uns an den Tresen einer italienischen Bar und trinken Espresso, während die Männer um uns herum debattieren und wild gestikulieren und ein Fußballspiel im Fernsehen läuft.

Das Schwimmen im Atlantik hat mir gefehlt. Das kalte, schilfige Wasser in den Teichen von Hampstead ist so ganz anders, es ist sandiger und schwerer als jedes Gewässer, das ich bislang kannte, und glitschige Algenfäden warten nur darauf, sich um Zehen und Finger zu winden, während aus dem Schlamm am Boden trübe Wolken hochwirbeln. Ich gehe an den von dichtem Laub umgebenen Ladies' Pond, wo manche Frauen sich zum Schwimmen nackt ausziehen. Es fehlt die grenzenlose Weite des Atlantiks, der Teich ist in sich geschlossen und intim, aber wenn ich den Mut aufbringe, ohne Badeanzug zu schwimmen, erlebe ich ein berauschendes Gefühl von Freiheit. Auf dem Wasser lärmen Enten und Blesshühner, und wenn ich herauskomme, kleben nasse Federn an meiner Haut. Den Blick in den Himmel gerichtet, üben sich ältere Damen im Rückenschwimmen.

In den Nachrichten wird von einer Hitzewelle gesprochen. Endlose staubige Tage und klebrig schwüle Nächte haben London verwandelt, die Stadt ist kaum wiederzuerkennen. Fenster stehen offen, Gesprächsfetzen dringen nach draußen, man hört das Klappern von Kochtöpfen und plärrende Radios. Die Menschen bewegen sich langsamer voran und lächeln häufiger. Durch die Straßen fahren Eiswagen und ziehen ihr schepperndes Glockenspiel hinter sich her.

Es ist zu heiß, um in die Stadt zu fahren, und Dougie und ich sind in Hampstead Heath. Es ist zwar Samstag, aber wir haben trotzdem die Mädchen dabei – all unsere Schützlinge. Ich bin froh, dass Grace mit anderen Kindern beisammen ist. Die zwei von Dougie sind sehr lieb und lassen Grace mitspielen. Wir waren alle gemeinsam im überfüllten Mixed Pond schwimmen. Während Grace herumspritzte, ließ ich sie nicht aus den Augen.

Für unser Picknick setzen wir uns auf eine Bank. Es ist nicht die von Sam, die will ich mit niemandem teilen, noch nicht einmal mit Dougie. Grace spielt mit den beiden anderen, zu dritt sitzen sie im Schatten eines Baums in unserer Nähe.

Dougie und ich breiten eine Decke auf dem Boden aus und

legen uns hin. In der grellen Sonne schließen wir die Augen, den murmelnden Singsang der Mädchen in beruhigender Nähe.

Ich lege die Hand auf den Mund und gähne und unterdrücke gleich darauf ein weiteres Gähnen. »Entschuldige, Grace hatte heute Nacht Albträume.«

»Weißt du, wovon sie dann träumt?«

»Sie kann es nicht erklären. Aber manchmal schreit sie ›Mummy‹. Ich denke, sie vermisst ihre Mom einfach immer noch ganz schrecklich.«

»Arme Kleine. Kümmert sich Leo denn nachts nie um sie?«

»Manchmal schon, aber er muss früh aufstehen und Leute an den Augen operieren. Mir macht es nichts aus, wenn ich ein bisschen um den Schlaf gebracht werde.«

»Verstehst du dich gut mit ihm?«, fragt er.

»Klar, er ist ein super Typ.«

»Du weißt aber schon, worauf das hinausläuft, oder?«

»Was meinst du?«

»Der Witwer und das junge Kindermädchen … ihr könnt ja eigentlich gar nicht anders, als euch zusammenzutun.«

»Oh Mann, Dougie! Wir sind doch hier nicht bei Jane Eyre.« Ich taste nach seinem Handgelenk und gebe ihm einen leichten Klaps. »Leo ist nicht so. Er ist diskret und behandelt mich höflich und respektvoll. Ich mag ihn wirklich – man kann toll mit ihm reden, und er hat eine Menge Romane gelesen, die ich auch kenne. Er geht auf Augenhöhe mit mir um und gibt mir das Gefühl, zu Hause zu sein.«

»Klingt schon so, als hättet ihr einen Draht zueinander.«

»Ich habe echt Glück.« Ich muss lächeln, als ich daran denke, wie Leo Witze über meine Kochkünste macht und meint, ich sei drauf und dran, einen Michelin-Stern zu ergattern, oder dass Carrier persönlich meine Rezepte verlangen wird. Nie ärgert er sich darüber. »Ich hätte mir keinen netteren Arbeitgeber wünschen können. Er sieht gut aus, das stimmt schon, auf diese ruhige englische Art, aber …«

»Er ist nicht dein Typ?«

»Ich glaube nicht, dass ich einen Typ habe.«

»Also gut, wenn er nicht der Grund ist, weswegen du herumhängst und Trübsal bläst, wer ist es dann? Denn ich habe das sichere Gefühl, dass da irgendwo ein Mann im Spiel ist. Jemand, über den du nicht redest. Nicht einmal mit mir. Was nebenbei bemerkt unverzeihlich ist.«

Erschrocken reiße ich die Augen auf. »Was?«

Selbstzufrieden sieht er mich an. »Dachte ich es mir doch.«

»Kannst du hellsehen, oder was?«

Er lacht. »Mir bleibt eben nichts verborgen, Schätzchen.« Er verzieht das Gesicht zu einer Gespenstergrimasse. »Ich bin der siebte Sohn eines siebten Sohns. Kein Wunder also, dass ich übersinnliche Kräfte besitze.«

»Ja, klar.« Ich ziehe eine Augenbraue hoch. »Aber … na ja, du hast schon recht, es gab da jemanden …«

»Aha!«, ruft Dougie. »Was war das für einer?«

»Ich habe ihn in Atlantic City kennengelernt, ein Engländer. Aber nachdem er abgereist war, habe ich nie wieder von ihm gehört. Ich denke, er ist hier. In London. Aber ich habe keine Ahnung, wie ich ihn ausfindig machen soll. Ich habe die Auskunft angerufen. Er scheint nicht zu existieren.« Ich starre in die grelle Sonne und stelle mir Sams Silhouette dort im Licht vor, wie er mit der Gitarre auf dem Rücken davongeht.

»Du bist ihm also über den Atlantik hierher gefolgt. Wie romantisch«, seufzt Dougie.

Mit dem Ellbogen stupse ich ihn am Arm, und unsere vom Sonnenöl klebrige Haut macht ein schmatzendes Kussgeräusch. »Leider war es nicht romantisch, sondern einfach nur dumm«, gestehe ich ein. »Wie sich herausstellt, habe ich nicht das Geringste über ihn gewusst. Als wir zusammen waren, habe ich mir eingeredet, dass ich den *Richtigen* gefunden habe. Ich dachte, wir würden zusammenbleiben. Er hat mich nach London eingeladen. Er hat sogar die Gravuren an Parkbänken gelesen, so wie ich. Er hat mir von einer Bank hier in Hampstead Heath erzählt, deren Widmung er besonders gern mochte.« Ich schlucke schwer. »Ich habe die Bank gefunden. Jeden Tag bin ich hingegangen, aber er ist nicht gekommen.«

»Und hat er dir gar nicht erzählt, was er beruflich macht?«

»Er war Anwalt, aber er wollte den Job hinwerfen. Eigentlich ist er Sänger, er ist richtig gut. Er schreibt eigene Stücke.«

»Ooh.« Dougie stützt sich auf dem Ellbogen auf. Ich spüre, wie sein Schatten auf mein Gesicht fällt. »Kennt man seinen Namen?«

Ich drehe den Kopf auf der Picknickdecke hin und her. »Ne.«

»Schade.« Er legt sich wieder auf den Rücken. »Also, wenn du meine Meinung hören willst: Such dir einen anderen Typen. Gibt genug hier in der Stadt. Ich kann dir dabei helfen.«

»Mal sehen. Aber jetzt noch nicht. Ich möchte mich auf Grace konzentrieren. Sie ist so unglücklich, sie braucht meine ganze Aufmerksamkeit.«

Plötzlich ist ein Jammern zu hören. Ein Kind weint. Augenblicklich setzen wir uns auf. »Lily? Phoebe?«, sagt Dougie. Und dann mit schneidender Stimme: »Wo ist Grace?«

Schwankend komme ich auf die Beine, wende hektisch den Kopf hin und her und versuche, im Durcheinander der Spaziergänger, Hunde und Kinder in bunten Badehosen etwas zu erkennen. Dougie sieht sich Lilys dünnen Arm an, auf dessen blasser Haut sich eine rote Schwellung abhebt. »Sie hat mich gebissen und ist dann weggerannt«, heult Lily, und Dougie nimmt sie in den Arm.

»Wo ist sie hin?« Mit der Hand beschatte ich meine Augen. »In welche Richtung?«

Phoebe deutet den Hang hinauf Richtung Wald. Ich suche ihn nach einer pummeligen kleinen Gestalt ab in Erwartung ihrer zotteligen dunklen Locken und des gelben T-Shirts über dem blauen Badeanzug. Aber ich kann sie nicht entdecken. Sie kann nicht weit sein, doch mein Herz pocht heftig gegen meine Rippen, als ich den Hügel hinaufrenne und nur stehen bleibe, um die Leute zu fragen, ob sie ein kleines Mädchen gesehen haben. Ein Mädchen in gelben und blauen Kleidern? Sie schütteln die Köpfe. Mütter nehmen ihre Kinder fester an die Hand und blicken mich mitleidig an.

Die Hitze ist drückend. Meine Augen brennen, von Tränen oder Schweiß oder beidem, denn jetzt habe ich richtig Angst. Barfuß stolpere ich über die vertrocknete, harte Wiese, mache einen Bogen um Familien, die sich überall auf Picknickdecken niedergelassen haben, und Paare auf Badetüchern. Ich betrete den Wald. Halb versteckt hinter hohen Halmen liegt ein verschlungenes Liebespaar, ohne meine Schritte kommen zu hören. »Grace! Grace!«, schreie ich.

Der Park ist riesig. Wie soll ich sie nur finden? Die Panik, die in meinem Magen wogt, wird immer schlimmer. Ich gehe denselben Weg zurück und rufe ununterbrochen nach ihr. Meine Kehle ist wund vom Schreien. Als ich mich unserem Picknickplatz nähere, schüttelt Dougie den Kopf.

»Ist sie nicht zurückgekommen?« Mir ist übel vor Verzweiflung. »Soll ich die Polizei rufen? Ihren Dad?«

»Dreh nicht durch«, sagt er. »Komm, wir suchen alle zusammen.«

Unser Plan ist, dass ich am Teich nach ihr suche, falls sie dorthin zurückgekehrt ist. Wenn nicht, dann laufe ich noch einmal den Hügel hinauf. Dougie und die Mädchen gehen zu unserem Haus, für den Fall, dass Grace sich auf den Weg nach Hause gemacht hat. In meinen Fußsohlen stecken Dornen, aber ich habe keine Zeit, mich darum zu kümmern, sondern schlüpfe nur in die Sandalen. Ihr darf nichts passiert sein, sage ich mir, und lasse den Blick über die Landschaft schweifen.

Am Mixed Pond drängen sich die Badenden. Ich frage die junge Frau am Eingang, ob sie ein kleines Mädchen gesehen hat, aber sie schüttelt den Kopf. »Es ist allerdings auch viel los. Kann schon sein, dass sie unbemerkt durchgeschlüpft ist …«

Ich starre auf die dunkle Wasseroberfläche, die auf und ab wippenden Köpfe, die lachenden Gesichter und brülle ihren Namen. Panisch male ich mir aus, dass sie mit dem Gesicht nach unten treibt. Sie ist keine sichere Schwimmerin. Als die Leute verstehen, was los ist, reagieren sie hilfsbereit und suchen alles ab. Niemand hat sie im Wasser oder am Ufer gesehen. »Hier ist sie nicht«, sagt die junge Frau voller Mitgefühl.

Mir zieht sich die Brust zusammen, und ich nicke. Ich muss mich an unseren Plan halten. Erneut haste ich den Hang hinauf, wo die Mädchen sie zuletzt gesehen haben, und rufe ihren Namen. Das Liebespaar im Wald ist fort. Am Boden unter einem Baum sitzt eine kleine Gestalt.

»Grace!« Ich sinke neben ihr auf die Knie. »Gott sei Dank, da bist du!«

Ich ziehe sie in meine Arme. Schwer und reglos lehnt sie sich an mich. Ich wiege sie im Schoß und murmle ihren Namen in ihr Haar. Schließlich beginnt sie zu weinen, das Schluchzen kommt tief aus dem Bauch und erschüttert ihren ganzen Körper.

»Mein kleiner Schatz«, bringe ich heraus. »Alles ist gut, ich bin bei dir.«

Sie schlingt mir die Arme um den Hals und presst ihre heiße Wange an mein Gesicht. Wir halten uns ganz fest. Ihr Weinen zerreißt mir das Herz. Als sie aufhört, fische ich ein Taschentuch heraus, tupfe ihr das Gesicht ab und putze ihr die Nase. Ich küsse sie auf die heiße Stirn. Zitternd lächeln wir uns an. »Na los«, sage ich und helfe ihr auf die Beine. »Wir müssen den anderen sagen, dass es dir gut geht.«

Als wir den Hügel hinunterlaufen, wende ich mich ihr zu. »Grace, bitte, renn nie wieder weg«, sage ich ruhig. »Dir hätte alles Mögliche passieren können.« Im Gehen spreche ich weiter. »Du hast mich zu Tode erschreckt. Und es war nicht nett, dass du Lily gebissen hast. Du hast ihr wehgetan, und du hast sie gekränkt. Versprich mir, dass du das nicht wieder machst.«

Abrupt bleibt sie stehen, reißt ihre Hand weg, und das verweinte Gesicht wird rot. »Du bist nicht meine Mum. Du hast mir gar nichts zu sagen.«

Ich betrachte ihren kleinen bebenden Körper. Meine Rolle in ihrem Leben verwirrt sie. »Dein Dad hat mich gebeten, dass ich mich um dich kümmere«, sage ich bestimmt. »Also musst du auch ein paar Regeln befolgen. Aber jetzt«, fahre ich mit einem aufmunternden Lächeln fort, »gehen wir erst einmal nach Hause.« Ich halte ihr wieder meine Hand hin. »Du hast dringend ein Bad nötig, junge Dame. Du siehst aus, als hättest du dich im Schlamm gewälzt.«

Mir entfährt ein erleichtertes Seufzen, als sie ihre Finger in meine Hand schiebt.

Nachdem Grace gebadet hat, schlüpft sie kleinlaut unter die Bettdecke. Den Daumen im Mund, murmelt sie: »Erzählst du mir eine Geschichte?« Ich nehme eines ihrer Bilderbücher, aber sie schüttelt den Kopf. »Denk du dir was aus.«

»Nur, wenn du die Augen zumachst. Und versprichst, dass du einschläfst.« Ich streiche ihr das feuchte, zottelige Haar aus der Stirn.

Sie nickt und schließt brav die Augen. Ihre pummeligen Hände liegen ineinander verschränkt auf der Bettdecke wie bei einem nachdenklichen Erwachsenen. Schmerzliches Mitgefühl wallt in mir auf. Ich beuge mich hinunter, um ihre erhitzte Stirn zu küssen. Die Liebe, so scheint es, hat sich unbemerkt von hinten angeschlichen. Kurz macht sie die Augen auf und schließt sie dann wieder.

Ich erzähle ihr die Geschichte eines kleinen Jungen, der Angst vor dem Meer hat, obwohl er direkt an der Küste wohnt. Als ein Wal an den Strand gespült wird, rettet er ihn mit seiner Schlauheit und bringt das ganze Dorf dazu mitzumachen. »Und weißt du was«, beende ich meine Erzählung. »Der kleine Junge hat gleich darauf schwimmen gelernt. Er hatte nie wieder Angst vor dem Wasser, weil er wusste, dass sein Freund, der Wal, immer ganz in der Nähe war.«

Mit den Geschichten, die ich mir für Grace ausdenke, kann ich eine Verbindung zu ihr herstellen. Ich muss mir noch ein paar mehr Ideen zurechtlegen, am besten auch welche, die sie zum Lachen bringen. Mit offenem Mund liegt Grace da, der nasse schrumpelige Daumen ist auf das Kinn gerutscht, und auf der Unterlippe glänzt ein Spuckefaden. Ihr Atem geht langsam und ruhig. Sie wimmert leise im Schlaf, dreht sich dann auf die Seite und kehrt mir den Rücken zu. Auf Zehenspitzen verlasse ich das Zimmer und schließe die Tür hinter mir.

Während ich in meinem Zimmer auf Leos Rückkehr warte, schlage ich mein Tagebuch auf und kritzle eine Seite voll. Ich schreibe über den Nachmittag, wie Grace plötzlich verschwunden war und wie leer ich mich in meiner Panik gefühlt habe, und unversehens wird mir bewusst, dass Liebe immer mit Verantwortung einhergeht. Ich bin mir nicht sicher, ob ich die Richtige für Grace bin. Ich bin weder Mutter noch ein ausgebildetes Kindermädchen. Womöglich verpfusche ich ihr die Kindheit, weil ich alles falsch mache.

Ich hebe den Kopf, als ich höre, wie Leo unten zur Haustür hereinkommt. Er zieht sich um, bevor er sich in der Küche sein Abendessen holt. Als ich nach unten komme, sitzt er mit einem Weinglas am Tisch. Wir lächeln einander an, und er trägt seinen Teller zur Spüle. »Tut mir leid, dass ich schon wieder zu spät dran bin, um sie ins Bett zu bringen«, sagt er. »Hattet ihr einen schönen Tag?«

Ich räuspere mich. »Darüber muss ich mit dir reden.«

»Bitte.« Mit dem Kopf deutet er auf einen Stuhl. Als wir uns hinsetzen, fällt mir auf, wie müde er aussieht. Er arbeitet so viel. Ich kann mir gar nicht vorstellen, wie nervenaufreibend es sein muss, Leute an den Augen zu operieren.

»Ist alles in Ordnung?« Er bemüht sich, munter zu klingen. Ich bemerke, wie sein Blick an mir vorbei zu den Fotos auf der Kommode gleitet, auf denen Elizabeth ihr strahlendes Lächeln lächelt.

Ich senke den Blick und drücke den Finger gegen die Holzmaserung. »Ich mache mir Sorgen um Grace«, sage ich. »Ich versuche wirklich, zu ihr durchzudringen, aber … ich schaffe es nicht. In der Schule hat sie ein Kind gebissen, und heute hat sie dasselbe mit Lily gemacht. Und dann ist sie weggelaufen. Ich konnte sie nicht finden. Ich dachte schon … ich dachte, sie sei weg.« Als ich aufblicke, ist sein Gesichtsausdruck düster und trostlos. »Es tut mir leid«, fahre ich fort, weil ich unbedingt sagen muss, was zu sagen ist. »Ich glaube, ich bin nicht die Richtige für diese Aufgabe. Vielleicht braucht ihr eine ausgebildete Kinderfrau. Eine, die weiß, was sie tut.«

Einen Moment lang sitzt er bloß da, die Hände kraftlos um das Weinglas gelegt. Ganz langsam atmet er ein und wieder aus. »Ich muss dir etwas sagen.« Die blauen Augen hinter der Brille wirken verschwommen. »Elizabeth ist hier in diesem Haus gestorben. Sie ist gestolpert und die Treppe hinuntergefallen.«

Ich schnappe nach Luft und sitze reglos da.

»Elizabeth und Grace waren alleine zu Hause, und Grace

hat sie … unten an der Treppe gefunden«, fährt er mit leiser Stimme fort. »Sie hat in ihrem Zimmer gespielt und dann … muss sie den Schrei gehört haben. Sie hat stundenlang neben ihrer toten Mutter gesessen und versucht, sie aufzuwecken. Das alles … na ja, du kannst dir sicher vorstellen, was das bei ihr ausgelöst hat. Deswegen ist sie so durcheinander. Sie hat Angst. Und ist wütend. Ich habe einen Termin beim Trauerbegleiter für sie ausgemacht. Aber sie braucht dich, Cat. Sie vertraut dir. Wenn du jetzt gehst, dann verliert sie schon wieder jemanden. Ich … ich glaube, das würde sie nicht verkraften.«

Ich stelle mir vor, wie Grace alleine neben dem toten Körper ihrer Mutter saß. Der Gedanke ist schrecklich. Kein Wunder, dass sie unter Albträumen leidet.

Leo streckt die Hand aus und streicht mir leicht über den Unterarm. »Bitte, geh nicht.« Er zieht die Hand zurück. »Außer du bist unglücklich bei uns.« Seine Hand liegt jetzt auf dem Tisch, die Finger gespreizt, jene feinsinnigen Finger, die sich mit den komplizierten Mechanismen im Auge auseinandersetzen. »Ich bin nicht der Typ, der Risiken eingeht, Cat. Ich denke gründlich nach, bevor ich etwas entscheide. Du kannst dir sicher sein, dass ich weiß, was ich tue, wenn ich sage, dass du der einzige Mensch bist, den ich mir für meine Tochter wünsche.«

Ich schlucke und starre auf meine Knie. Seine Worte lassen mich erröten.

»Wenn es irgendwas gibt, was ich machen kann, damit du dich wohler fühlst … wenn du etwas für dein Zimmer möchtest oder so…«

»Nein«, antworte ich. »Ich liebe mein Zimmer … dieses Haus.« Wieder muss ich schlucken. »Ich will es nur … richtig machen.« Ich muss an das Buch über trauernde Kinder denken und darüber, wie wichtig es ist, große Veränderungen zu vermeiden. »Ich will hier nicht weg.«

»Dann bleibst du also?« Er wirkt erleichtert. »Ich weiß, dass sie dir am Herzen liegt. Mehr will ich gar nicht.«

Als ich in meinem Zimmer bin, reiße ich die Fenster so weit auf wie nur möglich, stehe in der Hoffnung auf einen Windhauch in BH und Unterhose da und blicke über den dunkler werdenden Garten zum Park. Aus den Nachbargärten unter mir kommt Gemurmel und das Klirren und Klappern von auf dem Grill zubereiteten Mahlzeiten.

Der Gedanke an Sam ist noch da, aber ich habe seine Gesichtszüge nicht mehr so deutlich vor Augen und kann mich auch nicht mehr exakt an den Duft seiner Haut erinnern. Weil ich an ihn gedacht habe, habe ich Grace für einen Augenblick vergessen. Sie hätte entführt oder verletzt werden können, verschwinden. Und es wäre meine Schuld gewesen. Sam ist fort. Aber ich habe Grace, die mich braucht, und Leo, der nicht nur mein Arbeitgeber ist, sondern auch ein Freund. Ich habe hier ein Zuhause, und ich habe mein Schreiben. Das sind die Dinge, die ich schätzen und an denen ich festhalten sollte. Um die ich kämpfen muss. Ich mache die Augen zu, und endlich weht aus dem Garten eine sanfte Brise herauf und haucht einen Kuss auf meine Haut.

VIERUNDZWANZIG

Sam, August 1985

Mit der Schulter voran schiebt sich Sam durch die Schwingtür aus der dampfigen Küche in den voll besetzten Gastraum. Auf dem Arm balanciert er ein Tablett mit mehreren Tellern. Der Koch, ein bodenständiger Ire, der aussieht wie ein Berufsboxer, ist heute Abend ganz besonders schlecht gelaunt, und Sam hat nicht die Absicht, das Glück herauszufordern, wenn er sich bei den Bestellungen vertut. Er muss sich konzentrieren.

Vorsichtig setzt er die Teller vor den Gästen ab, zieht dann Block und Stift heraus und stellt sich an den nächsten Tisch, wo ein grauhaariges Ehepaar schon seit Ewigkeiten über der Speisekarte brütet. Er steht da und wartet auf ihre Bestellung.

In seinem Kopf schwirrt eine Melodie, die er nicht recht zu fassen kriegt, eine Idee für ein Lied, das er *Cindy* genannt hat und das auf Cats Kurzgeschichte basiert. Die zerfledderten Blätter hat er zusammen mit den Songs über Cat, die er in Atlantic City komponiert hat, in einer Schublade weggeschlossen. Er wohnt immer noch bei Ben, hat das Zimmer von jemandem übernommen, der ausgezogen ist. Aber in wenigen Monaten wird man sie hinauswerfen. »Mach dir keinen Kopf«, sagt Ben. »In einem besetzten Haus in Peckham ist noch Platz.« Aber Sam erträgt das schmutzige Geschirr im Spülbecken nicht mehr, die Bierdosen unterm Sofa und den ständigen Strom ungebetener Gäste. Er braucht Platz und Ruhe, um zu arbeiten.

»Haben Sie das?« Verärgert blickt der Mann am Tisch zu ihm auf.

Sam blinzelt. »Äh …« Er sieht auf den leeren Notizblock. »Könnten Sie es zur Sicherheit lieber noch einmal wiederholen?«

Der Mann macht ein abschätziges Geräusch und sieht kopfschüttelnd seine Frau an. »Es hieß doch, dass der Service hier gut ist.«

Sie wirkt beleidigt. »Müsste man meinen, bei den Preisen.«

Mit sarkastischem Unterton wiederholt der Mann die Bestellung.

»Vielen Dank, Sir.« Sam schlägt den Notizblock zu und eilt zurück in die Küche. Es ist demütigend, wenn man unhöflichen Menschen gegenüber die Höflichkeit wahren muss. Aber ihm bleibt derzeit nichts anderes übrig, um seinen Lebensunterhalt zu bestreiten. Es ist mühsam, Pubs und Clubs zu überzeugen, ihm eine Auftrittsmöglichkeit zu geben, solange er nur die Telefonzelle am Ende der Straße dazu benutzen kann. Er hat keine Ahnung, wie er es jemals so weit bringen soll, dass er von seiner Musik leben kann. Er hört die Stimme seines Vaters die Worte sagen, die er in einem Brief an ihn gerichtet hat, nachdem Sam die Kanzlei verlassen hatte. *Du bist eine Schande und eine Enttäuschung. Du bist nicht mein Sohn.*

Es ist nach zehn an einem Donnerstagabend. Der höfliche Applaus flaut ab, und die Leute rennen an die Bar, um sich noch etwas zu bestellen. Als er das Mikrofon abbaut, kommt ein dunkler spindeldürrer Mann auf ihn zu, eine Zigarette im Mundwinkel, sodass er wegen des Rauchs die Augen zusammenkneifen muss. »Dein Auftritt hat mir gefallen. Das hat durchaus Potenzial«, sagt er. »Wollen wir was trinken?«

Der Mann stellt zwei Biergläser auf dem Tisch ab. »Marcus White«, stellt er sich vor, und als Sam den Mund aufmacht: »Ich weiß schon, wer du bist. Du hast keinen Manager, nehme ich mal an. Wirst du von irgendjemandem vertreten?«

Sam schüttelt den Kopf. »Ich schreibe mein eigenes Zeug und spiele schon eine Weile in Pubs und Clubs, aber irgendwie gelingt mir nicht der Durchbruch.« Er trinkt einen Schluck Bier. »Ich habe auch Demotapes verschickt, aber nie eine Antwort gekriegt.«

»Du hast eine richtig gute Stimme«, sagt Marcus. »Und die Musik hat was. Aber im Augenblick funktionieren nur Bands.« Mit den Fingern trommelt er auf die Tischplatte. »Ich manage ein paar Bands, und ich denke, ich kann helfen. Kannst du dir vorstellen, Frontmann einer Band zu sein? Bei deinem Aussehen und deiner Stimme kriegen wir bestimmt etwas hin, was bei den Leuten ankommt.«

Sam wischt sich den Schaum von den Lippen. »Eine Band? Ich weiß nicht …«

»Du bist doch der geborene Frontmann.«

»Aber funktioniert das überhaupt mit meiner Musik? Meine Songs sind ja nur für die Akustikgitarre geschrieben.«

Marcus macht eine ungeduldige Geste. »Willst du dein Leben lang in solchen Saftläden spielen? Mann, ich verspreche dir, das bereust du nicht.« Er grinst und reibt Daumen und Zeigefinger zusammen.

Es ist das erste Mal, dass Sam ein Angebot bekommt, und seit Cat ist Marcus der erste Mensch, der seiner Musik wirklich zugehört hat. Trotzdem nagen Zweifel an ihm.

»Ich weiß nicht …«, sagt er. »Kann ich darüber nachdenken?«

»Klar«, antwortet Marcus. »Komm einfach in mein Büro. Hier hast du meine Karte. Aber warte nicht zu lange.«

Drei Tage später sucht Sam die Adresse in der Shaftesbury Avenue auf. Der Empfang ist vornehm, und die junge Frau hinter dem Tresen bittet ihn zu warten. An den Wänden hängen Goldene Schallplatten und Fotos, auf denen Marcus die

Hände von Malcolm McLaren, Stevie Wonder und Prinzessin Diana schüttelt. Blinzelnd betrachtet Sam die Namen der berühmten Bands. Damit hatte er nicht gerechnet.

Als Sam ins Büro gerufen wird, blickt Marcus von seinem großen Schreibtisch auf. »Sam Sage.« Er breitet die Arme aus. »Mein neuer Frontmann.«

Sam räuspert sich und lässt sich auf der anderen Seite in einen Stuhl fallen. »Mich interessiert das wirklich, Marcus, und ich bin dir sehr dankbar für diese Chance, aber … ich muss sichergehen, dass ich künstlerisch die Kontrolle behalte.«

»Nun, natürlich müssen wir da an ein paar Schrauben drehen«, erwidert Marcus ungeduldig. »Wir müssen die Stücke für eine Band umschreiben – ich denke da an fünf Musiker. Mit dem volleren Sound werden deine Lieder viel stärker wirken.« Er trommelt mit den Fingern auf den Tisch. »Schau, du bist der Frontmann und Urheber der Stücke und kriegst auch die Tantiemen. Die Einzelheiten tüfteln wir im Vertrag aus.«

Es ist nicht die Antwort, die er sich erhofft hat, aber Sam muss an die letzten Auftritte in halb leeren Pubs denken, bei denen das Geplapper der Leute seinen Gesang übertönt hat. Wenn er will, dass die Menschen seine Musik hören, dann ist das hier seine einzige Chance. Immerhin sind es seine Stücke, und mit dem richtigen Produzenten kann er die Kontrolle als Künstler behalten.

Er streckt die Hand über den Tisch, und Marcus ergreift sie. »Ich gebe der Vertragsabteilung Bescheid, dass sie den Papierkram aufsetzen.«

»Hast du schon eine Idee, wie diese neue Band heißen soll?«, fragt Sam.

»Irgendwas, was sich einfach ausspricht und leicht zu merken ist«, erwidert Marcus. »Ist eigentlich ziemlich egal. Ich meine, denk nur an die Beatles. Wer kommt schon auf die

Idee, sich nach einem Insekt zu benennen?« Er zündet sich eine Zigarette an. »Der Anstoß kam von Buddy Hollys Band, den Crickets. Da haben sie dann die Anspielung auf die Beatmusik einfließen lassen.« Er grinst. »War natürlich die Idee von Lennon.« Das Telefon auf seinem Schreibtisch fängt an zu blinken, und er macht Sam ein Zeichen. »Du hörst von uns.«

Bislang haben die Lambs vier Mitglieder: Sam für den Gesang und an der Rhythmusgitarre, Rick an der Leadgitarre, Susie am Keyboard und für den Backgroundgesang, Jonny am Bass. Ihnen fehlt nur noch ein Schlagzeuger. Marcus hat einen Probenraum in Streatham für sie aufgetan.

An diesem heißen Nachmittag lassen sie ein paar Schlagzeuger vorspielen. Vier Kandidaten haben sie sich bereits angehört, aber keiner davon hat gepasst. Sam fragt sich gerade, was mit dem fünften Bewerber passiert ist, als eine Silhouette im Türrahmen auftaucht.

Sam blinzelt ins Sonnenlicht und legt eine Hand über die Augen. »Ich kann gar nichts sehen, Kumpel«, sagt er zu dem hochgewachsenen Mann. »Komm einfach rein. Das Schlagzeug steht gleich da drüben.«

Als der Mann aus dem Licht in den Schatten tritt, legt er die Tarnung ab. Sam streckt dem Fremden schon die Hand zum Gruß entgegen; doch es ist kein Fremder. Noch bevor Sam die Hand zurückziehen kann, packt George sie mit beiden Händen.

»Jack?«, fragt er grinsend. »Du gehörst zur Band? Ich fass es nicht!« Seine verschwitzten Finger verströmen Hitze. Er drückt so fest zu, dass Sam spürt, wie sich seine Handknochen umeinander drehen.

Er muss daran denken, wie George vor der Tür stand. *Ich bin dein Bruder.* Sam zieht die Hand zurück. »Wie hast du mich gefunden? Was willst du?«

»Ich bin zum Vorspielen hier.« George schüttelt den Kopf. »Es hieß bloß, dass es um eine Band geht ... Mann, ich hatte doch keine Ahnung, dass du hier bist ...«

An Sams Rücken rinnt eine Schweißperle herab. »Erzähl mir keinen Scheiß«, faucht er.

Georges großes rotes Gesicht glüht. Er zieht ein Taschentuch aus der hinteren Hosentasche und wischt sich über die Augenbrauen. »Es stimmt wirklich. Ich bin Schlagzeuger«, sagt er langsam.

»Na gut.« Mit dem Kinn deutet Sam auf das Yamaha-Drumset an der Wand. »Dann beweis es mir.«

George geht ans Schlagzeug, stellt den Hocker auf die richtige Höhe ein und zieht konzentriert die Stirn in Falten. Probeweise schlägt er ein paarmal aufs Becken.

»Kennst du ihn?«, fragt Marcus neugierig. »Warum nennt er dich Jack?«

»Ich habe mir einen neuen Namen zugelegt. Er ist mein Halbbruder.«

Jede weitere Unterhaltung wird unmöglich gemacht, als George, die Ärmel bis über den Ellbogen hochgeschoben, loslegt. Er beugt sich tief hinunter und beginnt mit einem ansteigenden Schnarren auf der Snare-Drum, dann richtet er sich kerzengerade auf, und die Sticks wirbeln, sein Fuß tritt aufs Pedal, und aus einem komplizierten Takt entwickelt sich ein Rhythmus, der das Herz zum Pochen bringt. Er presst die Lippen zusammen und wippt mit dem Kopf. Der die Trommeln überragende riesige Körper wirkt plötzlich beinahe anmutig. Er wirft die Stöcke in die Luft, fängt sie in einer fließenden Bewegung wieder auf und landet mit einem donnernden Glissando auf dem Tomtom. Als er fertig ist, sitzt er, den Blick zu Boden gerichtet, da, und seine Brust hebt und senkt sich. Einen Moment lang herrscht Stille, während die Luft noch vibriert, dann applaudieren die anderen.

»Mensch, der hat dem Schlagzeug ja die Seele aus dem Leib geprügelt. Warum hast du mir denn nichts von ihm erzählt? Ich denke, wir haben unseren Drummer.«

George wirkt verlegen, als die anderen weiter klatschen und pfeifen. Er zieht sich das Hemd aus, knüllt es zusammen und wischt sich damit über das schweißglänzende Gesicht. Dann greift er in die Tasche und holt ein frisches Hemd heraus.

»Also … Hab ich den Gig?«, fragt George. Sie nehmen die Abkürzung durch eine Gasse zur Hauptstraße.

»In weniger als drei Wochen spielen wir im Dingwalls«, sagt Sam. »Bis dahin finde ich wohl kaum jemanden, der so gut ist wie du.«

George zündet sich eine Zigarette an und nimmt einen tiefen Zug.

»Ich kann einfach nicht glauben, dass es Zufall ist, dass du hier aufgetaucht bist.« Sam blinzelt ihn durch die Rauchwolke an. »Worauf bist du eigentlich aus?«

»Ich habe es dir schon gesagt«, erwidert George müde. »Ich wollte den Job. Ich habe die Anzeige im *Melody Maker* gesehen.«

Sam hat immer noch das Gefühl, dass George ihn irgendwie hereinlegen will. Der Schock des unerwarteten Wiedersehens steckt ihm in den Knochen. »Wenn es wirklich so ist, dann müssen wir jetzt wohl irgendwie miteinander klarkommen«, sagt er. »Jedenfalls solange ich keinen Ersatz am Schlagzeug finde.«

Energisch kratzt George sich am Kopf. »Weißt du, für mich war das ein genauso traumatisches Erlebnis«, platzt es aus ihm heraus. »Du bist nicht der Einzige, der leidet.«

»Fang nicht mit so was an. Immerhin ist meine Mutter mit meinem Vater verheiratet. Dich dürfte es eigentlich gar nicht geben.«

»Aber es gibt mich.« George bleibt stehen und starrt Sam wütend an. »Also solltest du dich besser an den Gedanken gewöhnen.« Er lässt die Zigarette auf den Gehsteig fallen und drückt sie mit der Schuhspitze aus.

»Die Sache mit dir ist echt eine Ironie des Schicksals«, meint Sam. »Solange ich denken kann, saß mir mein Vater damit im Nacken, dass ich meinen Verpflichtungen als einziger Sohn nachkommen muss.« Mit dem Stiefel scharrt er über ein paar Kiesel auf dem Weg. »Wie sich zeigt, war das ein ziemlicher Witz.«

»Unser Vater«, korrigiert ihn George.

»Was?«

»Er ist auch mein Vater.«

»*Unser* Vater«, sagt Sam finster. »Aber du musstest vermutlich nicht den Familiennamen durch die Gegend tragen, als sei er die olympische Fackel.«

»Ich trage den Familiennamen gar nicht«, erwidert George schroff. »Dad hat meine Mum nie geheiratet.«

Sam starrt ihn an. Es irritiert ihn, dass George so viel über seinen Vater weiß. Am liebsten würde er diesen Fremden irgendwie bestrafen, diesen groben Rüpel, der sein ganzes Leben durcheinanderbringt. Er verzieht den Mund. »Jammer nicht. Du hattest alle Privilegien ohne den ganzen Mist, mit dem ich zu kämpfen hatte.«

»Privilegien?«, schnaubt George. »Mann, du bist der, bei dem die Pfauen auf dem Rasen rumstanden. Du durftest auf ein piekfeines Internat gehen. Und dann kam die Uni in Oxford, oder nicht? Ich bin der Bastard, vergiss das nicht. Ich war an der staatlichen Schule bei uns im Viertel.«

»Ich wäre für mein Leben gern auf eine normale Schule gegangen.«

»Oh Mann, du bist so ein verwöhnter Scheißkerl«, faucht George.

»Bist du dafür gekommen?« Wütend und erschöpft kratzt sich Sam am Kinn. »Um mich zu beleidigen?«

»Mach dich nicht lächerlich.« George stupst ihm mit dem Finger gegen die Brust. »Du jammerst hier rum, weil du mit dem goldenen Löffel im Mund geboren wurdest.«

»Du bist einfach vor unserer Haustür aufgetaucht und hast meine Mutter zum Weinen gebracht. Ihr den Geburtstag verdorben. Und meine Schwester unglücklich gemacht.« Sam ballt die Hände zu Fäusten.

»Wie bitte, denkst du etwa, meine Mutter hätte nicht geweint? Du bist so ein Wichser, hältst dich für was Besseres. Armer feiner Pinkel.«

»Immerhin hat meine Mutter sich nicht dem Ehemann einer anderen an den Hals geworfen«, sagt Sam auf der Suche nach einer verletzenden Entgegnung. »Sie ist keine … keine Schlampe.«

»So redest du nicht über meine Mutter!« George gibt ihm einen Schubs, sodass er nach hinten stolpert.

Sam findet sein Gleichgewicht wieder und schubst seinerseits George. Es fühlt sich gut an, ihm die Handfläche gegen die Brust zu schlagen. Die ganze Wut, die sich in ihm angestaut hat, gegen den Vater, über seine enttäuschende Musikerkarriere und den Verlust von Cat, bricht sich Bahn. Seine Faust holt aus. Es ist ein Schock, als Knöchel auf Knochen trifft. Er spürt die Stauchung seines Arms in der Schulter, als seine Hand auf Georges Unterkiefer prallt.

Georges Kopf schnellt zurück. Einen winzigen Augenblick lang wirkt der Schlag wie eine Befreiung, doch dann schießt Sam der Schmerz in die Knöchel, und er schmeckt Reue. Doch ihm bleibt keine Zeit, sich zu entschuldigen, denn im selben Moment stürzt sich George mit einem lauten Schrei auf ihn, packt ihn um die Hüfte und rammt ihm den Kopf in die Magengrube.

Sie gehen zu Boden und prügeln aufeinander ein. George ist stärker, größer und schwerer. Rittlings sitzt er auf Sams Brust und hält ihn fest, sein Gewicht nimmt Sam den Atem, und Spucke versprühend schreit er ihm ins Gesicht: »Entschuldige dich, du Arsch.«

Aber Sam hat nicht mehr vor, sich zu entschuldigen. Adrenalin feuert ihn an, und gleißende Wut versetzt ihn beinahe in Hochstimmung. Er windet sich aus Georges Griff und dreht die Hüfte zur Seite. George kippt rückwärts und kommt unbeholfen auf die Beine. Sam bleibt keine Zeit aufzustehen, weil George sich schon wieder wild entschlossen und mit blitzenden Augen auf ihn stürzt. Instinktiv bedeckt Sam seinen Kopf mit den Armen und streckt einen Fuß aus. Er spürt einen Ruck, als er Georges Fußgelenk erwischt, und hört, wie George dumpf zu Boden geht und der Untergrund erzittert. Als er aufblickt, liegt George regungslos wie ein gefällter Baum da.

Sam richtet sich auf allen vieren auf und tastet mit der Zunge seine geschwollene Lippe ab. Er schmeckt Blut, spuckt aus, kommt taumelnd auf die Füße und stößt heftig die Luft aus. »Scheiße«, keucht er. »Schluss jetzt. Steh auf.« Er streckt George die Hand hin, doch der rührt sich nicht. Mit dem Gesicht nach unten liegt er da.

»George? Komm schon, das ist nicht witzig.« Sam kniet sich hin und stupst ihn an der Schulter. George regt sich immer noch nicht. Panik durchfährt Sam, und er rollt ihn auf den Rücken und muss nach Luft ringen. Aus einer tiefen Wunde an Georges Stirn schießt Blut. Die linke Gesichtshälfte ist unter der dicken roten Schicht nicht zu erkennen. »O mein Gott! George? Sag was! Kannst du dich bewegen?«

Stöhnend setzt George sich langsam auf und fasst sich ans Gesicht. Durch die zitternden Finger quillt dunkelrotes Blut.

»Wir müssen die Blutung stoppen.« Sam wühlt in Georges

Tasche und zieht das Hemd mit den hochgekrempelten Ärmeln heraus. Er knüllt es zusammen und tupft das Blut ab. Oberhalb von Georges Augenbraue tritt ein Schnitt zutage, der sich bis zum linken Augenlid zieht. Sam kann etwas Weißes erkennen – Knochen oder Muskel –, und ihm dreht sich der Magen um.

»Ich kann nichts sehen«, stöhnt George.

»Okay, Kumpel.« Sam bemüht sich um eine ruhige Stimme. »Das wird schon wieder. Ich bringe dich ins Krankenhaus.« Er blickt sich in der leeren Gasse um. Von der Hauptstraße hört er das Geräusch von Reifen auf dem Asphalt. Ein Taxi, denkt er. Oder er hält ein Auto an.

Zusammengesackt auf einem Stuhl und Georges Tasche an die Brust gepresst, verbringt Sam die ganze Nacht auf dem Krankenhausflur. Kurz nach ihrem Eintreffen wurde George notoperiert. »Gehen Sie lieber nach Hause«, rät ihm eine Krankenschwester. »Sie können ohnehin erst morgen zu ihm.« Aber Sam wird ganz sicher nirgendwohin gehen, solange er nicht weiß, ob es George gut geht. Mit der Linken hat er seine rechte, pochende Faust umfasst, die blaugrün angelaufen ist – ein Andenken an den Schlag, den er ausgeteilt hat. Es ist seine Schuld, denkt er, er hat angefangen.

Am späten Vormittag sucht er George auf der Station auf. Um das Bett steht eine kleine Gruppe, einer hat ein Klemmbrett in der Hand. Ein Mann in weißem Kittel, der anscheinend das Sagen hat, spricht mit George. Als Sam ans Bett kommt, blickt der Arzt mit müder Miene auf und schenkt ihm ein unaufmerksames Nicken. Dann wendet er sich ab, und die Gruppe folgt ihm eilig. Sam blickt dem Mann und seiner Entourage hinterher. Etwas an dem Gesicht des Arztes mit der runden Brille und den freundlichen jugendlichen Zügen kommt ihm auf merkwürdige Weise bekannt vor; es ist, als hätte er ihn an einem anderen Ort, in einem anderen Leben schon einmal gesehen.

»Das war der Chirurg«, erklärt George. »Hat mein Auge gerettet. Er sagt, dass ich eine spektakuläre Narbe davontragen werde.« Ein Verband verdeckt die linke Gesichtshälfte. Seine sonst rötliche Haut ist grau, und am Kinn ist ein Bluterguss. Er lächelt schwach.

»Es tut mir leid«, sagt Sam. »Verdammt, es tut mir so leid.«

»Es war ein Unfall«, sagt George. Sein Blick fällt auf Sams offene Lippe und die bunt schillernde rechte Hand. »Das tut bestimmt weh.«

»Ja, wie die Hölle.« Sam grinst.

»Erinnere mich dran, dass ich dir beibringe, wie man einen ordentlichen Faustschlag setzt«, meint George.

Sam zieht eine Augenbraue hoch. »Wenn das kein ordentlicher Faustschlag war, dann frage ich mich, woher der große schwarze Fleck an deinem Kinn stammt.«

George lacht, zuckt zusammen und legt tastend eine Hand an den Verband.

Sam hält eine Plastiktüte hoch. »Ich habe ein paar Sachen besorgt.« Er legt eine Auswahl an Obst, ein paar Musikzeitschriften und einen Blumenstrauß auf den Tisch am Bett.

»Sie sind ja beide ganz schön ramponiert«, sagt eine Krankenschwester, die zum Fiebermessen hereinkommt. »Und die hier stell ich wohl mal in eine Vase.«

Sam setzt sich neben das Bett. Wenn er die Teile von Georges Gesicht betrachtet, die nicht unter dem Verband verborgen sind, dann kommt er nicht umhin, Ähnlichkeiten mit sich selbst und seinen Schwestern festzustellen. Sie haben dieselben mandelförmigen Augen und die schweren Lider, die zwischen Wimpern und Augenbrauen einen großen Abstand schaffen. Georges Art zu reden wirkt vertraut, ebenso wie die Angewohnheit, die oberen Zähne zu zeigen, wenn er lächelt.

Dieser massige Kerl mit dem Körper eines Ringkämpfers und dem roten Haarschopf – dieser Fremde – hat zu fünfzig Prozent dieselbe DNA wie Sam, in ihm fließt teilweise dasselbe Blut. Und er hat denselben schmerzvollen Betrug erlitten.

Leise kribbelt das Schamgefühl in Sam. Mattie wirft ihm immer vor, dass er zu hitzköpfig ist. Er seufzt. »Hör zu, es tut mir leid, was ich gesagt habe.« Er reibt sich die Schläfen. »Ich habe meine Wut an dir ausgelassen; nichts davon ist deine Schuld.«

»Schon gut.« George wirkt peinlich berührt. »Ich verstehe das schon. Ich bin einfach vor eurer Haustür aufgekreuzt und habe euer Leben zerstört.«

»Nein«, widerspricht Sam. »Du hast es nicht zerstört. Das war unser Vater.« Er verschränkt die Hände. »Aber wir lassen nicht zu, dass er noch mehr zerstört, einverstanden? Ich bin froh, dass du zum Vorspielen gekommen bist. Ich freue mich, dass du bei den Lambs mitmachst.« Und noch während er es sagt, wird ihm bewusst, dass er es tatsächlich so meint.

George strahlt. »Ich wollte immer schon einen großen Bruder.«

Seine Freude ist ansteckend. Sam grinst. Das Bewusstsein, einen Bruder zu haben, erfüllt ihn mit Kraft und einem Gefühl der Verbundenheit. Es verheißt eine andere Art Freundschaft und Innigkeit als jene, die er bereits mit seinen Schwestern teilt. Er nickt mehrmals. »Brüder. Merkwürdig, aber wahr.«

»Ich wette, du wolltest immer schon einen«, meint George. »Du wusstest es nur noch nicht.«

»Ne. So was ist mir nie in den Sinn gekommen. Hatte genug zu tun mit zwei Schwestern.« Sam lacht. »Na ja, die sind jetzt auch deine Schwestern, und sie sind jetzt nicht mehr in der Überzahl. Allerdings sind sie ganz schön dickköpfig, nimm dich in Acht.« Er legt George eine Hand auf den Arm. »Willkommen in der Familie.«

Beide Männer zwinkern hektisch und wenden den Blick ab, als die Krankenschwester mit den Blumen in einer Vase hereinkommt. »Hier«, sagt sie. »Sind die nicht schön?«

Erst später, als Sam zurück in Brixton ist, fällt ihm ein, wo er Georges Chirurgen schon einmal begegnet ist. Die Erkenntnis verschlägt ihm den Atem. Schwer lässt er sich auf das verschlissene Sofa fallen. Er erinnert sich an einen stürmischen Tag in Atlantic City und ein Begräbnis auf einem Friedhof. Er erinnert sich an den leichten Grasgeruch im Regen und den süßlichen Duft der Eibe, als er Cat und dem Mann zusah, wie sie sich zwischen den Grabsteinen leise miteinander unterhielten. Ein Mann mit runder Brille, der gerade seine Frau verloren hatte. Er weiß nicht mehr, ob Cat etwas davon gesagt hat, dass er Engländer war. Doch Sam ist davon überzeugt, dass Georges Arzt jener Mann war. Wie wahrscheinlich ist so etwas? Dieser Zufall verlockt ihn, sich neue Hoffnungen zu machen. Wenn es möglich ist, dass er zwei Mal im Leben demselben Fremden über den Weg läuft, an völlig verschiedenen Orten und unter völlig verschiedenen Umständen, dann ist es doch denkbar, dass er auch Cat wiederbegegnet.

Er steht auf, voller Wut auf sich selbst. Himmel noch mal! Man könnte meinen, er habe die Kopfverletzung davongetragen. Ihr Schweigen vor all den Monaten war eine deutliche Botschaft. Er muss aufpassen, dass er nicht so wird wie jene erbärmlichen Leute, die immer nur das wollen, was sie nicht haben können.

FÜNFUNDZWANZIG

Cat, Oktober 1985

Auf der Rollschuhbahn herrscht trubeliger Lärm – die Popmusik vermischt sich mit dem Scharren der Rollen und dem Rumpeln, wann immer die Rollschuhfahrer an die Bande prallen, um zum Stehen zu kommen. Ich sehe zu, wie die Anfänger schreiend auf den Hintern fallen. Es sieht so aus, als ob es wehtut – und Spaß macht.

Zaghaft treten Leo und ich auf die gut besuchte Rollbahn. Im selben Augenblick gleiten meine Knie und Füße auseinander. Leos Gesicht ist ängstlich verkniffen; an seinen Händen zeichnen sich die Knöchel weiß ab, als er sich an der Umrandung festklammert. Grace hingegen schiebt sich mit ausgestreckten Armen und einem breiten Grinsen in die Mitte.

»Komm schon, Daddy!« Sie wankt, findet dann aber das Gleichgewicht wieder.

Leo blickt mich an, schiebt mit einem Finger die Brille den Nasenrücken hinauf und zuckt die Achseln. »Also gut, dann stürz ich mich mal ins Getümmel. Drück mir die Daumen.«

Torkelnd und rutschend bewegt er sich durch die wuselige Menge auf seine Tochter zu. Er macht es für Grace, um ihr den einzigen Wunsch zu erfüllen, den sie zum achten Geburtstag hatte. In den vergangenen Monaten ist sie gewachsen; die Beine sind nicht mehr stämmig und pummelig, sondern dünn, sodass die knubbeligen Knie überproportional groß wirken.

Ich hole tief Luft und stoße mich ab. Scheiße noch mal, ich bin auf Rollschuhen! Jemand rast in hoher Geschwindigkeit an mir vorbei, und ich komme ins Wanken und rudere mit den Armen durch die Luft. Aber ich falle nicht, und mit einem triumphierenden Lachen erreiche ich die anderen beiden.

Grace hält die Hand ihres Vaters und greift auch nach meiner, sodass sie zwischen uns beiden ist. Wir kichern, taumeln und stürzen beinahe, aber irgendwie bleibt unsere kleine Dreierkette auf den Füßen. Madonna fordert uns auf, uns dem *Groove* hinzugeben. Die wiederkehrenden Runden, die wir gemeinsam drehen, haben etwas Hypnotisches. Zum Wummern der Diskomusik fahren wir wieder und wieder im Kreis, während die anderen Skater an uns vorbeisausen. Mir kommt in den Sinn, dass uns jeder, der uns sieht, für eine glückliche Familie halten wird.

Grace lässt uns beide los und schiebt sich vorwärts. »Vorsicht!«, ermahnt Leo sie, und ich spüre, wie er seine Finger um meine legt. Entschuldigend blickt er mich an. »Ist das okay für dich? Ich weiß nicht, ob ich alleine auf den Beinen bleibe.«

Ich nicke. Seine Hand ist warm und trocken, und ich drücke sie fester. Über die Schulter blickt Grace zu uns zurück.

»Schau dir das an! Sie ist schon ganz schön selbstsicher«, sage ich.

»Ja. Es ist wunderbar, das zu sehen«, antwortet er. Und dann schreit er erschrocken auf.

Grace liegt am Boden, mit dem Gesicht nach unten. Ich lasse Leos Hand los, fahre zu ihr und gehe in die Knie, um zu sehen, ob sie verletzt ist.

»Grace?«, ruft er ängstlich hinter mir. »Hat sie sich wehgetan?«

»Keine Sorge«, sage ich. »Alles in Ordnung.«

Sie nimmt meine ausgestreckte Hand, und kichernd kommen wir beide wieder auf die Beine. Ihre aufgeschürften Knie und Handflächen brennen bestimmt ziemlich, aber sie weint und jammert nicht. »Tapferes Mädchen!« Ich lächle sie an.

Leo ist wieder an der Bande und klammert sich mit einiger

Verzweiflung daran fest. Verlegen lächelt er mich an. »Wie wär's mit Mittagessen?«, ruft er.

Direkt an der Rollschuhbahn gibt es ein Café, und dort will Grace essen. An einem grellbunten Plastiktisch stopfen wir uns mit fettigen Hamburgern und salzigen Pommes voll und trinken zu viel Limonade. Es erinnert mich an Atlantic City. Aus den Lautsprechern dröhnt *You Spin Me Round*.

Mit roten Wangen und ein wenig zu glänzenden Augen sitzt Grace zwischen uns. Zuckerrausch, denke ich. Sie ist völlig überdreht von der ganzen Aufregung. Der Tag hat Symbolkraft, denn Elizabeth und Leo haben an Grace' Geburtstag geheiratet, einem fünfzehnten Oktober. Ich werfe Leo einen Blick zu, um zu sehen, ob ihm die widersprüchlichen Gefühle zu schaffen machen, aber falls dem so ist, gelingt es ihm wirklich gut, das zu verbergen. Er ist ein guter Vater. Ich trinke mein Glas aus und betrachte die beiden Menschen an meiner Seite. Dieses Leben mit Leo und Grace hätte ich mir so nie ausmalen können, aber es fühlt sich richtig an; hierher gehöre ich.

Auf dem Tisch in der Diele liegt ein Brief für mich. Als wir nach dem Frühstück aufgebrochen sind, hatten wir es eilig und machten nur die Post auf, die nach Geburtstagsgrüßen für Grace aussah.

Ich lasse den Brief noch liegen. Jetzt ist es an der Zeit, dass Grace ihre Geschenke auspackt. Mein Geschenk ist ein Tagebuch. Sie hat gesehen, dass ich Tagebuch schreibe, und hat sich auch eines gewünscht. Ich habe ein wunderschönes dunkelrotes Buch mit einem silbernen Schloss und einem Schlüssel für sie besorgt. Sie wirft mir die Arme um den Hals. »Das gefällt mir! Danke, Cat!«

Warm und fest liegt sie in meinen Armen. Ich atme das Erdbeershampoo und den milchigen Geruch ihrer Haut ein. Seit den ersten Tagen hat sich viel getan. Die Erinnerungen an den Tod ihrer Mutter scheinen zu verblassen. Die Albträume haben aufgehört. Sie ist ein glückliches, lebhaftes Kind.

Sie drückt das Tagebuch an ihre Wange. »Was soll ich reinschreiben?«

»Die Wahrheit.«

»Die Wahrheit?«

»Ja, wie es dir geht oder auch, was du am Tag gemacht hast. Am wichtigsten ist es, deine Gefühle aufzuschreiben, weil dein Tagebuch der Freund ist, der deine Geheimnisse am besten für sich behält. Es ist immer für dich da, es verurteilt dich nicht und verrät niemandem deine Gedanken.«

Sie lächelt. Dann wendet sie sich einem anderen Geschenk zu und reißt das Geschenkpapier herunter.

Stunden später – Grace ist schon im Bett – komme ich endlich dazu, in mein Zimmer zu gehen und den Umschlag zu öffnen, der an mich adressiert ist.

Kit-Cat,
ich bin ein freier Mann. Aus mir ist ein anderer Mensch geworden. Mir ist klar, dass ich Dir und Deiner Mom Kummer bereitet habe, und es tut mir ehrlich leid. Eine christliche Gruppe hat mir im Gefängnis geholfen, meine Spielsucht zu überwinden, und ich habe fest vor, mich von Casinos fernzuhalten und mit Gott zu leben. Deshalb kann ich nicht in Atlantic City bleiben. Ich muss irgendwohin, wo ich nicht in Versuchung komme, vielleicht nach Utah oder Tennessee oder sogar nach Alaska. Mach Dir keine Sorgen um mich. Ich bin stark. Irgendwo kann ich mich bestimmt nützlich machen. Ich hoffe, dass Deine Mom mir irgendwann einmal verzeiht, wenn ich mich bewähre. Sie war die Liebe meines Lebens und

wird es für immer bleiben. Ich freue mich, dass Du Arbeit und ein Zuhause in London hast. Vielleicht kann ich Dich ja eines Tages dort besuchen.
Dad
PS: Ich schicke Dir meine Adresse, sobald ich eine Wohnung gefunden habe.

Ich halte den Brief in der Hand. Einsamkeit sickert aus dem Papier, aus der Tinte seiner krakeligen Handschrift. Er ist ganz auf sich gestellt bei seinem Neuanfang. Nie zuvor musste er sich selbst versorgen.

Ich stehe auf und betrachte die Aussicht aus meinem Fenster, die ich mittlerweile so sehr liebe, und ich frage mich, ob ich meinen Job aufgeben sollte, um nach Hause zurückzukehren und mich um ihn zu kümmern.

An der Zimmertür klopft es leise, und Leo steckt den Kopf herein. »Ich wollte mich nur für den heutigen Tag bedanken«, sagt er lächelnd. Dann bemerkt er meinen Gesichtsausdruck und den Brief in meiner Hand. »Ist alles in Ordnung? Ich hoffe, es gibt keine schlechten Nachrichten.«

Ich ziehe die Schultern hoch und lasse sie dann fallen. »Der ist von meinem Vater. Ich habe dir ja erzählt, dass er im Gefängnis war, weil er Geld unterschlagen hatte. Na ja, er ist jetzt draußen. Er schreibt, dass er sich vom Glücksspiel fernhalten und woanders hinziehen will, ganz neu anfangen.« Ich seufze. »Aber er ist alt. Ich weiß nicht, ob er das hinkriegt … noch dazu ohne Mom.«

Leo kommt ins Zimmer. »Willst du zurück nach Amerika?«

»Eigentlich nicht. Aber vielleicht sollte ich.«

Er legt den Kopf schief. »Wenn er dich nicht darum bittet, dann ist es vielleicht etwas, was er alleine durchziehen muss.«

»Ja, so ähnlich sagt er das auch.«

Leo reibt sich über das Kinn und seufzt. »Also, ich will dich nicht überreden hierzubleiben, wenn du meinst, dass er dich braucht. Wir finden schon jemanden, der dich eine Zeit lang vertreten kann.« Er schluckt. »Aber wir werden dich natürlich vermissen.« Er kommt näher heran. »Ich werde dich vermissen.« Seine Stimme ist sanft.

»Ich muss darüber nachdenken«, sage ich und kaue am Fingernagel.

»Eine andere Möglichkeit wäre«, fährt er fort und legt mir dabei zärtlich eine Hand auf den Arm, »dass dein Vater hierherkommt. Wir haben ein Gästezimmer. Er könnte eine Weile bei uns bleiben.«

Verblüfft starre ich ihn an. »Meinst du das ernst?«

Er lacht über meinen Gesichtsausdruck. »Cat, du gehörst zur Familie. Natürlich meine ich das ernst.«

»Danke.« Ich bringe das Wort kaum heraus, weil mir ein harter Kloß in der Kehle sitzt.

»Es ist das Mindeste, was ich tun kann. Du bist der eigentliche Grund, warum Grace so viel glücklicher ist. Keiner von uns beiden kann sich ein Leben ohne dich vorstellen.«

Wir blicken einander an, und der Raum um uns herum vibriert von dem, was unausgesprochen bleibt. Im selben Moment machen wir eine Bewegung aufeinander zu. Als er seinen Kopf herunterneigt, schließe ich die Augen und öffne die Lippen. Doch ich warte vergeblich darauf, dass unsere Münder sich berühren. Wir stoßen mit den Nasen aneinander, weil er einen plötzlichen Schritt nach hinten macht. »O Gott, das dürfen wir nicht machen«, platzt er heraus. »Es tut mir leid.«

Ich spüre meinen Puls im Hals pochen. »Nein? … Dürfen wir das nicht?«

»Es ist nicht richtig. Es fühlt sich an, als würde ich meine Position ausnutzen.« Mit dem Handrücken streicht er mir über die Wange, und ich spüre das Zittern seiner Finger an meiner Haut. »Du bedeutest mir so viel. Ich möchte das nicht kaputt machen.«

Ich will etwas sagen, doch er redet schon weiter.

»Bitte, verzeih mir. Können wir so tun … als wäre das nicht passiert?« Sein Gesicht ist gerötet.

Ich brauche einen Augenblick und blicke auf meine Füße. Endlich gelingt es mir, ihm in die Augen zu sehen, und ich nicke.

Er wirkt erleichtert. »Fast hätte ich es vergessen«, sagt er mit wiedergewonnener Munterkeit und hebt das Buch in seiner Hand hoch. »Falls du das nicht schon kennst – es könnte dir gefallen: *Zärtlich ist die Nacht* von Scott Fitzgerald. Das ist mein Lieblingsroman.«

Ich nehme das zerlesene Taschenbuch.

»Gute Nacht, Cat«, sagt er leise.

Hinter ihm fällt die Tür ins Schloss. Ich will ihm folgen, meine Hand liegt schon auf dem Türgriff, doch gerade noch rechtzeitig bleibe ich stehen. Ich muss respektieren, was er gesagt hat. Und dann fällt mir ein, dass heute sein Hochzeitstag ist. Kein Wunder, dass es sich für ihn falsch angefühlt hätte, mich zu küssen.

Später, im Bett, blicke ich an die Zimmerdecke und betrachte die Muster, die der Mond darauf malt. Mir ist klar, dass Dad nicht zu Besuch kommen wird. Dafür ist er viel zu stolz. Aber Leos Großzügigkeit und Freundlichkeit überwältigen mich.

Ich werde hierbleiben. Erleichterung durchflutet mich. Dieses Haus ist mein Zuhause. Und ich habe den Eindruck, dass es vorwärtsgeht: mit Grace, aber auch mit dem Schreiben. Ich habe schon eine ganze Sammlung an Kindergeschichten. Zuerst lese ich sie Grace vor, und sie sagt mir, was ihr besonders gut gefallen hat und was nicht. Es ist wie ein Spiel, das wir zusammen spielen. Ich glaube, mit ihrer Hilfe werde ich eine richtige Schriftstellerin.

Ich kann nicht einschlafen. Unaufhörlich muss ich an Leo denken, und ich frage mich, wie es wohl gewesen wäre, ihn zu küssen. Denn ich habe mich danach gesehnt, und ich tue es immer noch. Seit Sam ist er der erste Mann, den ich küssen will. Ich schalte die Nachttischlampe an und schlage den Roman auf, den er mir geliehen hat. Die Seiten sind abgegriffen und weich vom vielen Lesen, abgeliebt. Ich drücke die Finger auf den gewellten Buchblock und spüre den Sekunden vor dem Beinahe-Kuss nach, als die Luft sich um uns zusammenzog und ich wie ausgehöhlt war vor Verlangen. Und ich denke an seinen Gesichtsausdruck, daran, wie sich sein Atem in der Kehle verfing. Er hat mich genauso begehrt wie ich ihn.

Im Kinderzimmer von Grace hat ein Massaker stattgefunden. In der strahlenden Morgensonne stehe ich an der Türschwelle und lege die Hand über den Mund. Abgeschlachtet und zerstört liegen die Puppen über den Teppich verstreut da. Grace hat ihnen das Haar ausgerissen, die Glieder abgehackt, die Augen mit einer Schere ausgestochen. Das Mordwerkzeug, das sie aus dem Schreibtisch ihres Vaters genommen hat, liegt offen herum.

Sie setzt sich im Bett auf und reibt sich die Augen. Das dunkle Haar ist verstrubbelt, und ihre Wangen sind noch rosig vom Schlaf.

»Grace … Was … was hast du mit deinen schönen Puppen gemacht?«

Ihr Blick wandert über den Teppich. »Ich bin jetzt zu groß für Puppen.«

Ich knie mich hin und berühre die Büschel von geschorenem Kunststoffhaar; wie im Friseursalon liegen die unterschiedlichen Farben durcheinander am Boden. Flüchtig betrachte ich die immer noch lächelnden blinden Gesichter. »Aber manche sind ja noch fast neu, wir hätten sie weiterverschenken oder einfach ins Regal stellen können.« Hilflos hebe ich die Hände. »Du bist doch eigentlich gar nicht zu alt für Puppen.«

»Ich hasse sie«, erwidert Grace und zieht sich die Decke über den Kopf. »Außerdem … habe ich gehört, wie du gestern Abend mit Daddy geredet hast.« Ihre Stimme ist gedämpft.

Ich setze mich aufs Bett und lege ihr eine Hand auf die reglose Schulter. »Was hast du gehört, Grace?«

Sie bleibt unter der Decke versteckt und sagt lange gar nichts. Schließlich flüstert sie: »Du gehst weg.«

Ich bin geschockt, dann holt mich das Schuldgefühl ein. »Nein.« Ich schlucke schwer. »Ich gehe nirgendwohin.«

»Ich weiß … ich weiß, warum du nicht hierbleiben willst. Weil ich böse bin.«

»Grace, bitte hör mir zu. Ich bleibe hier.«

Unter der Bettdecke herrscht Schweigen. Ich darf sie nicht wegziehen, Grace muss selbst entscheiden, ob sie herauskommen will.

»Darüber musst du dir wirklich keine Sorgen machen«, sage ich.

Der Stoff erbebt. Ihre Schulter bewegt sich, aber Grace kommt nicht zum Vorschein.

»Soll ich dir eine Geschichte erzählen?«, frage ich und beschließe, dass keine Antwort ein Ja ist. »Es war einmal ein kleines Mädchen, das den ganzen Tag im Bett lag, nicht etwa, weil sie das so wollte, sondern weil sie ihre Beine nicht richtig bewegen konnte. Sie wünschte sich so sehr, dass sie das Zimmer verlassen könnte. Um sich die Zeit zu vertreiben, sah sie aus dem Fenster und stellte sich vor, dass sie in aufregende Länder flog. Ihr Lieblingsspielzeug war ein kleines Porzellanpferd, das auf der Kommode stand. Es war schneeweiß und hatte eine lange Mähne und einen wunderschönen Schweif.« Grace ist immer noch unter der Decke, und ich rede weiter. »Eines

Nachts wachte sie auf, weil sie von etwas Weichem an der Schulter angestupst wurde. Stell dir vor, wie überrascht sie war, als ein Pferd, ein großes weißes Pferd mit einer langen Mähne und einem wunderschönen Schweif, direkt neben ihrem Bett stand, schnaubte und mit den Hufen aufstampfte und sie sanft mit seiner samtigen Schnauze schubste.«

Ich spüre, wie ihr Interesse erwacht. »Ihr Spielzeugpferd ist lebendig geworden?«

»Ganz genau.«

Ich erzähle die Geschichte weiter, und langsam, ganz langsam, taucht Grace aus ihrem Versteck unter der Bettdecke auf: zuerst die Stirn, dann die Nase, dann der Mund. Sie streckt die Hand heraus, und ich nehme sie. Wir halten einander ganz fest. Ihr Blick aus dunklen Augen ist an mein Gesicht geheftet. Unverwandt beobachtet sie mich, während ich erzähle, und folgt der Geschichte, als wäre sie eine Rettungsleine, an der wir uns beide festhalten können.

SECHSUNDZWANZIG

Sam, Oktober 1985

Seine Mutter sitzt schon an einem Ecktisch im Tearoom von Fortnum & Mason, in dem sie sich einmal im Monat treffen. Sie trägt ein Kostüm aus Tweed und eine Perlenkette um den Hals und gibt sich wie eine Adlige. Sam muss lächeln, weil er weiß, dass sie viel lieber einen alten Rock voller Hundehaare anhätte und zu Hause in den Blumenbeeten buddeln würde. Er drückt den Rücken durch, während er sich den Weg zwischen den Tischen hindurch zu ihr bahnt. Er muss ihr eröffnen, dass er jetzt mit George zusammenwohnt.

»Mum.« Er küsst sie, bevor er sich auf der anderen Seite der weißen Leinentischdecke in einen Stuhl sinken lässt. »Hast du schon bestellt?«

»Cream Tea für uns beide«, antwortet sie und zündet sich eine Zigarette an. »Wohnst du immer noch in diesem fürchterlichen Loch? Diesem besetzten Haus?«

Es ist sein Stichwort, und es kommt früher als erwartet. Er schüttelt den Kopf. »Ich bin ausgezogen. Jetzt, mit der Band, geht es endlich voran.« Er blickt ihr in die Augen. »Ich bin mit jemandem aus der Band in eine Wohnung in Balham gezogen. Mit … George.«

»George?«

»Ja.« Sam schluckt. »Ich wollte den richtigen Augenblick abwarten, um es dir zu erzählen«, sagt er vorsichtig. »George … der andere Sohn von Dad.« Er versucht, ihre Miene zu deuten. »Er ist mein Mitbewohner. Und er ist ein ausgesprochen begabter Schlagzeuger.«

In diesem Moment kommt der Kellner mit dem Cream Tea.

Sie warten ab, bis er in einer langwierigen Zeremonie die Tassen und Teller vor ihnen aufgebaut hat. Als er weg ist, greift seine Mum nach der Teekanne. »Seid ihr jetzt Freunde?«

»Hat sich gezeigt, dass er ein netter Kerl ist.« Sam berührt ihre Hand. »Macht es dir was aus?«

Sie schüttelt den Kopf. »Nein, mein Lieber. Er ist dein Halbbruder. Wenn bei dem Ganzen etwas Gutes herauskommt, umso besser.«

»Das ist sehr großherzig, Mum.« Er beobachtet sie, wie sie in einen Scone beißt. »Aber ich verstehe immer noch nicht, warum du Dad das hast durchgehen lassen.« Er blickt auf den Rahmklecks auf seinem Teller, und ihm wird übel. »Er hat dich die ganzen Jahre über betrogen. Warum hast du ihn nicht verlassen?«

Sie tupft sich den Mund mit der Serviette ab. »Es war mir recht so.«

Überrascht blickt Sam sie an.

Sie legt eine Hand auf seine und drückt sie. »Ich hatte nie viel übrig für den körperlichen Teil der Ehe. Mir ging es um ein Zuhause, um die Sicherheit und das Zusammenleben. Und um euch Kinder natürlich. Was diese Frau angeht, habe ich absichtlich weggeschaut, weil … na ja, weil mir dieses Arrangement ein Leben nach meinen Vorstellungen ermöglicht hat.«

»Dieses Arrangement?« In seinem Bauch kocht die Wut hoch. »Hast du denn gar nicht an uns gedacht? Du wusstest doch, wie unglücklich ich in der Schule war.« Er hält inne und bemüht sich, den anschwellenden Zorn im Zaum zu halten. »Warum hast du mich nicht beschützt? Mit Dad geredet? Ihm gesagt, dass er mich in Ruhe lassen soll?«

Sie nimmt den Löffel und rührt in ihrem Tee. »Ich wusste, dass es dir in der Schule nicht gefallen hat. Aber das geht doch vielen Kindern so. Manchmal ist das, was gut für uns ist, unangenehm. Dein Vater wollte nur das Beste für dich, er wollte, dass du erfolgreich bist.«

»Zu seinen Bedingungen.«

Sie legt die Stirn in Falten. »Er kannte keine anderen.«

Sam seufzt. Es wird niemals wirklich möglich sein, mit ihr über diese Dinge zu reden. Sie hat die gleiche Erziehung erlebt wie sein Vater: Kindermädchen, Internat, Entscheidungen, die sich der Tradition unterwarfen, und niemals wurde über persönliche Gefühle gesprochen. Seine Mutter liebt ihn, am glücklichsten aber war sie schon immer in Gesellschaft ihrer Hunde und im Garten. Sam bemerkt, dass der Lippenstift in die feinen Fältchen um ihren Mund gesickert ist. Er lehnt sich zurück und kratzt sich an der Nase.

»Dein Vater hat sich ein bisschen beruhigt, was deine neuen beruflichen Pläne angeht«, sagt sie. »Wenn du es über dich bringen würdest, mal vorbeizukommen …«

Beim Gedanken an seinen Vater zieht sich ihm der Magen zusammen. »Ich weiß nicht.«

Plötzlich nimmt er wahr, dass jemand neben ihm steht. Er hebt den Blick. »Jack?« Lucinda sieht auf ihn herab; sie ist weniger kantig, in ihrem luftigen Kleid wirkt sie weicher als früher. Es ist ein Schock, sie zu sehen, und ein weiterer Schock ist es, als ihm bewusst wird, dass sie unter ihren fließenden Gewändern schwanger ist.

»Wie geht es dir?«, fragt sie. »Und Ihnen, Mrs Winterson? Wie schön, Sie zu sehen.«

»Du siehst wunderschön aus«, sagt er wahrheitsgemäß.

Sie lächelt betreten. »In zwei Monaten ist es so weit. Wir leben in Kensington. Harry Chivers und ich. Er ist Anwalt.« An ihrem Ringfinger prangt ein großer Diamant.

»Du bist verheiratet.« Eine Welle der Zuneigung durchflutet ihn. »Das ist toll, Lu.«

»Und du? Gibt es noch eine Mrs Winterson?«

Er schüttelt den Kopf. »Es gibt nur die eine«, erwidert er mit einer Geste auf seine Mutter.

»Wie ist die Sache mit der Musik weitergegangen?« Sie legt den Kopf schief. »Bist du jetzt ein Sänger?«

Er ist froh, dass er etwas Positives darauf erwidern kann. »Ich bin in einer Band, die Lambs. Du wirst noch nichts von uns gehört haben. Aber wir spielen meine Stücke.«

»Eine Band?« Aus ihrem Mund klingt das Wort ein wenig wie ein Witz. »Hoffentlich war die Sache es wert, dass du deine Karriere geopfert hast, Jack, das hoffe ich wirklich.« Sie sieht auf die Uhr. »Ich muss los. Ich bin mit meiner Schwägerin verabredet.« Er steht auf und beugt sich zu ihr hinunter, sodass sie gegenseitig ihre Wangen mit Luftküssen streifen können. Sie wirkt fremd, und das macht ihn traurig, ist gleichzeitig aber auch eine Erleichterung.

Als Lucinda sich zwischen den Tischen hindurch entfernt – diese winzige, aufrechte Gestalt –, neigen die Kellner respektvoll den Kopf.

»Du liebe Güte, das war ja mehr Verhör als Unterhaltung«, sagt seine Mutter.

Er zwingt sich zu lachen. Aber seine Hände zittern, während er nach der Rechnung verlangt. Als er Lucinda das letzte Mal gesehen hat, gab er sich noch der Illusion hin, dass ihm eine Zukunft mit Cat bevorstünde. »Sie ist, wie man so schön sagt, eine Naturgewalt.« Er legt ein paar Münzen als Trinkgeld auf die Untertasse. »Aber ich freue mich, dass für sie alles so gut gelaufen ist. So, Mum, jetzt sind wir dran! Was wollen wir als Nächstes machen? Wollen wir schauen, welche Ausstellungen hier gegenüber in der Royal Academy gerade laufen?«

Sie rümpft die Nase. »Um ehrlich zu sein, tun mir die Füße weh. Ich denke, ich nehme einen frühen Zug zurück nach Hause. Bestimmt fragen sich meine Jungs schon, wo ich bleibe.«

Sam weiß, dass sie von den Hunden spricht.

Er blickt ihrem Taxi hinterher und dreht sich um. Als er sich mit der Hand durchs Haar fährt, zuckt er kurz vor seinem Spiegelbild in einem Schaufenster zurück. Dahinter auf einem Podest sind Bücher ausgestellt. Er sieht genauer hin. Es sind Kinderbücher mit bunten Umschlägen, darauf Bilder von Tieren oder Kindern mit übergroßen Köpfen. Er betritt den Laden, ignoriert die Tische mit den Bestsellern und den besonderen Angeboten und geht geradewegs zum Buchstaben G, wo er mit dem Finger über die verschiedenfarbigen Buchrücken fährt und nach ihrem Namen sucht: Catrin Goforth. Da ist nichts. Nie ist etwas da. Immer wenn er an einer Buchhandlung vorbeikommt, sucht er nach ihr. Leise Enttäuschung kriecht in ihm hoch. Doch er will noch nicht aufgeben, sondern spricht einen Verkäufer am Tresen an und fragt, ob er von einer amerikanischen Autorin dieses Namens gehört habe, aber der junge Mann schüttelt den Kopf.

Seit George Schlagzeuger in der Band ist, haben sie ein paar richtig gute Stücke im Studio aufgenommen. Die Demotapes, die daraus entstanden sind, wurden an einige Plattenfirmen geschickt. Sie warten noch auf Antwort. Und Marcus hat eine Reihe von Konzerten im ganzen Land organisiert. Und so quetscht sich die Band in einen alten Ford Transit und fährt von einem Ort zum nächsten.

Die Ideen für neue Stücke kommen Sam, wenn er die Straßen der unterschiedlichen Städte, in denen sie sind, entlangläuft, die Menschen um sich herum beobachtet und seinen Gedanken freien Lauf lässt. Als er auf einer Parkbank an einem begrünten Platz sein Sandwich isst und neben seinen Füßen die Tauben erwartungsvoll am Boden picken, holt ihn unversehens die Vergangenheit ein, und er sieht die Bank in Atlantic City vor sich und Cat, die ihm die Plakette darauf vorliest. Es war das Erste, was sie beide verband, ihre gemeinsame

Begeisterung für die Widmungen auf Parkbänken. Er legt das Sandwich neben sich, ihm ist der Appetit vergangen.

Den restlichen Nachmittag verbringt er damit, nach Parkbänken zu suchen, deren Widmungen ihm die Inspiration für Liedtexte liefern könnten. *Verloren, aber für immer geliebt. Meinen geliebten Großeltern. Die Tänzerin mag gegangen sein, doch der Tanz lebt weiter.* Manche sind banal, manche lustig, und wieder andere sind wunderschön. Er denkt, welche Worte auch immer gewählt werden, sie sind stets das Vermächtnis einer Liebe. Die Liebe zwischen Cat und ihm war vielleicht nur ein Funken, der strahlende Anfang von etwas, das keine Gelegenheit hatte zu wachsen. Doch in ihm wird sie für immer weiterleben, so wie es bei der ersten Liebe seit je ist. Und er wird ihr ewig dankbar sein, dass sie ihm diese Gefühle geschenkt und ihm dabei geholfen hat, sein Leben zu verändern.

Das Scheppern der Türklingel gellt durch die Wohnung. Es ist Vormittag, und auf dem Küchentisch stehen noch die Überbleibsel vom Frühstück. George macht auf, und Marcus stolziert ins Wohnzimmer und fährt sich mit den Händen durchs Haar. Er kramt in seiner Jackentasche nach einer Schachtel John Player, klopft eine Zigarette heraus und zündet sie sich an. Sam und George warten ab, während er den Rauch langsam herausbläst.

»Island Records hat sich bei mir gemeldet«, sagt er endlich. »Sie wollen euch kennenlernen.«

»Himmelarsch«, sagt George. »Himmelarsch und Zwirn!« Er packt Sam an der Hand und drückt zu, die andere warme Pranke legt er ihm auf die Schulter. »Wir haben es geschafft, Kumpel. Wir haben es geschafft!«

»Ja.« Marcus nimmt einen tiefen Zug. »Ich wollte es euch persönlich sagen. Ruft die anderen an. Morgen Nachmittag findet in der Plattenfirma ein Treffen statt. Jetzt müsst ihr euch ranhalten.«

Sam umarmt George, und George umarmt Sam und bricht ihm dabei beinahe die Rippen.

Island Records hat den Lambs einen Vorschlag unterbreitet. Sie wollen das erste Album in einem Studio in London schneiden und dafür das Material verwenden, das die Plattenfirma bereits kennt. Doch die Schlipsträger wünschen sich für die erste Single ein Liebeslied. Etwas für die Seele. Kriegen sie rechtzeitig einen passenden Song zustande?

»Natürlich«, beteuert Marcus, ohne mit der Wimper zu zucken. »Gar kein Problem. Sam lässt sich schon was einfallen.«

»Können wir nicht eins von meinen anderen Liedern nehmen?«, meint Sam später. »Ich habe ein paar Stücke in Moll – wie wäre es beispielsweise mit *Cindy?*«

»Eine traurige Ballade nützt uns nichts«, blafft Marcus. »Sie wollen ein Liebeslied.«

Sam schüttelt den Kopf. »Ich weiß nicht, ob ich das hinkriege.«

»Warst du denn noch nie verliebt?«, fragt Marcus ungehalten.

Die Band feiert den Vertrag im Pub, und Sam und Marcus sitzen zu zweit in einer Ecke. Noch bevor Sam darauf antworten kann, redet Marcus weiter, wobei er mit einem Bein nervös auf und ab wippt. »Verflucht noch mal, du kannst unmöglich Songs schreiben, wenn dir niemand je das Herz gebrochen hat.«

Sam wendet den Blick ab und gräbt die Fingernägel in die Handfläche. »Ich weiß nicht … ich weiß nicht, ob ich das schaffe.«

»Dir bleibt gar keine Wahl«, sagt Marcus mit ungerührter Miene. »Das ist eine einmalige Gelegenheit. Ihr müsst eine

Nummer rausbringen, die für eine Single taugt. Ein richtig sensationelles Liebeslied.«

Sam denkt an die Lieder, die er vor Jahren in Atlantic City geschrieben hat, die Lieder für Cat. Er hat sie aufgeschrieben und dann in Umschläge gesteckt und in eine Schublade unter seine Kleider gestopft, um sie nicht mehr zu sehen. Er fragt sich, ob er es ertragen würde, sie wieder zu singen, ihre Akkorde zu spielen und mit der Band daran zu arbeiten. Ist genug Zeit vergangen, damit das geht?

SIEBENUNDZWANZIG

Cat, Februar 1986

Leo ist übers Wochenende auf einer Konferenz in der Schweiz. »Fürs Wetter hätte ich anscheinend nicht hierherkommen müssen«, sagte er gestern Abend am Telefon lachend. Seit Tagen fällt in London Schnee und verwandelt den Garten in eine mehrstöckige weiße Hochzeitstorte. Wenn die Sonne scheint, glitzert und funkelt alles. Er hatte angerufen, um Grace Gute Nacht zu sagen, aber am Ende plauderten wir eine ganze Stunde. Sobald ich den Hörer aufgelegt hatte, begann ich ihn zu vermissen.

Als Samstagmorgen die Post kommt, laufe ich schnell hin. Schon vor Wochen habe ich ein paar Kurzgeschichten an einen Literaturagenten geschickt. Ein großer dicker Umschlag ist an mich adressiert. Mit pochendem Herzen öffne ich ihn, doch eiskalt legt sich die Enttäuschung um meine Brust, als ich mein Manuskript herausziehe. In dem kurzen Ablehnungsschreiben empfiehlt man mir, keine handschriftlichen Texte einzureichen, zum Inhalt aber fehlt jeglicher Kommentar. Sicher haben sie es schrecklich gefunden.

Aber ich habe keine Zeit, mich meiner traurigen Stimmung hinzugeben, denn Grace hat die Hauptrolle in der Aufführung ihrer Ballettschule ergattert. Mit glühenden Wangen war sie nach Hause gekommen und hatte mir einen Entwurf für ihr Kostüm überreicht, das ich irgendwie aus meinem nicht existenten Nähzeug zaubern soll. Grace ist vollkommen aus dem Häuschen, und ich darf sie keinesfalls enttäuschen. Im Schrank unter der Treppe ist eine Nähmaschine, die vermutlich Elizabeth gehört hat, und ich mache mich daran, mir den Umgang damit beizubringen.

»Komm her, Käferchen«, sage ich zu Grace. »Probier das mal an.«

Gehorsam zieht sie sich bis aufs Unterhemd und die Unterhose aus und steht ganz still da, damit ich ihr das halb fertige Kleid über Kopf und Arme streifen kann. Ich knie neben ihr, die Stecknadeln griffbereit, und seufze frustriert. Ich habe mich mit dem Taillenumfang völlig vertan. Der Stoff bauscht sich, und Grace streckt lachend den Bauch heraus.

»Ojemine. Da könnten wir dich ja gleich drei Mal reinstecken«, sage ich und ziehe den Stoff zusammen. »Oder ein Segel für ein Segelboot draus machen.« Mit einem Dutzend Stecknadeln fixiere ich die Rockfalten.

»Die Mum von Nancy hat sich jemanden gesucht, der das für sie macht.«

»Ist Nancys Mum denn beim Nähen ein genauso hoffnungsloser Fall wie ich?«

Grace zuckt die Achseln. »Sie hat einfach viel Arbeit.«

»Was arbeitet sie denn?«

»Irgendwas mit Büchern, glaube ich. Sie hat ständig irgendwelche Konferenzen.« Grace denkt einen Augenblick nach. »Die haben wirklich viele Bücher zu Hause. Noch mehr als wir.«

Grace und Nancy sind enge Freundinnen. Sie haben sich in der Ballettklasse von Miss Miller kennengelernt, und es macht mich glücklich, wie sehr Grace es genießt, über ihre neue Freundin zu erzählen und, sooft es geht, ihren Namen ins Gespräch einfließen zu lassen.

Als ich fertig Maß genommen habe, steigt sie aus dem steifen Tüll. »Gib acht mit den Nadeln«, ermahne ich sie.

Sie sitzt an einer Seite des Esszimmertischs und macht ihre Mathematikhausaufgaben, während ich mich am anderen Ende damit abmühe, die Taille des Kostüms enger zu fassen. Der Faden verheddert sich unter dem kleinen silbernen Füßchen und reißt alle fünf Minuten. »Aua.« Ich lutsche an meinem Finger. Grace zwirbelt den Stift zwischen den Fingern und rechnet. Die Nähmaschine rattert und summt. Draußen vor dem Fenster schneit es.

Als Grace das Kleid noch einmal anprobiert, rennt sie hinaus, um sich im großen Spiegel in Leos Schlafzimmer zu bewundern. Ich halte die Luft an, lausche ihrem Getrappel auf der Treppe und frage mich, ob sie die kleinen Fehler bemerkt: den schiefen Saum und die krummen Nähte. Doch als sie wiederkommt, reißt sie die Tür mit einem »Tada!« auf und dreht Pirouetten durchs Zimmer, bevor sie einen tiefen Knicks vor mir macht. »Prinzessin Grace dankt Ihnen für Ihre Mühen«, sagt sie mit glänzenden Augen.

»Wenn du eine Prinzessin bist, wer bin dann ich?«

»Eine einfache Bauersfrau natürlich.«

Ich ziehe die Augenbrauen hoch. »Ach ja? Nun denn, diese einfache Bauersfrau muss deinen königlichen Popo ins Bett stecken, bevor dein Dad nach Hause kommt, also …«, ich versuche, sie zu packen, »zacki, zacki!«

Sie weicht mir aus und rennt kichernd zur Tür.

»Ich gebe dir fünf Minuten, dann hast du den Schlafanzug an!«, rufe ich ihr hinterher.

Behaglich lehnt sie an den Kissen, und ich kuschle mich neben sie. »Erzählst du mir eine Geschichte?«, bittet sie mich. Obwohl sie alt genug ist, um selbst zu lesen, haben wir die Gewohnheit beibehalten, dass ich ihr eine erfundene Gutenachtgeschichte erzähle. Der Daumen steckt im Mund, und sie hat einen versonnenen Blick, während ich ihr das neueste Abenteuer des kleinen Mädchens mit dem Porzellanpferd erzähle; wir haben sie Sally getauft.

Als ich fertig bin, kommt Leo herein. Er bringt die Kälte von draußen mit, auf seinem Mantel liegt eine feine Schneeschicht, und sein Gesicht ist gerötet. Er küsst Grace, die verschlafen vor sich hinmurmelt und die Augen schließt.

»Ich habe vor der Tür gelauscht«, sagt er leise. »Du bist wirklich begabt. Möchtest du die Geschichten nicht aufschreiben?«

»Ich habe schon mehrere Hefte damit vollgeschrieben.« Ich lächle. »Hast du Hunger?«

»Ich habe im Flugzeug zu Abend gegessen. Aber ich habe euch Geschenke mitgebracht.« Er nimmt mich an der Hand, und mir wird bewusst, wie selbstverständlich es sich anfühlt, seine Hand zu halten. Er führt mich die Treppe hinunter, wo ein paar Päckchen auf dem Dielentisch liegen. »Grace kann ihre Geschenke morgen aufmachen«, sagt er, »aber das hier ist für dich.« Er deutet auf das größte Päckchen und kann seine Begeisterung nicht verbergen.

»Ist zu groß für Pralinen«, sage ich und berühre das braune Packpapier. Um ihn zu necken, ziehe ich die Sache in die Länge. »Vielleicht ist es ja eine große Kuckucksuhr?«

Er verdreht die Augen. »Spann mich nicht so auf die Folter!«

Ich löse die Schnur und wickle das Papier auseinander. Vor mir steht ein Lederkoffer mit einer kleinen Reiseschreibmaschine. Ehrlich überrascht schnappe ich nach Luft.

»Ich finde, es ist an der Zeit, dass du die Sache professionell aufziehst«, meint er. »Du solltest deine Geschichten an Zeitschriften oder Verlage schicken. Gut genug sind sie jedenfalls.«

»Das bezweifle ich«, erwidere ich. »Ich habe gerade erst eine Absage von einem Agenten bekommen.«

»Nichts, was wirklich wichtig ist, ist einfach«, sagt er. »Du darfst nicht schon bei der ersten Hürde aufgeben.«

»Ich glaube, tatsächlich waren sie davon abgeschreckt, dass meine Texte handgeschrieben waren …«

»Na, siehst du. Das kannst du jetzt ändern.«

Ich hebe die Maschine aus dem Koffer und fahre mit den Fingern über die akkuraten Tastenreihen. »Das muss ich gleich mal ausprobieren. Hoffentlich ist sie einfacher zu bedienen als eine Nähmaschine!«

»Du kannst dir gar nicht vorstellen, wie schön es ist, wenn ich nach Hause komme und du erzählst Grace gerade eine Geschichte.« Er steht so dicht neben mir, dass ich seinen warmen Atem an meiner Wange spüre. »Du hast die Freude zurück in dieses Haus gebracht, Cat.«

Ich drehe mich zu ihm und schlinge ihm die Arme um den Hals. »Danke«, flüstere ich. »Für die Schreibmaschine«, ich mache eine Pause. »Für alles.«

Ich spüre sein Herz in seinem Brustkorb schlagen. Doch er räuspert sich, löst sich aus meiner Umarmung und macht einen Schritt zurück. »Im Kühlschrank steht eine Flasche Chablis«, sagt er. »Trinken wir auf deinen Vorstoß in die Literaturwelt.«

Als wir in der Küche sitzen und uns zuprosten, bleibt mein Blick an Elizabeths strahlendem Lächeln hängen. »Ich finde, Grace wird ihrer Mutter immer ähnlicher.«

»Gott sei Dank hat sie nur Elizabeths Aussehen geerbt.« Seine Stimme klingt plötzlich hart.

Ich stelle das Glas ab. »Wie meinst du das?«

»Diese Fotos habe ich für Grace aufgestellt.« Er deutet auf die Bilder in den glänzenden Rahmen. »Wenn es nach mir ginge, dann würde hier kein einziges Foto von ihr herumstehen.«

Ich halte den Atem an und warte, dass er fortfährt.

Er nimmt die Brille ab und zwickt sich mit Zeigefinger und Daumen in den Nasenrücken. »Unsere Beziehung war ein Reinfall. Aber ich will nicht, dass Grace es erfährt, sie soll ihre Mutter in guter Erinnerung behalten.« Er nimmt einen großen Schluck Wein. »Als wir uns kennengelernt haben, wollte Elizabeth Schauspielerin werden. In Amerika hatte es nicht geklappt, also wollte sie es in London versuchen. Im Grunde besaß sie keinerlei Talent, nur das richtige Aussehen. Aber ich war von ihr wie geblendet.« Ein trockenes Lachen entfährt ihm. »Sie war voller Temperament, wenn sie sich etwas in den Kopf gesetzt hatte. Oder jemanden.« Er schiebt die Brille wieder auf die Nase. »Sie hat sich in dieses Haus verliebt und in die romantische Vorstellung von mir als Chirurg. Weil ich dieses Haus besaß, hielt sie mich für reicher, als ich bin. Ich habe das hier geerbt, sonst könnte ich mir so etwas niemals leisten.« Er starrt auf die Tischplatte. »Vermutlich war unsere Heirat ein Ausweg, nachdem ihre Karriere gescheitert war. Ich denke, sie hätte es nicht über sich gebracht, zurück in die Staaten zu gehen.« Er hält inne. »Ich war eine Enttäuschung für sie. Das Leben hier war eine Enttäuschung. Es war nicht glamourös genug. Dann fing sie an zu trinken.« Er blickt mich an. »Sie war ein egoistischer, verwöhnter Mensch. Mir ist klar, wie grob das klingt, aber es ist die Wahrheit. Ich bin mir ziemlich sicher, dass sie mich betrogen hat. Da gab es … Hinweise. Aber damals habe ich den Kopf in den Sand gesteckt, weil ich Angst hatte, dass sie das Sorgerecht für Grace verlangen und sie womöglich mit zurück in die Staaten nehmen würde.«

Mir schwirrt der Kopf – die neuen Informationen verlangen lautstark nach Aufmerksamkeit und übersteigen meine Fähigkeit, sie zu verarbeiten und zu ordnen. Jetzt endlich aber kenne ich den Grund für Leos Gesichtsausdruck in den Momenten, in denen er sich unbeobachtet fühlt: Es ist dieser Schmerz, den er die ganze Zeit mit sich herumschleppt.

»Als sie die Treppe hinuntergefallen ist, hatte sie getrunken.« Die Härte ist in seine Stimme zurückgekehrt.

»Mein Gott«, sage ich. »Es tut mir so leid.«

»Ich hätte es dir sagen sollen. Aber es war so demütigend. Das alles. Ich habe es nicht fertiggebracht, mit irgendwem darüber zu reden.« Er berührt meine Hand mit seinen langen, feinsinnigen Fingern. Kühl liegen sie auf meiner Haut. Ohne nachzudenken, nehme ich seine Hand und küsse einen Finger nach dem anderen.

»Cat«, flüstert er.

Wir stehen auf, und er legt seine Hände um meine Taille. Dann lehnen wir uns aneinander, und unsere Herzen pulsieren im Einklang. Ich habe diesen Mann so lieb gewonnen – seine Stimme, seinen Duft, die Art, wie er sich bewegt. Er gibt mir das Gefühl von Sicherheit. Unsere Lippen finden den Weg zueinander, und diesmal zieht er sich nicht zurück. Der Kuss ist zart und sanft. Seine Finger wandern an meiner Wirbelsäule hinauf, sodass mein ganzer Körper erbebt. Fest drückt er mich an seine Brust. Jetzt küssen wir uns richtig, und unser Atem geht schneller.

Mit erhitzten Gesichtern reißen wir uns im selben Moment voneinander los. In seinem fragenden Blick spiegeln sich meine Gedanken. »Wenn wir das tun …«, sagt er mit zitternder Stimme, »gibt es kein Zurück.«

Ich denke darüber nach, was auf dem Spiel steht: Es ist das erste Mal in meinem Leben, dass ich Teil einer richtigen Familie bin und ein sicheres Zuhause habe. Aber kann uns das wirklich bremsen, wo ich ihn doch auch begehre und mich so sehr nach körperlicher Nähe und Zuneigung sehne? Mein Mut gerät ins Wanken, und ich sehe die Verwirrung, die sich auf seine Gesichtszüge legt, und den Zweifel in seinem Mundwinkel.

»Wir sollten uns etwas mehr Zeit geben«, sagt er. »Lass uns die Sache gründlich überdenken. Wir … müssen das mit Vernunft angehen.«

Ich muss lächeln, als er das sagt, denn in der Liebe gibt es keine Vernunft. Entweder sie ist da, oder sie ist nicht da, mit logischem Denken kommt man in der Liebe nicht weiter. Aber es ist typisch für Leo, dass er Vorsicht walten lässt und etwas mit Verstand kontrollieren will, was man nicht kontrollieren kann.

Mein Puls wird langsamer, und ich nehme seine Hand und drücke sie. »Also gut«, sage ich. »Gehen wir es mit Vernunft an. Jedenfalls fürs Erste.«

Er atmet schwer aus und schüttelt den Kopf. »Du hast ja keine Ahnung, wie viel Kraft es mich gerade kostet, mich zu beherrschen. Dafür hätte ich einen Orden verdient.«

Wir lächeln uns an und treten auseinander, ohne uns aus den Augen zu lassen. Nur unsere Fingerspitzen berühren einander noch. Dann lassen wir uns los.

ACHTUNDZWANZIG

Sam, Juni 1986

Schmeichelhaft legt sich das Licht der untergehenden Abendsonne auf die ersten Gäste, die Sektflöten von den in weiße Togen gekleideten Kellnern entgegennehmen. Eine Jazzband spielt, und die Sängerin gibt eine heisere Interpretation von Ella-Fitzgerald-Klassikern zum Besten. Die Party findet auf einer Dachterrasse statt. Die Flamingos und goldenen Palmen aus Plastik erinnern Sam an Atlantic City. Er lehnt sich an eine Mauer am Rande des Geschehens. Von der Straße weit unter ihm wehen Abgasschwaden herauf.

Eine rothaarige Frau, deren Haut weiß ist wie Rahm, ist in der Mitte der Tanzfläche. Außer ihr tanzt niemand. Sie bewegt sich langsam, lässt die Hüften kreisen und dreht die Arme. Ihre Farben und Rundungen hätten von einem der Impressionisten gemalt werden sollen, denkt er. Degas oder Matisse.

»Oh, ich mag Matisse«, erwidert sie, als er ihr das sagt. »Mir gehen diese Snobs auf den Keks, die meinen, es kann keine Kunst sein, wenn es hübsch aussieht.«

Unter dunklen Wimpern sieht sie zu ihm auf, als er sie nach ihrem Namen fragt. »Daisy. Daisy Armstrong.« Sie lächelt. »Wer *du* bist, weiß ich, Sam Sage. Ich stehe total auf deine neue Single, *Ocean Blue*. Das berührt mich wirklich, trifft genau hierhin.« Sie presst eine Hand auf die Brust. »Ich bin die totale Romantikerin.«

Sie ist so bewusst kokett, dass Sam sich davon bezaubern lässt. Ihre Blicke und ihre Mimik haben die Anmut einer Tänzerin, sie besitzt die Treffsicherheit eines Schachspielers, und ihm gefällt es, dass sie sich selbst nicht allzu wichtig nimmt.

Seinen Annäherungsversuchen erliegt sie nicht auf Anhieb. Erst nach einem Gespräch über die Vorzüge unterschiedlicher Impressionisten und zwei Cocktails willigt sie ein, aufzubrechen und gemeinsam zu Abend zu essen.

Sie gehen in ein japanisches Restaurant. Als sie sich an den niedrigen Tisch gekniet haben, sagt sie: »Ich wollte dir vorhin nicht gleich die Illusionen nehmen, aber Matisse zählt man eigentlich eher dem Fauvismus zu als dem Impressionismus. Ich dachte, das solltest du wissen. Vielleicht kannst du es in Zukunft noch einmal brauchen.«

»Oh? Was ist denn der Unterschied?«, fragt er.

»Hauptsächlich die Farben. Matisse hat eine leuchtendere, kräftigere Palette verwendet.«

Er stöhnt. »Dann hat meine Anmache nur bewiesen, wie ungebildet ich bin.«

»Es war süß.« Verschwörerisch beugt sie sich nach vorne. »Genau genommen war ich dir schon verfallen, bevor du auch nur ein Wort gesagt hattest.«

Er schluckt schwer. »Soll das heißen, dass ich gar nichts Falsches hätte sagen können, womit ich dich abgeschreckt hätte?«

Sie legt den Kopf schief. »Vielleicht, wenn du mich mit einem Renoir verglichen hättest.«

»Was ist denn so schlimm an Renoir?«

»Die Cellulite.« Sie zwinkert. »Überall malt er Cellulite. Der war total besessen davon.«

Sam lacht. »Und was machst du, Daisy Armstrong, wenn du nicht gerade Unterricht in Kunstgeschichte erteilst?«

»Ich singe.« Sie schwenkt die Essstäbchen durch die Luft. »Und ich arbeite als Model. Aber eigentlich will ich Popstar werden, nichts anderes, schon seit ich ein kleines Mädchen war.«

»Ich denke, dafür bringst du alle Voraussetzungen mit«,

sagt er und betrachtet ihre großen grünen Augen und die wilden Locken, die ihr bis über die Schulter fallen.

»Aber niemand gibt mir eine Chance«, seufzt sie. »Es ist ein hartes Geschäft.«

»Ich habe mich zwei Jahre lang durch die Pubs gespielt, bevor es mit den Lambs losging. Ich hatte das Gefühl, dass ich mit dem Kopf gegen die Wand renne.« Er schiebt sich ein Stück Sushi in den Mund, und der Meerrettich treibt ihm die Tränen in die Augen. »Ich würde dich gern singen hören.«

»Echt?« Sie streckt die Glieder und steht von dem niedrigen Sitz auf. Sie ist aus den hochhackigen Schuhen geschlüpft, und ihr langes Kleid mit dem Schlitz schleift am Boden. Sie grinst ihn an, und sein Herz gerät ins Taumeln. »Wie wär's jetzt?«

Atemlos wartet er ab. Sie öffnet den Mund und schmettert ein Lied von Whitney Houston. Sie trällert und flötet, verfehlt knapp die heiklen hohen Noten, und ihre Stimme geht im Vibrato unter. Die anderen Gäste drehen sich um und starren sie verblüfft an.

Als sie fertig ist, klatschen die meisten, Sam eingeschlossen.

Daisy verbeugt sich und wirft das Haar nach hinten, dann geht sie wieder in die Knie und beugt sich über den Tisch. »Und?« Sie schnurrt beinahe.

Sam nickt. »Hm. Bemerkenswert. Wirklich … atemberaubend.«

Das Mädchen kann nicht singen. Aber bei Gott, sie hat Mumm, denkt er.

Es hat andere Frauen in seinem Leben gegeben seit Cat, aber keine hat ihn so fasziniert wie Daisy; vermutlich rührt der Reiz auch daher, dass sie so verschieden sind. Bei Daisy hat er das Gefühl, ein prachtvolles Gemälde zu betrachten, sie ist wie ein cleverer, faszinierender Kunstgriff. Cat hingegen ist Subjekt, wahrhaftig, sie verbirgt nichts. Doch Sam wurde ihren hohen Ansprüchen nicht gerecht. Ihrer Aufrichtigkeit und ihrem unerschütterlichen Bedürfnis, das Richtige zu tun, konnte er ganz offensichtlich nicht genügen. Bei Daisy aber kann er einfach er selbst sein. Ein bisschen egoistisch, ein bisschen doof – in anderen Worten ein ganz normaler Mensch.

Er nimmt Daisy mit nach Hause. Sie halten sich nicht mit höflichem Geplänkel auf. Als er die Tür zu seinem Zimmer aufstößt, sind sie schon dabei, sich gegenseitig auszuziehen. Er küsst das Herztattoo an ihrer nackten Schulter, vergräbt sein Gesicht an ihrem heißen Hals und atmet das Patschuliparfum ein und den Moschusduft ihrer Haut.

Kichernd zieht sie sein Gesicht heran, und ihre leicht geöffneten Lippen streben seinen entgegen. »Schlaf mit mir«, flüstert sie.

Später liegt sie zusammengerollt auf der Seite, eine Hand an der Wange, und schnauft leise im Schlaf. Sam betrachtet sie und staunt über den strahlenden Schimmer ihres Haars und die vollen Lippen. Er berührt eine rote Korkenzieherlocke, wickelt sie um den Finger, zieht sie gerade und lässt sie zurückfedern. Daisy sieht nicht nur umwerfend aus, sie ist auch klug, lustig und unerschrocken. In seiner Brust regt sich die Hoffnung, dass diese Frau endlich die Erinnerung an Cat auslöscht und ihm noch einmal die Chance gibt, die Liebe zu finden.

Ocean Blue ist ein Riesenhit, das Lied ist seit Wochen auf Platz eins. Auf der LP sind noch andere Lieder, die er für Cat geschrieben hat, und wann immer er sie singt, ist seine Stimme heiser und emotionsgeladen. Jedes Wort, jeder Ton ruft die Erinnerung an sie wach, und von Neuem höhlt ihn die Sehnsucht aus. Er hatte immer Angst, dass er niemals über Cat hinwegkäme, wenn diese Lieder ein Erfolg würden und er für den Rest seiner Karriere darauf festgelegt wäre, sie zu spielen. Seine schlimmsten Befürchtungen haben sich bewahrheitet. Die Stücke, die Sam für Cat geschrieben hat, haben die Band groß gemacht. Cat selbst aber hat er für immer verloren.

Sam schmiegt sich an Daisy und atmet den unvertrauten Duft ihrer Haut und den salzigen Sexgeruch ein. Er legt die Arme um sie und zieht sie an sich, passt seinen Körper ihren Kurven an. Sie murmelt und seufzt leise.

Juli 1986

George und Sam sehen sich das Herrenfinale von Wimbledon an. Daisy schlüpft zwischen die beiden Männer aufs Sofa. »Der Becker ist wirklich süß«, sagt sie.

Sie trägt abgeschnittene Jeans, und ihre rahmweißen Beine sind glatt und geschmeidig. Die Zehennägel hat sie sich dunkelrot lackiert. Ein Knie wird an Sams Oberschenkel gepresst und lenkt ihn von dem grandiosen Spiel ab. Ein gelber Blitz fliegt übers Netz.

»Wow! Dem hat es Becker ja mal gezeigt«, meint George. »Den Rückstand holt Lendl nie im Leben auf.«

»Oje, ich kann mir das nicht ansehen«, sagt Daisy und hält sich die Augen zu. »Ich ertrage es nicht, wenn Leute verlieren. Mir tun sie immer so leid.«

»Die musst du wirklich nicht bemitleiden«, sagt George. »Das sind Sportler. Die sind hart im Nehmen.«

»Trotzdem.« Daisy wagt einen Blick durch die gespreizten Finger. »Das ist schrecklich. Schaut euch sein Gesicht an. Er weint doch gleich.« Sie steht auf und tappt in die Küche. »Sagt Bescheid, wenn es vorbei ist«, ruft sie.

George lächelt Sam an. »Du hast dir wirklich das süßeste Mädchen geangelt. Und sexy ist sie noch dazu.« Er knufft ihn am Arm. »Du bist ein echter Glückspilz.«

»Ja, ich weiß«, sagt Sam achselzuckend.

»He, Daisy!«, ruft George. »Mach dich schon mal gefasst. Becker ist drauf und dran, Wimbledon zu gewinnen.«

»Das kann nicht dein Ernst sein!«, ruft sie in einer nicht besonders gelungenen Nachahmung von McEnroe.

Schlagartig kommt Sam eine Szene vom ersten Date mit Cat in den Sinn.

»Alles in Ordnung?« George wirft ihm einen Blick zu.

Sam nickt, und Lendls Ball bleibt im Netz hängen.

Jubelnd springt George auf. Daisy ist mit einem Tablett zurückgekehrt und einem Krug voller Pimm's mit Eis und einer Dekoration aus Minzezweigen und Gurkenscheiben. Vorsichtig setzt sie es ab und gewährt ihnen dabei spektakuläre Einblicke in ihr Dekolleté, dann schenkt sie allen ein Glas ein. »Prost, Daisy«, sagt George.

Im Fernsehen reißt Becker triumphierend die Arme hoch.

Sam hat sein Glas in der Hand, das vom Kondenswasser kalt und glitschig ist. »Danke, Süße.« Er prostet Daisy zu. »Du bist die Beste.«

Immer wieder ertappt er sich dabei, dass er solche Dinge sagt: Du bist die Beste. Du bist süß. Ich liebe es, wenn du das machst. Ich liebe dein Lachen, deine Augen, dein Lächeln. Aber er weiß genau, dass Daisy darauf wartet, dass er ihr sagt, dass er *sie* liebt. Doch das kann er nicht. Manchmal steht er kurz davor, aber dann tut sie irgendetwas, das ihm noch vor ein paar Wochen liebenswert oder schlau erschien, jetzt aber beinahe berechnend wirkt. Um die ausbleibenden Worte auszugleichen, beugt er sich zu ihr hin und küsst sie auf den Mund. Sie erwidert den Kuss mit unmittelbarer Innigkeit und Hingabe, und ihre Lippen schenken ihm Vergebung.

»He, ihr zwei«, beschwert sich George. »Könnt ihr euch bitte ein Zimmer suchen? Habt Mitleid mit mir, ich bin Single.«

Lachend gehen sie auseinander. Daisy strubbelt George durchs Haar, und plötzlich fühlt sich alles so einfach an, dass

Sam findet, es müsste doch möglich sein, diese flüchtigen Worte auszusprechen. Bald, denkt er, wenn sich der richtige Augenblick ergibt.

NEUNUNDZWANZIG

Cat, Juli 1987

Egal, in welchem Laden oder Café ich bin, immer läuft *I Wanna Dance With Somebody* von Whitney Houston. Das Lied treibt mich in den Wahnsinn. Man wird es nicht wieder los, und ehe ich michs versehe, summe ich es vor mich hin.

»So, jetzt suchen wir dir was Neues zum Anziehen«, sagt Dougie und schleppt mich durch Covent Garden. Es ist wie früher, als wir in Knightsbridge unterwegs waren, aber diesmal haben wir tatsächlich die Absicht, etwas zu kaufen. Ich jedenfalls. Dougie scheint den Großteil seiner Kleider kostenlos oder mit einem satten Rabatt zu bekommen, seit er seinen neuen Job als Assistent in der Moderedaktion bei der Zeitschrift *Harpers & Queen* angetreten hat. »Zur Abwechslung brauchst du mal etwas ohne Pünktchen«, findet er. »Und nie zeigst du deine Beine. Denk dran, du bleibst nicht ewig jung.«

»Auweia, du klingst wie meine Mom«, brumme ich, während er mir durch den Vorhang der Umkleide Berge von Klamotten in die Arme drückt. Er erklärt mir, dass ich jemandem namens Tatjana Patitz ähnlich sehe, die er vor Kurzem bei einem Fotoshooting erlebt hat. Dabei ist ihm aufgefallen, dass ihre Knie anders als bei normalen Menschen an der Stelle oberhalb des Knochens, direkt da, wo die Oberschenkel anfangen, noch nicht einmal die kleinsten Fältchen aufweisen. Sie habe die Beine einer Göttin.

Ich komme aus der Umkleidekabine und drehe mich vor ihm hin und her. Begeistert klatscht er in die Hände. »Du brauchst nur noch einen schmalen Gürtel, um deine Figur zu betonen.«

»Aber wann soll ich das denn überhaupt anziehen?«, frage ich, während er mir einen Gürtel um die Taille legt. »Ich gehe doch sowieso nie irgendwohin.«

»Eben. Wenn du das richtige Outfit hast, dann ändert sich das ja vielleicht.«

Ich betrachte mich im Spiegel und weiß nicht so recht, was ich von meiner neuen Persönlichkeit halten soll. Möglicherweise könnte dieses Mädchen einen Verlagsvertrag unterschreiben, ihre Träume verwirklichen. Wenn da nicht die Tatsache wäre, dass ich heute Morgen schon wieder einen Briefumschlag auf der Fußmatte vorgefunden habe, in dem meine getippten Erzählungen und die Absage eines weiteren Agenten steckten. Als ich die kurze Mitteilung las, fühlten sich meine Träume ziemlich unerreichbar an.

Dougie streckt mir eine weiße Bluse entgegen. Kurz hält er inne und seufzt. »Ich liebe dieses Lied. Es ist so romantisch.«

Er ist es. Ich weiß es, bevor mein Hirn auch nur das Gefühl in Worte umsetzt. Noch bevor ich seinen Namen denken kann. Die Musik trifft mich ins Mark, sie sickert in mich ein wie eine Droge, und unversehens bin ich auf der Bank an der Promenade, zittere in seinen Armen am Strand, spüre die kratzigen Teppichfliesen im Beerdigungsinstitut, spüre seinen Körper auf mir, in mir. Sein Geruch, sein Atem, seine Stimme. Ich habe ihn vor Augen, wie er bei Ally's auf der Bühne steht, zu mir hinsieht und mir zuzwinkert. *Das nächste Stück ist für Cat.*

»Ist alles okay, Süße?«, fragt Dougie. »Komm, setz dich hin. Du siehst aus, als hättest du ein Gespenst gesehen.«

Ich kaure auf einem Stuhl und habe den Kopf zwischen die Knie gesteckt. Der Puls hämmert gegen meine Schädeldecke, und mein Herz blutet. Ich ertrinke in meinen Erinnerungen. Mühsam kämpfe ich mich an die Oberfläche und schlage die Hände vors Gesicht. »Das ist er«, flüstere ich. »Das ist Sam. Der Mann, von dem ich dir erzählt habe.«

»Was? Wo?«

Das Lied geht zu Ende, der Refrain verklingt, und ich will hinterherrennen, es zurückholen. Ich will seine Stimme noch einmal hören. »Sam Sage. Der Mann, den ich in Atlantic City kennengelernt habe. Er singt dieses Lied.«

»Nein! Der ist ununterbrochen auf MTV. Er ist ein Star, Schätzchen.« Dougie verzieht den Mund. »Du hast doch behauptet, er sei nicht berühmt.«

»Das war er auch nicht. Damals jedenfalls nicht.«

Dougie beugt sich zu mir herunter und hebt mein Kinn an, um mir ins Gesicht zu sehen. »Na, dann kannst du ihn ja jetzt endlich ausfindig machen. Er spielt in einer Band, bei den Lambs.«

Ich entwinde mich Dougies Griff und wende den Blick ab. »Nein. Nein. Zwischen uns ist es aus. Er hat mir nie geschrieben, mich nie mehr kontaktiert. Er hätte die Möglichkeit gehabt, aber … aber er wollte mich nicht wiedersehen.« Ich schlucke schwer. »Außerdem ist das jetzt Jahre her. Ganz sicher versuche ich jetzt nicht, Kontakt aufzunehmen wie ein verliebtes Groupie. Was sollte ich denn sagen? He, weißt du noch? Stell dir mal vor, er hat mich vergessen.«

Zischend saugt Dougie die Luft ein und wirft mir einen missbilligenden Blick zu. »Wenn ein ehemaliger Lover von mir groß herauskäme, dann würde ich schon dafür sorgen, dass er sich an mich erinnert, Mann.«

»Aber ich bin nicht wie du, Dougie«, erwidere ich leise und sehe auf meine nackten Beine unter dem kurzen Rock. »Ich kaufe diese Sachen nicht. Mir ist irgendwie schlecht. Ich will nach Hause.«

»Na gut, dann kaufe ich sie für dich. Ich bin sicher, es kommt der Tag, an dem du zur Abwechslung mal nicht aussehen willst wie ein Kindermädchen.« Er hebt die Hände. »Du kannst mir später danken.«

Als ich Sams Stimme gehört habe, ist etwas in meinem Innern zerbrochen, hat es mir den Boden unter den Füßen weggezogen und mich rastlos, unglücklich und wütend gemacht. Meine Gefühle sind mir unerklärlich. Ich hätte nicht damit gerechnet, dass es so sehr wehtun würde. Ein Lied hat die tröstliche Routine meines Alltags auf den Kopf gestellt. Ein einziges Lied.

Ich wünsche mir so, dass der Text von mir handelt, doch ich schiebe den Gedanken fort. Das ist unmöglich. Egozentrisch. Immerhin sind viele Jahre vergangen. Bestimmt hat er längst neue Lieben erlebt, über die er schreiben kann.

Sobald ich dazu komme, kaufe ich die LP, schmuggle sie heimlich ins Haus und schließe mich in meinem Zimmer ein. Immer wieder lese ich die Liedtexte, die auf der Plattenhülle abgedruckt sind. Ich bin völlig durcheinander, weil so viel dafürspricht, dass *Ocean Blue* vielleicht wirklich von mir handelt. Wenn er diese Gefühle tatsächlich hatte, warum zum Teufel hat er mir dann nicht geschrieben? Wie betäubt starre ich vor mich hin, lausche seiner Stimme und spiele das Lied wieder und wieder. Wahrscheinlich ist die Platte schon bald ganz abgenutzt und zerkratzt. Doch egal, wie oft ich mir das Lied anhöre, es wird mir meine Frage nicht beantworten. Was auch immer der Grund dafür war, dass er mich verlassen hat, immerhin ist dieses Lied eine Erinnerung an die Zeit, die wir gemeinsam hatten, und es ist ein leiser Trost zu wissen, dass ich mir das alles nicht nur eingebildet habe.

November 1987

Grace sitzt oben an den Hausaufgaben. Heute ist Leo spät dran. Am Mittwoch spielt er Squash, aber im Allgemeinen ist er spätestens um acht zu Hause. Im warmen Ofen wird sein Abendessen unter der Alufolie langsam klumpig. Im Hintergrund läuft das Radio, und während ich Trockenfutter ins Schälchen des Katers streue, den wir uns kürzlich zugelegt haben – genau genommen ist er ein herrischer Streuner, der sich *uns* zugelegt hat –, kommt eine Nachrichtenmeldung. In der U-Bahn-Station King's Cross hat es ein Feuer gegeben. Es gibt viele Verletzte, sagt der Sprecher.

Die Finger auf den Mund gepresst, erstarre ich. Leo ruft immer an, wenn er sich verspätet. Er hat sich nicht gemeldet. Die Sporthalle, in der er Squash spielt, ist in King's Cross. Von dort nimmt er die Northern Line nach Hampstead. Die Angst legt sich wie eine Eisschicht auf meine Haut.

Ich gehe nach oben, wo Grace die Musik laut aufgedreht hat, bei *Walk Like an Egyptian* mitsingt und dazu mit vorgeschobenem Kinn und abgeknickten Armen durchs Zimmer schreitet. Als sie mich sieht, singt sie noch etwas lauter: »Slide your feet up the street«. Ihre Wangen sind gerötet, und sie bedeutet mir, ich solle mitmachen.

Sie darf nicht sehen, dass ich Angst habe. Ich bringe es fertig, ein paar Schritte mitzutanzen, und zwinge mir ein Lächeln ab. Das Lied ist aus, und mit zitternden Fingern schalte ich die Stereoanlage aus. »Zeit zum Schlafengehen«, sage ich.

Ich versuche, normal zu wirken, als ich ihr einen Gutenachtkuss gebe. Sie fragt nicht nach ihrem Vater, denn sie ist es gewohnt, dass er erst kommt, wenn sie schon schläft.

Der Kater springt aufs Bett und schnurrt. Ich will ihn auf den Arm nehmen.

»Oh, kann er hierbleiben?«

Sie hat eine Hand auf seinen weichen Fellbauch gelegt, der Daumen der anderen steckt im Mund. Sie soll allen Trost haben, den es gibt, denke ich.

»Aber nur heute Nacht«, sage ich. »Ihr zwei seht wirklich ziemlich süß zusammen aus.«

Grace grinst, verdreht die Augen und reckt mir die Hände

für eine Umarmung entgegen. »Darf ich noch lesen?« Mittlerweile liest sie meine Geschichten selbst. Ihre Begeisterung bestärkt mich darin, nicht aufzugeben. Sie lächelt. »Ich will doch wissen, wie es ausgeht.«

»Eine Viertelstunde, mehr nicht.« Ich drücke sie fest an mich. »Morgen ist Schule.«

Ich mache die Wohnzimmertür hinter mir zu und schalte den Fernseher mit leisem Ton ein. Vorgebeugt sitze ich auf der Sofakante und starre auf den Bildschirm. Feuerwehrleute mit Gasmasken und gelben Helmen tragen Verletzte aus der U-Bahn-Station, unter roten Decken liegen Körper auf Tragbahren. Ist einer davon Leo? Mir dreht es den Magen um. Eine Frau wird interviewt, und sie erzählt von Rauch und einem Feuerball, von Panik und der verzweifelten Flucht ins Freie. Sie hat Tränen in den Augen. Auf dem Bildschirm erscheint eine Notfallnummer, die ich schnell aufschreibe.

Als ich endlich jemanden erreiche, sagt mir die Stimme am anderen Ende der Leitung, in welche Krankenhäuser die Verletzten und Toten gebracht werden. Ich laufe im Zimmer auf und ab, traue mich nicht, in den Krankenhäusern anzurufen. Ich schaffe es nicht, mich dem schlimmsten Fall zu stellen – dass jemand mir sagt, er sei tot. Mir ist schlecht. Womöglich habe ich ihn verloren. Aus Angst haben wir beide uns zurückgehalten, und mir wird klar, wie dumm wir waren. Monatelang haben wir einen Eiertanz umeinander aufgeführt, immer darauf bedacht, einander nicht zu berühren, immer vorsichtig. Und wozu? Das Leben ist zu kurz für so etwas. Zu kurz, um immer vernünftig zu sein. Ich wünschte, er wäre jetzt bei mir, damit ich ihm zeigen könnte, wie wichtig er mir ist und wie sehr ich ihn begehre. Ich grabe die Fingernägel in die Handfläche. »Bitte, mach, dass es ihm gut geht«, sage ich laut. »Bitte«, ohne so genau zu wissen, von wem ich da einen Gefallen erbitte, mit welcher Gottheit oder Schicksalsmacht ich insgeheim einen Handel einzugehen versuche.

Als die Nachrichten vorbei sind, kommt Werbung, so als sei nichts geschehen. Ich schalte den Fernseher aus.

Verwirrt und mit einem faden Geschmack im Mund wache ich auf. Im Zimmer ist es finster. Doch etwas bewegt sich in der Dunkelheit, und in der Luft hängt ein beißender Rauchgestank.

»Leo?«, keuche ich.

»Cat? Hast du mich erschreckt!« Seine Stimme ist heiser. »Was machst du denn auf dem Sofa?«

Das Licht geht an, und ich blinzle gegen die plötzliche Helligkeit an. Rußverschmiert und mit schmutzstarrenden Kleidern steht er da. Seine Brille ist fleckig und sein Blick leer vor Erschöpfung.

»Das Feuer. Du warst in dem Feuer.« Ich werde von einem Schluchzen erschüttert.

Nickend sinkt er neben mir aufs Sofa. Er nimmt die Brille ab, um sie am Saum seines Hemds zu säubern, und ich lege die Arme um ihn. Vielleicht ist es auch andersherum, ich weiß nicht genau, wie es geschieht, aber wir halten einander ganz fest und lassen nicht los. Ein Schauder fährt durch seinen Körper. Ich halte ihn noch fester, drücke ihn an mich, so fest ich kann. »Ich dachte, du bist tot«, schluchze ich.

»Entschuldige. Ich hatte keine Zeit, dich anzurufen«, sagt er. »Ich bin ganz kurz nachdem es passiert war, hingekommen, kurz nach dem Feuerball in der Schalterhalle. Ich habe ihn gerade eben verpasst. Aber überall … lagen die Verwundeten herum.« Er bricht ab und schöpft Atem. »Es war das reinste Blutbad. So etwas habe ich noch nie gesehen. Ich musste bleiben und helfen. Ich habe nicht daran gedacht, dass du dir Sorgen machst. Es tut mir leid.«

»Schon gut.« Ich wische mir die Nase am Ärmel ab. »Ich bin einfach nur … froh, dass du unverletzt bist.«

»Cat«, sagt er leise. »Mein Liebling.«

Dann ist sein Mund auf meinem. Seine Lippen schmecken nach Kohle. Er zittert. Ich lege beide Hände an sein Gesicht und halte ihn fest, während wir unsere Münder aufeinanderpressen. Mit einem leisen Klirren fällt ihm die Brille vom Schoß.

Er macht das Licht in seinem Schlafzimmer aus, als wir uns die Kleider vom Leib zerren. Der letzte Mann, mit dem ich geschlafen habe, war Sam, und Leos Körper fühlt sich ganz anders an. Seine Knochen sind schmaler, die Muskeln sehniger. Die Unterschiede verwirren mich, doch nachdrücklich schiebe ich die Gedanken an Sam fort, als Leo meine Brüste berührt und mich sanft aufs Bett legt. Sein Mund tastet meine Lippen ab, und ich atme den scharfen Rauchgestank ein, den das Feuer in seinem Haar und auf seiner Haut hinterlassen hat. Ich drücke ihn noch inniger an mich, im Wissen, wie leicht ich ihn hätte verlieren können. Seine Finger sind geschickt, und ich komme schnell, ein heißes Leuchten fährt durch meinen Körper. »Entschuldige«, flüstere ich an seinem Hals. »Ich habe mich nicht genug um dich gekümmert …«

»Es war wunderschön, dich glücklich zu machen«, antwortet er. »Davon habe ich schon so lange geträumt.« Er schnuppert an seinem Arm. »O Gott, ich rieche ganz verkohlt. Tut mir leid. Ich gehe mich schnell duschen.« Er setzt sich auf. »Geh nicht weg.«

Dankbar küsse ich ihn, lege mich wieder hin und vermisse ihn, während ich schläfrig dem Wasserrauschen lausche. Als er zurück ins Bett kommt, riecht er sauber und nach Zitrone, sein Haar ist feucht, und erschöpft und friedlich schlafe ich in seinen Armen ein.

Leo schnarcht. Draußen ist es immer noch dunkel. Ich blicke auf den Wecker auf dem Nachtkästchen. Sechs Uhr. Vorsichtig schiebe ich die Bettdecke zurück und setze mich auf. Meine nackte Haut prickelt an der kalten Luft. Leo regt sich und wacht auf. »Wo willst du hin?«

»Ich sollte in meinem Zimmer sein. Falls Grace früh aufwacht …«

Er richtet sich auf und reibt sich die Augen. »Ich will nicht, dass du gehst.«

»Aber es ist besser.« Ich lächle und stelle die Füße auf den Boden.

Er packt meine Hand. »Warte.« Seine Stimme klingt bittend. »Ich will nicht, dass es so läuft, Cat. Ich will das nicht verstecken. Weder vor Grace noch vor irgendjemand anders.«

Ich drehe mich zu ihm um und versuche, ihn im Dämmerlicht zu erkennen.

Er macht die Leselampe an, und sein Gesicht wird in Licht getaucht. »Das kommt vielleicht ein bisschen … plötzlich. Aber ich denke, du weißt, wie viel du mir bedeutest. Ich kann mir ein Leben ohne dich nicht vorstellen.« Er hält inne, tastet auf dem Nachtkästchen nach seiner Brille und setzt sie auf. »Ich brauche dich, Cat. Wir beide brauchen dich. Könntest du dir vorstellen … könntest du dir vorstellen, mich zu heiraten?«

Ich starre ihn an.

»Wir leben ja ohnehin schon zusammen«, sagt er mit aufrichtigem Ernst. »Was Grace angeht, so sollten wir das mit unserer Beziehung klarstellen und offen sein und keine Verwirrung stiften. Ich würde dich so gern glücklich machen, Cat.« Seine Stimme ist ganz tief, und unsere Gesichter berühren sich beinahe. »Es wäre so schön, wenn ich diese Chance bekäme.«

»Ich … also … das kommt so unerwartet. Ich muss darüber nachdenken.«

»Natürlich.« Wir richten uns auf und sehen einander an. Er wirkt nicht weniger überwältigt als ich. »Danke für heute Nacht«, sagt er und küsst mich auf die Wange.

»Leo.« Ich lächle. »Du musst mir nicht danken. Ich habe mir das genauso lange gewünscht wie du.«

Der Wintermorgen ist finster, und hinter den Vorhängen zeichnet sich erst ein Hauch von Gelb am tintenschwarzen Himmel ab. Ich sammle meine Kleider zusammen, presse das Bündel an mich und gehe zur Tür. Ich spüre seine Augen auf mir, weiß, dass sie der Wölbung meiner Wirbelsäule folgen bis zu der kleinen Mulde oberhalb meines Hinterns und hinunter zur Rundung meiner Pobacken. Ich gehe ganz langsam, sein Blick ist wie ein Scheinwerfer auf meinem Rücken, der mich zum Leuchten bringt.

Ich brauche nicht lange. Zwei Tage später habe ich mich entschieden. Ich vertraue darauf, dass Leo mir nicht das Herz bricht. »Ich will dich heiraten, Leo Dunn«, sage ich. »Sofern Grace einverstanden ist.«

Er küsst mich auf die Nase und sagt: »Danke, mein Liebling.«

Sie ist aus der Schule gekommen und sitzt mit einem Apfel vor dem Fernseher. »Hey, Käferchen. Schaltest du das mal kurz aus, bitte? Ich muss dich was Wichtiges fragen.«

Sie dreht die Lautstärke herunter, sodass nur noch das Kaugeräusch zu hören ist. Sie schluckt. »Was ist denn?«

Ich hole tief Luft. Mir rauscht das Blut in den Ohren. »Dein Dad … hat mich gefragt …« Ich beiße mir auf die Lippe. »Grace, dein Dad hat mich gefragt, ob ich ihn heirate, und ich wollte mit dir darüber sprechen, ob du …«

Ich komme nicht so weit, dass ich meine Frage überhaupt aussprechen kann. Sie schlingt die dünnen Arme um mich und drückt mir beinahe die Luft ab. In jüngster Zeit ist sie so gewachsen, dass ihr Kopf fast auf Höhe meiner Schultern ist.

»Ja«, sagt sie. »Ja, bitte!«

Wir lachen und weinen beide. »Wow«, sage ich schließlich und strecke meine Hände aus, die immer noch zittern. »Ich glaube, ich hatte noch nie im Leben solche Angst.«

»Wir müssen es ihm gleich sagen«, meint sie. »Ruf ihn an.«

Sie zerrt mich zur Tür, und mir wird bewusst, dass ich jetzt ganz offiziell ihre Mom sein werde und dass wir drei wie eine richtige Familie von vorne anfangen können.

DRITTER TEIL

Wird unsere Ehe sein wie dieser Park?
Wird sie sich in den Jahreszeiten verändern,
an manchen Tagen trübe sein, aber doch
voller Leben?

DREISSIG

Sam, März 1988

Zwei verrückte Jahre liegen hinter ihm. Endlose Kilometer Asphalt und weiße, zusammenlaufende Streifen, die ihn zum nächsten Konzert geführt haben, in große und kleinere Städte, wo man ihn, bevor er die Bühne betrat und die Menge begrüßte, daran erinnern musste, an welchem Ort er sich befand. *Hallo, Birmingham ... Cambridge ... Reading ... Leeds.* Stunden, die sich dahinschleppten wie trotzige Kinder, während er ermattet in unpersönlichen Hotelzimmern oder im luxuriösen Tourbus herumhing. Es war nicht mehr nötig gewesen, sich zwischen den Fender-Verstärkern und der Telecaster-Gitarre Beinfreiheit zu erkämpfen. Er würde es anderen gegenüber nicht zugeben, aber er vermisste es, Ellbogen an Ellbogen mit der Band zusammenzusitzen. In dem klapprigen Ford Transit hatte es, so schien ihm, mehr Spaß und mehr Gelächter gegeben.

Es war härter, als er sich je ausgemalt hätte, Abend für Abend auf der Bühne zu stehen und zu singen. Es kostete Kraft und verlangte ihm ein enormes Durchhaltevermögen ab. Bei der schieren Menge an Sauerstoff, die durch seinen Körper strömte, kam er sich vor wie ein Leistungssportler, wie ein Langstreckenläufer. Und so tat er, was von ihm erwartet wurde: Er betäubte sich mit Drogen, wenn die Knochen schmerzten und sein Gemüt schwer wurde.

Im Jahr darauf dann Amerika. Die US-Tournee war noch extremer. Sie mussten noch weitere Strecken zurücklegen, auf noch mehr Bühnen stehen, von Küste zu Küste durchs ganze Land. In den Billboard Charts schoss ihre neue Single nach oben, offenbar hatten sie den Nerv getroffen. Wenn er auf der Bühne irgendeiner amerikanischen Stadt stand, fragte er sich manchmal, ob Cat im Publikum war.

Er ist erschöpft. Er weiß gar nicht mehr, wie es sich anfühlt, länger an einem Ort zu bleiben und im eigenen Bett zu schlafen. Dabei drängt es ihn, Stücke für das nächste Album zu schreiben. Es hat Jahre gedauert, die Musik für das erste Album zu schaffen, er hat sein ganzes Leben in diese Platte gesteckt. Jetzt aber erwartet man von ihm, dass er innerhalb weniger Monate etwas fertigstellt, ins Studio geht und Aufnahmen macht. Der Gedanke daran macht ihm Angst.

Sie werden wieder mit Lucas Jones zusammenarbeiten, der schon für das erste Album das Material bearbeitet und markttauglicher gemacht hat. Sam war nicht glücklich mit den Änderungen. Aber wann immer er anfing, darüber zu diskutieren, nahm Marcus ihn auf die Seite. »Lucas weiß schon, was er tut. Du hast den Vertrag unterschrieben. Lass gut sein und freu dich einfach.«

Mai 1988

Daisy beugt sich über Sams nackte Brust und stützt sich auf die Unterarme. Es irritiert ihn, wie ihr Busen an seinen Oberkörper gequetscht wird. Daisys Gesichtsausdruck aber sagt ihm, dass er sich auf das, was sie sagen will, konzentrieren muss. »Kann ich auf dem nächsten Album singen?« Schmollend verzieht sie den Mund. »Du hast es mir versprochen.«

»Ich habe nichts versprochen, Süße.« Er räuspert sich. »Tut mir leid. Aber ich denke … deine Stimme passt einfach nicht.«

»Aber du hast doch gesagt, dass ich alles habe, was es braucht, um berühmt zu werden. Ich dachte, dass du mir hilfst. Du hättest die Möglichkeit, wenn du wolltest.«

»Daisy.« Er seufzt. »Darüber haben wir doch schon geredet. Du musst an deiner Stimme arbeiten, vielleicht solltest du Gesangsunterricht nehmen. Ich bezahle das auch.«

Sie runzelt die Stirn und verlagert das Gewicht, sodass sich ihre Ellbogen schmerzhaft zwischen seine Rippen bohren. »Schreibst du für das neue Album Lieder über uns? Über mich?«

»Im Augenblick fällt es mir schwer, überhaupt etwas zu schreiben«, sagt er. »Ich muss mir etwas Neues einfallen lassen, etwas Fröhlicheres. Keine Liebeslieder mehr.«

Sie legt den Kopf schief, und ihre Augen werden schmal. »Das ist nicht fair. Jetzt bin ich dran.«

»Du bist dran?«

»Ja. *Sie* hat ihre Lieder gekriegt. Wer auch immer die rätselhafte Frau ist, über die du diese Lieder geschrieben hast. Die ganzen romantischen jedenfalls.«

Er spannt sich an, plötzlich ist ihm heiß. Er spürt ihr Gewicht, das schwer auf ihm liegt und ihm die Luft abschnürt. Er rückt zur Seite, sodass sie von ihm herunterrutscht und unter seinem Arm liegt. »Darüber will ich nicht reden.«

»Also gibst du zu, dass es diese Frau gibt und dass die Lieder über sie gehen? Und nicht über mich?«

»Ja, sie gehen über eine Frau, der ich in Amerika begegnet bin. Ich habe sie seit Jahren nicht mehr gesehen. Es ist vorbei, schon lange.« Er kratzt sich am Kinn. »Du, ich muss jetzt aufstehen … muss noch ein paar Sachen erledigen.«

Er rollt zur Bettkante und stellt die Füße auf den Boden.

»Aber du musst noch an sie gedacht haben, als wir uns kennengelernt haben«, bohrt sie weiter. »Wenn du sie kurz vor …«

»Nein, ich habe die Lieder vor sehr langer Zeit geschrieben und sie dann in die Schublade gesteckt. Ich habe sie nur rausgeholt, weil mir klar war … dass sie etwas hatten, das wir zu dem Zeitpunkt gebraucht haben.«

»Na, dann sollte diese Frau jetzt besser nicht auf den Plan treten«, hört er Daisy hinter sich beleidigt sagen. »Sonst bekommt sie es mit mir zu tun.«

Schnell steht er auf, greift nach Hemd und Jeans und zieht sie sich unwirsch über. »Das ist doch lächerlich, Daisy.« Er sieht auf ihren sinnlichen, weißen Körper herab, der an einen Botticelli-Engel erinnert. »Ich habe dir doch gesagt, dass ich sie seit Jahren nicht mehr gesehen habe. Es ist unsinnig, auf jemanden aus meiner Vergangenheit eifersüchtig zu sein.«

»Aber ich kann nicht anders«, jammert sie. »Ich kann mir noch nicht einmal die Lieder anhören. Die machen mich wahnsinnig. Ich ertrage es einfach nicht, dass du sie über jemand anders geschrieben hast. Sie sind so schön … Warum kannst du so etwas nicht auch über mich schreiben?«

Er schiebt die Füße in die Turnschuhe und geht hektisch auf und ab. Das, was Daisy sagt, stürzt ihn in ein dunkles Loch. Fest drückt er sich die Handballen auf die Augen, bis auf der Innenseite der Lider grelle Farben auflodern. »Bitte, hör auf damit. Ich kann keine Stücke auf Befehl produzieren. Du weißt, dass es so nicht funktioniert.«

»Mein Liebling.« Tränen glitzern in ihren Augen. »Es tut mir leid. Ich bin ganz einfach verrückt nach dir. Manchmal habe ich das Gefühl, ich drehe durch. Komm wieder ins Bett …«

Ihm ist klar, dass er sich hinsetzen und sie in den Arm nehmen sollte, um sie mit zärtlichen Worten und Küssen zu beschwichtigen, aber er spürt eine Enge im Hals, die das Sprechen unmöglich macht. Er schließt die Augen, weil ihm von einem plötzlichen Schwindelanfall übel wird. Er schafft es nicht, zu Daisy zu gehen, er möchte sie noch nicht einmal berühren. Mit großen Schritten eilt er aus dem Zimmer, packt seine Jacke und verlässt die Wohnung, ohne sich um ihre Rufe zu kümmern, dass er zurückkommen soll.

Juni 1988

Nur eine einzige Unterbrechung der Studioaufnahmen ist geplant: Die Lambs sollen ein Konzert im Wembley-Stadion zu Ehren von Nelson Mandela geben, als eine von vielen Bands und Sängern, die bei dem Großereignis auftreten. Elf Stunden Musik sind geplant und sollen weltweit live im Fernsehen übertragen werden. Auf zwei Bühnen und vor fünfundsiebzigtausend Zuhörern.

Über das brechend volle Stadion weht der Wind, doch von der Menge steigt Hitze auf wie Nebel über einem Fluss. Vom Geräuschteppich all der atmenden Menschen stellen sich bei Sam die Härchen auf den Armen auf. Nie zuvor hat er vor einem so riesigen Publikum gespielt. Adrenalin schießt ihm durch den Körper und pulsiert in seinen zuckenden Fingern und zitternden Beinen. Große Namen waren vor ihm auf der Bühne, sogar Al Green hat schon gespielt.

Hinter der Bühne sind neben den Roadies und Sicherheitsleuten eine ganze Reihe von Groupies und anderen Musikern, die trinken, rauchen und durch die Spalte zwischen den flatternden Planen dem Geschehen folgen. Daisy ist auch darunter, in ihrem dunkelroten, hautengen Lederoverall, vor dem auf Höhe des Bauchnabels die Plastikkarte mit ihrem Namen baumelt. Unaufhörlich redet sie auf ihn ein, dass sie Background-Sängerin sein möchte. Er muss daran denken, wie Cat versucht hat, ein Lied über Flugzeuge zu summen. Sie wusste, dass sie nicht singen kann, sie lachte darüber – dieses laute, dreckige Lachen, das aus den Tiefen ihres Bauchs heraufkollerte.

O Mann. Mit der Hand fährt er sich über den Schädel. Er muss sich konzentrieren. Gleich steigt er auf die größte Bühne seines Lebens. Warum nur will er sich am liebsten in einem Loch verkriechen und weinen? Es gibt niemanden, dem er sagen kann, wie es ihm geht: wie ihn die zähe Schwärze verschluckt und immer weiter hinunterzieht, bis er glaubt, dass er es nie mehr zurück an die Oberfläche schafft. Nur mithilfe von Drogen wird die Erschöpfung, die so schwer auf ihm lastet, etwas leichter. George hat ihn einmal einen verwöhnten Scheißkerl genannt; wenn er anfängt, darüber zu jammern, wie unglücklich ihn der Erfolg macht, bestätigt es nur, dass George recht hatte. Er muss weitermachen. Ein Schritt nach dem anderen. Ein Lied nach dem anderen.

»Also dann, wir sind die Nächsten!« Er bemüht sich um gute Stimmung. Die Energie in der Band hängt ganz von ihm ab.

Sie sind dran. Als sie sich vor der riesigen Kulisse auf der Bühne verteilen, wirken sie wie Zwerge. Hinter ihnen prangt haushoch das Gesicht von Mandela. Immense Transparente mit afrikanischen Motiven rascheln im Wind. Jenseits der Scheinwerfer wogt eine Landschaft aus Köpfen und winkenden Armen. Die Angst verschluckt ihn. Dann hört Sam, wie George die Sticks aneinanderklackt wie ein Metronom, das ihm seinen eigenen Herzschlag in Erinnerung ruft, und er greift nach dem Mikro und reißt es vom Ständer. Die Menge johlt begeistert. Seine Rippen weiten sich, seine Kehle öffnet sich, und seine Stimme hebt ab. Mit einem Satz ist er auf der unteren Bühne und reißt die Arme in die Höhe. Tausende Arme tun es ihm gleich, Tausende Stimmen fallen in seine ein.

EINUNDDREISSIG

Cat, Juni 1988

Vor dem Spiegel bürste ich mir das Haar aus dem Gesicht und tusche mir die Wimpern. Wir heiraten standesamtlich, danach soll es eine kleine Feier in einem Restaurant in der Nähe geben. Ich trage ein taubenblaues Seidenkleid, das Dougie für mich ausgesucht hat. Es entspricht mir nicht, aber er beharrte darauf, dass ich mir als verheiratete Frau einen eleganteren Stil zulegen sollte.

Weil Dad nicht hier ist, wird Dougie mich an Leo übergeben.

Ich beuge mich zum Spiegel vor und stecke mir zwei baumelnde Perlenohrringe durch die Ohrläppchen. Ich sehe überhaupt nicht aus wie ich. Vielleicht ist das auch gut so.

Als ich die Treppe hinuntergehe – ebenjene, die Elizabeth hinuntergestürzt ist –, blendet mich für einen winzigen Augenblick die Sonne, die durch das Fenster oberhalb der Eingangstür hereinfällt. Ich verliere mich im flüssigen Gold und stolpere, mir stockt der Atem, und ich klammere mich fest ans Geländer.

Der Fernseher läuft, und ich folge dem Geräusch. Grace liegt bäuchlings auf dem Boden, neben ihr hat sich der Kater ausgestreckt, den sie Fat Mog getauft hat, und zuckt mit dem Schwanz. Auf dem Bildschirm ist eine Band zu sehen, die vor einer riesigen Menschenmenge spielt. »Was schaust du dir da an?«, frage ich.

»Das ist ein Popfestival«, erzählt sie. »Sie wollen Südafrika befreien. Gerade eben haben Wet Wet Wet gespielt. Heute hat dieser Mann Geburtstag – du weißt schon, der, der im Gefängnis ist.«

»Nelson Mandela?«

»Genau.« Sie setzt sich auf und nimmt den Kater auf den Schoß.

»Also, meine Liebe, es tut mir leid, aber wir müssen das jetzt ausmachen. Wir wollen Dad doch nicht warten lassen.«

Der getigerte Kater entwindet sich ihrem Griff und stolziert mit hocherhobenem Schwanz davon. Grace scheint es gar nicht zu bemerken; plötzlich sieht sie mich mit besorgter Miene an. »Cat … weißt du, auch wenn du Dad heiratest … ich kann nicht … ich kann einfach nicht ›Mum‹ zu dir sagen.« Ihre Lippen zittern. »Weil … weil ich doch schon eine Mum habe, auch wenn sie tot ist.« Ich bin entsetzt, als ihr die Tränen aus den Augen quellen und über die Wangen laufen.

Bestürzt starre ich sie an. Denkt sie wirklich, dass sie ihre Mom hintergeht, weil sie mich als Stiefmutter annimmt? »He, nicht weinen, meine Süße.« Ich knie mich neben sie und wische ihr die Tränen ab. »Ich kann deine Mom nicht ersetzen. Das weiß ich doch.«

Dankbar nickt sie und drückt ihr Gesicht schniefend an mich.

»Hör zu, Käferchen, du kannst mich so nennen, wie du willst. Stinkebär oder Löffelohr …«

Sie lacht.

»Schon besser. Aber ganz im Ernst, Grace, mach dir keine Sorgen. Natürlich würde ich mich riesig freuen, wenn du es dir irgendwann mal anders überlegst und mich ›Mom‹ nennst. Aber wenn sich das falsch anfühlt, ist das völlig in Ordnung.«

Im Fernsehen hat Lenny Henry einen Auftritt als Michael-Jackson-Imitator.

»Das Taxi kommt in fünf Minuten.« Ich stehe auf und sehe auf die Uhr. Mit dem Kopf deute ich auf den Fernsehapparat. »Mach das mal aus und zieh dir dein Kleid an.«

Oben klopfe ich an die Tür zum Gästezimmer. Daniel und

Mom sind für die Hochzeit aus Amerika gekommen, und Daniel ist mit Leo schon zum Standesamt vorgefahren. Mom hebt den Blick. »Du liebe Güte …« Mit einem Spitzentaschentuch tupft sie sich die Augenwinkel. »Du siehst toll aus, Catrin.« Sie nimmt meine Hände und drückt sie. »Ich freue mich so für dich. Er ist ein echter Gentleman. Jetzt kann ich ganz beruhigt sein, dass er derjenige ist, der für dich sorgen wird. Und das kleine Mädchen scheint auch sehr lieb zu sein. Aber natürlich kannst du nun auch ein eigenes Baby haben.«

Ich lasse ihre Hände los und denke an das verweinte Gesicht von Grace. *Ich kann einfach nicht »Mum« zu dir sagen.* »Darüber haben wir noch nicht geredet.«

Mom verdreht die Augen. »So jung bist du nun auch nicht mehr. Glaub mir, die Zeit vergeht wie im Flug. Leo kann für dich sorgen, er ist ein angesehener Chirurg. Du musst dir also nicht Sorgen ums«, ihre Stimme wird leiser, »Geld machen.«

»Um Geld geht es mir gar nicht.«

Aber sie redet weiter. »Ein Glück, dass aus der Sache mit diesem Herumtreiber nichts geworden ist«, meint sie. »Mit dem würdest du bestimmt nicht in einem solchen Haus leben.«

Verärgert runzle ich die Stirn. »Darüber will ich nicht reden, Mom.«

Vertraulich beugt sie sich zu mir, sodass mir der penetrante Rosenduft in die Nase steigt, und berührt mich am Arm. »Genau genommen hatte es gar nichts mit Glück zu tun. Ich habe selbst dafür gesorgt. Eine Mutter weiß, was das Beste für ihr Kind ist.«

Mir läuft ein kalter Schauer über den Rücken. »Wie? Wovon redest du?«

Überrascht von der Schärfe in meiner Stimme, tritt sie einen Schritt zurück. »Ach, nichts weiter. Vergiss einfach, was ich gesagt habe.«

»Nein.« Ich versuche, ruhig zu bleiben. »Nein. Sag es mir, Mom. Bitte.«

»Seine Briefe«, sagt sie und behält mich im Auge.

»Briefe?« Wie ein tollwütiger Stier jagt das Wort durch meinen Kopf. Verständnislos starre ich sie an. »Er hat mir keine Briefe geschrieben …«

Jetzt wirkt sie verunsichert. »Na ja, doch. Ein paar zumindest.«

»Ein paar?« Um mich herum dreht sich alles. »Moment, woher wusstest du, dass sie von ihm sind?«

»Du hast mir erzählt, dass er dir schreiben wollte. Und es war eine englische Briefmarke drauf.« Beinahe vertraulich sagt sie das.

»Er hat mir Briefe geschrieben?« Mir ist schlecht. »Er hat mir geschrieben, und du …? Was hast du mit ihnen angestellt?«

Unsicher tätschelt sie ihre Frisur. »Ich habe sie verbrannt.«

»Nein.« Meiner Kehle entfährt ein Schluchzen. »Wie konntest du nur? Dazu hattest du kein Recht. Das durftest du nicht tun.«

»Er hat nichts getaugt.« Selbstbewusst hebt sie das Kinn. »Das war mir sofort klar, auch wenn du das nicht sehen konntest.« Sie streckt die Hand nach mir aus, doch ich zucke zurück. »Er hat dich mit seinem Charme geblendet, Catrin. Du kannst nichts dafür.«

»Was stand in den Briefen?«

»Oh, das weiß ich nicht mehr so genau …«

»An irgendwas musst du dich doch erinnern. Komm. Das bist du mir schuldig.«

»Na ja. Du meine Güte. Es war wohl das übliche Zeug. Versprechungen. Gerede über die Liebe. Ich weiß noch, dass er eine Art Gedicht geschickt hat. Über den Ozean.«

Ein erstickter Klagelaut zerschneidet die Luft. Das Geräusch kommt von mir. Ich lasse mich aufs Bett sinken und lege den Kopf auf die Knie. *Sam!* Innerlich brülle ich seinen Namen.

Mom redet immer noch, aber in meinem Kopf herrscht ohrenbetäubendes Rauschen. Ich lege die Hände neben mich auf die Tagesdecke, um den Stoff zu spüren, und drücke ihn fest zwischen den Fingern zusammen. Mühsam versuche ich zu verstehen, was sie mir gerade gesagt hat. Sam hat mir geschrieben. Er hat mich nicht vergessen. Er hat sein Versprechen gehalten.

Aber es ist zu spät.

Ich starre meine Mom an. Aus dem Rauschen kristallisiert sich ihre Stimme heraus. »Aber Catrin. Jetzt mach doch kein solches Theater. Es war besser so.« Sie fährt sich mit der Hand an den Hals. »Lieber Himmel, ich verstehe dich wirklich nicht. Es ist so lange her.« Sie wirkt verletzt und hat eine steife Miene aufgesetzt. »Du heiratest Leo«, erinnert sie mich, als ob ich es vergessen hätte.

Was würde sie wohl sagen, wenn ich ihr erzählen würde, dass das Gedicht, das sie damals gelesen hat, mittlerweile ein Hit im Radio ist? Aber es ist sinnlos. Es hat keinerlei Bedeutung mehr.

Es ist zu spät. Die Worte hämmern in meinem Kopf. Zu spät. Zu spät.

Unvermittelt spüre ich den Drang, aufzuspringen und wegzurennen – weg von ihr, raus aus dem Haus. Aber wohin?, frage ich mich. Wohin soll ich gehen?

Plötzlich ist Grace im Zimmer und hüpft aufgeregt im Zimmer herum. »Das Taxi ist da.« Ihre Wangen sind gerötet. Sie trägt ein Kleid in derselben Farbe wie ich, und um die Taille ist eine rosa Schärpe geschlungen.

Mit wackligen Knien stehe ich auf. »Danke, Käferchen. Dann lass uns mal gehen. Wir wollen Daddy doch nicht warten lassen.«

Ich sehe meine Mutter nicht an, als Grace mich an der Hand nimmt.

An die Einzelheiten der Hochzeitszeremonie kann ich mich später nicht mehr erinnern. Alles ist verschwommen. Als ich mit meinem Margeritenstrauß neben Leo vor der Standesbeamtin stehe, fühle ich mich, als würde ich eine Grippe bekommen. Mir ist so schwindlig, dass es mich nicht wundern würde, wenn ich in Ohnmacht fiele. Fest presse ich die Blumenstängel zusammen, und meine Knöchel zeichnen sich weiß ab. »Du siehst wunderschön aus«, formt Leo tonlos mit den Lippen. Die Standesbeamtin in ihrem dunklen Kostüm spricht. Ich zwinge mich zu atmen, mich zu konzentrieren. Ihre Worte zu wiederholen. Zu lächeln.

Meine Lippen müssen sich kalt anfühlen, als wir uns küssen, doch Leo lacht und legt mir die Arme um die Hüfte. Draußen auf den Stufen wirft Grace händeweise Konfetti in die Luft. Ich blinzle ins leicht dunstige Sonnenlicht und ducke mich unter dem Papierregen.

Die Fahrt zum Restaurant dauert lang, weil das Taxi im Stau feststeckt. Die anderen sind in einem zweiten Taxi hinter uns. Stockend kriechen wir voran. Aus dem Autoradio kommt Musik. Applaus, dann fängt ein neues Stück an. »Anscheinend gibt es ein Konzert zu Ehren von Mandela«, erzählt mir Leo. »Ich glaube, das wird live übertragen.«

Unser Fahrer nickt. »Den ganzen Tag schon ist furchtbar viel Verkehr. Ich weiß wirklich nicht, warum wir uns in Sachen einmischen, die anderswo passieren. Sollen die das doch mit sich selbst abmachen.«

Leo sieht mich an und zieht die Augenbrauen hoch, und ich tue es ihm gleich.

Ein neues Lied fängt an, und mein Herz macht einen Satz. *First time I saw you, beside the ocean blue …* Das Publikum tobt begeistert. Sanft und vertraut schwebt seine Stimme über den Äther. *Remember us kissing slow on the Avenue …* Mir ist eiskalt, dann heiß, und mein Puls hämmert unter der Haut.

Mit einem Ruck beuge ich mich nach vorne. »Schalten Sie das aus«, bitte ich den Taxifahrer. »Bitte.« Mit zitternden Fingern schiebe ich das Trennfenster zu, lehne mich zurück und hoffe, dass Leo nicht hört, wie laut mein Herz schlägt, und den Schock nicht spürt, der wie ein Querschläger durch meinen Körper schießt.

»Es macht mir gar nichts aus, wenn ich dich noch ein bisschen länger ganz für mich habe«, sagt er. Er fährt mit den Fingern durch mein Haar und zupft kleine Konfettiplättchen heraus, die gelb, rosa und weiß auf seiner Handfläche liegen. »Du bist doch glücklich, oder, mein Liebling?«

»Natürlich«, sage ich. »Natürlich bin ich das.«

ZWEIUNDDREISSIG

Sam, Dezember 1989

Zwischen wirbelnden Gliedern und Körpern, die sich unter den lila Stroboskoplichtern drehen, läuft eine Frau in einem goldenen Bikini herum, um deren Hals sich eine Python windet. Die Silvesterparty hat ihre Sollbruchstelle erreicht, angetrieben von jenem legendären Drogencocktail, der in der Westberliner Villa von Decker Grant zur allgemeinen Verfügung steht.

Neben Sam taucht ein Mädchen auf. Aus zusammengekniffenen Augen blinzelt er sie an. Ihre geweiteten Pupillen scheinen zu pulsieren. Das Gesicht ist eingerahmt von silberglänzendem Haar, und ihr Oberteil hat einen Schlitz bis hinunter zum Bauchnabel. »Ich habe bei deinem letzten Video mitgemacht«, sagt sie. »In dem Cabrio. St. Lucia, weißt du noch?«

»Klar. Ja, das weiß ich doch.«

Es fühlt sich gut an, wie die Party um sie herumwirbelt. Sie berührt ihn am Arm und streichelt seinen Bizeps. Er spannt ihn an, und sie kichert. »Sollen wir in dein Zimmer gehen«, flüstert sie.

Er ist sich sicher, dass er sie noch nie gesehen hat. Er streckt seine zitternde Hand aus, und unter Aufwendung höchster Konzentration betastet er ihr silbernes Haar, weil er wissen will, wie es sich anfühlt. Es erinnert ihn an Christbaumschmuck.

Das Mädchen wird weggerissen. Ihre Augen weiten sich, und dann ist sie fort.

»Ich bringe sie um, wenn sie dich noch einmal anfasst«, lallt Daisy und wirft ihm einen finsteren Blick zu.

Zwischen Sams Fingern sind silberne Strähnen. Er hebt die Schultern und lässt sie wieder sinken. Ihm fehlen die Worte und die Energie, um es zu erklären. Es ist einfach passiert. So wie der Regen. Wie … wie … Verwirrt zieht er die Augenbrauen zusammen. Er weiß nicht mehr, nach welchem Wort er sucht oder warum. Taumelnd geht er davon. Er braucht mehr Alkohol, mehr Koks. Die Party trudelt in einer Spirale bergab, und er wird mitgezogen.

Nur wenige Straßen weiter sind Menschen dabei, Steine zu zertrümmern und mit Spitzhacken die Berliner Mauer einzureißen. Sam wollte es sich ansehen, aber Daisy reagierte entsetzt auf seinen Vorschlag. »Nie im Leben«, meinte sie. »Stell dir vor, es gibt eine Massenpanik. Das kann gefährlich werden.«

Das Obergeschoss von Grants moderner Villa ist ganz aus Glas. Es ragt über die darunterliegenden Etagen hinaus, und wenn Sam hinuntersieht, schwankt der Gehsteig unter ihm. Links und rechts von ihm erstreckt sich das Panorama der Stadt, und legt er den Kopf in den Nacken, blickt er in den Sternenhimmel. Hinter der Glasscheibe, unter fremden Menschen in Designerklamotten mit erhobenen Sektgläsern, stoßen Daisy und er auf das neue Jahrzehnt an, während sich der eiskalte Nachthimmel in ein pyrotechnisches Schlachtfeld verwandelt.

Daisys Lippen finden den Weg zu seinen. »Ich liebe dich, Schatz«, lallt sie.

Er schiebt den Träger ihres roten Kleids zurück auf ihre Schulter. »Frohes neues Jahr«, sagt er, aber die Worte fühlen sich tot an in seinem Mund. Um ihn dreht sich der gläserne Kasten, und er stolpert nach hinten, tritt jemandem auf den Fuß und verschüttet ein fremdes Getränk. Über seinem Kopf explodiert der Himmel. Verwirrt schließt er die Augen, und plötzlich ist er nicht mehr auf den Beinen, sondern taumelt stumm wie ein Blindgänger durch den Weltraum Richtung Erde.

Januar 1990

Früh am nächsten Morgen, dem ersten Tag des Jahres 1990, lässt Sam Daisy schlafend auf den schwarzen Seidenlaken zurück und passiert mit George die Grenze von West- nach Ostberlin. Eine lange Menschenschlange wartet darauf, sie in der Gegenrichtung zu überqueren. Von der Mauer steht das meiste noch, mit neuer Graffiti überzogen, aber enorme Mauerstücke wurden herausgeschlagen, als hätte ein Riese am Beton genascht. Sam beugt sich hinunter, hebt etwas Schutt auf und untersucht die rosa Farbe. Dann schiebt er ihn in seine Jackentasche. Die benommen wirkenden Grenzsoldaten stehen rauchend in Gruppen beieinander, das Gewehr über der Schulter. Der Boden ist übersät von zerfetzten Feuerwerkskörpern, Luftschlangen und hie und da einem vereinzelten Schuh oder Kleidungsstück.

In der Luft schweben weiße Wolkenfetzen. Sam blickt hinauf und lässt sich die nassen Schneeflocken ins Gesicht fallen. Die feuchte Kälte ist eine Erleichterung. Ein donnernder Bass hämmert hinter seinen Augenhöhlen. Er berührt seine Schläfe und stellt fest, dass er einen Bluterguss hat.

Ein neues Jahr. Eine neue Ära. Er wünscht sich, dass dieser erste Tag der Anfang von etwas Neuem, etwas anderem ist. Wieder und wieder haben die Lambs die Charts gestürmt. Doch sie machen nicht die Art von Musik, die sich Sam eigentlich vorgestellt hatte. Dieser Tatsache muss er sich endlich stellen und die Sache in Angriff nehmen. Und dann ist da noch Daisy. Er seufzt.

George zieht ihn am Ärmel und deutet auf einen Fotografen, der die Mauer fotografiert. »Lass uns gehen, bevor er uns erkennt.«

Die zwei machen ein Café ausfindig, in dem sich Menschen drängen, die vermutlich die ganze Nacht auf den Beinen waren. Sie quetschen sich ans Ende eines dicht besetzten Tischs und bestellen Kaffee, der ihnen nach langer Warterei von einer unfreundlichen jungen Frau serviert wird.

»Prost«, sagt George und hebt die Glastasse. »Du hast da übrigens ein ganz schönes Veilchen.« Er runzelt die Stirn. »War eine wilde Party. Schade, dass du nicht mit uns zum Brandenburger Tor gegangen bist.«

»Ja, es ärgert mich echt, dass ich das verpasst habe.« Sam trinkt einen Schluck von der kochend heißen bitteren Flüssigkeit.

»Es war der Wahnsinn«, erzählt George. »Die Menschen haben auf der Mauer gestanden, überall wurde gejubelt.«

»Denk mal, was die in all den Jahren versäumt haben«, sagt Sam. »Was sie erleiden mussten.«

»Genau.« George nickt. »Ist das vielleicht Stoff für ein neues Lied?«

Mit der Zunge fährt Sam über das verbrannte Innere seines Mundes. »Aber solche politischen Themen funktionieren bei uns nicht. Die Leute erwarten etwas anderes von einem Lambs-Album.«

George erwidert nichts, sondern schaufelt Zucker in seine Tasse.

»So ist das nun mal. Alles, was man von uns will, ist der immer gleiche kommerzielle Sound«, fährt Sam fort. »Ich würde so gern etwas … na ja … Interessanteres schreiben.« Er rubbelt sich über das Gesicht. »Klingt das verrückt?«

»Nein.« George zieht die Augenbrauen zusammen. »Ich weiß doch, dass du gerade ziemlich frustriert bist.«

»O Mann. Ich jammere hier herum.« Sam schneidet eine Grimasse. »Nüchtern betrachtet kann ich mich echt nicht beschweren.« Er berührt seinen Bruder am Arm und bemüht sich zu lächeln. »Wir haben total viel erlebt, waren an den unglaublichsten Orten, haben tolle Leute getroffen. Und eine Menge Kohle verdient. Zwei Goldene Schallplatten hintereinander. Dagegen lässt sich echt nichts sagen.«

»Wie schaffst du es bloß, mit einem Kater derartigen Optimismus zu verbreiten?«, fragt George. »Das geht mir echt auf den Sack.«

Sam grinst. »Genau das war meine Absicht.«

Manchmal fällt es ihm leichter, seine Rolle zu spielen, als er selbst zu sein; er versteht, warum Daisy das Gleiche macht, warum ihr ganzes Leben nichts ist als Schein.

Draußen vor dem Café deutet George auf ein nagelneues Werbeplakat für eine Limonade. »Es geht schon los«, sagt er finster. »Die Talfahrt in den Kapitalismus.«

Knallrot gellt die Reklame im gedämpften grauen Wintermorgen. *Trink mich, und du bist glücklich.*

»Das ist wie eine verquere Version von *Alice im Wunderland*«, meint George.

Sie wenden sich ab.

»Wollen wir ein bisschen die Gegend erkunden?«, fragt George. »Mit dem Zug aufs Land fahren und den echten Osten kennenlernen?«

Sam denkt daran, dass Daisy in der Villa von Decker Grant auf ihn wartet. Er zuckt die Achseln. »Klar, warum nicht.«

Als sie am Bahnhof sind, nehmen sie den erstbesten Zug aufs Land, vorbei an ausgedehnten Feldern, die unter einer Schneeschicht liegen. In einem Dorf mit einem unaussprechlichen Namen steigen sie aus und spazieren durch die stillen Straßen. Nichts deutet darauf hin, dass dieser Tag irgendwie anders ist als andere. Niemand beachtet die beiden Männer: George, mit seinen breiten Schultern und dem roten Haar, und Sam in seiner abgewetzten Lederjacke, mit hochgestelltem Kragen und der Mütze über dem verfilzten Haar. Das erste Mal seit langer Zeit fühlt er sich unsichtbar.

Sie machen an einem Kiosk halt, der Pommes verkauft. Mit den fettigen Päckchen in der Hand gehen sie weiter, und George steckt sich eine Fritte in den Mund. »Hör mal, Kumpel«, sagt er und zieht wegen der unerwarteten Hitze im Mund die Luft ein. »Ich wollte mal alleine mit dir sein, weil ich … mir Sorgen um dich mache.«

»Um mich?« Sam sieht einem kleinen Auto hinterher. Der Motor klingt wie ein Rasenmäher.

»Ja. Ich hab das Gefühl, dass du es schon eine ganze Weile übertreibst. Arbeitest die Nächte durch und ziehst dir vielleicht doch ein bisschen zu oft Koks rein, um durchzuhalten.«

Sam kratzt sich an der Nase. »Was soll das, George? Ich bin doch nicht drogensüchtig. Verdammt noch mal, wir müssen halt dieses Album fertig kriegen.«

»Aber es geht nicht nur um das Album. Du wirkst … weiß nicht … irgendwie total überdreht. Und niedergeschlagen.« George berührt ihn an der Schulter. »Ich habe dich schon lange nicht mehr richtig lachen sehen.«

Sam schüttelt seine Hand ab. »Lass das, okay? Ich hole mir halt hin und wieder ein bisschen Unterstützung aus dem Labor. Na und? Alle machen das. Ich kann das echt nicht brauchen, dass du an mir herumkritisierst.«

»He, alles gut.« Georges Stimme klingt besänftigend. »Ich will dich nicht kritisieren. Ich dachte, wir könnten mal reden.«

»Es ist bloß … ich kann das gerade nicht ab, okay?« Bestürzt spürt Sam, wie ihm die Tränen in die Augen steigen.

Bevor er sich noch völlig blamiert, geht er schnell weiter und wischt sich mit dem Ärmel über die Augen. Was stimmt denn bloß nicht mit ihm? Sein Herz schmerzt. Das, was George gesagt hat, schmerzt, weil es wahr ist. Er bleibt neben einem Haus stehen, und ein gelber Farbfleck hinter dem Fenster erregt seine Aufmerksamkeit. Es ist ein Kanarienvogel in einem Käfig. Was für ein winziges Wesen, das da ganz alleine vor sich hin zwitschert. Plötzlich muss er an eine weiße Kirche denken, an Cats Bein an seinem Oberschenkel, während sie versuchte, ihm die Melodie von einem Popsong mit einem Flugzeug vorzusummen.

Und ganz unvermittelt wird ihm klar, was es war – welches Lied sie gemeint hat. *All my bags are packed, I'm ready to go … Already I'm so lonesome I could die.*

Seine Wangen sind nass, und an der Nase entlang bahnen sich die Tränen kitzelnd ihren Weg. Sie war der wahrhaftigste Mensch, dem er in seinem Leben je begegnet ist. Das letzte Mal, das er ganz und gar er selbst war, war die Zeit mit ihr in Atlantic City. Plötzlich überkommt ihn ein merkwürdiges Gefühl, wie eingeschnürt, als hätte ihm jemand die Hände um den Hals gelegt und würde zudrücken. Er macht den Mund auf, aber es kommt kein Wort heraus. Stattdessen entweicht ihm ein ersticktes Keuchen.

»He, Kumpel.« George ist an seiner Seite und zieht ihn am Jackenärmel. »Komm. Wir gehen.«

»Ich bin ein Blender … nichts als Bluff«, flüstert Sam.

»Ich glaube, du bist ganz einfach ausgebrannt.« George spricht langsam und behutsam. »Ist doch kein Wunder. Das ging alles in einem irren Tempo. Vielleicht brauchst du mal eine richtige Auszeit. Und Hilfe … meinst du nicht?«

»Leaving on a Jet Plane.« Sam wischt sich mit der Hand über das Gesicht. »Scheiße.« Freudlos lacht er auf. »John Denver. Dafür habe ich gerade mal sieben Jahre gebraucht.«

»Was?« George klingt besorgt.

»Nichts.« Er presst die Augen zu. Schweigend gehen sie weiter, nur das Knirschen ihrer Stiefel im Schnee ist zu hören. »Es ist vorbei«, sagt er schließlich. »Das mit Daisy. Ich kann einfach nicht mehr.«

»Die Stimmung zwischen euch beiden ist wirklich ziemlich explosiv. Ja, vielleicht ist es das Beste.«

»Tut mir leid, dass ich dich angepflaumt habe.« Sam lehnt sich an Georges massigen Körper, und der tätschelt ihm schweigend den Arm.

Sie stehen auf dem windigen Bahnsteig und warten auf den Zug nach Berlin. Sam denkt an Daisy. Er will ihr nicht wehtun, aber er kommt nicht darum herum. Er stampft mit den Füßen und pustet sich auf die kalten Finger. Die eisige Luft wirkt befreiend, wie sie ihm in der Kehle scheuert und in der Lunge sticht wie Salzwasser.

DREIUNDDREISSIG

Cat, Januar 1990

Guten Morgen, Schlafmütze.«

Überbleibsel aus bereits vergessenen Träumen murmelnd, tauche ich an die Oberfläche. Nur widerwillig lasse ich die warme Dunkelheit hinter mir. Wo auch immer ich gerade war, ich wäre gern länger dort geblieben.

Ich schlage die Augen auf. Auf den Ellbogen gestützt, lächelt Leo mit seinem schelmischen Blick auf mich herab, wobei ich weiß, dass er mich ohne Brille nur verschwommen wahrnimmt. Er küsst mich auf den Mund. Dann legt er sich wieder hin, nimmt mich in den Arm und schmiegt die Nase an meinen Hals. »Ich habe nachgedacht … Ich hätte gern noch ein Kind, Catrin«, sagt er, und seine Stimme zittert vor gespannter Erwartung. »Ein Baby. Mit dir.« Er drückt mich fester. »Was meinst du?«

»Ein Baby?« Blinzelnd sehe ich an die Decke.

»Ein neues Jahr. Ein neues Jahrzehnt. Der beste Zeitpunkt, um ein neues Familienmitglied zu machen.« In seiner Stimme ist sein Lächeln zu hören.

Meine Hände wandern an meinen Bauch, und wie ein Funken erwacht in mir die Aufregung. »Ein Baby«, wiederhole ich und gewöhne mich an den Gedanken.

»Ich habe mir immer einen Sohn gewünscht«, sagt er.

»Um ehrlich zu sein, habe ich mir noch nie große Gedanken übers Kinderkriegen gemacht«, sage ich. »Aber das liegt daran, dass ich nie in einer Situation war, in der sich das angeboten hätte.«

Ich spüre, dass er auf eine Antwort wartet. Ich bin eine verheiratete Frau, abgesichert und in geregelten Verhältnissen. Ein Baby, so wird mir klar, ist plötzlich nicht mehr nur möglich, sondern es wird von mir erwartet.

»Ja … doch … ich hätte gern ein Kind«, sage ich langsam. »Mit dir.« Ich taste nach seiner Hand und verschränke meine Finger mit seinen.

Er drückt meine Hand und stützt sich wieder auf den Ellbogen. Er rollt sich zur Seite, um nach seiner Brille auf dem Nachtkästchen zu suchen, setzt sie auf, und seine blauen Augen strahlen aufgeregt. »Liebling, ich freue mich so.«

Ich lächle zu ihm auf. »Denkst du, dass es für Grace in Ordnung wäre? Meinst du, sie will ein Geschwisterchen?«

»Sie wäre sicher total begeistert.«

Ich setze mich auf und ziehe das Laken um meinen Körper. »Wir sollten mit ihr reden. Sie darf sich nicht ausgeschlossen fühlen.«

Leo nickt. »Gute Idee. Erwähne es doch gleich heute früh, eher so nebenbei, dann fühlt sie sich nicht unter Druck, die richtige Antwort zu geben.«

»Heute früh?«

Er zuckt die Achseln. »Wozu warten?«

Ich grinse. »Ich schau mal, ob ich den richtigen Augenblick erwische.« Ich sehe auf den Wecker. »Dann gehe ich jetzt wohl besser hinunter, damit sie auch was Ordentliches frühstückt.«

»Übrigens habe ich David und Lucy für Samstag zum Abendessen eingeladen«, sagt er. »Das ist dir doch recht, oder? Ich habe ihnen gesagt, dass es nichts Besonderes gibt, also mach dir keine Umstände, sie können ganz normal mit uns in der Küche essen. So, wie es für dich am besten ist.«

Die Ergebnisse meiner Kochkunst sind mittlerweile halbwegs essbar. Leo hat sogar aufgehört, seine Cordon-bleu-Witze zu reißen, aber er setzt mich nie unter Druck, bei Einladungen mit etwas Besonderem aufzuwarten. Jetzt stellt er die Füße auf den Teppich und greift nach seinem Morgenmantel.

David ist ein Arbeitskollege und ein ebenso begeisterter Golfspieler wie Leo. Seine Frau Lucy ist auch Ärztin. Sie haben mich als Leos Ehefrau freundschaftlich aufgenommen, und wenn ich mit Lucy alleine bin, dann klagt sie darüber, wie viel Zeit ihr Mann auf dem Golfplatz verbringt. Ich will nicht ins Jammern einstimmen und mich über Leos Arbeitszeiten und seine Abwesenheit an vielen Wochenenden auslassen, Tatsache aber ist, dass ich nicht damit gerechnet habe, nach der Hochzeit so viel alleine zu sein. Doch es ist schon in Ordnung, auf die Romantik zu verzichten, sage ich mir, zugunsten einer anderen Art Liebe – etwas Reiferem, Sicherem und Liebevollem.

Leo summt vor sich hin, während er in einer Schublade nach einer frischen Unterhose sucht. Wenn er nicht gerade auf einer Vortragsreise oder Konferenz ist, dann ist seine morgendliche Routine jeden Tag gleich: duschen, einen dunklen Anzug und Krawatte anziehen, Kaffee und Cornflakes, zehn Minuten die Nachrichten im *Guardian* überfliegen und dann mit der U-Bahn zur Moorfields Augenklinik fahren. Mittwochs nimmt er eine andere U-Bahn-Linie zu einer Privatklinik und spielt nach der Arbeit Squash. Die Samstage sind fürs Golfspielen reserviert. Er lebt für die Routine. Aber nach den Erfahrungen mit meinem Vater kann ich das nur als etwas Gutes ansehen.

»Was hast du heute noch vor?«, fragt er. »Irgendwas Schönes?«

»Ich wollte mich daranmachen, mein Kinderbuch noch einmal zu überarbeiten.« Ich reiche ihm seine Krawatte. »Das über die Teenager, die eine Zeitreise machen und Verbrechen aufklären.«

»Ach ja. Der Roman – statt der Kurzgeschichten.«

»Na ja, die Kurzgeschichten haben mir nicht wirklich Glück gebracht.« Ich versuche ein unbeschwertes Lachen. Der Stapel an Absagen, den ich bekommen habe, hat mich schwer getroffen. »Vielleicht ist es einfacher, einen Roman zu veröffentlichen. Und er gibt mir die Zeit, meine Charaktere zu entwickeln.«

»Jedenfalls bin ich froh, dass du Beschäftigung hast.« Er geht zur Tür. »Heute Abend kannst du mir mehr darüber erzählen.« Gedanklich ist er bereits mit der Patientenliste und den anstehenden Operationen beschäftigt. Dann hält er inne und dreht sich noch einmal zu mir um. »Und vielleicht können wir ja auch mit der anderen Sache anfangen, über die wir geredet haben.«

»Welche Sache meinst du?«

»Die mit dem Baby«, erwidert er. Er zieht eine Augenbraue hoch. »Zumindest können wir Spaß beim Probieren haben.«

Lachend duckt er sich, als ich ein Kissen nach ihm werfe.

Grace ist in der Küche und beugt sich gerade zum Kühlschrank hinunter, als ich hereinkomme, stellt dann eine Tüte Orangensaft auf die Arbeitsplatte und schließt die Kühlschranktür. Sie trägt ihre Schuluniform. »Guten Morgen, Cat.«

Ich wünschte, sie würde »Mum« zu mir sagen. Ich hatte gehofft, dass sie nach der Hochzeit doch noch damit anfangen würde.

»Morgen, Käferchen. Hast du was Ordentliches gefrühstückt? Soll ich Waffeln für dich machen?«

Sie schüttelt den Kopf. »Keine Zeit. Ich habe eine Schüssel Cornflakes gegessen. Nancys Mum holt mich heute wieder ab.«

»Ach, übrigens ist mein Buch fast so weit, dass du es lesen kannst«, erzähle ich. »Du weißt schon, die Kinder, die auf Zeitreise gehen und in einer anderen Epoche Detektive werden. Ich habe sie jetzt schon zu den alten Römern, ins Elisabethanische und ins Viktorianische Zeitalter geschickt.«

»Wow, das klingt spannend.« Grace lächelt. »Ich freue mich schon darauf.«

»Schön. Ich verlasse mich auf dich, das Buch ist für dein Alter gedacht, also musst du ganz ehrlich sein. Bitte halte dich mit Kritik nicht zurück, nur um mich zu schonen.«

»Ich tue mein Bestes.« Sie wirft sich den Rucksack über die Schulter. »Hast du schon einen Titel?«

»*Die Zeitenspringer* vielleicht?«

Nachdenklich kneift sie die Augen zusammen. »Ja, das ist gut. Oder *Die Detektive auf Zeitreise?*«

»Das gefällt mir. Danke.« Ich räuspere mich. »Grace, da ist noch etwas, was ich ansprechen wollte ... Dein Dad und ich haben darüber nachgedacht, ob wir nicht ... ein Baby haben könnten.« Ich schlucke. »Was würdest du davon halten ...«

Überrascht holt sie Luft. »Ein Bruder oder eine Schwester?«

Ich nicke und suche nach Anzeichen von gemischten Gefühlen auf ihrem Gesicht, aber sie strahlt vor Freude. »Ich hätte zu gern eine Schwester«, sagt sie schnell. »Eine kleine Schwester wäre toll.«

»Na ja, ich kann nicht versprechen, dass ich das mit dem Geschlecht so exakt hinbekomme«, sage ich lächelnd. »Kann sein, dass es ein kleiner Bruder wird.«

Sie zuckt die Achseln. »Das wäre auch cool.« Dann grinst sie. »Wann denn? Wann bekommst du das Baby?«

»Wann? Na ja ... weiß nicht. Mal sehen, eine Schwangerschaft dauert neun Monate, und es kann auch etwas dauern, bis man schwanger wird.« Ich werfe ihr einen Blick zu, um sicherzugehen, dass sie nicht peinlich berührt ist. »Aber ich denke mal, es wäre durchaus möglich, dass Ende des Jahres ein Baby da ist.«

Sie klatscht in die Hände. »Wenn es ein Mädchen wird, können wir es Sally nennen?«

Von draußen kommt ein dezentes Hupen. Grace küsst mich auf die Wange und geht zur Tür.

»Wiedersehen, Süße«, rufe ich ihr hinterher.

Wir haben ihr Kinderzimmer cremefarben gestrichen. Alle Spielsachen aus der Kleinkindzeit sind weg. Auf dem Nachtkästchen steht ein großes gerahmtes Bild von Elizabeth, und die Frisierkommode ist mit Modeschmuck übersät. Von den Postern an den Wänden schmollt Madonna herab, daneben hängen Bilder von Tänzerinnen, die von der Kamera mitten im Sprung oder einer Pirouette eingefangen wurden.

Ich klaube die Schmutzwäsche aus dem Wäschekorb in der Ecke und entdecke den Kater, der es sich auf einem sonnigen Fleckchen unter dem Schreibtisch gemütlich gemacht hat. Als ich mich zu ihm hinunterbeuge und ihn am weichen Bauch kraule, schnurrt er und streckt den Rücken durch. »Na, du.« Er wird alt. Mittlerweile ähnelt er einer Fußmatte auf Beinen, sogar die Schnurrhaare sind knittrig und schlaff. Aber Grace liebt ihn heiß und innig. Ihr Tagebuch liegt neben dem Bett. Sie schreibt Tagebuch, seit ich ihr das erste geschenkt habe, und sie macht sich nie die Mühe, es abzuschließen. Sie vertraut mir.

Angesichts der Temperaturen ist es keine große Überraschung, dass der Ladies' Pond so gut wie leer ist. Nur ein paar zähe Schwimmerinnen ziehen ihre Bahnen durch das dunkle Wasser. Ich halte die Luft an, gehe schnell hinein und bewege mich mit gleichmäßigen Zügen durch den eiskalten, trüben Teich. Ich stelle mir vor, dass ein Baby in mir heranwächst, ein Wesen, das eingerollt in seiner eigenen Wasserblase liegt: Gliedmaßen treiben aus, eine Wirbelsäule dreht sich, Hände und Fersen kicken gegen meine Bauchdecke. Ich liebe Grace wie meine eigene Tochter, doch die Liebe ist nicht endlich. Ich habe noch so viel mehr davon zu geben – einen Überschuss an Gefühlen. Leo und ich können einem Baby ein gutes Zuhause bieten, mit all den Sicherheiten, die ich nie hatte.

Als ich mich abgetrocknet und warme Kleider angezogen habe, eine Mütze auf dem nassen Haar, eile ich zurück nach Hause. Ein Baby! Bei der Erinnerung an das strahlende Gesicht von Grace muss ich trotz meiner klappernden Zähne lächeln. Sie wird eine wunderbare große Schwester abgeben. Ich werde Leo sagen, dass wir die Sache ernsthaft angehen können.

VIERUNDDREISSIG

Sam, März 1990

Mattie holt ihn vom Priory Hospital ab. Er wirft seine Tasche in den Kofferraum, lässt sich auf den Beifahrersitz fallen und klickt den Gurt zu. Als sie durch das Tor auf die Straße fahren, lauern ein paar Paparazzi auf dem Gehsteig, und er wendet sein Gesicht vor ihren langen Teleobjektiven ab.

»Du siehst besser aus«, sagt Mattie und lässt die Kupplung kommen. »Wieder wie du selbst.«

»Mir war gar nicht klar, wie schlimm es um mich stand«, sagt er. »Um mich herum war alles nur noch grau in grau. Und George hatte recht: Ich habe zu viele Drogen genommen.«

»Da bist du nicht der Einzige, mein Lieber, zumindest nicht im Musikgeschäft.« Sie hat die Fotografen im Rückspiegel im Auge, gibt plötzlich Gas und rast mit quietschenden Reifen los.

»Langsam, James Bond«, sagt er und hält sich am Türgriff fest.

Mattie zieht eine Grimasse. Sie fahren an Teenagern vorbei, die auf dem Heimweg von der Schule sind. Sam blickt ihnen hinterher und verliert sich in der Alltäglichkeit der Szene und der Tatsache, dass das Leben in seinem Rhythmus und seiner Routine weitergeht. Der Gedanke weckt in ihm den Wunsch, wieder mit dem Texten anzufangen und einen neuen Song zu komponieren.

Da ihnen niemand folgt, hält sich Mattie in Richmond Park an die vorgegebene Geschwindigkeitsbegrenzung. Sam lässt den Türgriff los. Er kurbelt das Seitenfenster herunter und beobachtet ein Rudel Rehe, die nicht weit von der Straße äsen.

Ein junger Hirsch hebt den Kopf und beäugt wachsam das Auto.

»River freut sich schon total auf dich«, sagt Mattie.

»Toll.« Es gibt so viel, was er machen muss, verändern muss. Während er sich von seinem Burnout erholte, hat er Entscheidungen getroffen. Er hatte Zeit zum Nachdenken. Jetzt muss er diese Entscheidungen umsetzen: Er muss mit den Schlipsträgern bei Island Records reden, mit Marcus, mit George und dem Rest der Band. Die Vorstellung ist erdrückend. Tief atmet er die frische Luft ein, bevor er das Fenster wieder zumacht. Sie haben den Park hinter sich gelassen und sind auf einer Hauptstraße. Von allen Seiten drängt der Verkehr. Hinter ihnen hupt jemand ungeduldig, und Mattie flucht leise, während sie sich auf einer Kreuzung voranarbeitet.

»George kommt heute zum Abendessen.« Energisch tritt sie aufs Gas und beschleunigt.

»Toll«, sagt Sam noch einmal. Er knallt mit dem Hinterkopf an die Kopfstütze. Jetzt also geht es los, denkt er. Er ist vierunddreißig Jahre alt. Hier kommt seine zweite Chance.

Endlich ist River im Bett. Luke schenkt Wein ein. Sam wird so lange im Gästezimmer wohnen, bis er sich in der Lage fühlt, in sein Haus in Islington zurückzukehren. Es ist ein hohes georgianisches Reihenhaus, frisch renoviert und neu eingerichtet, mit einem Aufnahmestudio im Keller und einem mit Marmor gefliesten Badezimmer auf jedem Stockwerk. Er hat kaum Zeit darin verbracht, seit er es gekauft hat. Wenn er doch dort war, fühlten sich die geschmackvoll eingerichteten Zimmer wie ein verlassenes Hotel an, und rastlos und einsam wanderte er durchs Haus, rief Freunde und Bekannte an und lud sie zu sich ein, damit sie die leeren Zimmer bevölkerten. Er erkennt jetzt, dass er sich bei Mattie viel wohler fühlt als bei sich. Es gefällt ihm, dass Rivers Spielsachen über den Boden verstreut sind und im Flur ein Durcheinander an Schuhen aus den Regalen quillt. Er blickt auf die hölzernen Küchentresen und Ablagen voller Gläser mit Hülsenfrüchten und fleckigen Kochbüchern, auf die Vase mit den Tulpen auf dem Esstisch, und er spürt, wie die Anspannung in seinen Schultern nachlässt.

Luke bietet ihm Wein an, doch er schüttelt den Kopf. »Ich halte mich besser an Limonade, danke.« Mattie drückt ihm ein Glas Limettensirup mit Sprudelwasser und Eiswürfeln in die Hand. Es klingelt an der Haustür, und sie geht hin und zieht einen feinen Rauchfaden aus der selbst gedrehten Zigarette hinter sich her.

Sam erwartet, dass George auftaucht, doch stattdessen sind laute Stimmen zu hören, beides sind Frauenstimmen. Luke zieht die Augenbrauen hoch. »Klingt, als gäbe es ein Problem.«

Unglücklich verzieht Sam das Gesicht, als er die andere Stimme erkennt.

Weinerlich und betrunken schwankt Daisy im Türrahmen. »Liebling«, lallt sie, als sie Sam sieht. »Ich vermisse dich.«

»Daisy.« Sam hält sie am Arm fest, als sie zur Seite taumelt. »Was machst du hier? Ich dachte, du hast einen neuen Freund?«

Aus den Tiefen ihrer Kehle kommt ein wütendes Grunzen. »Er war doch nur ein Lückenbüßer … ein Trostfick. Nicht so wie du, keiner ist so wie du.«

»Daisy«, sagt er seufzend, »komm erst mal rein und trink einen starken Kaffee. Danach rufe ich dir ein Taxi.« Er wirft Mattie einen entschuldigenden Blick zu. Sie verdreht die Augen.

Vornübergebeugt sitzt Daisy am Tisch, das rote Haar fällt strähnig über die erhitzten Wangen. Eine ihrer Brüste droht aus dem tief dekolletierten Oberteil zu rutschen.

»Ich glaube, ich muss kotzen …« Sie kippt nach vorne.

Sam springt auf, doch Mattie bedeutet ihm, sich hinzusetzen. Sie hilft Daisy auf die Beine und führt sie aus der Küche. »Warte. Das Bad ist gleich da drüben …«

Dann steht George auf der Türschwelle und breitet die Arme aus. »Die Haustür stand offen.« Er strahlt Sam an. »Da ist er ja.«

Sam wird an die Brust seines Bruders gedrückt, sodass sein Glas überschwappt und Limonade auf seine Schuhe tropft. Er wirft einen Blick in den Flur. »Du hast Daisy verpasst, Mattie hat sie nach oben gebracht.«

»Daisy? Ha! Lass mich raten. Sie ist total zugedröhnt?« George zwinkert. »Sie hat es jede Woche in die Zeitung geschafft. Man hat sie in der Stadt mit mindestens fünf verschiedenen Männern gesichtet, während du im Krankenhaus warst. Ich glaube, insgeheim genießt sie die Aufmerksamkeit.«

Sie sitzen am Küchentisch aus Kiefernholz, und Sam trinkt einen Schluck. Daisy in diesem Zustand zu sehen, bestärkt ihn nur in seinem Entschluss, nicht in die schlechten Gewohnheiten zurückzufallen. Die Ärzte nannten es einen Nervenzusammenbruch, aber der Drogenkonsum hatte alles noch schlimmer gemacht. Jetzt, wo er ins wirkliche Leben zurückgekehrt ist, will er es langsam angehen lassen, sich gesund ernähren und tief Luft holen.

Mattie kommt zurück in die Küche. »Sie liegt im Schlafzimmer, völlig ausgeknockt. Was macht sie immer nur für ein Drama!«

Sie holt eine Gemüselasagne aus dem Ofen, und zu viert sitzen sie um den Küchentisch. Sam hebt sein Glas. »Auf Mattie – danke für das Essen, deine Gastfreundschaft und dass du dich mit betrunkenen Ex-Freundinnen abgibst.«

Sie wirft ihm eine Kusshand über den Tisch zu.

»Also … wie geht es weiter?«, fragt George bewusst beiläufig.

Sam richtet sich im Stuhl auf. »Na ja, wir haben ja noch ein paar vertragliche Verpflichtungen gegenüber Island«, beginnt er langsam. »Die England-Tournee und so. Aber danach …«, er schluckt, »… will ich solo weitermachen. Nur ich und die Gitarre. Ich will herausfinden, ob ich die Musik machen kann, die ich mir früher einmal, in einem anderen Leben, vorgenommen hatte.« Er hat den Blick gesenkt. Jetzt sieht er George an. »Geht das für dich in Ordnung?«

George nickt. »Ehrlich gesagt habe ich nichts anderes erwartet. Du hast ja schon eine Weile deutliche Signale ausgesendet.«

Sam kratzt sich am Kopf. »Ich will niemanden enttäuschen, aber ich muss wieder zu dem zurück, was sich für mich richtig anfühlt.«

George beugt sich über den Tisch und berührt ihn an der Schulter. »Ich muss dir auch was sagen. Ich habe mir einen Bauernhof gekauft, in Wiltshire. Ein altes Herrenhaus mit viel Land drum herum. Ich will aus dem Musikgeschäft aussteigen.«

Überrascht starrt Sam ihn an. »Damit habe ich nicht gerechnet. Du willst ganz aussteigen?«

George zuckt die Achseln. »Ich vermisse das Leben auf dem Land.«

»Aber … so was kommt doch nicht aus dem Nichts. Du musst das doch schon länger geplant haben. Du hast mir nie gesagt, dass du übers Aussteigen nachdenkst.« Sam bemüht sich um einen sachlichen Tonfall.

George errötet. »Dir ging es ja schon schlecht, bevor du in die Klinik kamst. Du hast Unterstützung gebraucht.« Er blickt Sam fest in die Augen. »Es war nicht der richtige Zeitpunkt, um darüber zu reden, dass ich aufhören will.«

»O Mann«, sagt Sam kopfschüttelnd. »Es tut mir leid. Ich wünschte, du hättest mit mir reden können.«

George grinst. »Stimmt schon, ich konnte es kaum erwarten, dir zu erzählen, dass ich mir endlich meine eigenen verdammten Pfauen anschaffe.«

Sam starrt ihn an, dann muss er lachen – so lange, bis ihm sämtliche Bauchmuskeln wehtun. Als er fertig ist, wischt er sich über die Augen und sagt: »Hoffentlich wissen sie es zu schätzen, wenn du dem Schlagzeug die Seele aus dem Leib prügelst.«

Mit großen Augen blickt Mattie von einem Bruder zum anderen. »Ich brauche noch einen Wein. Das muss ich jetzt erst mal verdauen.«

Luke greift nach der Rotweinflasche. »Ich fürchte, ich kann mit keinerlei großen Ankündigungen aufwarten. Ich werde also einfach weitertrinken. Aber lasst euch nicht stören.«

»Du bist echt so ein Depp, Luke«, sagt Mattie freundlich.

Luke erhebt das Glas, und Mattie lächelt, doch ihr Blick ist leer. Sam wünschte, er säße nahe genug, um sie an der Hand zu nehmen. Stattdessen sagt er: »Da gibt es noch was. Ich brauche einen neuen Manager. Mattie, könntest du dir das vorstellen?«

»Wie? Ich?« Ihre Augen werden groß. »Aber was ist mit Marcus? Und überhaupt … Ich habe doch keine Erfahrung.«

»Marcus und ich haben uns getrennt. Beziehungsweise wir tun es, sobald die England-Tournee vorbei ist.« Er beugt sich zu ihr hin. »Und du *hast* Erfahrung. Du managst einen Haushalt und ein Kind, du warst Einkäuferin bei Liberty. Du bist ein Organisationstalent. Du kannst toll mit Menschen umgehen und schaffst es immer, andere zu überzeugen. Du hast ein gutes Stilgefühl. Und ich vertraue dir.«

George klopft mit den Fingerknöcheln auf den Tisch. »Ich finde das eine super Idee. Ihr werdet ein tolles Team abgeben.«

»Na ja …« Mattie sieht Luke an, doch der wirkt gelangweilt. »River wird in der Schule sein … und ich könnte vieles von zu Hause aus machen, oder?«

Sam nickt.

»Luke?« Wieder blickt sie ihren Mann an.

Er zuckt die Achseln. »Ich werde dich wohl kaum davon abhalten können.«

»Dann mach ich's.« Sie wendet sich wieder Sam zu. »Unter einer Bedingung: Du musst Dad besuchen.«

Das ungeheure Gebell hört erst auf, als seine Mutter an die Tür kommt. Er hat sie vorher angerufen, um zu sagen, dass er kommt. Sie reckt sich, um ihn zu umarmen. Unter der Kleidung spürt er eine knarrende altmodische Konstruktion, die ihr den Anschein einer Taille verleiht. Die Hunde scharen sich mit wedelnden Schwänzen um ihn und stupsen ihre riesigen Köpfe gegen seine Beine.

Seine Mutter verscheucht sie. »Dein Vater ist in der Bibliothek, mein Lieber. Ich freue mich so, dass du da bist. Trinken wir erst einen Tee, und du erzählst mir alles.«

Sie gehen in die Küche, und er betrachtet das dunkle Mobiliar und die geblümte Tapete, die langen, ausgefransten Vorhänge vor den Fenstern, die verschlissenen antiken Läufer auf dem Boden und die verstaubten Oberflächen. In der Luft hängt abgestandener Zigarettenrauch. Seit der Reise nach Amerika war er nicht mehr zu Hause. In diesem Haus verändert sich nichts. Es sieht exakt so aus wie damals, als er der unglückliche Junge auf Ferienbesuch vom Internat war.

Seine Mutter verliert kein Wort über seinen Zusammenbruch.

»Was für ein herrliches Wetter«, sagt sie und reicht ihm eine Tasse mit Untertasse und Teelöffel. »Ich scharre schon mit den Hufen, um endlich wieder in den Garten rauszukommen. Es gibt so viel zu tun. Wirst du noch lang bei Matilda wohnen bleiben?«

»Nein, nicht mehr lang. Nur, bis ich mich in der Lage fühle, in das neue Haus zurückzukehren. Eigentlich ist es viel zu groß für mich.«

»Ist es zwischen dir und Daisy endgültig aus?«, fragt sie. »Sie ist so ein liebes Mädchen. Auch wenn ihre Kleider vielleicht ein bisschen knapp ausfallen.«

»Es ist vorbei, Mum. Wir haben nicht zusammengepasst. Ich bin wieder Single.«

»Nun, du bist durchaus im Heiratsalter, mein Lieber. Warte nicht zu lange.«

Sam wechselt das Gesprächsthema, erzählt ihr ein paar Einzelheiten über die neue Tournee und versucht, ihr Interesse zu wecken. Doch er ist nervös. Er will zu seinem Vater. Diese Begegnung hat lange auf sich warten lassen, und es gibt Dinge, die Sam ihm sagen muss. Er drückt seiner Mutter einen Umschlag in die Hand. »Nur eine Kleinigkeit«, sagt er. »Für ein paar neue Kleider oder Pflanzen oder beides …« Ihm fällt nichts mehr ein. Er hat keine Ahnung, wofür seine Mutter Geld ausgeben würde. Sie bezahlt alles aus dem Haushaltsgeld, das sein Vater ihr gibt – er hat ihr nie Zugang zu einem Gemeinschaftskonto gewähren wollen. »Mach es später auf«, sagt er schnell, weil er weiß, dass sie beim Anblick des Geldes peinlich berührt sein wird. Aber er will, dass sie etwas hat. Fluchtgeld vielleicht. »Du kannst jederzeit zu mir nach London kommen, Mum. Du brauchst vorher nicht anzurufen, da drin ist auch ein Ersatzschlüssel für mein Haus.«

»Das ist wirklich liebenswürdig, Schatz«, antwortet sie. »Aber du weißt doch, dass ich die Hunde nicht alleine lassen kann.« Sie lächelt. »Und deinen Vater auch nicht.«

Die Bibliothek wird von der Sonne, die durch die großen Schiebefenster hereinfällt, in helles Licht getaucht. Mit einer Zeitung in der Hand sitzt sein Vater in seinem alten Ledersessel. Sam hat sich diesen Augenblick viele Male vorgestellt: Szenarien, in denen er ihn anschreit und ihm vorwirft, dass er sein Leben zerstört hat. In letzter Zeit aber hat er sich eine neue Version ausgemalt, in der er die zittrige Hand seines Vaters hält und dem reumütigen alten Mann verzeiht.

Sein Vater blickt über den Rand der Zeitung.

»Hallo, Dad«, sagt Sam.

»Setz dich.« Mit dem Kopf deutet sein Vater auf einen Sessel. »Steh hier nicht unschlüssig herum. So blendet mich die Sonne.« Im Aschenbecher liegt eine brennende Zigarette.

Sam ist für einen Moment still und kippelt auf den Fersen. Schon jetzt entgleitet ihm die Situation, er spürt, wie ihn die Vergangenheit einholt, als hätte er eine Kette an den Knöcheln, die ihn zurückzieht in seine Rolle als Sohn, der den väterlichen Erwartungen nicht entspricht. Dann aber holt er Luft und setzt sich.

»Hast du mit deiner Mutter gesprochen?«, fragt sein Vater, zieht ein letztes Mal an seiner Zigarette und drückt sie aus.

»Ja«, antwortet Sam.

»Hm.« Sein Vater schüttelt die Zeitung und faltet sie auf seinem Schoß zusammen. »Deine Mutter würde dich gern öfter zu Gesicht kriegen.«

»Du weißt, dass ich sie einmal im Monat zum Teetrinken in London treffe?«

Sein Vater nickt, dann beugt er sich ihm entgegen. »Und wie geht es dir?«

Sam schluckt. Er kann sich nicht erinnern, wann sein Vater ihm das letzte Mal eine solche Frage gestellt hat. Wärme durchströmt ihn, Freude und Hoffnung. Er holt tief Luft und will antworten. Aber sein Vater hat schon wieder das Wort ergriffen.

»Ich habe gehört, dass du in die Klapsmühle musstest.«

Sam ist so schockiert, dass sich ihm die Kehle zusammenzieht. »Nein. Es war keine … Ich bin freiwillig dort gewesen.

Ich war sehr müde und erschöpft. Ich habe eine … Auszeit gebraucht.« Er hustet. »Ich hatte eine Art Zusammenbruch.«

»Du warst schon immer schwach. Ein Träumer. Ich kenne mich aus mit Leuten wie dir, mit euren langen Haaren und eurem Gejaule.« Er zieht die Mundwinkel herunter. »Du hast Drogen genommen. Deiner Mutter kannst du vielleicht was vormachen, aber mir nicht.«

Sam schießt Hitze durch den Körper, gefolgt von einem eiskalten Schwall. Das Entsetzen hat ihn im Würgegriff, regungslos und steif sitzt er da. Was hat er sich nur dabei gedacht, hierherzukommen?

»Dad.« Er beugt sich vor, er muss dringend reden. »Du hast recht. Ich habe hin und wieder Drogen genommen und habe manchmal zu viel getrunken. Ich war schwach.« Er wischt sich die verschwitzten Handflächen an der Jeans ab. »Aber du hast mich nie darin unterstützt, stark zu werden. Wenn einem ständig gesagt wird, dass man zu nichts taugt, dann verliert man sein Selbstvertrauen und jede Zuversicht. Hättest du mir nur ein bisschen Anerkennung entgegengebracht, dann …«

»Das sind nichts als Ausreden.« Unwirsch schlägt er mit der Zeitung in Sams Richtung, als wolle er eine Fliege verscheuchen. »Deiner Generation fällt nie etwas anderes ein, als die Schuld auf die Eltern abzuwälzen.«

Sam holt tief Luft. »Ich bin nicht hergekommen, um mich zu streiten. Ich bin gekommen, um dir zu sagen, dass ich dir verzeihe.«

»Du verzeihst mir?« Zum ersten Mal wirkt sein Vater ehrlich überrascht.

»Ich verzeihe dir, dass du uns jahrelang belogen hast und Mum dazu gezwungen hast, deine Lüge mitzutragen. Dass du mir ständig vorgehalten hast, dass ich ein Gentleman sein soll, während du dich selbst zutiefst unmoralisch verhalten hast.«

Sein Vater lächelt höhnisch. »Sag, hat es dir oder deinen

Schwestern jemals an irgendetwas gefehlt? Du hast dich nie beschwert, dass du in diesem Haus leben durftest, drei Mahlzeiten am Tag und Kleider bekommen hast. Urlaubsreisen machen konntest. Mag sein, dass dir die Schule nicht gepasst hat, auf die ich dich geschickt habe. Aber es war die beste Schule im ganzen Land, die allerbeste. Du hattest alle Möglichkeiten. Und aus dir ist doch nichts geworden als … ja, was? Ein Drogensüchtiger?«

»Nein, Dad. Ich bin ein sehr erfolgreicher Musiker geworden. Und habe eine Menge Geld verdient. Und die Sache ist«, Sam schiebt sich das Haar aus der Stirn, »auch wenn du es nicht verstehst, ich verzeihe dir trotzdem. Weil ich es um meiner selbst willen tun muss.«

Er steht auf. Seine Beine zittern. Er blickt auf seinen Vater herab und bemerkt die Tränensäcke und Falten, die sein Gesicht verändert haben, die knochigen Knie, die sich unter der Cordhose abzeichnen. Er hätte gern das ursprüngliche Drehbuch in Szene gesetzt, in dem er die Nikotinfinger seines Vaters in der Hand hält. Es war ein Wunschtraum. Jetzt, wo er ausgesprochen hat, was er sagen musste, überkommt ihn Müdigkeit. Doch unter der Decke seiner Erschöpfung regt sich etwas anderes, ein heller Funken der Verwunderung: Das erste Mal in seinem Leben wird ihm unbestreitbar bewusst, dass er von seinem Vater niemals Anerkennung erfahren wird. Er braucht nicht darauf zu warten. Es wird nie geschehen.

FÜNFUNDDREISSIG

Cat, August 1990

Grace kommt in die Küche. »Nancys Mum ist am Telefon«, sagt sie atemlos.

»Für mich?«

Sie ist ganz zappelig und kaut auf der Lippe, während sie nickt.

Ich setze meine Kaffeetasse ab, gehe in die Diele und nehme den Hörer. Ich kenne die Mutter von Nancy nicht besonders gut. Sie stammt ursprünglich aus New York, arbeitet viel und wirkt immer in Eile, wenn sie in ihren schicken Kostümen herumrennt und mir aus dem Fenster ihres großen Autos etwas zuruft.

»Catrin?«

Ich stocke. Eine schreckliche Sekunde lang kann ich mich nicht an ihren Namen erinnern, doch dann fällt er mir ein. »Hallo Beth.«

»Ich will gleich zur Sache kommen«, sagt sie. »Der Roman gefällt mir sehr. Können wir uns zu einer Besprechung im Verlag treffen, sagen wir, morgen Nachmittag?«

»Wie bitte?« Ich bin völlig perplex, gerate in Panik. Sie hat die falsche Person erwischt.

Grace ist mir gefolgt und sitzt auf der untersten Treppenstufe. Sie hat die Arme um die Knie geschlungen und grinst mich an. Ich werfe ihr einen verständnislosen, Hilfe suchenden Blick zu. Sie grinst noch mehr.

»Entschuldigung«, sage ich in den Hörer und räuspere mich. »Was hast du gesagt?«

»Grace hat mir vor ein paar Wochen das Manuskript von

den *Detektiven auf Zeitreise* zum Lesen gegeben. Tut mir leid, dass es so lange gedauert hat, bis ich dazu gekommen bin, es mir anzusehen.«

»Grace hat dir mein Buch gegeben?«

»Ja«, erwidert sie ungeduldig. »Wusstest du das gar nicht?«

»Nein.«

Kurz herrscht Schweigen. »Verstehe. Ich fand es ja auch ein bisschen komisch, Grace damit vorzuschicken. Also«, sie räuspert sich, »dann lautet die Frage wohl: Bist du daran interessiert, es zu veröffentlichen?«

Ich fahre mir mit der Zunge über die trockenen Lippen und bemühe mich, meinen Atem zu kontrollieren. Über die Antwort muss ich nicht nachdenken.

»Gut, dann besprechen wir alles Weitere morgen. Es muss noch daran gearbeitet werden, ich möchte mit dir ein paar redaktionelle Dinge durchgehen. Wie wäre es um vier Uhr?«

»Einverstanden«, sage ich und halte mich an der Tischkante fest. »Morgen. Ja. Klar.« Ich schlucke schwer. »Wohin soll ich kommen?«

Sie nennt die Adresse, und unbeholfen mühe ich mich mit dem Bleistift ab, der an dem Notizblock neben dem Telefon befestigt ist.

»Gehe ich recht in der Annahme, dass du keinen Agenten hast?«

»Ja.«

»Das macht nichts. Vielleicht willst du dir jetzt jemanden suchen, der dich vertritt.«

Dann ist sie weg, und ich halte den tutenden Hörer in der Hand. Ich lege auf. Meine Finger sind verschwitzt. Mit großen Augen blicke ich Grace an und schüttle den Kopf. »Heiliger Bimbam!«

Sie lacht, steht auf und kommt zu mir. »Sie fand es großartig, stimmt's?«

»Wie bist du darauf gekommen, es ihr zu geben?«

»Ich habe Nancy davon erzählt, und wenn du nicht zu Hause warst, haben wir uns in dein Arbeitszimmer geschlichen und im Manuskript gelesen. Sie fand es toll, besser als vieles, was ihre Mum sonst so veröffentlicht.« Grace zuckt die Schultern. »Und dann habe ich gedacht, dass es ihrer Mum vielleicht auch gefallen könnte.«

Ich kratze mich an der Stirn. »Wow. Ich muss mich hinsetzen.« Ich plumpse auf die unterste Treppenstufe. »Du bist … wirklich unverbesserlich. Und ein ganz und gar erstaunlicher Mensch, Grace Dunn. Ich hatte mich schon darauf eingestellt, dass ich es wieder herumschicke und nur Absagen bekomme.« Ich sehe sie an. »Ich hätte mir nie träumen lassen, dass es gut genug ist, dass es wirklich möglich ist …«

Grace lacht. »Ich habe immer an dich geglaubt.«

Ihre Worte rufen eine Erinnerung wach. Ein abgedunkeltes Zimmer in einem Hotel in Atlantic City. Sams Hand, die mich hält. Ich mache die Augen zu, schiebe das Bild fort und öffne sie wieder. »He«, sage ich. »Wie wär's, wenn wir drei heute Abend zur Feier des Tages essen gehen?«

»Oh.« Sie macht einen Schritt zurück. »Ich kann nicht. Heute Abend haben wir Probe. Für die Aufführung. Wir wollen einen kompletten Durchlauf machen.«

»Klar, das hatte ich vergessen.« Sie tanzt die Hauptrolle. Seit Wochen wird geprobt. »Vielleicht klappt es ja am Wochenende.«

Mir fällt ein, dass Mittwoch ist. Leos Squash-Abend. Außerdem hat er angekündigt, dass er danach noch etwas trinken geht. Er wird erst spät heimkommen. Aber es treibt mich aus dem Haus, ich muss etwas machen, um dieses Ereignis zu begehen. Wenn ich alleine zu Hause herumhänge, drehe ich noch durch.

Ich nehme den Telefonhörer und wähle.

»Guten Tag.« Dougies Stimme klingt förmlich. »*Harpers and Queen*. Was kann ich für Sie tun?«

»Dougie, ich bin's. Es ist etwas Unglaubliches passiert. Können wir uns nach der Arbeit sehen?«

»Du machst mich neugierig.« Er hält kurz inne. »Ich denke mal, ich bin gegen sieben hier fertig. Komm an den Empfang und lass mich rufen.«

Grace kommt im Tanztrikot aus dem Badezimmer und dreht sich um, damit ich ihr Haar bändigen kann. Den Mund voller Haarnadeln, sage ich: »Ich gehe nachher mit Dougie was trinken, aber ich hole dich hinterher ab.«

»Cool«, sagt sie. Es ist ihr neues Lieblingswort.

Nachdem ich sie an Miss Millers Tanzschule abgesetzt habe, kehre ich nicht noch einmal nach Hause zurück. Ich trage immer noch die abgeschnittenen Jeans und das alte Hemd von Leo, und meine Haut riecht nach dem Wasser im Ladies' Pond. Mir ist klar, dass Dougie die Nase rümpfen wird, aber ich bin so aufgeregt, dass ich es in einem geschlossenen Raum nicht aushalte.

Ich fahre in die Stadt. Ich genieße die neue Freiheit, die mir das Autofahren gibt. Leo wollte, dass ich Fahrstunden nehme, und als ich die Prüfung bestanden hatte, kaufte er mir einen Kleinwagen. Ich hole die CD von Sam aus der Tasche und schiebe sie in den Schlitz. Seine Stimme umfängt mich, seine Musik schenkt mir Energie, und ich muss lächeln, weil mir klar wird, dass wir beide unsere Träume verwirklicht haben, auch wenn wir es getrennt voneinander getan haben.

Fragen schwirren mir im Kopf herum: Welche redaktionellen Änderungen hat Beth im Auge, wie wird das Buch illustriert, und wann kommt es heraus? Ich habe keinerlei Vorstellung davon, wie viel Geld ich dafür bekommen werde. Ich fühle mich wie der letzte Grünschnabel.

Weil ich zu früh dran bin, überquere ich langsam die Waterloo Bridge, blicke über den breiten Fluss und stelle das Auto an der South Bank ab. Die Straßen sind voller Menschen, es ist ein perfekter Sommerabend. Auf den Bänken sitzen turtelnde Pärchen, Kinder flitzen mit Eistüten in der Hand zwischen den Beinen der Erwachsenen herum. Rollschuhfahrer sausen vorbei, und im rosa schimmernden Licht nehmen die klobigen grauen Häuserblocks ein sanfteres Aussehen an. Ich gehe am Fluss entlang und blicke aufs Wasser, betrachte die Boote und die Häuser am gegenüberliegenden Ufer. Straßenkünstler führen Kunststücke auf, und eine lebende silberfarbene Statue steht regungslos, und ohne zu blinzeln, auf einer Kiste.

Als ich an der Queen Elizabeth Hall vorbeikomme, entdecke ich plötzlich sein Gesicht. Die fast schwarzen Augen unter den dunklen Brauen, sein breites, schiefes Lächeln. Abrupt bleibe ich stehen, mein Mund ist plötzlich wie ausgedörrt, und mein Herz schlägt dumpf. Auf dem Plakat wird ein Konzert der Lambs angekündigt. Ich schaue aufs Datum, es findet heute statt. Über dem Plakat klebt ein Streifen mit der Aufschrift »Ausverkauft«.

Ich atme ein paarmal tief durch und wende mich ab.

In der Handtasche krame ich nach einem Stift und reiße eine Seite aus meinem Notizbuch. Vielleicht hat mir die Aussicht, dass mein Roman veröffentlicht wird, Selbstvertrauen gegeben, oder es liegt an meiner tollkühnen Stimmung, vielleicht ist es auch bloß der prächtige Sommerabend, aber ich will ihn wissen lassen, dass ich in London bin und immer noch an ihn denke. Ich will eine Verbindung herstellen. Selbst wenn es nur ein paar auf einen abgerissenen Notizzettel gekritzelte Wörter sind.

Sam, erinnerst Du Dich an mich? Ich lebe jetzt in London und bin verheiratet. Ich habe Dich im Radio gehört – ich weiß, dass Du mit Deiner Musik groß rausgekommen bist. Wollte Dir nur sagen, dass Du das gut gemacht hast. Genau so, wie Du es Dir vorgenommen hattest. Ich hoffe, dass Du glücklich bist.

Alles Liebe

Cat

Ich trete ins Foyer, es ist menschenleer. Es ist zu früh, die Konzertbesucher sind noch nicht da. Ich weiß nicht, wo ich meine Nachricht hinterlassen kann, doch hinter einem Tresen steht jemand in Uniform. »Hallo.« Ich lächle und versuche, dabei nicht wie ein durchgedrehtes Groupie auszusehen. »Ich … habe eine Nachricht für Sam Sage. Er ist ein alter Freund. Kann ich ihm das irgendwie zukommen lassen?« Ich drehe das kleine zusammengefaltete Viereck zwischen den Fingern hin und her.

Gelangweilt sieht er mich an. »Gehen Sie da durch zur Garderobe.« Mit dem Kopf deutet er auf eine Tür.

Ich sehe zur Tür und schlucke. »Oh, klar. Danke.«

Ich drücke sie auf und gehe einen Korridor entlang, ein paar Treppen hinunter und durch eine weitere Tür. Dahinter liegt ein schummriger Raum mit ein paar Bänken und Stühlen und einem Sofa, das mit dem Rücken zu mir da steht. Auf dem Tisch an der Wand sind einige ungeöffnete Wein- und Wasserflaschen aufgereiht. Niemand ist zu sehen. Ich frage mich, wohin ich die Nachricht legen soll.

Ich entdecke ihn erst, als ich um das Sofa herumgehe. Er hat sich darauf ausgestreckt und schläft. Ich erstarre. Plötzlich macht die Luft in meiner Lunge zu viel Lärm, das Geräusch meiner quietschenden Sandalen ist ohrenbetäubend. Ich halte den Atem an und kralle mich an meinem Zettel fest, als könnte ich damit verhindern, durch Zeit und Raum zu fallen.

Er schnarcht ganz leise. Die Wimpern bilden dunkle Bögen auf seinen Wangenknochen, seine Lippen sind leicht geöffnet. Diesen Mund habe ich geküsst, denke ich.

Ich setze mich ihm gegenüber auf einen Stuhl und wende den Blick nicht von ihm ab. Soll ich ihn wecken? Oder soll ich die Nachricht neben ihn legen und mich still und heimlich davonmachen? Ich entscheide mich für die zweite Option, ich bin ein Feigling. Da schlägt er die Augen auf.

Regungslos sitze ich da, mit unbewegter Miene, als könnte ich mich in mein Innerstes verkriechen und mit dem Hintergrund verschmelzen. Er blinzelt, dann reißt er die Augen auf, und der Schreck auf seinem Gesicht wirkt so komisch, dass ein Lächeln aus mir herausbricht. Auch er muss lächeln, setzt sich auf und fährt sich in einer vertrauten Geste durchs Haar.

»Cat?« Wie ein Hund schüttelt er sich leicht. »Ich dachte, ich träume.«

Schwungvoll stellt er die Füße auf den Boden, steht mit einem Satz auf und breitet die Arme aus. Ohne nachzudenken, lass ich mich in die Arme nehmen und schließe die Augen. Etwas, das verloren war, wird neu entfacht, jenes Gefühl, das ich vor Jahren mit ihm erlebt habe, lebt wieder in mir auf. Es ist, als würde ich nach Hause kommen. Er riecht männlich und erdig, intensiv wie frisch gehobeltes Holz. Beinahe meine ich, dass ich nur die Augen aufmachen muss, um mich im Bestattungsinstitut wiederzufinden, als die ganze Zukunft noch vor uns lag.

Fest drückt er mich an sich. »Was machst du hier?« Er hält meine Hand. »Ich fasse es nicht, du bist wirklich da. O Mann. Was für eine Überraschung. Wie hast du mich gefunden?«

»Es ist einfach … passiert«, sage ich und entziehe meine Hand seinem Griff.

»Kannst du zum Konzert dableiben? Wir könnten uns hinterher treffen.« Er wirft einen Blick auf die Uhr. »Die anderen werden gleich da sein.«

Ich schüttle den Kopf. »Ich bin sowieso schon spät dran. Ich bin mit einem Freund verabredet. Und danach muss ich meine Stieftochter abholen.«

»Stieftochter?« Er atmet hörbar ein. »Na ja, wie sieht es morgen mit einem Kaffee aus? Wir reisen gegen Mittag ab, wir sind auf England-Tournee.«

»Okay.« Ich nicke. »Kaffee. Wo wollen wir uns treffen?« Ich kann den Blick nicht von ihm abwenden. Um seine Augen und den Mund sind feine Linien, davon abgesehen aber ist er beinahe noch derselbe Junge vom Strand in Atlantic City. Das alles wirkt immer surrealer auf mich, ich habe zunehmend das Gefühl, neben mir zu stehen.

»Unser Hotel ist in Kensington«, sagt er. »Also, ich habe zwar ein Haus in London, aber es ist einfacher, wenn die Band zusammen ist. Außerdem ist Mattie gerade dort, meine Schwester, also … na ja, eine lange Geschichte …«

»Kensington? Wo genau?«

»Klar, entschuldige, also …« Er presst sich die Faust an die Stirn. »Das Park Grand Hotel. In der Nähe der Cromwell Road.« Er ist aufgeregt, aber seine Nervosität wirkt beruhigend auf mich. Alles ist gut, sage ich mir. Ist doch klar, dass hier Gefühle hochkommen, wahrscheinlich ist es der Schock. Es hat nichts zu bedeuten.

»Alles klar«, antworte ich. »Elf Uhr?«

Ich erkenne das Flackern in seinen Augen wieder und die leicht schiefen Zähne, wenn er lächelt. Ich dachte, ich hätte diese Einzelheiten vergessen, aber Sams Abdruck war die ganze Zeit da, fest eingeprägt in meinem Innern.

»Prima.« Ich trete zurück, ohne ihn aus den Augen zu lassen. »Hals- und Beinbruch, sollte ich wohl sagen. Bis morgen.«

Er legt die Finger an die Lippen und hebt sie dann zum Gruß.

Keine Ahnung, wie ich es fertigbringe, Auto zu fahren, und wie ich es zum National Magazine House schaffe. Meine Hände am Steuerrad zittern, und als ich das Auto abschließen will, lasse ich die Schlüssel fallen, und sie landen nur mit großem Glück nicht im Gully. Nervös ringe ich die Hände, als ich den Mann an der Rezeption bitte, Dougie Bescheid zu sagen, dass ich da bin. Dougie wirft nur einen Blick auf mein Gesicht und drängt mich aus der Eingangshalle mit ihren Rauchglasspiegeln hinaus auf die Straßen von Soho.

Im Groucho Club sitzen wir an einem Ecktisch, zwei Gläser Wein vor uns. Erst jetzt sagt er: »Du warst spät dran. Du kommst nie zu spät. Was ist los?«

»Entschuldige, dass ich mich verspätet habe.«

»Das ist egal.« Ungeduldig verzieht er die Miene. »Jetzt erzähl schon. Alles, von Anfang an. Was ist denn nun das Unglaubliche, das passiert ist?« Grinsend beugt er sich vor. »Ich ahne es allerdings schon. Du bist schwanger, oder?«

»Was? Nein, nein, es hat immer noch nicht geklappt. Genau genommen habe ich nächste Woche einen Termin beim Arzt deswegen.« Kurz lege ich die Hand auf den Bauch. »Nur zur Vorsorge. Leo besteht darauf.« Ungeduldig streiche ich mir das Haar hinters Ohr. »Eigentlich habe ich angerufen, um dir zu sagen, dass mein Jugendroman veröffentlicht wird. *Die Detektive auf Zeitreise.*«

Dougie schnappt nach Luft und packt mich am Arm. »Schätzchen, das ist ja fantastisch!«

»Und dann habe ich ihn gesehen. Ich habe Sam gesehen. Sam Sage.«

»Was?«

»Du weißt schon … den Sänger …«

»Natürlich weiß ich, wer das ist«, blafft er. »Die ganze Welt kennt ihn. Was meinst du damit, dass du ihn gesehen hast? Auf der Straße? Auf der Bühne? Im Fernsehen?«

»In der Garderobe der Queen Elizabeth Hall. Nur er und ich.«

»Du machst Witze! Nein! Was hat er gesagt, als er dich gesehen hat?«

»Er hat mich in den Arm genommen. Es war, als wäre gar keine Zeit vergangen. Er sieht so aus wie damals. Es hat sich so … wie soll ich sagen … so normal angefühlt mit ihm. Selbst nach allem, was passiert ist.«

»Was habt ihr dann gemacht? Bloß geredet? Oder …«

»Wir haben geredet. Ich weiß gar nicht mehr genau, was.« Ich zwirble eine Haarsträhne um den Finger. »Ich glaube, ich stand ein bisschen unter Schock.«

»Und dann bist du einfach wieder gegangen?« In gespielter Verzweiflung schlägt er die Hände über dem Kopf zusammen. »Du hättest mir absagen sollen!«

»Wir treffen uns morgen auf einen Kaffee.« Ich reibe mir den Nacken. »Eigentlich überrascht es mich, dass er mich nicht rausgeschmissen hat. Er muss doch denken, dass ich keine Lust hatte, seine Briefe zu beantworten. Ich muss ihm das erklären. Du weißt noch, oder?« Ich beiße mir auf die Lippe. »Meine Mom hat sie verbrannt.«

»O Gott, ja.« Er verdreht die Augen. »Aber jetzt … du lieber Himmel, das ist so romantisch.«

»Nein.« Ich setze mich gerade hin und zupfe am Kragen von Leos Hemd. »Es ist nicht romantisch. Ich bin verheiratet. Und er hat vermutlich eine Freundin.«

»Liest du denn gar keine Zeitung? Er hat sich von seiner langjährigen Freundin getrennt«, sagt Dougie mit süffisanter Miene. »Es gibt eine Menge Fotos, auf denen sie mit dunkler Sonnenbrille betrunken aus irgendwelchen Taxis purzelt. So Zeug.«

Finster blicke ich Dougie an. »Das ist doch bloß Tratsch. Reine Spekulation. Er kann doch längst eine neue Freundin haben. Und überhaupt.« Wütend auf mich selbst und darauf, wie das Gespräch sich entwickelt, schüttle ich den Kopf. »Das ist doch völlig unerheblich. Das versteht sich doch von selbst. Es wird nichts anderes als … als die Gelegenheit, uns anständig voneinander zu verabschieden und die ganze Sache richtigzustellen.« Ich senke den Blick. »Jetzt kann ich mich entschuldigen.«

Geräuschvoll zieht Dougie Luft durch die Nase ein. »Deine Wangen brennen. Deine Augen glänzen so, dass die Kosmetikredaktion nachfragen würde, was für Tropfen du benutzt hast. Oder ist es blaue Wimperntusche?« Er beugt sich vor und kneift die Augen zusammen. »Nein.« Er nickt ein paarmal. »Es liegt an ihm. Er hat dich voll erwischt.«

»Wir treffen uns auf einen Kaffee«, sage ich. »Mehr nicht. Ich war einfach nur total überrascht – es war verrückt, ihm so plötzlich zu begegnen, noch dazu direkt nach der Nachricht wegen meinem Buch.« Wieder streiche ich mir das Haar hinter die Ohren. »Morgen habe ich eine Besprechung mit der Verlegerin«, wechsle ich das Thema und hoffe, Dougie damit abzulenken. »Was soll ich anziehen?«

Er schaut auf mein Hemd. »Etwas Sauberes.«

Ich bereue, dass ich ihm davon erzählt habe. Er macht ein Riesending daraus, und das ist es nicht. Ich bin selbst schuld. Ich habe mich zu einem Geständnis hinreißen lassen, das ich nicht hätte machen sollen. Ich trinke den Wein aus und erkläre Dougie, dass ich aufbrechen muss, weil ich Grace versprochen habe, sie abzuholen. Seufzend hält er mir vor, dass ich eine Spielverderberin sei. Doch er reckt den Kopf und entdeckt ein paar Bekannte an der Bar.

Wir stehen auf. »Bitte, kein Wort zu niemandem«, sage ich. »Versprochen?«

»Aber klar.« Er küsst mich auf beide Wangen, winkt jemandem und tänzelt zwischen den Tischen hindurch zur Bar.

Während ich durch den abendlichen Verkehr nach Norden fahre, denke ich darüber nach, ob ich Leo von meiner heutigen Begegnung mit Sam erzählen soll. Es ist kompliziert – er weiß nichts von Sam, es gibt so viel zu erklären. Und ich will nicht, dass er eifersüchtig ist oder sich Sorgen macht. Noch dazu ist das völlig unnötig. Ich werde Sam nicht wiedersehen. Wir leben in zwei unterschiedlichen Welten.

Als ich am Regent's Park vorbeikomme, sehe ich Liebespaare Arm in Arm durch die warme Nacht spazieren. Ich wende den Blick ab und konzentriere mich auf die Ampel vor mir. Sollte ich nicht wenigstens versuchen, Leo die Wahrheit zu sagen? Ich spreche die Frage laut aus, als wolle ich sie genau abwägen und durchdenken. Dabei weiß ich die ganze Zeit, dass die Antwort »nein« lautet. Es soll etwas sein, das nur mir gehört: eine Stunde im Café mit Sam. Nach all den Jahren ist das nicht viel. Aber es ist etwas ganz alleine für mich.

SECHSUNDDREISSIG

Sam, August 1990

Instinktiv hat er sie in den Arm genommen und fest an sich gedrückt. Cats Gegenwart hat ihn mit einem unkomplizierten, atemlosen Glück erfüllt, ein Gefühl, das er fast vergessen hatte. Und es spielt keine Rolle, dass sie so viele Jahre ohne jede Erklärung aus seinem Leben verschwunden war, dass ihr Haar nach Moorwasser roch und sie geheiratet und sich eine Stieftochter zugelegt hat.

Das Konzert gestern Abend absolvierte er wie in Trance. Danach lag er bis in die frühen Morgenstunden wach, während sich Szenen aus Atlantic City in seinem Kopf abspulten. Er ist völlig erledigt. Die pelzige Zunge klebt ihm am Gaumen, und er fährt mit der Hand über die rauen Stoppeln am Kinn. Er fragt sich, welche Erklärung sie dafür hat, dass sie keinen einzigen seiner Briefe beantwortet und einfach ihr Leben weitergeführt hat, als wäre zwischen ihnen nichts gewesen.

Er lässt sich vom Zimmerservice einen starken Espresso, ein Körbchen mit Croissants und etwas Obst bringen. Er sollte etwas essen, um seinen Verstand anzukurbeln und munter zu werden. Bestimmt hat sie ihn irgendwann einmal im Fernsehen gesehen oder die Lambs im Radio gehört, trotzdem hat sie keinen Kontakt zu ihm aufgenommen. Ständig hatte er darauf gehofft, dass sie ihm schreiben oder ihn anrufen würde, insbesondere nachdem *Ocean Blue* herausgekommen war. Es ist ja nicht besonders schwierig, Island Records ausfindig zu machen. Und wie lange ist sie schon in London? Die Vorstellung, dass sie hier war, während er sie weit weg in Amerika vermutete, stürzt ihn in Verwirrung. Ohne zu schmecken, isst er die drei Croissants; buttrige Krümel kleben ihm am Kinn. Danach duscht er lange und heiß. Als er angezogen ist, bekommt er einen Anruf von der Rezeption.

»Sagen Sie ihr bitte, dass sie die Hogarth Road runtergehen soll«, sagt er dem Mann am Empfang. Er hat einen Plan. »An der Ecke ist ein Pub, es heißt The Stag and Hounds. Ich treffe sie in fünf Minuten dort vor der Tür.«

Er hat die Mütze tief ins Gesicht gezogen und trägt eine Sonnenbrille. Beim Lächeln offenbart sie ihre Zahnlücke und die kleine Falte oberhalb der Lippe. »Warum hast du dich getarnt?«, fragt sie mit gespieltem Ernst. »Ist dir jemand auf den Fersen?«

»Am Eingang zum Hotel hängen ein paar Fans herum.« Plötzlich ist es ihm peinlich. »Ich bin durch die Küche raus. Ich wollte nicht, dass du herumgeschubst wirst oder so. Manche von den Kids … schlagen ein bisschen über die Stränge.«

»Entschuldigung.« Sie errötet. »Ich weiß gar nicht, warum ich das gesagt habe, ich wollte mich nicht lustig machen. Wahrscheinlich bin ich einfach nur nervös.«

Ein langes Auto mit Chauffeur bleibt neben ihnen stehen. Sie erschrickt. »Ist schon in Ordnung«, beruhigt er sie. »Ich habe das bestellt. Kommst du mit? Ich möchte dir was zeigen«, erklärt er und hält ihr die Tür zum Fond auf.

Sie betrachtet das Lederinterieur und sieht ihn dann fragend an.

»Ich weiß, du magst keine Überraschungen …«

»Das weißt du noch«, murmelt sie.

»Aber das hier ist eine gute Überraschung.« Ihre Blicke treffen sich. »Vertrau mir.«

Schweigend schlüpft sie hinein, und er setzt sich neben sie, faltet die Hände auf den Knien und hofft, dass er das Richtige tut. Er darf nicht vergessen, dass sie verheiratet ist, dass mittlerweile alles anders ist. Immer wieder wirft er ihr von der Seite einen schnellen Blick zu und wünscht, er könnte ihre Gedanken erraten.

»Hampstead Heath?«, sagt sie, als das Auto auf dem Parkplatz stehen bleibt. Sie wirkt enttäuscht.

»Vielleicht hast du dir das ja schon gedacht. Oder du erinnerst dich nicht mehr ... Ich möchte dir die Bank zeigen, von der ich dir erzählt habe.«

Sie schenkt ihm einen merkwürdigen Blick, den er nicht deuten kann. »Ich kenne sie gut, Sam«, sagt sie leise. Sie geht voran Richtung Parliament Hill. Stolpernd folgt er ihr über die stoppelige Wiese; er ist verwirrt, sein Plan ist ruiniert.

Die Bank ist unbesetzt, als sie oben auf dem Hügel ankommen. In der sanften Brise rascheln die Blätter des Weißdorns.

»Ich bin oft hier im Park«, sagt sie und fährt mit den Fingern über die abgenutzte Armlehne. »Ich wohne gleich um die Ecke. Es hat eine Weile gedauert, bis ich alle Widmungen gelesen hatte, aber irgendwann habe ich die Bank gefunden. Ich habe oft hier gesessen und gehofft, dass ich dich eines Tages auf diese Weise wiederfinde.«

Sie setzt sich hin, und er folgt ihrem Beispiel. »Ich verstehe nicht recht«, meint er. »Du hast nach mir gesucht?«

Die Antwort lässt sich von ihrem Gesicht ablesen.

»Aber ... warum hast du mir nie zurückgeschrieben?«

Sie errötet. »Ich wusste nichts von deinen Briefen. Meine Mom hat sie abgefangen und verbrannt. Das habe ich erst vor nicht allzu langer Zeit herausgefunden.« Kurz sieht sie ihn an und wendet dann den Blick ab. »Ich dachte ... du hättest mich vergessen.«

Er muss sich verhört haben. »Deine Mutter hat sie verbrannt?«

Wieder nickt sie. »Sie war der Meinung, es sei das Beste so, egal wie falsch es war.«

Ihm wird übel. Cats Mutter hat vorsätzlich ihre Beziehung zerstört. Er weiß noch, wie er dachte, dass er sie für sich hätte einnehmen können. Vielleicht stimmt das auch. Aber Cat hat ihm nie die Gelegenheit gegeben.

»Du bist nicht zum Flughafen gekommen.« Er hört das Zittern in seiner Stimme und schluckt schwer.

Sie berührt seinen Arm. »Ich hatte vor zu kommen, so wie es ausgemacht war. Aber mein Dad wurde verhaftet, und ich musste nach Hause und herausfinden, was los war. Es war ein Notfall. Und ich hatte keine Möglichkeit, dir Bescheid zu geben.« Sie lässt die Hand dort liegen, und er spürt, wie sich ihre Finger durch den Stoff auf seine Haut brennen. »Später ist mir eingefallen, dass ich den Flughafen hätte kontaktieren können, um dich ausrufen zu lassen oder so …« Sie blinzelt. »Ich wusste nicht, wo mir der Kopf stand. Es war chaotisch: Dad war im Gefängnis, ich musste einen Anwalt organisieren, dann kam der Prozess. Er hat auf einen Kautionsantrag verzichtet. Mom hat das Haus verloren. Und die ganze Zeit habe ich so sehr auf eine Nachricht von dir gehofft.« Ihre Stimme bricht. »Ich war am Boden zerstört, weil du mir nicht geschrieben hast. Weil ich glaubte, dass du mir nicht geschrieben hast«, berichtigt sie sich.

»Scheiße.« Er holt tief Luft und lässt sie dann langsam wieder entweichen. »Hätte ich das bloß gewusst … Wenn ich ein wenig Hoffnung gehabt hätte, dann hätte ich mich ins Flugzeug gesetzt und hätte dich geholt.«

Schweigend und benommen sitzen sie da.

»Warum hat man ihn verhaftet?«

»Er hatte Geld unterschlagen«, sagt sie. »Ich habe dir ja erzählt, dass er ein Spieler war. Er hat seine Zeit abgesessen, mittlerweile spielt er nicht mehr. Er hat sich in Alaska niedergelassen.«

»Und du … bist nach England gekommen. Wie lange bist du schon hier?«

»Ungefähr sieben Jahre.«

Er starrt sie an. »Und ich dachte die ganze Zeit, du lebst in Amerika. Auf unserer US-Tournee habe ich mich in jeder Stadt, in der wir waren, gefragt, ob du zum Konzert kommst.«

Verblüfft sieht sie ihn an.

»Ich habe das Bestattungsunternehmen angerufen«, erklärt er, »und man hat mir gesagt, dass du nicht mehr in Atlantic City lebst. Ich dachte, du bist irgendwo anders in den Staaten.«

Sie schüttelt den Kopf.

»Und jetzt bist du verheiratet?«

»Ja.« Sie kramt in der Handtasche, holt ein Taschentuch heraus und schnäuzt sich. »Ich habe als Au-pair für ein kleines Mädchen gearbeitet, ihr Vater war alleinstehend. Und … nach ein paar Jahren hat er mich gefragt, ob ich ihn heirate.«

Sam bemüht sich um einen ruhigen Tonfall. »Liebst du ihn?«

Sie streicht sich das Haar aus der Stirn. »Natürlich.« Doch sie meidet seinen Blick.

Er möchte ein guter Verlierer sein, das Richtige tun. Er sollte sagen, dass er sich für sie freut, doch er bringt die Worte nicht heraus. »Wir hatten etwas Besonderes, Cat«, sagt er stattdessen kopfschüttelnd. »Und haben es verloren.«

Sie scheint den Atem anzuhalten, ihre Augen sind weit aufgerissen, doch dann lässt sie die Schultern sinken. »Es war meine Schuld. Ich bin nicht zum Flughafen gekommen, und dann hat meine Mutter deine Briefe verbrannt.«

»Es war nicht deine Schuld.« Sam ergreift ihre Hände und hält sie fest zwischen den seinen. »Ich hätte an dich glauben müssen. Mir hätte klar sein sollen, dass du meine Briefe nicht einfach ignorierst.«

Sie schluchzt und zieht ihre Hände zurück. »Ich muss bald los. Ich habe heute Nachmittag noch einen Termin. Außerdem muss ich für Grace … ich muss mich um ihr Kostüm kümmern, sie hat demnächst eine Aufführung.« Sie strafft den Rücken. »Ich kann zu Fuß nach Hause gehen.«

»Ja.« Er nickt. »Natürlich.« Sie hat ein Leben, das nichts mit ihm zu tun hat. Er sieht auf die Uhr. Sein eigenes Leben ruft, zumindest tut es Marcus – der bringt ihn um, wenn er zu spät kommt. »Tja, ich muss auch los.«

»Okay.«

Er rührt sich nicht vom Fleck. So kann er sie nicht gehen lassen. »Ich weiß, du bist verheiratet. Aber …« Stirnrunzelnd presst er die Lippen aufeinander. »Können wir uns mal treffen, wenn die Tournee vorbei ist? Ich bin zwei Monate weg, aber ich könnte dich anrufen, wenn ich wieder da bin. Ich lebe in London, es wäre ganz einfach … nur auf einen Kaffee oder einen Spaziergang im Park?« Schnell redet er weiter, weil er Angst vor einem Nein hat. »Es gibt doch noch so viele Dinge, die wir einander erzählen sollten. All die Lücken schließen, nur als Freunde.« Er schluckt. »Was meinst du?«

Sie betrachtet die Aussicht und sagt lange Zeit gar nichts. Er stellt sich vor, dass die Band mit dem Gepäck im Foyer steht, der Bus vor dem Hotel wartet, Marcus auf dem Gehsteig hin- und herrennt und sich eine Menschenmenge ansammelt.

»Okay«, sagt sie schließlich, »aber ruf nicht an, schreib lieber. Ich gebe dir meine Adresse.« Sie holt ein Notizbuch aus der Tasche, reißt ein Blatt heraus und schreibt ihm die Adresse auf. Sie bemerkt seinen skeptischen Blick. »Ich weiß schon. Der Plan ist beim letzten Mal nicht ganz aufgegangen.«

Er nimmt das zusammengefaltete Papier und schiebt es in die Hosentasche. Natürlich kann er sie nicht zu Hause anrufen, ihr Ehemann könnte rangehen. Er schreibt seine Adresse auf und gibt sie ihr, dann steht er auf. »Ich muss rennen.« Er küsst sie auf die Wange und atmet den Duft ihrer Haut ein. Diesmal riecht sie nicht nach Moorwasser, vielmehr ist da ein Hauch von Pflanzensaft und ein leicht süßes Aroma wie

Ahornsirup. »Bis bald.« Ohne sich noch einmal umzudrehen, geht er.

Was soll das, bist du jetzt völlig durchgeknallt? Das wird Matties Reaktion sein, wenn sie es erfährt. Sie ist der einzige Mensch, dem er davon erzählen wird. Sie ist die Einzige, die ihn verstehen wird, trotz der Standpauke, die sie ihm halten wird.

Er ist auf dem sonnenbeschienenen Weg, der hinunter zum Parkplatz führt, und die Hacken seiner Stiefel schlagen Mulden in den Schotter, als er erst langsam zu laufen beginnt und dann immer schneller wird. Stampfend rennt er bergab, nimmt schlitternd die Kurven; so schnell ist er seit damals, am Strand von Atlantic City, nicht mehr gerannt, als er Hand in Hand mit Cat vor der schemenhaften Bedrohung geflohen ist. Aus den Tiefen seines Innern bricht ein Lachen hervor, die Mütze fliegt ihm vom Kopf – und er hofft inständig, dass kein Fotograf hinter einem der Büsche lauert.

SIEBENUNDDREISSIG

Cat, Oktober 1990

Es ist nicht *dieser* Sam, den ich liebe, der Sam Sage von heute, der Rockstar, den ich in der Garderobe getroffen habe. Ich liebe den Sam von damals, das, was *wir* damals waren: zwei junge Menschen in den Zwanzigern, voller Verliebtheit, Unschuld und Hoffnung, voller Pläne und Träume. Wahrscheinlich war ich immer in die Erinnerung an diese beiden verliebt. Die unerwartete Begegnung mit Sam hat einen Sturm an erinnerten Gefühlen ausgelöst. Im ersten Moment war das verwirrend. Aber mittlerweile hat sich die Verwirrung gelegt, denn ich weiß, wohin ich gehöre und wen ich liebe.

Leo und ich sitzen im Dunkeln und beobachten, wie Grace mit erhobenem Kinn und blitzschnellem Kopf ihre Pirouetten über die Bühne dreht. Die Beine unter dem Tutu sind straff angespannt, die Arme leicht gerundet. Sie sieht aus wie eine Puppe, denke ich, und unvermittelt kommen mir die verstümmelten Puppen auf dem Boden ihres Kinderzimmers in den Sinn. Im Saal wird laut geklatscht und gejohlt, das begeisterte Publikum besteht hauptsächlich aus den anderen Eltern, Angehörigen und Freunden der jungen Tänzer. Die Wangen gerötet und mit glänzenden Augen verbeugt sich Grace mit einem Knicks.

Leo und ich warten mit einigen anderen Eltern vor dem Hinterausgang. Der Herbstabend ist kühl, und ich zittere. Leo legt mir den Arm um die Schulter und rubbelt mir ein paarmal über den Oberarm. »Du kannst doch im Auto auf uns warten, Liebling.«

Seitdem mein Körper darin versagt, schwanger zu werden, behandelt er mich wie eine Kranke. Der Arzt konnte nichts feststellen. »Mit der Zeit wird es schon klappen«, sagte er mit einem väterlichen Lächeln. »Denken Sie nicht daran, dann passiert es von alleine.«

Unter dem Druck aber hat sich unser Liebesleben verändert. Es ist beinahe zu einer lästigen Pflicht geworden, etwas, das mit Sorge anstelle von Freude verknüpft ist. Leo misst jeden Tag meine Körpertemperatur, er kennt meinen Zyklus besser als ich selbst und notiert dann die fruchtbaren Tage im Kalender. Jeden Monat ist er aufs Neue enttäuscht, wenn ich kopfschüttelnd aus dem Bad komme.

Jetzt ist Grace da. Sie trägt immer noch das maskenhafte Bühnen-Make-up.

»Gut gemacht!«, beglückwünsche ich sie.

»Sehr schön«, sagt Leo. »Ich bin stolz auf dich, mein Schatz.«

Wir haben die Arme miteinander verschränkt, als wir zum Auto gehen, wir sind eine Familie. Das muss mir doch genügen, sage ich mir. Wir drei. Ich wünschte, es wäre so, doch seit der Begegnung mit Sam ist alles ein bisschen anders: Auch wenn ich mir immer noch wünsche, schwanger zu werden, ist die Vorstellung, ein Kind mit Leo zu haben, irgendwie merkwürdig – das Bewusstsein, dass Sam und ich ein gemeinsames Leben hätten haben können, hat meine Gefühle verändert. Doch das ist lächerlich. Leo ist mein Mann, ich kann jetzt keinen Rückzieher machen. Grace und er zählen auf mich.

Beim Abendessen blickt Grace uns beide an. Sie ist nervös; ich sehe es daran, dass sie diese Sache mit dem Mund macht, auf den Lippen herumkaut und sie zusammenpresst.

»Dad … Cat … stellt euch nur vor! Miss Miller hat gesagt, dass ich alles habe, was man zur Profitänzerin braucht.«

»Na, das überrascht mich nicht!«, erwidere ich. »Du bist so

begabt. Würdest du das Tanzen denn gern zum Beruf machen?«

Sie nickt. »Das wäre mein Traum.«

Ich weiß, wie sich das anfühlt. Aus einem Wunsch wird Notwendigkeit. Dieses Bedürfnis steckt mir tief in den Knochen, und ich sehe, dass es Grace genauso geht. In ihren Augen brennt die Leidenschaft. »Dann sollten wir mal mit Miss Miller reden«, ich blicke zu Leo, erwarte seine Zustimmung, »und uns informieren, wie wir weiter vorgehen könnten.«

»Augenblick mal.« Leo legt Messer und Gabel auf dem Teller ab. »Vielleicht hätte Miss Miller erst einmal mit mir reden sollen.«

»Oh, sie will es ja mit euch besprechen«, beeilt sich Grace, atemlos vor Aufregung, zu sagen. »Sie will über zusätzliche Unterrichtsstunden reden und meint, ich sollte auf eine Schule wechseln, die auf Tanz und Schauspiel spezialisiert ist. Vielleicht die Urdang Academy oder die Tring Park School, wenn ich eher in die klassische Richtung will. Ich müsste dort vortanzen.«

»Liebling, Tanzen ist kein vernünftiger Beruf«, wendet Leo ein. »Selbst wenn du Erfolg hast, dann ist er nur von kurzer Dauer. Du bist doch ein kluges Mädchen. Mach die Sache weiter als Hobby, und als Beruf suchst du dir was Sinnvolleres.«

»Oh, Daddy, bitte«, sagt sie. »Ich will unbedingt Tänzerin werden.«

Ich halte die Luft an und sehe, wie ihre Lippen beben. Mit weit aufgerissenen Augen starrt sie ihn an.

Leo räuspert sich. »Nein, Grace. Es tut mir leid. Das kann ich unmöglich unterstützen.«

»Dad.« Sie beugt sich über den Tisch. »Bitte.«

»Leo«, schalte ich mich schnell ein. »Können wir nicht wenigstens darüber reden? Grace hat wirklich Talent. Und wenn sie doch davon träumt …«

Er wirft mir einen warnenden Blick zu. »Die Träume einer Dreizehnjährigen ändern sich.«

»Aber ich werde meine Meinung nicht ändern«, widerspricht sie.

»Und ebenso wenig werde ich das tun«, erklärt er. »Du bleibst auf der Schule und machst wie geplant deinen Abschluss.«

Grace steht auf und stößt den Stuhl so abrupt nach hinten, dass er umfällt. Auf ihren Wangen sind rote Flecken, hektisch blinzelt sie gegen die Tränen an. »Ich hasse dich.« Dann rennt sie aus dem Zimmer.

Ich höre, wie sie die Treppe hinauftrampelt. »Vielleicht solltest du ihr hinterhergehen, oder?«

Er hebt den Stuhl auf und schenkt sich ein zweites Glas Wein ein, was er fast nie tut. »Sie wird sich schon beruhigen.«

Ich will aufstehen, doch er legt die Hand auf meine. »Lass ihr einfach Zeit.«

»Aber warum willst du denn nicht, dass sie tanzt?« Ich setze mich wieder hin. »Das verstehe ich nicht. Wir wissen doch, wie gut sie ist …«

»Ich will sie nur davor bewahren, dass man sie abweist.« Seine Stimme hat einen scharfen Unterton. »Ihr soll die Demütigung des Scheiterns erspart bleiben, das würde ich mir nie verzeihen. Sie hat etwas Besseres verdient.«

Mir geht ein Licht auf. »Du meinst, so wie Elizabeth?«

Er nickt. »Grace soll nun wirklich nicht dem Beispiel ihrer Mutter folgen.«

»Ich glaube, du täuschst dich«, erwidere ich ruhig. »Grace ist nicht wie Elizabeth. Sie hat eine Begabung. Und Disziplin. Das ist ungerecht.«

»Cat, mir ist bewusst, dass du helfen willst«, sagt er. »Aber es wäre mir lieber, wenn du dich hier nicht einmischst. Sie ist meine Tochter. Ich weiß es besser.«

Erschrocken lehne ich mich zurück. Es fühlt sich an, als hätte er mir eine Ohrfeige verpasst. Ich hätte erwartet, dass er Grace in ihren Wünschen unterstützt und weniger altmodische Ansichten hat. Aber am meisten schockiert mich sein Kontrollzwang. Wobei mich seine Haltung vielleicht nicht derart überraschen sollte, denke ich. Im Operationssaal ist er daran gewöhnt, dass man ihn respektiert und seine Anweisungen ohne Widerspruch befolgt.

Als ich in Grace' Zimmer komme, hat sie sich unter der Bettdecke verkrochen. Ihr Haar ist auf dem Kissen ausgebreitet. In ihren Kniekehlen hat es sich die Katze gemütlich gemacht.

»Schläfst du schon?«, flüstere ich.

»Ich kann nicht schlafen.« Ihre Stimme klingt verweint. »Wie kann er nur so gemein sein? Am liebsten würde ich sterben. Aus dem Fenster springen.«

»Na, na.« Ich setze mich aufs Bett und nehme ihre Hand. »Sag so was nicht. Soll ich ein bisschen bei dir bleiben?«

»Ja, bitte.« Unsere Finger verschränken sich. »Cat?«, fragt sie zögerlich. »Denkst du, er überlegt es sich noch mal anders?«

»Du kennst deinen Dad. Er kann ganz schön stur sein, wenn er der Meinung ist, dass er recht hat.« Ich beuge mich zu ihr hinunter. »Grace, nur weil du nicht auf eine andere Schule wechseln kannst, heißt das noch lange nicht, dass du aufgeben musst. Es gibt eine Menge Profis im zeitgenössischen Tanz, die erst in den Zwanzigern einsteigen. Man darf niemals nie sagen.«

Ihr Körper erbebt schluchzend, und sie drückt meine Hand.

»Was den Schulabschluss angeht, da hat dein Dad recht – damit hast du alle Möglichkeiten.«

»Das ist mir egal«, erwidert sie. »Mir ist alles egal.«

»He.« Ich schüttle ihre Hand ein wenig. »Du wirst darüber

wegkommen. Jetzt fühlt es sich an wie das Ende der Welt, aber das ist es nicht.«

Sie zuckt die Schultern. »Cat … die Sache mit dem Baby … Kommt da wirklich irgendwann eins?«

Mit der Handfläche streiche ich über die Bettdecke. »So was kann dauern, es sind jetzt gerade mal zehn Monate. Das ist völlig normal. Ich werde ein paar Untersuchungen im Krankenhaus machen lassen, dein Dad hat das eingefädelt. Bestimmt ist alles in Ordnung.«

»Es kann gefährlich sein, ein Kind zu kriegen, oder?« Ihre Stimme klingt belegt.

»Nein, heutzutage ist das nicht mehr so«, sage ich schnell, beuge mich zu ihr hinunter und küsse sie auf die Stirn. »Darüber brauchst du dir keine Sorgen zu machen.«

Auf dem Boden liegt das aufgeschlagene Tagebuch. Ich hebe es auf, klappe es zu, lege es auf das Nachtkästchen und lasse die Hand einen Moment auf dem Umschlag liegen. Sie ist gerade dreizehn geworden, und ich frage mich, welche Geheimnisse sie hineinschreibt, was für Teenagerängste darin zu finden sind. Bestimmt hat sie heute Abend ihr Herz ausgeschüttet und gegen Leos Entscheidung gewütet. Hoffentlich hat es geholfen.

Ich schlüpfe zu Leo ins Bett, und nach einer kurzen Umarmung dreht er mir den Rücken zu. Es ist keiner von unseren Abenden, und ich bin froh darüber, weil mir heute wirklich nicht der Sinn nach planmäßigem Sex steht. Ich bin immer noch wütend, dass er sich nicht wenigstens auf eine Diskussion über Grace' Tanzausbildung einlässt. Ich kann mich gut daran erinnern, wie enttäuscht ich war, als kein Geld fürs College da war – damals hat mich das Gefühl gequält, abgehängt zu werden.

Leo ist schon eingeschlafen. Das kann er wirklich gut: einfach abschalten und alles, was passiert ist, verdrängen.

Ich liege neben ihm und lausche dem Luftstrom aus seinem geöffneten Mund und dem leisen klickenden Geräusch, das er beim Schlafen macht. Ich drehe an dem goldenen Ring an meinem Finger. Und höre ganz deutlich Mutters Stimme: *Reue bringt einen nicht weiter, Catrin. Besser, man trifft Entscheidungen, die einem diesen Kummer ersparen.*

Das Wort erschreckt mich. *Reue.* Ich schiebe es fort. Reue hat hier nichts zu suchen, sage ich mir, weder in meinem Kopf noch in meinem Wortschatz. Es hat sich durch die Ritzen meines Unterbewusstseins hereingestohlen wie ein Dieb, der auf mein Glück aus ist – nur weil ich eine Postkarte von Sam bekommen habe. Wochenlang kam keinerlei Nachricht, und dann plötzlich diese Karte aus Rom.

Komme nächste Woche nach Hause. Wollen wir uns bei der Bank treffen? Schreib einfach, wann es dir passt. Ich werde da sein.

Als ich sie von der Fußmatte aufgehoben hatte, war mir ein Angstschauer über die Haut gekrochen. Was wäre gewesen, wenn Leo die Karte entdeckt hätte? Wie hatte ich so dumm und leichtsinnig sein können, Sam meine Adresse zu geben! Warum hatte ich mich darauf eingelassen, ihn wiederzusehen?

Meine Nachricht fällt ebenso knapp aus wie seine.

Tut mir leid, das geht nicht. Wir können nicht einfach Freunde sein. Das Beste ist, wir sehen uns nicht wieder.

Er wird einsehen, dass es die beste Lösung ist.

Ich rolle mich auf die Seite und lege den Arm um den Oberkörper meines Mannes, drücke mein Gesicht an seinen Rücken und spüre den weichen Schlafanzugstoff an der Wange. Dann warte ich darauf, dass mich der Schlaf einholt. Draußen höre ich, wie ein Auto den Gang wechselt. In den Wasserrohren hinter der Wand gurgelt es. Leos Herz klopft unter meiner Handfläche. Hierher gehöre ich.

Das Wartezimmer im Krankenhaus ist voll. Mir gegenüber sitzt eine Frau Hand in Hand mit einem Mann, vermutlich ihrem Ehemann. Die Frau zu meiner Rechten weint, ihr Mann hat den Arm um sie gelegt. Ich bin alleine hier, weil ich nicht wollte, dass Leo seine Patiententermine verlegt. Außerdem hätte seine Anwesenheit der Situation mehr Gewicht verliehen, als mir lieb wäre.

Ich nehme mir eine Zeitschrift und blättere die Seiten durch, überfliege die Texte. Hochglanzbilder ziehen vorbei, und grelle Reklame schreit mir entgegen. Ich konzentriere mich nicht wirklich auf das, was ich vor mir habe, sondern will mich nur von den Untersuchungen ablenken, die ich eben über mich ergehen lassen musste: das Stochern in meinen intimsten Körperteilen und die klaustrophobische Röhre, von deren Rachen ich verschluckt wurde.

Plötzlich blickt mich Sams Gesicht an. Keuchend schlage ich die Zeitschrift zu. Dann schlage ich sie wieder auf und starre auf das Foto; er sieht wunderschön aus in seiner dunklen Jacke mit dem hochgestellten Kragen. Es gibt ein weiteres Bild mit allen Bandmitgliedern, auf dem sie der Kamera ihre ungerührten Mienen entgegenhalten, und Sam in der Mitte, dessen Lippen ein leises Lächeln umspielt. Der Artikel trägt die Überschrift: *Die Lambs lösen sich auf. Rockstar und Frauenschwarm Sam Sage: Ich will endlich Musik machen, auf die ich stolz sein kann.*

Ich spüre, wie mir die Hitze ins Gesicht steigt, und sehe mich um. Niemand beachtet mich. Ich fange an zu lesen und beeile mich, damit ich fertig bin, bevor man mich aufruft. Sam redet davon, dass er sich darauf freut, dem zu entfliehen, was er den Rummel im Rockgeschäft nennt, und dass er aufregende Pläne für ein eigenes Soloalbum hat. Der Journalist fragt ihn, ob er den Namen Sam Sage beibehalten oder auf seinen eigentlichen Namen zurückgreifen wird. Ich halte inne und lese den Absatz ein weiteres Mal. Mir ist schwindlig. Sein eigentlicher Name? Dann brechen die Fakten über mich herein: Nach einem Zerwürfnis mit seiner Familie nannte sich Jack Winterson Sam Sage. Seine Eltern leben immer noch im Haus seiner Kindheit, einer Villa mit sechs Zimmern in Berkshire. Der Schlagzeuger der Band ist sein Halbbruder, von dessen Existenz er lange nichts wusste.

»Catrin Dunn?« Eine Krankenschwester steht in der Tür zum Wartezimmer.

Schuldbewusst schrecke ich auf, schlage die Zeitschrift zu und werfe sie zurück auf den Tisch. Ich folge der Frau in ein kleines Zimmer, in dem ein Arzt mir bedeutet, mich hinzusetzen. Seine Miene ist ernst. Ich versuche noch, mich von dem Schock über Sams Lügen zu erholen. Aber als ich den Gesichtsausdruck des Arztes bemerke, regt sich tief in mir die Angst und verdrängt alles andere. Mein Mund ist ausgedörrt. Ich warte darauf, dass er zu sprechen beginnt.

»Mrs Dunn, ist Ihr Mann denn nicht mitgekommen?«, fragt er.

Ich schüttle den Kopf und wünschte, Leo wäre bei mir.

»Ich fürchte, es liegt an Ihren Eileitern. Das zeige ich Ihnen gleich in den Aufnahmen aus dem CT, aber vorweg kann ich Ihnen sagen, dass sie verschlossen sind.«

»Oh.« Erleichterung durchflutet mich. Es ist nichts Lebensgefährliches. Das kann man doch bestimmt beheben. »Können Sie die Eileiter wieder durchgängig machen?«

»So einfach ist das nicht. Man kann operieren«, antwortet er langsam, »aber bei einer so starken Schädigung, wie Sie sie haben, ist das nicht immer erfolgreich. Außerdem …«, er macht eine Pause, »besteht die Gefahr einer Extrauterinschwangerschaft.«

»Das verstehe ich nicht«, sage ich verunsichert. »Warum sind sie denn so stark geschädigt?«

»Es gibt zahlreiche Gründe für verklebte Eileiter, und meistens, wie in Ihrem Fall, zeigen sich keine Symptome. Wir vermuten, dass es bei Ihnen an dem Blinddarmdurchbruch liegt, den Sie als Kind erlitten haben. Wahrscheinlich ist es schon damals passiert.«

»Mein Blinddarm?« Unwillkürlich wandert meine Hand zu der Stelle, an der die Narbe ist. »Ich hätte also … die ganze Zeit gar nicht schwanger werden können?« Ich schlucke. »Gibt es denn nichts anderes, was man tun kann?«

Er tippt mit dem Füller auf die Schreibunterlage. »Man kann es mit künstlicher Befruchtung probieren, weil man dabei die Eileiter umgeht. Aber über diese Dinge sollten wir zu einem späteren Zeitpunkt reden …« Er hält inne und sieht mich über den Rand seiner Brille an. »Da wollen Sie doch sicher auch Ihren Ehemann einbeziehen.«

Auf dem Weg zur U-Bahn schwirrt mir der Kopf von all den neuen Erkenntnissen. Ich habe Angst vor einer Operation, aber auch die Vorstellung einer künstlichen Befruchtung gefällt mir nicht, weil ich mir denken kann, dass weiteres Stochern und Herumpiken damit verbunden sein dürften und der Sex selbst überflüssig wird. Schon jetzt herrscht zwischen Leo und mir eine gewisse Anspannung, und wir haben beide irgendwie das Gefühl, bei der Zeugung eines gemeinsamen Kindes versagt zu haben. Beim Gedanken an eine künstliche Befruchtung habe ich das undeutliche Bild vor Augen, dass Leo sich mit Pornozeitschriften und Taschentüchern in einem Zimmer einschließt und jegliche Leidenschaft zurückgestellt wird, während wir zu einem wissenschaftlichen Experiment mutieren.

In den dunklen Scheiben der U-Bahn spiegelt sich mein blasses Gesicht. Sätze aus dem Zeitschriftenartikel jagen mir durch den Kopf, und in mir schwillt die Wut an, so sehr, dass sie sogar die Gedanken an meine beschädigten Eileiter fortwischt und die Frage, wie es mit Leo und mir und unserem Plan, ein Baby zu bekommen, weitergehen soll. *Keine Lügen* – das hatte mir Sam in dem Hotelzimmer in Atlantic City versprochen. Ich hatte ihm alles aus meiner Kindheit erzählt: von Dad, Frank. Er hingegen entschied sich, mir die Wahrheit zu verschweigen. Jahre später kehrt er in mein Leben zurück und setzt das Glück, das ich mir so hart erarbeitet habe, aufs Spiel und weiß die ganze Zeit, dass er mir gegenüber von Anfang an unehrlich war.

Der Schock und die Empörung bilden einen Klumpen in meinen Eingeweiden – mir ist übel. Ich habe keine Ahnung, wie ich ein Abendessen herunterbekommen soll, wie ich mit Leo über die Untersuchungsergebnisse sprechen und über die Möglichkeit einer Operation oder künstlichen Befruchtung diskutieren soll, wenn diese heimliche Wut in mir lodert.

Ich muss ihn treffen; in dieser Sache habe ich mich getäuscht. Ich werde ihm noch einmal schreiben und einen Zeitpunkt für ein Treffen ausmachen. Denn ich muss ihm einfach ins Gesicht sehen bei der Frage, warum er mich belogen hat.

Als ich zu Hause bin, ist Leo ungehalten darüber, dass ich alleine zu dem Termin im Krankenhaus gegangen bin. Er will ganz genau wissen, was der Arzt gesagt hat, aber ich brauche eine Weile, um die richtigen Worte zu finden, weil sich mir noch immer der Kopf dreht von dem Schock über Sam und über die Schäden an meinen Fortpflanzungsorganen.

Leo kratzt sich am Kinn und meint, dass die naheliegende Vorgehensweise die künstliche Befruchtung ist. »Was hältst du davon?«, fragt er mich.

Im Augenblick komme ich mir ein wenig vor wie eine seiner Patientinnen, also greife ich nach seiner Hand. »Ich muss erst einmal herausfinden, was für Medikamente ich nehmen müsste«, sage ich. »Und welche Nebenwirkungen sie hätten.«

Er lässt meine Finger los. »Heutzutage ist das alles ganz unkompliziert. Da gibt es keine Nebenwirkungen, über die man sich Sorgen machen müsste.« Er steht auf und nickt. »Morgen früh rufe ich ein paar Leute an«, erklärt er. »Ich höre mich mal um, zu wem wir gehen sollten, wer der beste Mann für so etwas ist.«

»Oder die beste Frau«, füge ich hinzu, doch er hört mich nicht.

Ich kann nicht schlafen, weil ich Angst vor der Sache habe, auf die Leo und ich uns da einlassen, und sobald ich die Augen schließe, schießen mir Sätze aus dem Artikel über Sam in den Sinn, die mir seine Lügen in Erinnerung rufen.

ACHTUNDDREISSIG

Sam, Oktober 1990

Er ist schockiert, als er ihre erste Nachricht bekommt.

> Tut mir leid, das geht nicht. Wir können nicht einfach Freunde sein. Das Beste ist, wir sehen uns nicht wieder.

Wieder und wieder liest er die Worte, in der verzweifelten Hoffnung, dass sie sich wie durch ein Wunder in etwas anderes verwandeln. Warum hat Cat es sich anders überlegt? Den folgenden Tag bringt er damit zu, sich Formulierungen zu überlegen, mit denen er sie zu einer Änderung ihrer Meinung bewegen könnte. Und dann wird ihm klar, was der Grund für ihren Rückzieher sein muss: Sie empfindet noch etwas für ihn. Als die zweite Nachricht eintrifft, in der sie schreibt, dass sie sich nun doch bei der Bank mit ihm treffen will, wirbeln ihm die Gedanken wie Herbstlaub durch den Kopf, die einen winzigen Augenblick Möglichkeiten erahnen lassen und gleich darauf wieder fortgetragen werden.

Die England-Tournee war strapaziös, insbesondere im Bewusstsein, dass die Lambs sich auflösen würden, während sie die ganzen alten Stücke spielen mussten. Er kehrte eine Woche später als geplant nach London zurück, weil er in letzter Minute für das Shooting eines Männermagazins nach Rom fliegen musste. Wegen Cats Vorschlag in der zweiten Nachricht musste er ein Interview absagen und einen Termin verlegen. Er muss an ihre Verabredung am Strand von Atlantic City denken, wie vage und unwahrscheinlich ihm ihr Plan damals erschien. Er war sicher gewesen, dass sie ihn versetzen würde, doch sie kam. Sie hatten einander an diesem weiten Sandstrand gefunden, während sich die Wellen am Ufer brachen.

Er geht den Hang hinauf, zieht die Jacke fester um den Körper und stemmt sich gegen den Wind. Hampstead Heath ist ein Flickenteppich aus goldenen und rotbraunen Tupfen, und das Gras schimmert gelb im diesigen Licht. Cat wartet schon auf ihn, vor dem Weißdorn zeichnet sich ihre Silhouette auf der Parkbank ab. Sein Mund wird trocken, als er sie sieht, und das Herz schlägt ihm hart an die Rippen, als er ihr entgegen den steilen Hügel hinaufgeht.

Sie lächelt nicht. Unter der dicken Jacke beginnt er zu schwitzen. Er möchte sie in den Arm nehmen, aber sie hat die Hände in den Taschen und sitzt steif da.

Er setzt sich neben sie. »Hi. Wie schön, dich zu sehen.«

Er bemerkt, wie sie die Lippen zusammenpresst. »Warum hast du mich angelogen?« Ihre gelbblauen Augen fixieren ihn.

Er erstarrt. »Was?« Er schluckt.

»Ich habe einen Artikel in einer Zeitschrift gelesen«, sagt sie. »Deine Eltern sind nicht tot. Und eigentlich heißt du …« Sie ballt die Hände zu Fäusten und legt sie auf die Knie. »… Jack.« Sie spricht das Wort aus, als hätte es einen schlechten Geschmack. »Jack Winterson.«

Er ist völlig überrumpelt, und ihm stockt der Atem. »Ich hätte es dir sagen sollen«, bringt er heraus. Er muss versuchen, die Sache zu erklären. »Es war idiotisch von mir, dass ich das nicht gemacht habe. Ich hatte gerade erst erfahren, dass mein Dad eine zweite Familie hatte.« Sein Kinn zittert. »Ich war total schockiert, weil mein ganzes Leben auf einer Lüge beruhte … meine ganze Kindheit. Deswegen bin ich nach Amerika gegangen. Ich habe Zeit zum Nachdenken gebraucht. Und ich habe mir einen neuen Namen zugelegt.«

Ohne ihn anzuschauen, sagt sie leise: »Als ich hergekommen bin, habe ich zuallererst das Telefonbuch durchtelefoniert.« Ihr Kopf schießt herum, und sie starrt ihn an. »Ich habe dich gesucht. Ich habe sämtliche Leute namens Sage angerufen. Aber jetzt weiß ich, dass das vollkommen zwecklos war.«

Die Erkenntnis treibt ihm die Tränen in die Augen. »Weißt du noch, dass ich dir etwas sagen wollte?«, fragt er. »Am Flughafen? Das war es. Ich wollte dir das alles vor meiner Abreise nach London erklären.«

Sie sieht ihn an.

»Und die Briefe … weil ich vor dem Abflug keine Gelegenheit mehr hatte, habe ich dir in den Briefen alles erzählt. Ich dachte, das wäre der Grund, warum du nicht antwortest. Dass du wütend auf mich wärst. Ich habe noch einmal geschrieben und mich entschuldigt. Ich habe dir ein Lied geschickt.«

Sie wirkt erschüttert. »O Gott.«

Er legt eine Hand auf ihre, aber sie zieht sie fort. »Nicht«, flüstert sie.

»Es gibt da noch etwas«, zwingt er sich zu sagen. »Als wir uns kennengelernt haben, hatte ich eine Freundin. Wir hatten uns auseinandergelebt, ich hatte vor, die Beziehung zu beenden, auch wenn ich dir nicht begegnet wäre. Aber ich hätte dir davon erzählen sollen.«

Cat erwidert nichts.

Mit dem Fingernagel kratzt er an dem porösen Holz der Armlehne.

»Es ist egal.« Aus ihrer Kehle kommt ein merkwürdiger Laut. »Das alles ist lange her.« Sie steht auf und geht ein paar Schritte weg. »Das, was ich in meiner ersten Nachricht an dich geschrieben habe, stimmt schon. Wir dürfen uns nicht mehr sehen.«

Mit gekrümmtem Rücken, die Arme um den Oberkörper gelegt, steht sie auf dem Hügel. Der Wind zerrt an ihren Haaren, sodass die blonden und braunen Strähnen wild durcheinanderwirbeln.

Er steht auf und geht auf sie zu, ohne zu wissen, was er tun oder sagen kann, um es besser zu machen. Ihm fehlen die Worte, also macht er das, was er vom ersten Augenblick an tun wollte: Er legt ihr die Hände auf die Schultern und dreht sie zu sich herum, hält sie ganz fest und atmet den Duft ihrer wirren Haare ein. Er rechnet mit Widerstand oder auch Wut. Doch ihr Körper erschlafft, schwer stützt sie sich gegen ihn.

»Mein Liebling«, murmelt er.

Sie rückt von ihm ab, zerrt ein Taschentuch aus der Jackentasche und wischt sich die Nase ab. Mit einem weiteren Schritt nach hinten vergrößert sie die Distanz zwischen ihnen; in der Luft bilden sich kleine Atemwölkchen und lösen sich wieder auf.

»Ich wünschte …«, sagt er. »Ich wünschte, wir könnten das Rad der Zeit zurückdrehen …«

»Aber das können wir nicht«, unterbricht sie ihn. Sie richtet sich auf. »Wir haben es verbockt und können es nicht wiedergutmachen.«

»Nein?«

»Nein.« Sie blickt zu Boden. »Nein.«

Er kehrt zur Bank zurück und setzt sich hin, stützt die Ellbogen auf die Knie und den Kopf in die Hände. Er hat das Gefühl, aus der Zeit und aus seinem Leben zu fallen. Er ist fest mit der Bank verbunden, nicht in der Lage, sich zu rühren, während sein Leben – das falsche Leben – ohne ihn weitergeht. Sein Kopf ist leer. Er spürt ihre Nähe, weiß, dass sie neben ihm sitzt. Dann legt sie ihre Hand auf seinen Arm. Ihre Berührung ist sanft.

Er richtet sich auf und sieht sie an. »Was sollen wir denn nur machen?«

Freudlos lächelt sie. »Nichts. Unser Leben weiterführen. Unabhängig voneinander.«

Der Schmerz scheint Sam die Brust zu zerreißen. Der Schlag

ist zu heftig, als dass sein Herz ihn verkraften könnte. Undenkbar, dass er aufsteht und weggeht und sie nie mehr wiedersieht.

»Ich muss los«, sagt sie mit einem Blick auf die Uhr.

»Jetzt schon?« Panik erfasst ihn, ihm wird schlecht. »Kann ich dich noch ein einziges Mal wiedersehen?«, fragt er.

Sie schüttelt den Kopf. »Ich bin verheiratet.«

»Du redest von Pflicht …«

»Nenn es, wie du willst«, unterbricht sie ihn, »aber es heißt nichts anderes, als das Richtige zu tun.«

»Aber ich erwarte doch nicht von dir, dass du etwas Unrechtes tust«, wendet er ein. »Bitte, lass uns morgen noch einmal herkommen. Um uns richtig voneinander zu verabschieden.«

Ihre Miene ist unschlüssig, er kann sehen, dass sie zögert. »Cat?«, fügt er schnell hinzu. »Wir hatten doch so wenig Zeit. Gib uns zwei Stunden, ohne Wut und ohne Angst.« Sein Mund ist trocken. So nervös ist er noch nicht einmal, wenn er vor Tausenden von Menschen auf der Bühne steht. »Alles, was erklärt werden musste, ist jetzt aus dem Weg geräumt. Der schwierige Part ist erledigt. Nun können wir einfach für eine Weile … wir selbst sein. Freunde sein. Denn das waren wir doch, oder? Ich würde so gern hören, wie es dir seither ergangen ist.«

Sie macht ein Geräusch, eine Art Stöhnen, und sitzt mit eng um den Körper geschlungenen Armen da. Ihm ist klar, dass er nichts sagen darf. Schließlich lässt sie die Arme sinken und neigt den Kopf. »Also gut. Morgen. Hier.«

Er nickt.

»Aber es ist das letzte Mal.« Sie steht auf, darauf bedacht, ihn nicht zu berühren. Sie zittert. »Auf Wiedersehen.«

»Auf Wiedersehen.«

Sie wirken wie zwei unbeholfene Teenager. Er sieht ihr hinterher, bis sie hinter dem Weißdorn verschwindet, und lässt sich dann wieder auf die Holzlatten fallen. Blicklos starrt er über die im Dunst liegende Stadt. Langsam lässt der Schmerz in der Brust nach, und die Kraft kehrt zurück in seine Glieder. Er überlegt, ob er einfach die Nacht über hierbleiben kann, bis sie morgen wiederkommt. Aber ihm ist jetzt schon kalt, am Oberkörper juckt ihn der getrocknete Schweiß. Schwerfällig kommt er auf die Füße, und seine Finger liegen einen Augenblick auf der Rückenlehne der Bank und tippen einen Rhythmus. Er summt eine Melodie, das Fragment einer Idee. Plötzlich hat er es eilig, die Gitarre in die Hand zu nehmen und die Idee umzusetzen, bevor sie ihm wieder entgleitet.

Es liegt an ihr, an Cat. Durch sie findet er zu seinem eigentlichen Wesen, so war es schon immer. Und genau dort lebt die beste Musik, in seinem innersten Kern. Ihm bleibt der morgige Tag, spricht er sich Mut zu, während er eilig zum Ausgang geht. Er hat noch ein Mal die Gelegenheit, sie zu sehen, zu halten und zu überzeugen. Denn sie beide gehören zusammen. So ist es nun mal.

NEUNUNDDREISSIG

Cat, Oktober 1990

Als ich neben dem schlafenden Körper meines Mannes liege, dessen Haut mich zu versengen scheint, will ich am liebsten die Laken wegstrampeln; ich muss an die Luft. Wieder und wieder geht mir durch den Sinn, wie wir uns das Ehegelübde gegeben haben, wie ich den Blumenstrauß umklammerte und er mir im Taxi das Konfetti aus den Haaren zupfte. *Du bist doch glücklich, oder, mein Liebling?*

Leo und ich sind ein Team. Jetzt wird unsere Beziehung auf den Prüfstand gestellt, nur weil wir versuchen, ein Kind zu kriegen. Ich sollte Sam nicht wiedersehen. Aber es geht ja nur um zwei Stunden, am helllichten Tag, auf einer Parkbank in Hampstead Heath.

Der Wecker schreckt mich aus dem Schlaf, aus einer anderen Welt. Das abrupte Scheppern bringt mein Herz zum Rasen.

Auf dem Tisch steht Leos leere Müslischale, und in der Hoffnung auf Milch springt der Kater hinauf. Ich scheuche ihn fort. »Da bist du ja«, sagt mein Mann, sieht von der Zeitung auf und küsst mich behutsam auf die Wange. »Wie geht es dir?«

»Mir fehlt nichts«, sage ich und schütte etwas Trockenfutter in das Schälchen von Fat Mog.

»Ich weiß«, sagt er sanft und nimmt das Jackett von der Stuhllehne. »Aber es war bestimmt ein Schock, dass dein Blinddarmdurchbruch solche Schäden verursacht hat. Das kann schon mal dauern, bis man so etwas verdaut hat.«

»Ja, du hast recht.« Ich lege eine Hand an die Stirn. »Ich bin wahrscheinlich einfach ein bisschen … dünnhäutig.«

»Kein Wunder. Du, ich muss jetzt los. Bis heute Abend, Liebling. Ich rufe dich nachher an, wenn ich einen Krankenhaustermin vereinbart habe.« Flüchtig küsst er mich auf die Wange. »Das ist alles so aufregend.«

Grace kommt in der Schuluniform in die Küche. »Was ist aufregend? Was ist das für ein Krankenhaustermin?«, fragt sie, während Leo sich auf den Weg macht.

»Offenbar gibt es bei mir ein Problem mit dem Schwangerwerden. Deshalb überlegen dein Dad und ich, ob wir es mit einer In-vitro-Fertilisation versuchen sollen.«

»Was ist das?«

»Das ist eine ausgeklügelte Methode, um schwanger zu werden, bei der eine Eizelle außerhalb des Körpers befruchtet wird und danach wieder eingesetzt wird.« Ich wische die verschütteten Milchtropfen von der Tischplatte ab.

Mit skeptischer Miene beißt sich Grace auf die Unterlippe. »Tut das weh?«

»Vielleicht ein bisschen, aber nicht schlimm.«

»Ich wünsche mir eine kleine Schwester«, sagt sie langsam, »aber nicht, wenn es dir wehtut.«

»Nein«, versichere ich schnell. »Das ist schon in Ordnung. Wir machen einen Versuch, aber es kann sein, dass es nicht klappt. Ich will nicht, dass du enttäuscht bist.«

»Nein, das bin ich bestimmt nicht«, sagt sie leise und bückt sich, um Fat Mog zu streicheln.

Ich bemerke einen kleinen roten Striemen an der Innenseite ihres Handgelenks. »Auweia! Hast du dir wehgetan?«

Sie richtet sich auf, wendet sich ab und zieht den Ärmel hinunter. »Ach, das? Das ist nichts Schlimmes. Mog hat mich aus Versehen gekratzt.«

»Hast du das desinfiziert?«

»Mmm. Bis später«, murmelt sie über die Schulter.

»Grace?«

Sie ist weg. Alleine stehe ich in der Küche und lege die Hände auf meinen Bauch. Etwas, das eigentlich ganz einfach sein sollte, ist zu einer komplizierten Sache geworden. Und jetzt ist da auch noch Sam, durch den das Ganze zu einem noch verworreneren Knoten wird. Kurz blitzt die Erinnerung an das Wollknäuel auf, das ich damals auf dem verregneten Friedhof für Grace entwirrt habe.

Ich betrachte die aufgeweichten Cornflakes und die schmutzigen Tassen, den Geschirrspüler unter der Arbeitsplatte, den ich ausleeren muss, und habe ein Gefühl der Entfremdung, als beobachte ich mich von außen. Ich lege das Geschirrtuch auf den Rand des Spülbeckens und wische mir die Hände am Morgenmantel ab. Heute treffe ich Sam. Es ist merkwürdig, mit diesem Wissen hier in meinem Zuhause zu sein. Alles andere fällt von mir ab. Ich werde nicht an Krankenhaustermine denken oder daran, was ich heute Abend kochen soll. Ich will ganz einfach ein letztes Mal mit ihm zusammen sein. Ich sehe auf die Küchenuhr und rechne nach, in wie vielen Stunden ich mich auf den Weg zum Park machen kann – zu unserer Bank.

Er springt auf, als ich hinter den Weißdornbüschen hervorkomme. »Ich war viel zu früh da«, sagt er verlegen.

Wir lächeln uns an und sind plötzlich beide schüchtern. Auf der Bank sitzend, betrachten wir den Ausblick. Heute ist es klarer als gestern, und die tief stehende Sonne wärmt mir das Gesicht. »Wie genau stellst du dir das jetzt vor?«, frage ich.

Er hebt die Hände. »Lass uns einfach ganz normal miteinander reden. Ohne jeden Druck.«

Ich lache kurz. »Leichter gesagt als getan.«

»Ich weiß«, antwortet er ruhig, »aber lass es uns versuchen.« Er holt tief Luft, und ich spüre, wie sich seine Schulter entspannt. »Gestern, nachdem wir uns gesehen hatten, habe ich angefangen, ein neues Lied zu schreiben.«

Ich drehe mich zu ihm. »Wie schön.«

»Es liegt an dir, Cat«, sagt er. »Du inspirierst mich. Das, was wir miteinander teilen, inspiriert mich. Hat es schon immer getan.« Mit dem Daumen reibt er an einem Fleck auf seiner Jeans. »Hat dir das Lied gefallen, das ich über uns in Atlantic City geschrieben habe?« Er summt die Melodie und singt dann ein paar Takte. »Es war unser erster Hit. Damit hat alles angefangen.« Er lächelt. »Damals habe ich gedacht, dass du es vielleicht einmal hörst und … verstehst.«

Eine Haarsträhne kitzelt mich, und ich schiebe sie fort. »Es kam erst Jahre später heraus.«

»Hast du dir den Text nicht durchgelesen? Er war auf der Plattenhülle abgedruckt.«

»Doch, aber …«, sage ich schulterzuckend. »Wie sollte ich mir sicher sein, ob er tatsächlich über mich ging?« Ich sehe ihn an. »Ich konnte mir nicht vorstellen, dass du so ein Lied schreibst und gleichzeitig den Kontakt zu mir abbrichst.«

»Verdammt, ja.« Er kratzt sich am Kinn. »Schon klar, dass dich das verwirren musste, nachdem du meine Briefe ja gar nicht bekommen hast. Dieses neue Stück, das ich im Kopf habe, geht auch über uns – darüber, wie wir uns verloren und wiedergefunden haben.«

»Ist es für dein neues Album?« Wärme durchflutet mich im Bewusstsein, dass ich ihn zu neuen Stücken inspiriere. »Hast du Angst davor, solo weiterzumachen?«

Er zieht die Schulter hoch. »Ein bisschen. Aber diesmal ist es anders.« Er lächelt schwach. »Ich möchte etwas machen, auf das ich stolz sein kann. Dafür brauche ich kein großes Publikum. Ich will einfach nur von meiner Arbeit leben können.«

»Das freut mich«, sage ich. »Außerdem hast du doch bestimmt sowieso schon haufenweise Geld verdient.«

Er lacht. »Wir haben nicht schlecht verdient, das stimmt schon. Obwohl wir der Plattenfirma Geld für die Videos und so zurückzahlen mussten. Und wir haben ganz schön durchgedrehte Videos gemacht, das muss man schon sagen.«

Er nimmt meine Hand und drückt sie. Es ist ein Schock, als ich seine Haut an meiner spüre, und instinktiv zucke ich zurück, doch dann erschaudere ich kurz und lasse meine Hand in seiner liegen. Mein Arm kribbelt, und ich sehne mich danach, mich an ihn zu lehnen und den Kopf auf seine Schulter zu legen.

»Vor hundert Jahren«, seine Stimme hat sich verändert, sie klingt tief und vertraut, »hat hier das Vieh gegrast, und die Leute sind hergekommen, um Sand abzubauen und Holz für das Kaminfeuer zu sammeln. Stell dir vor, wir wären ein Paar gewesen, das in einem verrauchten Häuschen lebt; wir hätten hier gestanden und die Sonne auf unseren Gesichtern gespürt, und in der Luft hätte der Geruch der neuen Teiche gehangen. Ich hätte deine Hand genommen, dich geküsst, dein Haar, deinen Mund, und es hätte mich nicht gekümmert, ob man uns dabei sieht.«

Ich bringe kein Wort heraus und ziehe meine Hand zurück. Er hält mich nicht ab.

Er räuspert sich. »Weißt du, dass Guy Fawkes und seine Mitverschwörer geplant hatten, von diesem Punkt aus zu beobachten, wie das Parlament in die Luft fliegt, und dass der Legende nach Boudicca hier begraben wurde?«

»Boudicca? Das hast du dir ausgedacht!«

»Ich habe schon immer gern Reiseführer gelesen, um mehr über die Orte zu erfahren, an denen ich gerade bin. In den letzten Jahren wusste ich oft gar nicht mehr, in welcher Stadt ich mich befand.« Er zieht ein zerfleddertes Buch aus der Jackentasche. »Das habe ich in einem Antiquariat in der Nähe der U-Bahn-Station gefunden. *Hampstead Heath: Zehn Spaziergänge durch Londons Parklandschaft*.«

»Das ist ja mal Sex and Drugs and Rock 'n' Roll«, necke ich ihn.

Er macht eine Grimasse und tut so, als wolle er mich packen. Ich springe auf und renne den Hügel hinunter. Schmatzend saugt der schlammige Boden an meinen Sohlen, ich stolpere über Grasbüschel und rase trotzdem weiter den steilen Hang hinab. Kalte Luft strömt in meine Lunge, und meine Wangen brennen. Er ist mir auf den Fersen, ich höre, wie seine Stiefel durch den Matsch platschen und seine Jacke raschelt. Und dann prallt er gegen mich. Er hat mich an der Taille erwischt und hält mich fest. Wir lachen und fallen beinahe hin. Zitternd drehe ich mich zu ihm um, lege die Hände auf seine Brust, um ihn fortzuschieben, doch er neigt sein Gesicht zu mir herunter, und unsere Lippen treffen aufeinander.

Es ist, als seien wir wieder in Atlantic City, als kauerten wir zwischen zwei parkenden Autos und küssten uns zum ersten Mal. Aber diesmal kenne ich diesen Mann, diesen Mund, diese Zunge. Wir küssen uns lange, und dann stehen wir im Matsch und halten einander im Arm. Ich will ihn nie mehr loslassen. Um uns herum macht der Park seine Geräusche: das flüsternde Laub, Stimmen in der Ferne, Vogelzwitschern, das Brummen eines Flugzeugs in großer Höhe. Ich lasse die Arme sinken und trete ein wenig zurück, um uns Raum zu geben.

»Das hätte nicht passieren dürfen«, sage ich leise.

»Cat.« Er nimmt meine Hand und drückt sie. »Ich möchte mit dir zusammen sein.«

Ich verziehe das Gesicht. »Ich bin …«

»Ich weiß«, unterbricht er mich. »Aber … ich möchte dich fragen, ob du … ob du glücklich mit ihm bist. Wirklich glücklich.«

»Glücklich?« Ich ziehe den Kopf zwischen die Schultern. »So einfach ist das nicht, Sam. Kann es nicht sein. Da sind zwei Menschen, die auf mich zählen.«

Ich will mit Sam nicht über Leo reden, das wäre falsch.

»Du redest schon wieder über Pflicht.« Er macht eine unwirsche Geste. »Willst du dich für den Rest deines Lebens Pflichtgefühlen unterordnen? Wie steht es mit deinen *eigenen* Wünschen?« Seine Stimme klingt heiser. »Du weißt ja, wie das mit meinem Dad war – er hat mir immer das Gefühl vermittelt, dass ich ihm etwas schuldig bin.« Sam hält meine Arme fest und sieht mir in die Augen. »Erst als ich dich getroffen habe, habe ich den Mut aufgebracht, einfach ich selbst zu sein.« Er schüttelt sich. »Pfeif auf die Pflicht, Cat.«

»Das hier ist etwas anderes«, widerspreche ich. »Das weißt du.«

Sein Gesicht fällt in sich zusammen, er lässt meine Arme los, dreht sich um und geht zurück bergauf Richtung Bank. Stolpernd folge ich ihm. »Ich habe ein Versprechen gegeben«, sage ich. »Bitte bring mich nicht dazu, es zu brechen. Das ist ungerecht.« Ich beiße mir auf die Lippe. »Du hast gesagt, du machst das nicht.«

Wir setzen uns hin, und er fährt sich mit der Hand über das Gesicht; hart reibt er sich über die Haut und die Bartstoppeln. »Verzeih«, sagt er.

Einige Minuten lang sagt keiner von uns beiden ein Wort. Mit den Fingern spüre ich der Gravur an der Rückenlehne nach.

»Ob Regen oder Sonnenschein«, lese ich laut vor, »ich sitze für immer hier an deiner Seite.«

»Ja«, sagt er und lächelt schwach. »Davon kriege ich richtig Gänsehaut. Ist das nicht seltsam? Es ist dieselbe Vorstellung wie bei der Bank in Atlantic City – die mit dem Namen deines Bruders.«

Meine Hand liegt auf dem Holz. »Mir war sofort klar, dass es diese Bank ist, als ich das gelesen habe. Irgendwie geben mir die Worte das Gefühl, hierherzugehören.«

»Wir sollten auch eine Bank gravieren lassen«, meint er.

Ich lege den Kopf schief. »Für Cat und Sam, die zueinanderfanden, sich verloren und wiederfanden.«

Er spitzt die Lippen. »Nicht schlecht. Gar nicht schlecht.«

Lachend verschränke ich die Arme; sein Humor ist eine Erleichterung. »Was schlägst du denn vor?«

»Das ist die Bank von Sam und Cat.« Er schenkt mir ein schiefes Grinsen. »Und dann in Großbuchstaben: HINTERN RUNTER!«

»Das zeugt ja nicht gerade von Gemeinsinn.« Ich knuffe ihn am Knie. »Oder von Sinn für Poesie. Ich habe mal eine Bank gefunden, auf der stand: *Für Joe, der Hampstead Heath und all die Leute hier nicht leiden konnte.*«

Sam lacht.

»Was bedeuten dir die Widmungen auf Parkbänken?«, frage ich. »Du bist der einzige Mensch, den ich kenne, der denselben Tick hat wie ich.«

Er fährt mit dem Finger über die Gravur. »Na ja, sie sind ein Zeugnis der Liebe – der Liebe mit all ihrem törichten Übermut. Sie sind ein Zeugnis des Risikos, das wir mit der Liebe eingehen, im vollen Bewusstsein, dass wir denjenigen, den wir lieben, jederzeit verlieren können.« Kurz hält er inne, und zwischen seinen Augenbrauen bildet sich eine kleine Furche. »Und dann ist da ja auch noch die Gefahr, dass wir enttäuscht werden, betrogen, hintergangen, und trotz allem lassen wir uns auf das Wagnis ein, zu lieben und uns anderen Menschen hinzugeben – nicht nur den Geliebten, sondern auch den Kindern und Freunden und Eltern.« Er sieht mich an. »Diese ganze Liebe und dieser Mut zeigt sich für mich in den Widmungen. Wahrscheinlich ist es das, was uns verbindet: Allen Widrigkeiten zum Trotz treffen wir die unmögliche Entscheidung zu lieben und hören nicht auf damit.«

Sprachlos nicke ich.

»Und was sind sie für dich?«, fragt er.

Ich räuspere mich. »Wenn … wenn ich einen Namen auf einer Parkbank lese, dann stelle ich mir vor, dass derjenige da sitzt. Ich weiß, dass der Ort diesem Menschen etwas bedeutet hat, und irgendwie kommt es mir so vor, als wäre er auch da. Und obwohl ich ihn nicht gekannt habe, erinnere ich mich an ihn. Ich weiß, das klingt verrückt …«

Er schüttelt den Kopf.

Ich ziehe die Schultern hoch und will es erklären. »Dabei ist es etwas so Banales, eine Bank im Park. Meistens gehen wir vorüber, ohne davon Notiz zu nehmen. Aber in diesen Widmungen – selbst wenn es nichts als ein Name und ein Datum ist – schwingt das mit, was das Menschsein ausmacht.«

»Cat.« Seine Stimme bricht.

Mir zieht es die Brust zusammen, als ballte sich eine Faust, so sehr zwinge ich mich, meine Hand nicht nach ihm auszustrecken. Stattdessen streiche ich mir das Haar hinter die Ohren und wende das Gesicht ab.

Er versteht sofort und rückt ein bisschen von mir ab. Die Luft zwischen uns ist zum Zerreißen gespannt von der Anstrengung, die es kostet, einander nicht zu berühren.

»Erzähl mir von deinem Leben.« Er bemüht sich um einen unbefangenen Tonfall. »Wie sieht dein Alltag aus?«, fügt er hinzu. »Ich will mir vorstellen können, was du jeden Tag so machst, wenn ich nicht bei dir sein kann.«

»Ich kümmere mich um meine Stieftochter Grace.« Kurz mache ich die Augen zu; mir ist bewusst, dass wir uns beide in unser jeweiliges Leben zurücktasten müssen. »Ich komme zum Schwimmen hierher zu den Teichen. Ich bin gern draußen, ich mag den Schlamm und das Grün, die Luft auf der Haut. Das mache ich das ganze Jahr über, auch im Winter, da schlagen wir ein Loch ins Eis. Außerdem schreibe ich vier oder fünf Stunden am Tag. Ich bin Kinderbuchautorin. Ich habe einen Vertrag über zwei Bücher geschlossen – nächstes Jahr kommt mein erstes Buch heraus.«

»Dein erster Roman! Warum erzählst du mir das erst jetzt?«

Er macht große Augen. »Ich habe im Buchladen immer nach deinem Namen gesucht, und jetzt ist es endlich so weit, dein Name ist da, wo er hingehört. Das ist großartig.«

»Na ja, ich bin kein Superstar – nicht so wie manch andere ...«

»Ich dachte, Amerikaner sind nicht bescheiden.« Er legt mir den Arm um die Schulter und drückt sie fest. »Ein Kinderbuch! Mensch, Cat, du bist der Knüller. Das warst du schon immer. Manchmal sollte man sich einfach sagen: Scheiße noch mal, ich hab es geschafft. Seht mich an, Leute!« Mit dem anderen Arm macht er eine weitläufige Geste.

Dann lässt er mich los, und wir sitzen beide da und schauen über den Hang auf den dahinter liegenden Wald und die Silhouette der Stadt in der Ferne. Es ist kälter geworden, leichter Dunst liegt in der Luft und kriecht mir in die Knochen. Ich schaudere.

»Denkst du, wir zwei hätten es hingekriegt?«, fragt er. »Wenn wir zusammengeblieben wären, meine ich.«

»Ich weiß es nicht«, antworte ich. »Irgendwann hätte auch uns der ganze alltägliche Kram eingeholt, der zum Zusammenleben gehört.«

»Ich glaube, wir hätten das geschafft«, sagt er leise. »Ich denke, das zwischen uns wäre größer gewesen.«

Darauf erwidere ich nichts, denn nichts, was ich sagen könnte, würde die Sache irgendwie leichter für mich machen; außerdem möchte ich Leo gegenüber nicht illoyal sein.

»Ist das hier also tatsächlich ein Abschied?«, murmelt Sam.

»Was soll es sonst sein?« Ich hole tief Luft. »Wir können keine Affäre haben.«

»Was hältst du davon, dass wir uns ... weiß nicht ... vielleicht alle sechs Monate oder auch nur einmal im Jahr treffen?« Das kommt so schnell, dass mir klar wird, dass er bereits darüber nachgedacht hat. »Damit wir den Kontakt nicht ganz verlieren? Aber es wäre trotzdem keine Affäre.«

Ich setze mich auf, drücke den Rücken durch und klemme die Hände zwischen die Knie. Ich drehe und wende den Vorschlag hin und her, und er fühlt sich von allen Seiten gut an, wie eine Möglichkeit, die so viel besser ist als ein Abschied für immer. Aber dann muss ich an das gestrige Gespräch mit Leo denken und an Grace' enttäuschte Stimme heute Morgen.

»Nein«, sage ich. »Es ist endgültig vorbei, Sam.«

»Aber ... Ich bin jetzt sowieso eine Weile gar nicht in London. Weil ich an meinem neuen Album arbeiten möchte«, wendet er ein. »Damit wären wir schon im neuen Jahr und ...«

Ich bremse ihn. »Du verstehst mich nicht. Ich versuche gerade, schwanger zu werden. *Wir* versuchen, ein Kind zu kriegen. Leo und ich.«

Sein Gesicht ist wie leer gefegt, der Schock wischt alles fort, was sich bis eben noch auf seiner Miene abgezeichnet hat.

»Es geht einfach nicht.« Ich blinzle die Tränen weg. »Wir dürfen uns nicht wiedersehen.«

Er sieht aus, als wolle er etwas sagen, vielleicht noch einen Einwand vorbringen, aber er lässt es bleiben. Reglos sitzt er da, als hätte ihm das, was ich gesagt habe, den Atem geraubt. Schließlich nimmt er mein Gesicht in beide Hände, umfasst mein Kinn und die Wangen, und blickt mir tief in die Augen. Wir sehen einander an, dann küsst er mich einmal, ganz kurz, auf den Mund.

»Ich will, dass du glücklich bist.« Seine Stimme klingt heiser. »Ich wünsche dir, dass du bekommst, was du wirklich willst.«

Mir gelingt ein Nicken, und ich streife seine Finger.

»Ich werde an dich denken«, sagt er. »Jeden Tag.«

Unsere Stirnen berühren sich, dann gehen wir auseinander.

VIERTER TEIL

Von uns gegangen, doch unvergessen.
Unsere Herzen lauschen
noch immer nach dir.

VIERZIG

Sam, April 1991

Sam belohnt sich mit einem Glas Wein. Vor Kurzem wurden die Uhren umgestellt, und das geschenkte Abendlicht spiegelt sich auf den Steinfliesen und lässt sie viel heller aussehen. Es herrscht Stille, noch nicht einmal eine Uhr tickt in dem geräumigen, gemütlichen Wohnzimmer. Durch das leicht geöffnete Fenster weht schwach das Blöken von Schafen und Vogelgezwitscher herein.

Er schließt die Augen und spürt dem Geschmack des Weins auf der Zunge nach. Kaum dass sie mit den Proben aufgehört hatten, war George mit River an der Hand und dem hinterhertrottenden Border Terrier zu seinen Schafen verschwunden, die irgendeiner seltenen Rasse angehören. Aus der Küche hört er Mattie mit Georges Freundin plaudern. Begleitet von ihrem Gelächter, wabern köstliche Essensgerüche herein.

Georges Bauernhof stammt aus dem siebzehnten Jahrhundert, es ist ein riesiges, weitläufiges Anwesen mit geschwungenen Korridoren und Treppen und uralten Holzbalken über den offenen Kaminen. Mattie schwört, dass sie nachts einmal ein Gespenst gesehen hat, als sie aufs Klo musste.

George hat die Musik nicht vollständig aufgegeben. Im Kutschhaus hat er ein Aufnahmestudio eingerichtet, das er an Musiker vermietet; manchmal lässt er sich sogar breitschlagen, eine Nummer auf dem Schlagzeug beizusteuern, so, wie er es gerade für Sams erstes Soloalbum tut.

Mattie steckt den Kopf zur Tür herein; in der einen Hand hält sie ein Weinglas, in der anderen eine Schüssel mit Chips. »Da bist du ja«, sagt sie und tappt zum Sofa herüber. »Dieses

Haus ist so riesig, dass man überhaupt niemanden mehr findet.« Sie bietet ihm die Chips an, doch Sam schüttelt den Kopf.

»Du solltest mehr essen«, meint sie. »Du hast abgenommen.«

»Ich bezweifle, dass in dem Fall ausgerechnet Chips zur Ernährung empfohlen werden.« Er zieht eine Augenbraue hoch.

»Ich freue mich so, dass George jemanden gefunden hat. Du magst sie, oder?«

Mattie nickt und trinkt einen Schluck. »Ja, sie ist echt nett. Und sie kann gut kochen. Apropos: In einer halben Stunde gibt es Abendessen.« Sie kickt die Schuhe von den Füßen und macht es sich im Schneidersitz auf den dicken Kissen neben ihm bequem. »Und wie steht es mit dir? Denkst du immer noch an sie?«

Er nickt.

Mattie seufzt. »Ich wünschte, du wärst ihr nie wieder begegnet.«

»Sag das nicht.« Er umklammert sein Glas, setzt sich auf und wirft ein Bein über das andere. »Ich werde nicht aufhören, darauf zu hoffen, dass sie eines Tages ihren Mann verlässt. Du hast Luke doch auch verlassen.«

Wieder seufzt sie. »Ich weiß. Und es war die schwerste Entscheidung, die ich je getroffen habe. Das wünsche ich wirklich niemandem.« Sie beugt sich zu ihm hin. »Es ist Zeit, nach vorne zu schauen. Dort draußen gibt es einen Haufen alleinstehende Frauen, die zu haben sind und die für eine Beziehung mit dir ihre Großmutter verkaufen würden.«

Sam betrachtet die hellgelben Knospen der Narzissen vor dem Fenster. »Sie ist halt … die einzige Frau, mit der ich zusammen sein will. So ist das einfach.«

»Sam, ich bitte dich! Es gibt nicht ›den einzig wahren Menschen‹. Das ist doch ein Märchen. Leute wie du machen daraus vielleicht einen Popsong, aber sich zu verlieben, ist doch bloß eine Fehlschaltung im Gehirn, das ist nie von Dauer. Eine andere Sache ist es, sich jemanden auszusuchen, mit dem man zusammenleben will, da geht es darum, den besten Kompromiss zu finden.« Beschwichtigend hält sie die Hand hoch. »Es tut mir wirklich aufrichtig leid, dass du sie verloren hast. Aber sie will ein Kind, Sam.« Sie blickt ihm ernst ins Gesicht. »Mit ihrem Mann. Vielleicht ist sie sogar schon schwanger.«

Die Vorstellung, dass Cat das Kind eines anderen Mannes in sich trägt, drängt sich ihm auf, und er wendet sich von seiner Schwester ab. »Mir ist schon klar, dass du mir helfen willst, aber ich komme alleine zurecht.«

Sie seufzt. »Okay, hab's kapiert.« Sie nippt an ihrem Wein und knabbert ein paar Chips. »Themawechsel. Eure Session heute klang unglaublich gut.«

Erleichtert lächelt er. »Danke. Ja, es geht schon in die richtige Richtung.«

Im Kopf singt er das Lied, das er an der Parkbank begonnen hat; es ist beinahe fertig. Seiner Meinung nach ist es so gut wie *Ocean Blue,* sogar besser. Vor Aufregung zittern ihm die Hände, und er setzt sein Weinglas behutsam auf dem Couchtisch ab. Gerade rechtzeitig, denn im nächsten Moment stürzt River ins Wohnzimmer, springt auf das Sofa – geradewegs zwischen seine Mutter und seinen Onkel – und hüpft auf ihnen herum, während er aufgeregt davon erzählt, wie er die Schafe gestreichelt hat.

Die trampelnden Füße seines Neffen versetzen Sam einen schmerzhaften Schlag, der ihn zurück in die Gegenwart katapultiert. Er zieht River in seine Arme, presst das Gesicht knurrend an den sich windenden kleinen Bauch und atmet tief den Geruch nach Kind und nach Schaf ein, während er sich der spitzen Ellbogen und Knie erwehrt. Er braucht diese Körperlichkeit, die ihn im Jetzt festhält. Sonst funktioniert das nur im Studio, wo es nichts gibt als die Musik. Von diesen Momenten abgesehen, ist ein Teil von ihm immer abwesend, ein Teil ist immer bei ihr.

Mai 1991

Es war nicht schwer herauszufinden, wo Cats Buchvorstellung stattfinden würde. Er hatte in sämtlichen örtlichen Buchhandlungen angerufen und bei Waterstones in Hampstead Glück gehabt. Sie nannten ihm das Datum, fügten aber hinzu, dass er nur mit einer Einladung hineinkäme. Er hat keinerlei Absicht, sich einzuladen, denn sicher ist ihr Mann auch da. Dennoch kann er der Versuchung, sie bei der Feier für ihren ersten Roman zu beobachten, nicht widerstehen.

Erst als er sicher ist, dass alle Gäste im Laden sind, traut er sich vor das Schaufenster. Die Mütze tief ins Gesicht gezogen und mit Sonnenbrille erlaubt er sich, ein paar wenige Minuten durch die Auslage ins Ladeninnere zu spähen, wo Leute mit Gläsern in den Händen herumstehen.

Eilig sucht er die fremden Gesichter ab, bis er sie ausmacht, so wie eine Kamera ihr Motiv: Sie strahlt, lächelt und gestikuliert, während sie sich mit jemandem unterhält. Er prägt sich ein, wie das Haar ihr Gesicht einrahmt und die Kontur ihres Halses, wenn sie den Kopf dreht. Er lächelt über die Freude, die sie ausstrahlt. »Gut gemacht, meine Liebe«, flüstert er. »Du bist die Beste.«

Ihm wird bewusst, dass im Schaufenster ausschließlich ihr Buch ausgestellt ist. Wie gern würde er eines in die Hand nehmen und durchblättern. Mit gesenktem Kopf, die Hände in den Taschen, wendet er sich ab. Morgen kommt er noch einmal hierher und kauft sich ein oder zwei Exemplare. Vielleicht gibt es ja auch welche, die signiert sind. Es muss ihm genügen, dass er sie kurz gesehen hat, denkt er.

Doch als er weggeht, ist sein Hals kratzig und rau wie bei einer beginnenden Erkältung.

EINUNDVIERZIG

Cat, Mai 1991

In der örtlichen Waterstones-Filiale findet zur Feier der Buchveröffentlichung eine kleine Party mit ein paar Freunden statt – und obendrein wird mein Buch eine Woche lang in der Auslage sein.

Zwischen den Bücherregalen stehen die Leute mit Gläsern in den Händen und plaudern. Meine Verlegerin hält eine Rede. Beth erzählt, dass sie ohne mein Wissen von Grace das Manuskript bekommen hat, und gibt unser erstes konfuses Telefonat wieder. Alle lachen, und dann erhebt sie das Glas auf Grace und auf mich.

Nachdem ich ein paar Dankesworte gesagt habe, kommt Dougie auf mich zu.

»Gut gemacht.« Er küsst mich auf beide Wangen.

»Ich bin so froh, dass ich das hinter mir habe«, sage ich und verdrehe die Augen. »Ich hatte einen total trockenen Mund und konnte meine Zunge nicht richtig bewegen.« Ich ziehe eine Grimasse. »Hat es sich sehr schlimm angehört?«

»Überhaupt nicht. Du warst wunderbar.« Er legt den Kopf schief. »Du kannst wirklich stolz auf dich sein.«

»Ich hatte solches Glück«, sage ich.

Er sieht mich mit verzweifelter Miene an. »Du hast das Buch geschrieben, meine Liebe.« Dann wirft er seinen hauchdünnen Schal über die Schulter. »Was ist los? Du siehst aus wie drei Tage Regenwetter.«

»Ach, ich habe bloß etwas Kopfschmerzen.« Ich senke den Blick. Die neuen Medikamente haben Nebenwirkungen, sie machen mich schmerzempfindlich und schwemmen mich auf.

Ich traue mich nicht, Dougie in die Augen zu sehen. Er durchschaut mich zu schnell, und er weiß zu viel. Er ist der einzige Mensch, der in der Lage ist, meinen Gesichtsausdruck zu deuten, zu erahnen, was ich wirklich denke, und Fragen zu stellen, auf die ich keine Antwort weiß. Leo kommt zu uns herüber, nimmt mich am Arm und schüttelt Dougie die Hand. Ich sehe Grace und Nancy flüsternd und lächelnd in der Ecke stehen.

Da bemerke ich eine Bewegung im Augenwinkel und ziehe scharf die Luft ein. Einen Moment dachte ich, ich hätte Sam gesehen. Ich blicke mich um, aber er ist nicht da, natürlich nicht. Doch ich stelle mir vor, wie es sich anfühlt, wenn er mich mit den Armen umfasst und durch die Luft wirbelt. Wie er mir sein schiefes Lächeln schenkt und sagt: »Komm, wir hauen ab.«

Auf dem Nachtkästchen steht ein riesiger Strauß weiße Rosen – ein Geschenk von Leo. Ihr durchdringender süßer Duft liegt schwer in der Luft und steigt mir in den Kopf. Er erinnert mich an die Beerdigung von Elizabeth, an die Berge weißer Blumen. Den Regen. Den Anfang von alldem hier: meiner Ehe, meines Lebens mit Leo und Grace.

Als Leo mich vor dem Einschlafen umarmt, fragt er: »Geht es dir gut? Du wirkst … unglücklich.«

»Nur müde«, antworte ich und lege ihm die Arme um den Rücken.

»Na, jetzt kannst du ja mit dem Schreiben aufhören«, meint er. »Du hast dein Ziel erreicht, ein Buch veröffentlicht, das ist ganz wunderbar. Aber jetzt solltest du dich darauf konzentrieren, schwanger zu werden. Du wirst ohnehin nicht gleichzeitig Schriftstellerin und Mutter eines Neugeborenen sein können.«

Ich erwidere nichts. Aber er hat wirklich nicht die geringste Ahnung von mir, wenn er denkt, dass ich mit dem Schreiben aufhören werde.

Heute Morgen stehe ich in BH und Unterhose da, damit er mir die Spritze in den Bauch geben kann. »Einatmen«, sagt er. »Gut.« Er sticht mir die Nadel in die Haut. »Fertig.« Dann tätschelt er mir die Schulter.

Die Spritzen werden in den Bauch gesetzt, sie tun nicht weh. Ich könnte sie mir selbst geben, aber Leo besteht darauf, es zu übernehmen. Er führt Tabellen mit all unseren Krankenhausterminen: die Ultraschalluntersuchungen, das Einsetzen von Embryos. Er misst meine Körpertemperatur und den Puls, erklärt mir, was ich essen und dass ich früh ins Bett gehen soll. Es wird nicht ewig so gehen, sage ich mir. Bald bin ich schwanger, und dann hört er auf damit. Es ist ja verständlich, dass er jetzt, in der medizinischen Phase, alles kontrollieren muss.

Durch die Schlafzimmerwand dröhnt laute Musik. Grace ist mittlerweile durch und durch Teenagerin. Sie schließt sich in ihr Zimmer ein, hört Musik und lackiert sich die Nägel blau oder grün. Den Schmollmund und das Augenverdrehen hat sie derart perfektioniert, als hätte sie Unterricht darin genommen. Ihr neuester Lieblingsausdruck lautet: »Das geht mir am Arsch vorbei.« Ich vermisse meine gesprächige, lachende Grace.

»Diesmal habe ich ein gutes Gefühl«, sagt Leo. »Stell dir nur vor, einer davon könnte unser Sohn sein.«

Gequält verzieht er das Gesicht angesichts der lärmenden Musik. »So geht das nicht weiter«, sagt er.

»Das ist schon in Ordnung«, widerspreche ich.

»Nein, ist es nicht. Ich bin ihre Launen leid. Sie muss einfach ein bisschen mehr Rücksicht nehmen.«

Ich will aufstehen, doch Leo bedeutet mir dazubleiben. Er geht aus dem Schlafzimmer, und ich höre, wie er bei Grace anklopft und ihr sagt, dass sie die Musik ausmachen soll. Es folgt Türenschlagen, dann herrscht dröhnende Stille. Ich höre, wie er leise die Treppe hinuntergeht. Er hasst es zu brüllen.

September 1991

Der Sommer ist vorbei. Ich bin immer noch nicht schwanger.

November 1991

Ich mühe mich damit ab, das Bett von Grace abzuziehen, als mein Blick auf Fat Mog fällt, der sich unter ihrem Schreibtisch zusammengerollt hat. Er ist heute nicht für sein Frühstück heruntergekommen. Mit einem Tschilpen versuche ich, seine Aufmerksamkeit zu erregen, und warte darauf, dass seine Ohren zucken. Die Daunendecke rutscht mir aus der Hand auf den Boden. Ich greife nach dem frischen Bezug.

Die Ohren zucken nicht. Plötzlich packt mich die Angst. »Mog«, rufe ich. »He, mein Katerchen. Schleckermäulchen. Willst du nicht frühstücken?«

Mein Atem geht schneller, als ich mich neben ihm hinknie. Die weiche Oberfläche strahlt Kälte ab, und der Körper unter dem Fell ist steif. Ich sehe ihm ins Gesicht, doch die Augen sind stumpf und blind. »O nein … Mog.«

Mit Seidenpapier kleide ich eine von Leos alten Schuhschachteln aus. Sie ist gerade groß genug. Ich muss bei Mogs Schwanz etwas nachhelfen und seine Pfoten anwinkeln, damit er hineinpasst. Den Rest des Tages bringe ich damit zu, ängstlich auf das Geräusch von Grace' Schlüssel im Schloss zu lauschen.

Als ich ihr erzähle, was passiert ist, verzieht sich ihr Gesicht, und sie gibt einen lang gezogenen Klagelaut von sich, während sie die Hand auf den Mund presst. Ich nehme sie in den Arm und wiege sie. »Es tut mir so leid, mein Schatz«, flüstere ich. »Es tut mir leid.«

Wir begraben ihn unter einer Weißbirke hinten im Garten. Der Boden ist hart, und wir müssen uns beide abmühen, um ein Loch auszuheben. Grace ist still, ihr Gesicht ist rot, und immer wieder wird sie von Schluchzern erschüttert. Ihr ganzes neu erworbenes Draufgängertum ist verschwunden. »Wir machen ihm ein richtig schönes Grab«, sage ich. »Im Frühling pflanzen wir etwas Hübsches obendrauf.«

Leo macht Überstunden. Ich bin verbittert und angespannt deswegen, obwohl ich weiß, dass es nicht seine Schuld ist und dass er nicht absichtlich so lange wegbleibt. Aber er ist eben immer weg, entweder bei der Arbeit oder weil er stundenlang Golf spielt. Ich hatte gedacht, dass ich mich daran gewöhne. Wahrscheinlich liegt es an den Hormonen, sage ich mir, ich muss mich einfach zusammenreißen.

Grace geht früh ins Bett. Seit Neuestem macht sie abends die Tür zu, aber heute lässt sie zu, dass ich mich an ihr Bett setze.

»Meinst du, das mit der In-vitro-Fertilisation funktioniert irgendwann?«, fragt sie mich.

»Ich hoffe. Bei vielen Leuten klappt es beim dritten Mal. Wir müssen einfach abwarten.«

Ihr Tagebuch liegt aufgeschlagen neben ihr auf dem Bett. »Toll, dass du dranbleibst«, sage ich. »Weißt du noch, wie ich dir das erste zum Geburtstag geschenkt habe?«

Sie nickt. »Es hilft mir, wenn ich Sachen aufschreibe.«

»Mir auch.«

Sie hebt die Hand, um sich den Haargummi vom Pferdeschwanz zu ziehen; dabei rutscht der Schlafanzugärmel herunter und offenbart die Innenseite des Handgelenks und einen dünnen roten Striemen.

»Hat dich Mog schon wieder gekratzt?«

Ihre Finger wandern an die Stelle, und mit zitternder Stimme sagt sie: »Seine Klauen sind lang geworden, es war nicht seine Schuld.«

»Nein, natürlich nicht. Er hat dich geliebt.« Ich beuge mich vor, um den Kratzer zu begutachten. »Soll ich das Antiseptikum holen?«

»Nein, ist schon gut. Ich habe schon etwas drauf getan.« Sie legt sich hin. »Gute Nacht, Mum.«

Ich registriere das eine Wort, und in mir regt sich etwas: eine Hoffnung, eine Möglichkeit. »Du … du hast ›Mum‹ zu mir gesagt.«

Sie reibt sich über die verweinten Augen. »Macht es dir was aus?«

»Ob es mir was ausmacht?« Ich beuge mich zu ihr hinunter, um sie zu küssen. »Grace, ich wünsche mir schon sehr lange, dieses Wort aus deinem Mund zu hören.«

Ich gehe zur Tür und schalte das Licht aus. »Hab dich sehr lieb, Käferchen.«

März 1992

Ich nehme den mittlerweile vertrauten weißen Plastikstab mit ins Badezimmer. Er bleibt weiß wie jungfräulicher Schnee. Noch nicht einmal ein Hauch von Blau. Ich weine nicht, sondern werfe ihn in den Abfalleimer und wasche mir die Hände. Um die Wahrheit zu sagen, bin ich auch erleichtert. Ich würde das anderen gegenüber niemals so formulieren, aber ich vertraue nicht mehr darauf, dass Leo das Richtige tut, weder für mich noch für Grace.

August 1992

In der neuen Privatpraxis sitzen Leo und ich wie Kinder vor dem Schuldirektor auf der anderen Seite des Tischs. Der Arzt sieht von den Unterlagen auf. »Tut mir leid, aber meiner Meinung nach ist es nicht ratsam, die In-vitro-Fertilisation weiterzuführen«, sagt er. »Ich denke, die negativen Folgen der

Prozedur überwiegen mittlerweile die Chancen auf einen Erfolg.«

Wie ein Wasserschwall erfasst mich die Erleichterung und spült die Anspannung aus meinem Körper. Schlaff lehne ich mich auf dem Stuhl zurück.

»Aber wir treiben bestimmt das Geld für einen neuen Versuch auf«, sagt Leo. »Andere Leute machen auch weiter.«

Der Arzt hebt die schweren Schultern. »Statistisch gesehen, nehmen die Erfolgschancen ab.«

»Wenn Sie uns also empfehlen, nicht mit der künstlichen Befruchtung weiterzumachen« – Leos langsame Sprechweise verrät seine Ungeduld –, »dann ist ja jetzt vielleicht der richtige Zeitpunkt, um über eine Operation nachzudenken.«

Der Arzt presst die Lippen zusammen und legt die Fingerspitzen aneinander. »Dazu würde ich Ihnen nicht raten«, sagt er. Er wirft noch einmal einen Blick in meine Akte. »Mit sechsunddreißig und einundvierzig spricht auch Ihr Alter dagegen. Ihnen muss klar sein, dass auch bei einer Operation keinerlei Garantie besteht. Außerdem sind andere negative Konsequenzen möglich, wie Catrin bereits auseinandergesetzt wurde. Zum Beispiel das erhöhte Risiko einer Extrauterinschwangerschaft.«

Ich werfe Leo einen Blick zu. Sein Gesicht ist gerötet, mir ist klar, dass es ihm nicht gefällt, wie der Arzt ihn behandelt. Obwohl er ein Freund eines Freundes ist, geht er nicht auf Augenhöhe mit ihm um. »Ich denke nicht, dass wir die Operation von vorneherein ausschließen sollten«, sagt er. »Nicht, ohne eine Zweitmeinung einzuholen.«

Anfangs strahlte Leo Hoffnung aus, wenn er mir die Spritze in den Bauch gab, jetzt wirkt er eher verbissen. Das Ganze hat ihn verändert – oder aber es hat mir gezeigt, wie er tatsächlich immer schon war.

»Nein.« Ich presse die Fingernägel in die Handflächen. »Ich will keine Operation.«

»Natürlich, Liebling, das ist deine Entscheidung«, sagt er vorsichtig.

Als er mir die Hand auf den Arm legt, zucke ich vor der Berührung zurück.

Kaum dass wir draußen sind, sagt er: »Der Kerl ist ein Idiot. Wir holen eine Zweitmeinung ein.«

In mir kocht die Wut hoch. »Hör zu. Wir haben bereits ein Kind.« Ich zerre an seinem Ärmel. »Sie ist Teenagerin und hat es gerade nicht leicht. Ich mache mir Sorgen um sie. Wir sollten uns auf sie konzentrieren und nicht alle Aufmerksamkeit auf etwas richten, das noch nicht einmal da ist.«

Er nickt, doch er hört mir nicht richtig zu.

Manchmal schreibe ich kurze Briefe an Sam. *Bitte komm,* steht dort, *ich muss Dich sehen. Ich habe es mir anders überlegt. Ich möchte mit Dir zusammen sein, koste es, was es wolle.* Ich bitte ihn um Verzeihung, darum, dass er kommt und mich holt oder dass wir uns bei der Bank treffen. Dann zerreiße ich sie in winzig kleine Fetzen und verstecke sie tief unten im Mülleimer.

ZWEIUNDVIERZIG

Sam, Januar 1993

Sam steht neben seiner Mutter und stützt sie am Ellbogen. Der Pfarrer hebt die Hand: »Möge seine Seele und die Seelen aller Gläubigen, die der Herr in seiner Barmherzigkeit zu sich gerufen hat, in Frieden ruhen.« Sams Mutter schluchzt auf und presst sich das Taschentuch auf den Mund. Vor einer Woche hat sie Sam in den frühen Morgenstunden angerufen; es war ein schwerer Schlaganfall, sein Vater war noch vor der Ankunft im Krankenhaus gestorben. Sam sieht zu, wie der Sarg langsam ins Grab hinuntergelassen wird. Es macht ein scharrendes Geräusch, als seine Mutter eine Handvoll Erde über dem Sargdeckel verteilt.

Er muss daran denken, wie Cat ihn in das Bestattungsunternehmen geführt hat, zu den unterschiedlichen Sargmodellen, die dort ausgestellt waren, an Cats Unbekümmertheit inmitten all dieser praktischen Begleiterscheinungen des Todes, die er so bewunderte, während er selbst solche Angst vor dem Sterben hatte. Wäre er bei sich zu Hause in London, könnte er Cat in weniger als einer halben Stunde aufsuchen. Nutzlos steckt das Nokia-Handy in seiner Tasche. Er bezweifelt, dass sie ein Mobiltelefon besitzt, und er hat ihre Festnetznummer nicht. Doch selbst wenn er sie hätte, könnte er sie nicht anrufen.

Es ist lächerlich, dass er ihr so dringend davon erzählen möchte. Sie hat seinen Vater nie kennengelernt, bis vor Kurzem ging sie davon aus, er sei tot. Es ergibt überhaupt keinen Sinn, dass er mit ihr darüber reden will. Aber er will es trotzdem, mehr als alles andere.

Auf der Trauerfeier nimmt Sam mit steifem Lächeln die Beileidsbezeugungen entgegen. Erleichtert seufzt er auf, als George und Mattie neben ihm auftauchen. »Gott sei Dank. Ich habe schon Nackenschmerzen von dem vielen höflichen Nicken«, sagt er. »Wer hätte gedacht, dass wir derart viele entfernte Verwandte haben?«

Mattie reibt sich die rot geränderten Augen, und Sam legt den Arm um sie und drückt sie an sich. George ist, ganz anders als sonst, blass. »Mum wollte eigentlich auch kommen«, sagt er, »aber sie hatte Sorge, dass es unangenehm werden würde – für euch und eure Mutter. Ich war gestern Abend bei ihr, sie hat stundenlang geweint.« Er kratzt sich am Kopf. »Der Mensch hat schon ein besonderes Talent dafür, sich das Leben schwer zu machen.«

Mattie fasst ihn am Ellbogen. »Es tut mir leid.«

»Mum ist auch am Boden zerstört«, sagt Sam. »Es hat sie wirklich schwer getroffen. Ihre Loyalität diesem Kerl gegenüber ist wirklich unglaublich.«

»Sie hat ihn geliebt«, meint Mattie. »Und es steht uns nicht zu, das infrage zu stellen. Was wissen wir schon darüber, was zwischen den beiden vor sich ging? Oder zwischen ihm und Maureen? Oder überhaupt bei irgendwelchen Paaren?«

George hebt das Glas. »Auf James Winterson, unseren Vater. Egal, was sonst noch war – immerhin hat er uns das Leben geschenkt.«

Mattie lächelt und stößt mit ihm an. »Und einander.«

Auch Sam stößt mit den Geschwistern an, wobei er sein Glas am Stiel hält, sodass die zarte Schale ein feines Klingeln ertönen lässt.

»Ich habe kürzlich im *Guardian* eine Kritik über das neue Album gelesen«, sagt George. »Wie war noch mal die Formulierung?« Er presst die Lippen zusammen und legt den Kopf schief. »Aufbauend und betörend. Ich glaube, das war's.«

Sam nickt. »Ja, die Presse ist nett zu mir. Mattie hat ein paar Konzerte im Inland organisiert. Auf kleinen Bühnen.« Er trinkt einen Schluck Wein. »Alles findet jetzt in einem kleineren Rahmen statt, damit fühle ich mich viel besser.«

»Und ihr seid jetzt in das neue Haus gezogen, wie ich höre?«, fragt George Mattie.

»Ja, River und ich wohnen jetzt in einem hübschen kleinen Haus ganz in der Nähe von Sam. Es wirkt fast wie ein Landhaus. Du musst uns mal besuchen kommen.«

»Es ist toll, dass ihr jetzt so nah bei mir seid«, meint Sam.

Mattie lacht. »Womöglich bereust du das noch, wenn River alt genug ist, alleine bei Onkel Sam aufzukreuzen. Ich ahne schon, dass er lieber in deiner Hütte abhängen wird. Seine Freunde wird er damit auf jeden Fall beeindrucken können.«

»Klingt gut«, erwidert Sam lächelnd und sieht sich nach seiner Mutter um.

Sie hat sich in der Bibliothek im Lieblingssessel seines Vaters zusammengekauert, zwischen ihren Fingern glimmt eine Zigarette, und neben ihr wachen unruhig die Hunde. Sam setzt sich auf das Sofa gegenüber und beugt sich vor. »Kann ich dir irgendwas bringen?«

Ihre bemalten Lippen beben. »Dauernd denke ich, dass er bloß nebenan ist und gleich ins Zimmer kommt.« Sie blinzelt und schluckt und fasst sich wieder. »Ich habe etwas für dich.« Sie tastet ihre Taschen ab und drückt ihm dann einen Gegenstand in die Hand. Schwer, kühl und silbern. Es ist die Armbanduhr seines Vaters.

»Ich will, dass du sie hast.« Sie beugt sich zu ihm, drückt die Zigarette im Aschenbecher aus und tätschelt ihm das Knie. »Ich weiß, dass er ein schwieriger Mensch war. Aber er hat uns geliebt. Es war vielleicht nicht so offensichtlich, aber egal, was du denkst, so war es.«

Mit dem Daumen fährt Sam über die glatte Glasabdeckung des Zifferblatts. Seine Mutter steht auf, und sofort kommen die Hunde auf die Füße und spitzen die Ohren. »Ich sollte mal zurück zu den anderen gehen«, sagt sie und drückt den Rücken durch. Im Vorübergehen legt sie Sam die Hand auf den Kopf wie ein Geistlicher, der den Segen erteilt.

Er bindet die Uhr ums Handgelenk, das Gewicht am Knochen fühlt sich ungewohnt und fremd an. Er lauscht dem Ticken der Uhr auf dem Kaminsims und stellt sich vor, das leise Umblättern der *Times* zu hören und das Aftershave seines Vaters zu riechen. Eines Mannes, der zwei Familien hatte.

Hat er selbst sich ebenso schuldig gemacht? Er musste erkennen, dass es schwieriger ist als gedacht, andere Menschen nicht zu verletzen. Er hat weder Frau noch Kinder, die er hintergehen kann, aber da ist Cat, verheiratet, und es gibt ein Kind. Als sie einander wiederbegegnet sind, hat er bewusst Fragen vermieden, die echte Menschen aus ihnen machen würden. Er kennt nur die Namen: Leo und Grace. Er weiß weder, als was der Mann arbeitet, noch, wie sie aussehen, welche Gewohnheiten oder Marotten sie haben; er weiß nicht, worüber sie lachen oder wie ihre Stimmen klingen. Es nicht zu wissen, ist eine Methode, sie auszublenden – so zu tun, als existierten sie nicht.

Und dann schreckt ihn der Gedanke auf, dass es mittlerweile womöglich auch noch ein Baby gibt.

Sam meidet Hampstead Heath. Er geht in anderen Parks spazieren: im Battersea Park, St. James's Park, im Green Park, in den Highbury Fields. Heute schlendert er durch den Hyde Park und bleibt an Bänken stehen, deren Widmungen seine Aufmerksamkeit erregen. Er schreibt sie sich auf und lässt die Bilder, die aus diesen wenigen Worten entstehen, langsam wirken und flackern, bis etwas anspringt und er anfängt, ein Lied herauszuhören. Sein Blick bleibt an einer jungen Frau hängen, die ein kleines Baby in einem Tragetuch vor den Bauch gebunden hat. Ist Cat wirklich schwanger? Hat sie womöglich schon ein Baby bekommen? Er bildet sich ein, dass er das irgendwie gespürt hätte, und da war nichts. Kurz setzt er sich hin und beobachtet das Kommen und Gehen im Park: freundliche Hunde, Kinder, die Fangen spielen. Er bemerkt ein Pärchen, das in der Nähe auf einer Bank sitzt und ganz und gar in sich versunken ist. In seinem Inneren regt sich das vertraute Ziehen, so als sei er an Cat gekettet. Wo auch immer sie ist und was auch immer sie tut, Sam weiß, dass die Verbindung zwischen ihnen niemals reißen wird, sie wird sich noch nicht einmal abnutzen und zerfransen, sondern er wird fest und beständig an Cat gebunden bleiben.

Die letzte Inschrift, die er auf dem Weg zum Ausgang liest, wühlt ihn auf. Unter einem Frauennamen steht nur ein einfacher, kurzer Satz: *Sie ist nicht weit von hier.* Unwillkürlich blickt er auf und sieht sich um. Natürlich ist sie nicht da, trotzdem kann er nicht anders: Ihm kommt es so vor, als ob die Inschrift eine Botschaft ist.

Als ihn am nächsten Tag ein in ihrer Handschrift adressierter Umschlag erreicht, scheint sich das Gefühl zu bestätigen. Er reißt ihn auf. *Bitte komm,* steht da. *Ich brauche dich. Morgen Mittag werde ich an unserer Parkbank auf dich warten.*

DREIUNDVIERZIG

Cat, Januar 1993

Es regnet. Ich bin vor ihm da und habe Angst, dass er nicht kommt. Dann höre ich, wie sich etwas regt und die nassen Blätter rascheln. Wir liegen einander in den Armen. Seine Zunge stößt an meine. Sanft versenke ich mich in seinem Mund. Sams Geschmack, seine Konturen und seine Beschaffenheit leben auf in mir. Vor Erleichterung kommen mir die Tränen.

Der Regen trifft auf meine Haut, zitternd rollen feine silberne Perlen über unsere Mäntel und glitzern in unseren Haaren. Er setzt sich hin, und ich setze mich auf seinen Schoß und lege ihm die Arme um den Hals. Ich untersuche die kleinsten Details: die Windungen in seiner Ohrmuschel, die Haarwurzeln, aus denen sein dunkles Haar sprießt, ein kleiner Pickel an seiner Wange, eine blasse, gezackte Narbe am Unterkiefer. Die Haut hinter seinem Ohr ist röter als am übrigen Hals und fühlt sich leicht rau an. Ich fahre mit dem Finger darüber, und er erschaudert. Ich lecke mir die Regentropfen von den Lippen und schüttle sie blinzelnd von den Wimpern ab.

»Du bist gekommen«, sage ich.

»Natürlich. Ich habe deinen Brief bekommen. Natürlich bin ich gekommen.«

»Ich wusste nicht, ob du überhaupt in England bist.«

Er küsst mich mit kalten Lippen. »Komm mit zu mir«, flüstert er.

»Ich kann nicht.«

Ratlos lehnt er sich etwas zurück. »Hier können wir nicht reden, wir müssen ins Trockene.«

Ich spüre sein glitschiges, nasses Haar an meinem Mund.

»Wir werden hier noch weggeschwemmt«, fügt er hinzu, und beim Versuch, scherzhaft zu klingen, bricht ihm die Stimme.

Unsere Herzen schlagen dumpf. Sein Atem geht schnell, so wie meiner. Ich spüre, wie sich seine Brust unter dem Mantel hebt und senkt.

»Cat?« Seine Stimme klingt belegt, und seine Arme zittern.

Als Antwort rutsche ich von seinem Schoß, stehe auf und strecke die Hand nach ihm aus. Ich spiegle mich in seiner dunklen Iris, erkenne darin mein eigenes Begehren und meine Angst. Ungewiss und ohne Wegweiser breitet sich die Zukunft in all ihrer Unsicherheit vor uns aus, man kann sie nicht fassen; ganz und gar wirklich, so greifbar und massiv wie ein Felsen, ist hingegen das Verlangen, das wir füreinander haben. Er legt seine Hand in meine, und wir gehen den Hang hinunter Richtung Straße.

Er ruft ein Taxi heran, und wir sitzen dicht nebeneinander auf der Rückbank. Panik rast durch meine Blutbahn, aber im innersten Kern fühlt es sich richtig an, mit ihm nach Hause zu gehen. Den ganzen Weg über halten wir uns an den Händen und sagen kein Wort.

Vor einem schicken georgianischen Haus bleibt das Taxi stehen. Überrascht betrachte ich das Haus, während Sam den Fahrer bezahlt. Im Innern herrschen luxuriöse Stoffe und indirektes Licht vor, es fehlt beinahe jede persönliche Note, weshalb die Räume eher an ein Hotel als an ein privates Zuhause erinnern. Jetzt, wo wir hier sind, wirkt Sam nervös. »Möchtest du was … trinken oder so?«

»Nein danke.«

»Was ist los?«

Um unsere Füße bilden sich kleine Pfützen. Ich schüttle den

Kopf. Nun, da ich endlich bei ihm bin, nach all der Zeit, will ich mich einfach nur in ihm verkriechen und Berührungen sprechen lassen. Langsam fange ich an, meinen durchnässten Mantel aufzuknöpfen. Er sieht mir zu, wie ich ihn von den Schultern schüttle und auf das Parkett fallen lasse. Dröhnend pocht mir das Blut in den Ohren, während ich mir den Pullover über den Kopf zerre. Meine Finger wandern zum Reißverschluss meiner Jeans. Aus den Tiefen seiner Kehle entweicht ihm ein Geräusch, und er packt meine Hand.

»Oben«, bringt er heraus und zieht mich die Treppe hinauf. Im ersten Stock drückt er eine Tür auf. Er reißt sich das Hemd vom Leib. Zwei Knöpfe fallen auf den Teppich. Meine Hände mühen sich mit Haken und Ösen ab, und ich bücke mich, um mir die Socken auszuziehen. Die Welt ist zusammengeschrumpft – nichts ist geblieben als wir zwei, nackt, in einem Zimmer. Meine Haut prickelt vor Verlangen, mein Magen ein Knäuel aus Nerven und Begehren. Die fallen gelassenen Kleider legen eine Fährte zum Bett. Einer seiner Füße verfängt sich im Hosenbein, und hüpfend und mit rudernden Armen landet er auf der Matratze. Es gelingt ihm, seinen Fuß zu befreien, und er streckt die Arme nach mir aus.

Es ist das erste Mal seit Atlantic City, dass wir einander nackt sehen; seit jener Nacht im Hotel sind wir das erste Mal in einem Bett zusammen. Die vielen Jahre, die dazwischenliegen, haben nichts von der Vertrautheit genommen. Mein Körper kennt seinen Körper. Mit den Augen, den Fingern und dem Mund erforsche ich die kleinen Veränderungen. Seine Brust ist etwas breiter geworden, die Muskeln in den Armen fühlen sich ein bisschen fester an, weniger sehnig, sein Hals ist kräftiger. Die wenigen Haare auf der Brust haben sich vervielfacht. Ich merke, dass er an mir ähnliche Entdeckungen macht. Obwohl ich keine Medikamente mehr nehme, ist mein Bauch immer noch aufgeschwemmt. Zärtlich fährt er mit den Fingern darüber, dann umfasst er mein Gesicht mit beiden Händen und sieht mir in die Augen. »Ich weiß wirklich nicht, wie du das machst – das, was du da, ohne es zu wollen, machst«, sagt er. »Aber nur wenn du bei mir bist, bin ich wirklich ich selbst.«

Er stützt sich auf, und sein Mund wandert entschlossen über meinen Körper, er küsst meinen Hals, mein Schlüsselbein, meine Brüste, meinen Bauch, meine Narbe, die Mulden an meiner Hüfte, mein Schambein. Ich zwirble sein Haar zwischen den Fingern und mache die Augen zu.

Eng ineinander verknotet liegen wir in dem großen Bett. Mein Kopf ruht auf seiner Schulter. Regelmäßig hebt und senkt sich seine Brust unter meiner Wange.

Er hat die Vorhänge nicht zugezogen. Es hat aufgehört zu regnen, und ich kneife die Augen zusammen, als ein winterlicher Sonnenstrahl hereinfällt. Die Sonne wird schwächer, und auf den gegenüberliegenden Dächern werfen die Wolken dunkle Schatten. Plötzlich legt sich Kälte auf meine Haut, und ein Krampf schießt mir in die Wade.

»Wie spät ist es?«, murmle ich.

Er nimmt eine schwere silberne Armbanduhr vom Nachtkästchen. »Es sind erst zwei Stunden vergangen. Bleib noch. Was ist denn los? Warum hast du den Brief geschrieben, warum sind wir hier?«

Ich wackle mit den Zehen und versuche, den Krampf zu lösen. Ich zittere, und er reibt meinen Arm und steckt die Bettdecke fester um meine Schulter.

»Cat?«

Die Wahrheit ist einfach. Es war Selbstsucht. Ich wollte ihn sehen, weil es mir schlecht ging. Ich habe den Brief aus reiner Not geschrieben, aber jetzt wird mir klar, dass er denken könnte, dass ich Leo verlassen will.

»Es tut mir leid«, sage ich. »Es tut mir leid, dass ich dich gebeten habe zu kommen.«

»Ich verstehe nicht. Was ist denn passiert?« Er dreht sich um und sieht mir ins Gesicht. »Also bist du nicht schwanger?«

Ich schüttle den Kopf. »Ich kann keine Kinder kriegen. Wir haben es mit künstlicher Befruchtung versucht, aber es hat nicht funktioniert.« Ich spüre, wie mir ein Schluchzen die Kehle hinaufkriecht. »Die ganze Sache ist so grauenhaft ... sie verletzt deine Intimsphäre, tut weh und ist entwürdigend. Und jedes Mal, wenn sie dir einen Embryo einsetzen, hoffst du von Neuem ... Dann geht es wieder schief, und du hast das Gefühl, dass es deine Schuld ist, dass du versagst.«

»Das tut mir leid«, sagt er leise. »Und jetzt?«

»Ich weiß nicht.« Ich presse das Gesicht an seinen Hals. »Ich habe das alles so satt – die Spritzen, die ganze Prozedur, die ständigen Untersuchungen. Und ich glaube ...«, nur mit Mühe kann ich meine Stimme ruhig halten, »ich glaube, ich will gar kein Baby mehr.«

»Dann lass es bleiben«, sagt er.

»Ich mache mir Sorgen um Grace«, sage ich. »Sie ist ein Einzelkind, und sie hat sich so gefreut. Sie wollte eine Schwester. Ich habe sie enttäuscht, und ich habe Leo enttäuscht.«

Er streichelt mich an der Schulter. »Es ist nicht deine Schuld«, flüstert er, und sein Griff wird fester.

Ich sehe zu den Wolken hoch, die dunkler werden und immer schneller über die Dächer treiben.

»Wenn Leo dich liebt«, sagt Sam langsam, »dann wird er es verstehen. Er wird nicht wollen, dass du noch mehr Behandlungen durchmachst, und wird deine Entscheidung akzeptieren.«

Ich wünschte, ich könnte daran glauben.

»Ich weiß überhaupt nichts über ihn«, meint Sam. »Das ist mir vor einer Weile bewusst geworden. Ich habe dich nie gefragt, was er beruflich macht.«

»Er ist Chirurg, ein Augenspezialist.«

Er schweigt, und ich höre ihn schlucken. »Ein Augenchirurg?« Er setzt sich auf. »Wo habt ihr euch kennengelernt?«

»In Atlantic City«, erzähle ich. »Auf dem Begräbnis, bei dem ich aushelfen musste, weißt du noch? Du bist danach gekommen. Seine Frau Elizabeth wurde begraben. Grace ging es schlecht, und ich habe mich um sie gekümmert. Er hatte davon gesprochen, dass sie ein Kindermädchen brauchen, und als kein Brief von dir kam, habe ich gefragt, ob ich den Job haben kann.«

Sam fährt sich mit der Hand durchs Haar und kratzt sich die Kopfhaut. »Augenblick. *Das* ist der Mann, den du geheiratet hast?« Er drückt sich die Handballen auf die Augenhöhlen. »Ich bin ihm später mal begegnet, in London. Er hat meinen Bruder operiert. Hat ihm das Auge gerettet.«

»Das ist … das ist verrückt.« Ich lege die Hand auf Sams Unterarm und spüre das Zucken der Muskeln. »Du hast ihn im Krankenhaus gesehen und erkannt?«

»Nicht gleich. Erst später.« Mit einem langen Zischen atmet er aus. »Erst als ich heimkam, ist es mir eingefallen. Aber ich hatte keine Ahnung, dass …« Er bricht ab. »Dass er zu dir nach Hause geht.« Er schüttelt den Kopf. »Zu dem Zeitpunkt wusste ich ja gar nicht, dass du in London bist.« Seine Stimme ist heiser und brüchig.

»Ist alles in Ordnung?«

Er räuspert sich und nickt. »Es ist bloß ein … Schock. Ich kann nicht fassen, dass ich nicht wusste, wer er ist …«

»Ist das denn so ein großer Unterschied?«

»Ich habe dieses Bild vor Augen, wie er im Krankenhaus an mir vorbeigegangen ist. Sein Gesicht. Ernst und viel beschäftigt. Und freundlich.«

»Ich habe nie behauptet, dass er ein Ungeheuer ist.« Meine Finger gleiten von seinem Unterarm, und ich stehe vom Bett auf, hebe meine Unterhose auf und schlüpfe hinein. Ich suche nach meinem BH, ziehe ihn verkehrt herum an, mache den Verschluss zu, drehe ihn herum und schiebe die Arme durch die Träger. »Er ist ein guter Chirurg, er hilft den Menschen.«

Sam ist aufgestanden und legt die Arme um mich. »Geh nicht. Ich musste einfach wissen, wer er ist. Jetzt weiß ich es. Es ändert nichts an meinen Gefühlen für dich. Es macht sogar alles … noch schwerer.« Er atmet in mein Haar. »Ich liebe dich, Cat.«

»Ich liebe dich auch.« Ich bücke mich nach meiner Jeans. »Und wegen dieser Sache zwischen uns … dieser Liebe … fühle ich mich die meiste Zeit einfach bloß beschissen.«

»Und jetzt gehst du wieder?«, fragt Sam. »Nach … dem hier?« Er deutet auf das zerwühlte Bett. »Das war's?« Seine Stimme wird kalt. »Du hast jemanden gebraucht, um dich auszuweinen, und das ist hiermit erledigt?«

»Nein, so ist das nicht«, sage ich. »Ich vermisse dich so, als hätte ich ununterbrochen Heimweh. Normalerweise zwinge ich mich, damit zu leben. Aber ich hatte einen Augenblick der Schwäche. Die künstliche Befruchtung hat nicht geklappt, und jetzt stehe ich nach einem jahrelangen Kampf an diesem jämmerlichen Schlusspunkt. Die einzige Möglichkeit besteht in einer Operation, und die will ich nicht. Wir haben Grace, sie genügt mir vollauf. Aber irgendwie bin ich auf diesem Förderband der Babyplanung gelandet, das immer weiterläuft, und ich weiß nicht, wie ich wieder herunterkomme. Du bist der Mensch, mit dem ich darüber reden wollte – auch wenn das vollkommen unsinnig ist.« Ich breche ab und hole tief Luft. »Nichts ergibt irgendeinen Sinn, alles ist völlig verdreht, denn … denn wenn ich ein Kind kriegen könnte, dann würde ich es mit dir haben wollen.«

Schweigend lässt er den Kopf hängen. »Mein Dad ist gestorben«, sagt er nach einer Weile leise. »Und ich konnte es dir nicht erzählen. Meistens bist du der einzige Mensch, mit dem ich reden will. Mein Leben geht vorbei, und ich kann es nicht mit dir teilen – noch nicht einmal mit deiner Stimme am Telefon.«

Hart, schwer und vertraut sitzt mir der Kummer im Magen. »Das mit deinem Dad tut mir leid. Ich wünschte … ich hätte für dich da sein können. Ich hätte dir diesen Brief nicht schreiben dürfen.«

»Weißt du noch, wie wir darüber gesprochen haben, wie es uns wohl ergangen wäre, wenn wir zusammengeblieben wären? Wie du gesagt hast, dass uns der banale Kram – der ganz gewöhnliche Alltag – womöglich den Rest gegeben hätte? Aber genau das will ich mit dir haben, Cat, ganz banale Normalität. Ich will Alltag, ich will dich morgens mit verschwollenen Augen und ungewaschenen Haaren sehen. Ich will deine Socken vom Boden aufheben und mir dein Gejammer anhören. Ich will mich um dich kümmern, wenn du krank bist.« Er lässt mich nicht aus den Augen. »Ich will dir Mattie und George vorstellen. Ich will dich ins Restaurant ausführen. Will, dass du bei mir bist, wenn ich ein Konzert gebe, damit ich dir hinter der Bühne zulächeln kann und du zurücklächelst. Ich will mit dir in den Buchladen gehen, eins deiner Bücher kaufen und dem Verkäufer sagen: ›Stellen Sie sich vor, diese Frau hier an meiner Seite hat das Buch geschrieben.‹«

»Hör auf.« Ich schüttle den Kopf, Tränen schnüren mir die Kehle ab.

»Sag, dass wir zusammen sein werden. Irgendwann einmal.« Seine Stimme bebt. »Himmel, Cat. Bitte sag, dass es einmal so sein wird.« Er packt mich am Ellbogen und zwingt mich, ihn anzusehen. »Sag mir, dass es Hoffnung gibt. Gib mir wenigstens das.«

Ich versuche, seinem Blick auszuweichen, der sich tief in mich einbrennt. Ich bleibe standhaft. »Es tut mir leid. Ich kann nicht … Ich kann dir nichts versprechen.«

Ich hätte das nicht tun dürfen, ich hätte ihn niemals um ein Treffen bitten dürfen. Ich hätte nicht zu ihm nach Hause gehen dürfen. Es war uns beiden gegenüber unfair. Ich mache Fehler. An den meisten Tagen fühle ich mich wie betäubt, benommen, so als stünde ich unter Drogen oder als hätte mir jemand einen Schlag auf den Kopf versetzt.

Dougie ruft an und will mich auf einen Kaffee treffen. Als wir uns hingesetzt haben, schiebt er mir eine zusammengefaltete Zeitung über den Tisch zu. In der Klatschspalte ist ein verschwommenes Foto abgedruckt, auf dem ich Sams Haus verlasse und Sam ohne Hemd im Türrahmen steht. *Sam Sage, Ex-Frontmann der Lambs, und seine geheimnisumwobene Freundin,* lautet die Bildunterschrift. Ich lasse die Zeitung fallen, als hätte ich mich daran verbrannt. Ich will aufstehen und wegrennen und nie mehr stehen bleiben.

Dougie sagt, dass ich mich beruhigen soll, dass mich niemand erkennen wird. Auf dem Foto habe ich das Gesicht abgewandt. Dougie hat mich nur erkannt, weil er von Sam und mir wusste. Dicht beugt er sich zu mir heran und fragt, ob wir eine Affäre haben.

Der Gedanke, dass die Leute Spekulationen über uns anstellen, ist mir zuwider. Es macht alles, was Sam und ich miteinander teilen, schäbig und falsch. Gleichzeitig kann ich nicht aufhören, den gemeinsamen Nachmittag wieder und wieder nachzuerleben, jede Sekunde, jeden Augenblick wachzurufen, seine Berührungen und das Gefühl, das ich in seinen Armen hatte, ganz so wie damals: das Gefühl, hierherzugehören. Ich habe ihm Hoffnungen gemacht, und dann habe ich sie ihm wieder genommen. Wie soll er mir jemals verzeihen?

VIERUNDVIERZIG

Sam, September 1994

Nach ein paar Tagen war ihr Geruch verschwunden, selbst wenn er das Gesicht ins Kissen presste und tief einatmete. Mittlerweile ist es viele Monate her, dass Cat in Sams Bett war. Nachdem sie fortgegangen war, war er wütend und verletzt gewesen, es verwirrte ihn, dass sie ihn um ein Treffen gebeten hatte und gleich darauf wieder aus seinem Leben verschwunden war. Später aber wurde ihm klar, wie schwierig es für sie wäre, eine Familie, ein Kind zu verlassen. Er denkt an ihren Vater, den Spieler, daran, wie die Familie ständig von einem Ort zum nächsten zog und wie kostbar ein echtes Zuhause für sie sein muss, etwas, das man nicht zerstören darf.

Als Ben anruft und erzählt, dass er Theaterkarten für ein neues Stück im West End hat, sagt Sam sofort zu. In letzter Zeit nimmt er fast jede Einladung an. Anderenfalls geht er um die Ecke zu Mattie und verbringt den Abend dort, hilft River mit den Hausaufgaben und sitzt mit ihnen am Küchentisch.

Fünf Minuten vor Beginn quetscht er sich im dicht gedrängten Foyer des Prince Edward Theatre in Soho zwischen Rücken und Ellbogen zu Ben und seiner Frau Boo durch.

»Das ist Janie«, sagt Ben. »Eine Freundin von Boo.«

Eine zierliche Frau streckt ihm die reich geschmückte Hand entgegen. Sam schüttelt sie und lächelt höflich. Ihre Knochen fühlen sich zerbrechlich an. Diverse große Ringe bohren sich mit ihren spitzen Kanten in seine Handfläche. Ein glänzender schwarzer Long Bob schwingt auf exakter Linie in Höhe ihres blassen Schlüsselbeins.

Sam schenkt Ben einen bedeutungsschweren Blick. Er hat ihn gebeten, keine Verkupplungsversuche zu unternehmen. Alle seine Freunde machen das. Außer Mattie und George weiß niemand von Cat.

In dem Armani-Jackett hat Ben nicht mehr viel gemein mit dem dünnen Punk aus dem besetzten Haus in Brixton. Mittlerweile ist er Immobilienmakler. Er besaß schon immer ein praktisches Talent zum Eigennutz und eine erstaunliche Wandlungsfähigkeit. Boo und er leben mit ihren Zwillingen in einem Haus mit fünf Schlafzimmern in Clapham und machen sich über ihre Punk-Vergangenheit lustig.

Janie erzählt Sam, dass sie Leiterin der Finanzabteilung eines IT-Unternehmens ist. Er ringt sich ein paar Fragen ab und ist froh, als die Glocke sie zu den Plätzen ruft. Nach der Vorstellung wird er sich schnell verabschieden und nach Hause gehen.

»Letztes Jahr war das ein Riesenerfolg am Broadway«, sagt Boo, als sie sich im prunkvollen roten Plüsch im Parkett niederlassen. »Ich liebe Gershwin«, fügt sie hinzu.

In der Pause murmelt Janie: »Ich hasse Musicals. Aber dann hat Boo gesagt, dass du mitkommst, und ich wollte dich kennenlernen.« Mit den rot lackierten Fingerspitzen berührt sie seinen Ärmel. »Ich bewundere deine Musik, besonders das, was du jetzt machst.«

Sams Mund ist trocken. Er ist wütend, dass Ben ihn in diese Lage gebracht hat. Er wartet ab, dass sie ihre Hand zurückzieht, dann verlagert er sein Gewicht auf die Hacken. »Danke«, sagt er unbestimmt.

Als Janie und Boo flüsternd auf der Damentoilette verschwinden, drückt Ben Sam ein Glas Wein in die Hand. »Sie ist echt süß«, sagt er. »Sie verdient eine Menge Kohle, aber stell dir vor, in der Freizeit arbeitet sie in Wohlfahrtseinrichtungen. Sie war auf deinen Konzerten und wollte dich unbedingt kennenlernen.«

»Ich hatte dich gebeten, das bleiben zu lassen.«

Ben grinst. »Komm schon, Alter. Alle fragen sich, wann du dir endlich eine feste Freundin suchst. Ich habe letztes Jahr das Bild in der Zeitung gesehen. Deine sagenumwobene Freundin. Warum haben wir sie noch nicht kennengelernt? War sie eine Nutte? Nichts für ungut. Aber die Leute wollen, dass du … glücklich bist.«

»Glaub mir, es gibt weit Wichtigeres auf der Welt als mein Liebesleben. Janie ist bestimmt ein netter Mensch. Aber sie ist nicht mein Typ.« Sam wendet den Blick ab, trinkt den Wein in einem Zug aus und geht an die Bar. »Noch so einen, bitte«, sagt er.

Sam stöhnt. Sein Rachen ist ausgedörrt, und er hat einen widerlichen Geschmack im Mund. Kardamom, Knoblauch, Alkohol und Schweiß dringen aus seinen Poren. Auf seiner Haut und den Bettlaken ist noch ein weiterer Geruch, ein unvertrautes Parfum. Auf dem Kissen neben ihm ist schwarzes Haar. Gähnend dreht sich Janie herum, und Sam rührt sich nicht, als hoffe er, dass sie ihn nicht bemerkt.

»Morgen«, sagt sie, nur wenige Zentimeter von seinem Gesicht entfernt. Sie grinst.

»Hi.« Er rückt ab und stützt sich auf den Ellbogen. »Hm, ja, Morgen.«

Sie streckt sich. »Ich bin am Verhungern. Hast du was zu essen im Haus? Oder sollen wir uns schnell irgendwo ein Croissant und einen Kaffee besorgen?«

»Eigentlich«, er leckt sich über die trockenen Lippen, »ist es schon ziemlich spät. Ich muss noch … ein paar Sachen erledigen.« Er setzt sich auf. »Ich sollte mich wirklich ranhalten … tut mir leid.«

»Oh.« Ihr Lächeln verschwindet. »Nein. Klar. Ich sollte dann auch mal gehen.« Sie setzt sich auf und zieht sich das Laken um den schmalen Oberkörper und die kleinen Brüste.

Sam blinzelt. Er kann sich kaum an gestern Abend erinnern. Sie waren indisch essen, es gab eine Menge Wein. Auf dem Klo bot ihm Ben eine Nase Koks an. Irgendwie landete er dann mit Janie in Islington. Sie haben miteinander geschlafen. Der Geruch nach Sex ist überall, wie Schmutz haftet er an allem. Janies perfekte Frisur ist zerzaust, wirre Strähnen stehen ihr vom Kopf ab. Er fühlt sich wie das letzte Arschloch.

»Weißt du«, sagt er, »es tut mir wirklich leid. Aber das hätte nicht passieren dürfen.«

»Warum nicht?«, fragt sie und reckt das Kinn.

»Weil ich jemand anders liebe.«

»Oh …« Sie rückt etwas weiter von ihm ab. »Wen denn?«

»Jemand, den ich schon sehr lange kenne. Sie ist verheiratet.«

Janie zieht die Augenbrauen hoch.

»Ich weiß«, sagt er achselzuckend. »Es ist das totale Klischee. Ich bin ein Idiot. Oder ein Scheißkerl. Oder auch beides.« Er stützt das Gesicht in die Hände. »Ich hätte dir das nicht sagen sollen, aber ich wollte aufrichtig sein.«

Einen Augenblick lang sagt Janie gar nichts. Sie massiert ihre Fingerknöchel und dreht an den Ringen. »Danke, sollte ich dann wohl sagen. Für die Erklärung.« Sie rutscht zur Bettkante, das Satinlaken fest um den Körper gewickelt. »Ich will nicht behaupten, dass ich mir nicht auch ein bisschen vorkomme wie ein Idiot … aber ich bereue es nicht.«

Dass Janie so verständnisvoll reagiert, bewirkt, dass Sam sich nur noch mieser fühlt. Mit der Hand deutet er auf das Badezimmer. »Dusch dich ruhig, lass dir Zeit. Ich habe zwar nichts zu essen da, aber eine abartig teure italienische Espressomaschine, falls du eine Dosis Koffein brauchen kannst.«

»Danke. Ich mache mich lieber auf den Weg.« Mit kleinen Schritten geht sie durchs Zimmer und klaubt unbeholfen Kleidungsstücke vom Boden auf, verführerische rote Seidenteile, hohe Riemchensandalen. Die Kleider an den Oberkörper gepresst, dreht sie sich an der Tür zum Bad noch einmal zu ihm um.

»Übrigens: Ja, du bist ein Scheißkerl. Aber ich werde niemandem was sagen.« Sie schluckt. »Von dem, was du mir erzählt hast.«

Sam hat die Arme um die Knie geschlungen.

»Im Grunde tust du mir leid.« Sie verschwindet im Badezimmer.

Als Janie fort ist, trinkt er einen starken Espresso und zieht sich seine alten Turnschuhe an. Er versucht, das Dröhnen im Kopf zu ignorieren, und läuft durch die Straßen, bis er seinen Rhythmus gefunden hat, entlang der sich ewig hinziehenden Holloway Road, unter dürren herbstlichen Bäumen und dann über ein kurzes Parkstück. Schwer atmend kämpft er sich die schicken Straßen von Highgate hinauf, während ihm die Beine brennen, als fließe Feuer durch seine Adern. Vor ihm liegt das Tor von Hampstead Heath, und er joggt in den Park. Er rennt bis zum Gipfel des Parliament Hill, kommt stolpernd zum Stehen, stützt die Hände auf die Knie und ringt um Luft. Du fügst anderen Menschen Schmerzen zu, und du vergeudest dein Leben, sagt er sich. Was also gedenkst du zu tun?

Diesmal muss er mehr tun als reden, ermahnt er sich. Er muss Cat endlich ziehen lassen, es muss aus seinem tiefsten Innern kommen. Das lässt sich nicht erzwingen, genauso wenig, wie er es erzwingen konnte, seinem Vater zu verzeihen; es kam ganz allmählich. Gibt es irgendeine Möglichkeit, diese Liebe hinter sich zu lassen? Mit dem Saum seines T-Shirts wischt er sich den Schweiß von der Stirn. Vielleicht würde es helfen, wenn er sie mit Leo und dem Kind sähe … sie muss mittlerweile ein Teenager sein, wird ihm vage bewusst. Vielleicht kann er erst dann richtig verstehen, was für ein Leben

Cat tatsächlich führt, wenn er ein Bild vor Augen hat. Er hat nicht die geringste Ahnung, was für ein Mensch sie in dieser anderen Welt ist, von der er so vollständig ausgeschlossen ist. Wenn er sie als Mutter und Ehefrau sähe, könnte er vielleicht endlich aufhören zu hoffen.

Langsam macht er sich auf den Weg zu der Bank – ihrer Bank –, um sich ein allerletztes Mal dort hinzusetzen.

FÜNFUNDVIERZIG

Cat, September 1994

Leo und ich stehen im Schlafzimmer und sehen einander an.

Ich zittere. »Nein«, sage ich. »Wieso reden wir überhaupt schon wieder darüber? Wir waren uns einig. Ich will keine Operation.« Ich bemühe mich, ruhig zu bleiben. »Ich habe es mir nicht anders überlegt.«

»Aber wir haben doch schon so viel erreicht …«

»Was? Was haben wir erreicht?« Wütend starre ich ihn an. »Ich sehe nicht, dass wir irgendwas erreicht hätten. Gerade dir sollte das klar sein. Nicht nur als Arzt, sondern als mein Mann. Du hast doch mitgekriegt, was die Medikamente bei mir angerichtet haben, du weißt, dass wir nicht mehr miteinander geschlafen haben, weil wir … beide zu erschöpft und deprimiert waren, weil uns schon alles egal war. Und seitdem ist es nicht mehr wie früher.«

»So schlimm war es nun auch nicht«, widerspricht er. »Es war doch für einen guten Zweck. Und jetzt, wo wir älter sind, ist es womöglich unsere letzte Chance.«

»Ich schaffe das nicht mehr. Ich bin achtunddreißig. Wir sind doch schon eine Familie, wir haben Grace.«

»Du bist erschöpft, das verstehe ich ja.« Sein Tonfall wird sanfter. »Vielleicht brauchst du einfach bloß Erholung, einen richtigen Urlaub. Wie wär's, wenn wir ganz weit weg fliegen? Nach St. Lucia oder Mauritius?«

»Nein.« Ich werde lauter. »Du hörst mir nicht zu. Du bist … total besessen von der Sache. Aber es wird nicht dazu kommen, das musst du endlich einsehen.«

»Ich will dir doch zuhören. Cat, bitte, sei vernünftig. Beruhige dich, nicht dass Grace uns noch hört.«

»Es ist mein Körper, nicht deiner, der jahrelang malträtiert wurde. Mein Leben. Sonst würdest du wohl nicht davon reden, ich solle *vernünftig* sein!« Wut lodert in mir auf.

»Schatz«, sagt er und hebt die Hände. Er wirkt besorgt. »Jetzt atme einmal ganz tief durch.«

Sein gönnerhaftes Verhalten kränkt mich. Mit ausgebreiteten Armen kommt er auf mich zu, doch ich kann nicht atmen. Ich ringe um Luft, aber meine Lunge ist im Brustkorb eingezwängt wie in einem zu engen Korsett. Ich fahre mir mit der Hand an den Hals und reiße mein Hemd auf.

Als er bei mir ist, wende ich mich abrupt ab. Überrascht schreit er auf.

Ich renne auf den Flur, ich kann an nichts anderes denken, als dass ich dringend Luft brauche. Grace steht in ihrer Zimmertür und sieht mich mit weit aufgerissenen Augen an. Sie ist offensichtlich beunruhigt, sie muss uns gehört haben. Aber ich kann nicht stehen bleiben. Ich muss hier raus.

Als ich die Treppe hinunterrenne, rutsche ich auf einer der letzten Stufen aus. Meine Füße gleiten unter mir weg, und ich falle auf den Po und rumple den letzten Teil der Treppe hinab, bis ich kläglich unten lande. Zittrig stehe ich auf, versuche vorsichtig, aufzutreten, und reibe mir über den Rücken, wo sich bestimmt bald Blutergüsse abzeichnen werden. Aber ich bin nicht ernsthaft verletzt.

»Mum!«, jammert Grace vom Treppenabsatz herunter. Ihr Gesicht ist kreidebleich.

»Ich bin bloß ausgerutscht«, rufe ich und versuche, normal zu klingen. »Mir ist nichts passiert. Keine Angst.«

»Wo willst du hin?«

»Nur ein bisschen raus. Ich bin bald wieder da. Ich brauche einfach etwas Bewegung, das ist alles.«

»Cat?« Leos Stimme klingt herunter.

Ich reiße die Tür auf, und als ich den Gehsteig betrete, löst sich etwas in meiner Brust. So schnell ich kann, gehe ich den Berg hinauf Richtung Park.

Atemlos komme ich oben auf dem Hügel an, und schon jetzt geht es mir besser, wissend, dass ich mich gleich auf unsere Bank setzen und alleine für mich an einem Ort sein kann, an dem ich mich ihm nahe fühle. Vielleicht kann ich etwas Ordnung in das Chaos meiner Gefühle bringen und den Frust und meine Traurigkeit in seine Einzelteile zerlegen.

Bestürzt stelle ich fest, dass jemand auf der Bank sitzt. Durch die Blätter des Weißdorns kann ich eine Gestalt ausmachen. Sinnlose Wut kocht in mir hoch, und ich will schon umdrehen; aber ich muss einfach auf diesen vertrauten Holzlatten sitzen – vielleicht geht der Fremde ja.

Doch als ich durch die Sträucher trete, erkenne ich ihn sofort. Vom Schock wird mir eiskalt und gleich darauf heiß. Heftig schlägt mein Herz gegen die Rippen. Warum ist er hier? Mit dem Rücken zu mir blickt er über den Park und bemerkt mich nicht. Ich habe Angst, etwas zu sagen. Er ist ganz in Gedanken verloren, und ich habe keine Ahnung, was für Gedanken es sind und wie er reagiert, wenn er mich sieht.

Vorsichtig nähere ich mich ihm, und als er den Blick hebt, macht er ein ungläubiges Gesicht. »Cat?« Seine Stimme ist belegt. Er steht von der Bank auf, als müsse er sich für eine Katastrophe wappnen. »Was machst du denn hier?«

Ich denke an das letzte Mal. An meinen Brief. Und daran, dass ich einfach fortgegangen bin. Ich habe es nicht verdient, dass er sich freut, mich zu sehen. Ich zittere, jede Faser meines Körpers ist voller Verlangen. Unbeholfen trete ich von einem Fuß auf den anderen. »Sam … ich … Soll ich lieber gehen?«

Er schüttelt kurz den Kopf und starrt mich unvermindert

an. Auf seiner Miene zeichnet sich Sorge ab, und er kommt einen Schritt näher. »Was ist los? Ist etwas passiert?«

Ich mache den Mund auf, doch ich bringe kein Wort heraus.

»Geht es dir gut?« Vor Angst ist seine Stimme heiser.

Mir gelingt ein Nicken. Er streckt die Hand nach mir aus und berührt meine Wange. »Cat?« Das Wort klingt sanft aus seinem Mund. Es ist mehr als eine Frage.

Ich kann ihm nicht in die Augen schauen und senke den Blick. Meine Beine tragen mich nicht mehr, und ich lasse mich auf die Bank fallen. Er setzt sich neben mich, und ich schiebe meine Hand in seine. Hand in Hand sitzen wir da, blicken über den Park und die Stadt. Der September hat mattes Gelb und verblichenes Grün über die Landschaft gelegt, aber ich spüre keine Verbindung zum Park oder zum Tag. Es kommt mir so vor, als befänden wir uns in einer eigenen, von allem abgeschotteten Welt. Er rückt näher, und ich lege meinen Kopf an seine Schulter, auf den dünnen Stoff seines Trikots. Die Anspannung fällt von mir ab, wie Wasserdampf verflüchtigt sich der Druck. Seine Körperlichkeit ist ein Schlüssel, der die Blockaden in mir löst.

»Du warst joggen«, murmle ich und sehe auf seine nackten Knie hinunter. »Dir wird kalt sein.«

»Mmm.« Er hat den Arm um mich gelegt.

»Wie kommt es, dass zwischen uns immer alles bleibt, wie es ist, egal, wie lange wir uns nicht gesehen haben?«

»Ich weiß nicht«, antwortet er. »Es ist einfach so.«

Ich hebe den Kopf von seiner Schulter. »Ich … ich werde Leo verlassen.« In dem Augenblick, da ich es sage, weiß ich, dass es die Wahrheit ist.

Er rührt sich nicht, seine Miene ist wie versteinert.

»Der Versuch, ein Kind zu kriegen, hat etwas zwischen uns zerstört … das Vertrauen. Ich will Grace nicht alleine lassen, aber sie ist sechzehn, ich denke, sie kommt zurecht. Ich hatte

Angst, dass ich sie vielleicht nicht mehr sehen darf, wenn ich gehe, weil ich nicht ihre leibliche Mutter bin.« Die Worte strömen aus mir heraus, dass ich kaum Zeit zum Luftholen habe. Ich beuge mich vor und kratze mich an der Stirn. »Aber Leo ist ja kein grausamer Mensch. Er wird mich nicht daran hindern, sie zu sehen.«

Sam sagt immer noch nichts.

»Leo ist jetzt bestimmt schon ins Krankenhaus gefahren. Aber heute Abend werde ich es ihm sagen.« Ich wage einen Blick auf Sam. »Ich will damit nichts … vorwegnehmen, ich habe keinerlei Erwartungen. Vielleicht willst du ja gar nicht mehr mit mir zusammen sein. Noch dazu nach unserer letzten Begegnung. Das, was ich dir angetan habe … war unverzeihlich.« Ich reibe mir über die Augen, ich darf nicht weinen. »Keine Ahnung, ob du mit irgendwem zusammen bist oder so.«

Ein Schleier legt sich um uns, die Luft scheint stillzustehen. Wir sind an die Bank gekettet, Seite an Seite, wie betäubt von meinen Worten. Plötzlich glaube ich ganz sicher, dass er jemanden gefunden hat, dass zu Hause eine Frau auf ihn wartet. Warum sagt er nichts? Wieder nimmt er meine Hand. Ich meine, seinen Herzschlag zu hören, ich spüre das Pochen unter seiner Haut, wie sein Puls an der Stelle, wo unsere Hände sich berühren, auf meinen prallt.

»Ich liebe dich«, sagt er leise. »Schon immer. Und für immer.«

Ich drücke seine Hand. Tränen rollen mir über die Wangen.

»Rufst du mich an?«, fragt er. »Wenn du es ihm gesagt hast, damit ich weiß, dass es dir gut geht?«

Ich nicke.

»Hier ist meine Nummer. Es ist mein Handy, du kannst mich also jederzeit erreichen.« Er drückt mir einen Zettel in die Hand und küsst mich auf den Scheitel. »Ich finde dich sehr mutig.«

»Es ist das Schlimmste, was ich jemals gemacht habe«, sage ich.

»Es ist ein Anfang«, sagt er. »Wenn du das möchtest.«

Mit zittrigen Fingern schiebe ich den Schlüssel ins Schloss. Zahllose Male habe ich dieses Stück Metall im Türschloss gedreht, aber heute komme ich mir vor wie ein Eindringling. Die Diele wirkt anders, als würde ich sie mit den Augen eines Fremden betrachten. Schon jetzt gehöre ich nicht mehr hierher. Ich frage mich, ob ich einen Koffer packen sollte. Mich vorbereiten. Aber wie soll ich mich auf so etwas vorbereiten? Dann bemerke ich den Rucksack von Grace am Boden und die achtlos in die Ecke gekickten Turnschuhe. Ich halte inne. Wieso ist sie noch hier? Sie müsste längst in der Schule sein. »Grace?«, rufe ich.

Die Hand am Geländer, gehe ich die Treppe hinauf.

»Grace?« Sie ist nicht in ihrem Zimmer. Die Badezimmertür ist geschlossen. Ich lege das Ohr an das Holz und klopfe. »Grace? Ist alles okay?« Stille brandet mir entgegen. Ich klopfe noch einmal. »Käferchen? Geht es dir nicht gut?«

Irgendetwas stimmt hier nicht, das spüre ich so deutlich, als hätte sich eine Klaue um mein Herz gelegt. Ich drehe am Griff und drücke mit aller Kraft gegen die Tür. Sie ist nicht abgesperrt, und taumelnd stolpere ich in den heißen, dampfigen Raum.

Grace liegt in der bis zum Rand gefüllten Badewanne. Ihr Körper treibt schwebend im Wasser, den Kopf im Nacken, sodass der zarte Hals bloßliegt. Aus dem Hahn tropft Wasser auf die auf und ab wippenden Zehen. Das lange Haar klebt an ihrer Kopfhaut, hängt strähnig an den Schultern und verklumpt mit dem Wasser, das hellbraun und von roten Streifen durchzogen ist, die in zartes Rosa auslaufen. Die rote Farbe quillt aus ihren Handgelenken, aus zwei kleinen klaffenden Öffnungen.

»Grace!« Ich knie mich neben die Wanne, nehme ihre schlaffen Handgelenke, umwickle sie mit jedem Stück Stoff, das ich zu fassen kriege, und drücke fest darauf. »Grace!« Ihre Augenlider zucken. »Gott sei Dank!«

Ich weiß nicht, was ich machen soll. Ich darf nicht aufhören, die blutenden Wunden zuzudrücken, muss aber gleichzeitig den Notarzt rufen. Weinend versuche ich, sie hochzuheben, beuge mich über die Wanne und schiebe einen Arm unter ihren Oberkörper. Langsam hieve ich sie hoch, während überall Wasser herausschwappt. Sie ist schwer und träge, ich kriege sie nicht zu fassen. Sobald ich den Rumpf anhebe, verleiht die Schwerkraft ihren schlaffen Armen und Beinen zusätzliches Gewicht. Ich mühe mich ab, doch meine Füße haben keinen Halt auf dem nassen Boden. Ihr Kopf fällt nach hinten, die Schultern gleiten mir aus den Händen, und sie rutscht zurück. Ich gehe in die Knie. Das schaffe ich nicht. Ich ziehe den Stöpsel aus der Wanne und lasse das Wasser ab. Behutsam lege ich ihre Arme auf den Badewannenrand. Die Stoffbahnen sind dunkelrot.

Ich rapple mich hoch und stürze zur Tür, ich muss zum Telefon in der Diele. Ich rutsche in Pfützen aus Wasser und Blut aus, falle hin, stehe wieder auf. »Du musst wach bleiben, Grace«, brülle ich ihr über die Schulter zu. »Nicht bewegen. Ich hole Hilfe.«

Die Stimme am anderen Ende der Leitung ist ruhig und unbeteiligt. Die Frau nimmt meine Adresse auf und stellt mir Fragen über Grace, über die Wunden, ob sie atmet, wo sie sich befindet. Sie gibt mir Anweisungen. Keuchend und zwei Stufen auf einmal nehmend, stürme ich zurück nach oben, während mir durch den Kopf schwirrt, was ich alles tun muss: die Arme höher lagern als das Herz, die durchnässten Handtücher an Ort und Stelle halten, noch mehr Stoff darum wickeln. Weiter darauf drücken. In der Armbeuge gibt es eine besondere Stelle, hat mir die Stimme erklärt, auch dort soll ich drücken.

Ich habe nicht genug Hände. Ich presse die Finger auf den dicken Verband aus Handtüchern, in der Hoffnung, den richtigen Punkt zu erwischen. Kurz lege ich ihr eine Hand auf die Stirn, sie fühlt sich kalt an. Das Badewasser ist abgelaufen, wie ein gestrandeter Fisch liegt sie da. Ihr Körper wirkt geschrumpft, verletzlich, die Haut vom Wasser weich und aufgequollen wie Hefeteig. Es verschlägt mir den Atem, als ich an den Innenseiten von Armen und Oberschenkeln ein Kreuzmuster aus alten und noch ganz frischen Wunden entdecke. Am Boden der Wanne schimmert ein Rasiermesser, das an den Abfluss gespült wurde. Unaufhörlich rede ich auf Grace ein. »Bleib bei mir. Bleib da, Grace. Ich bin bei dir, meine Süße. Ich werde immer bei dir bleiben. Ich gehe nicht weg.« Ihre Augenlider flattern, wie die Zacken eines Sterns heben sich die Wimpern auf der blassen Haut ab. Ich küsse ihre Schulter, ihre Stirn. »Verzeih mir«, sage ich. »Verzeih mir.« Sie stöhnt.

Draußen sind Sirenen zu hören.

Als Leo zu mir stößt, sitze ich, den Kopf in die Hände gestützt, im Krankenhauskorridor. Er nimmt mich in die Arme, sein Gesicht ist kalkweiß und angespannt. »Wie sieht es aus?«

»Sie hat die Arterien verfehlt. Die Schnitte waren nicht tief genug.«

»Gott sei Dank.« Sein Mund verzieht sich, sein Kinn bebt.

»Sie sagen, wir sollen hier warten, bis sie die Wunden genäht haben …« Ich verstumme, weil ich merke, dass er mir gar nicht zuhört.

Zerstreut lässt er den Blick schweifen. »Ich muss rausfinden, wer hier der Chefarzt ist«, meint er. Entschlossen marschiert er den Gang entlang, und ich sehe, wie er sich gedämpft mit einer Krankenschwester unterhält. Er hat eine Aura der Autorität, das hier ist seine Welt.

Man führt uns in ein Einzelzimmer. Grace liegt im Bett, sie

wirkt sehr steif und klein unter den akkuraten Laken. Die Unterarme und Hände sind verbunden, und erleichtert stelle ich fest, dass kein Blut zu sehen ist. Als wir ins Zimmer kommen, sieht sie uns mit roten Augen an. »Es tut mir leid«, flüstert sie.

»Schsch.« Leo setzt sich ans Bett. »Wir sind einfach nur froh, dass du noch bei uns bist.«

Ich lächle und beuge mich hinunter, um sie auf die Stirn zu küssen. Leo berührt ihre Fingerkuppen, während ihm die Tränen von der Nasenspitze herabtropfen. Er nimmt die Brille ab und wischt sich über die Augen.

»Daddy«, sagt sie mit zitternder Stimme.

Ich schlucke schwer und lege die Hand auf ihre Schulter. »Ich warte draußen«, sage ich. »Dann habt ihr zwei ein bisschen Zeit für euch.«

Von der Tür aus beobachte ich sie, Vater und Tochter, die Köpfe dicht zusammengesteckt. Ich fühle mich ausgeschlossen und alleine, und es schmerzt mich bis auf die Knochen. Ich kann nicht weinen. Mein Kummer ist so vertrackt, voller Schuldgefühle und Entsetzen. Er sitzt wie ein eingesperrter Vogel mit schlagenden Flügeln in meiner Brust.

Zu Hause schenkt Leo uns beiden ein großes Glas Whisky ein. »Eine Pflegerin bleibt die ganze Nacht bei ihr, sie steht wegen Selbstmordgefahr unter besonderer Beobachtung. Morgen, wenn die Psychiater mit ihr geredet haben, erfahren wir mehr.«

»War das ein Hilferuf?« Ich trinke einen Schluck und verziehe bei dem torfig bitteren Geschmack das Gesicht. »Oder wollte sie sich … wirklich umbringen?«

»Ich weiß nicht.« Er schüttelt den Kopf. »Der Schnitt hätte tiefer und fester sein müssen, damit es funktioniert. Aber das hat sie vielleicht nicht gewusst, sie ist ja keine Medizinerin. Außerdem hätte es furchtbar wehgetan.«

»Die Badezimmertür war nicht abgeschlossen«, sage ich.

»So als wollte sie gefunden werden.« Mir fallen die Kratzer an den Handgelenken ein. Ich hätte besser achtgeben und mir die Verletzungen genauer ansehen müssen. »Sie hatte schon vor einiger Zeit Schnitte am Arm«, beichte ich ihm. »Sie hat gesagt, es war der Kater … aber jetzt … Grace muss sie sich selbst zugefügt haben. Sie ritzt sich schon eine ganze Weile.«

»Wie bitte?« Er reißt den Kopf hoch und starrt mich an. »Warum hast du mir nichts davon gesagt?«

»Weil ich nicht davon ausgegangen bin, dass es mit den Kratzern etwas auf sich hat«, antworte ich ruhig. »Ich wusste nur, dass die von Mog waren. Es sah nicht weiter schlimm aus, und ich wäre nie auf die Idee gekommen, dass Grace sich selbst verletzt.«

»Vielleicht hättest du ein bisschen aufmerksamer sein müssen. Du hattest die Verantwortung für sie!«

»Es war mein Fehler.« Ich schaue auf den Boden. »Offensichtlich hat sie Dinge vor mir verheimlicht – vor uns –, und ich habe es nicht erkannt.«

Er beugt sich nach hinten. »Ich habe wirklich alles versucht, um …«, er schluckt, »ein guter Vater zu sein.« Er reibt sich die Augen. »Wenn wir die richtigen Fragen gestellt hätten … verständnisvoller gewesen wären … wäre das vielleicht nicht passiert.«

Ich will ihm sagen, wie sehr ich dagegen war, Grace den Traum vom Tanzen kaputt zu machen. Ich will ihm sagen, dass es ein Problem ist, dass er alles kontrollieren will, wie sehr uns das auseinandergebracht und seine Beziehung zu Grace beeinträchtigt hat. Doch jetzt ist nicht der richtige Augenblick. Schweigend sitzen wir am Küchentisch, zwischen uns die Flasche mit dem Single-Malt-Whisky. Alles ist aus den Fugen geraten. Und ich fühle mich so schuldig.

»Hat sie im Krankenhaus noch irgendwas gesagt?«, frage ich leise. »Du warst ja sehr lange bei ihr.«

Er dreht das Glas in den Händen hin und her. Er wirkt erschöpft und ausgelaugt. »Sie gibt sich die Schuld am Tod ihrer Mutter.« Seine Stimme ist monoton.

»Was?« Ich hebe den Kopf.

»Sie denkt, sie hat Elizabeth umgebracht.« Er presst die Lippen aufeinander. »Was wir bislang nicht wussten, ist … Elizabeth ist gestürzt, weil sie über eine Puppe gestolpert ist. Grace hatte an dem Tag auf dem Treppenabsatz mit ihren Puppen gespielt, sie hatte eine Party mit kleinen Plastiktellern und Tassen gefeiert.« Er macht eine Pause und setzt die Brille ab, um sich mit der Hand über die Augen zu wischen. »Das Telefon in der Diele hat geklingelt, und Elizabeth wollte schnell hinlaufen. Sie hat Grace gesagt, sie solle aus dem Weg gehen. Beim Vorbeigehen hat sich ihr Fuß in den Puppen verheddert. Sie ist auf dem Plastikgeschirr ausgerutscht. Und dann ist sie … hinuntergefallen. Als sie nicht mehr aufgestanden ist, hat sich Grace neben sie gesetzt und mit ihr geredet.«

Leo hält inne und schluckt angestrengt. »Sie sagt, dass sie gar nicht verstanden hat, dass ihre Mutter tot ist. Aber ihr war klar, dass es ihre Schuld war, dass sie etwas Schreckliches angerichtet hatte. Und sie hat Angst gekriegt … dass man ihr Vorwürfe macht«, wieder unterbricht er sich, um sich zu räuspern, »und dass ich wütend auf sie wäre.« Schwer atmet er aus. »Sie hat alle Puppen in ihr Zimmer geräumt, alle Spuren der Party verwischt. Sie hat niemandem davon erzählt.«

»Mein Gott.« Ich beiße mir auf die Lippe und strecke die Hand nach ihm aus.

Er blinzelt und sieht mich an. »Es war ein Fehler, dass ich Grace vor der Wahrheit beschützen wollte. Dass ich ihr einreden wollte, Elizabeth sei perfekt gewesen, eine Art Heilige.« Zwischen seinen Augenbrauen zeichnet sich eine tiefe Furche ab. »Ich habe ihr eben im Krankenhaus die Wahrheit gesagt: dass Elizabeth Alkoholikerin war und an diesem Tag viel getrunken hatte. Sicher war sie unachtsam, hat nicht richtig aufgepasst und das Gleichgewicht verloren. Ich habe Grace gesagt, dass es nicht ihre Schuld war und ich niemals wütend auf sie gewesen wäre. Niemals.« Ermattet lässt er den Kiefer hängen. »Wir haben beide Fehler gemacht, Cat.«

Sein Kopf sinkt auf die Unterarme, die auf dem Tisch liegen. Seine Schultern beben. Ich gehe neben ihm in die Hocke, rede beschwichtigend auf ihn ein und tätschle ihn am Arm.

Fröstelnd und erschöpft liegen wir im Bett, halten einander im Dunkeln fest und dunsten den Whisky aus. Leo schläft vor mir ein, und als sein Atem regelmäßig geht, hebe ich behutsam seinen Arm von meiner Brust und schlüpfe unter ihm hervor. Vorsichtig ertaste ich mir den Weg durch die Dunkelheit. Im Zimmer von Grace schalte ich das Licht ein. Auf dem Teppich liegt das Tagebuch, es ist unverschlossen. Ich setze mich aufs Bett, hole tief Luft und schlage es auf. Die Sätze stürzen auf mich ein. Ich blättere ganze Jahre geheimer Gedanken durch. Beim Lesen muss ich die Hand auf den Mund pressen, um das Geräusch zurückzuhalten, das aus meiner Kehle entweichen will.

Ich bin ein SCHLECHTER Mensch. Ich habe es gar nicht verdient zu LEBEN. Ich bin schuld, dass Mummy tot ist. Ich habe sie getötet. Wegen mir ist sie die Treppe runtergefallen. Ich kann nicht vergessen, wie es sich angehört hat, als sie unten aufgekommen ist. Die Albträume gehen einfach nicht mehr weg. Dauernd sehe ich Mummys Gesicht beim Runterfallen. Immer wieder. Warum hört das nicht auf?

Bestimmt hasst mich Dad, wenn er das herausfindet. Ich hasse mich selbst. Ich bin ein schlechter Mensch. Ich gehöre bestraft.

Cat und Dad wollen heiraten. Ich wünschte, ich könnte Mum zu ihr sagen. Manchmal bin ich glücklich. Und dann fällt mir ein, dass Dad und Cat ein Baby kriegen werden!!! Ich will unbedingt eine Schwester.

Wenn Cat ein Baby bekommt, dann wird alles besser. Es soll Sally heißen, und ich werde ihm immer Geschichten erzählen, so wie Cat es bei mir gemacht hat.

Dad lässt mich nicht auf die Tanzschule. Dabei gibt es nichts auf der Welt, was ich lieber will. Noch lieber als eine kleine Schwester. Ich hasse ihn.

Jetzt ist alles egal. Das Leben ist mir egal. Wozu soll das überhaupt gut sein?

Dad und Cat streiten. Ich bin schuld, ich hätte nicht sagen dürfen, dass ich eine Schwester will. Wenn Cat dabei stirbt, dann bin ich eine Doppelmörderin. Ich habe sie dazu gebracht.

Keiner lächelt mehr. Alles läuft schief, und ich bin schuld. Es ist meine Schuld. MEINE SCHULD.

ICH SOLLTE MICH UMBRINGEN. ICH MACHE ALLES KAPUTT, WAS ICH ANFASSE.

Manchmal hat Grace beim Schreiben so fest aufgedrückt, dass das Papier sich wölbt und zerrissen ist und der Füller sich bis zum darunterliegenden Blatt gebohrt hat. Manche Wörter sind unter Tintenklecksen verborgen. Es gibt auch viele Seiten, die sich wie ein ganz gewöhnliches Teenagertagebuch lesen: Es geht um Pickel und Jungs und Freundinnen, lange Absätze befassen sich mit Partys oder einem Streit mit Nancy, einer Auflistung von Kleidern, die sie sich wünscht, mit kleinen Skizzen daneben. Aber dann geht die Selbstbezichtigung wieder los, der Hass, das Nachdenken über Selbstmord, das immer drängender wird. Auf der Innenseite des Buchdeckels klebt ein Foto von Elizabeth, auf dem fettige Lippenspuren sind.

Ich schlage das Buch zu. Sie hat ihr Tagebuch absichtlich nicht abgeschlossen. Aber ich habe den Wink nicht erkannt. Ich habe sie im Stich gelassen.

SECHSUNDVIERZIG

Sam, September 1994

Er will ihr hinterherrennen, die rutschigen Pfade von Parliament Hill hinunterschlittern, sich an ihre Fersen heften und ihr wie ein streunender Hund nach Hause folgen. Zu einem Zuhause, das er nie gesehen hat. Unauffällig will er draußen im Schatten eines Baums abwarten, um im Notfall einzugreifen – aber was für ein Notfall soll das sein? Dass Leo handgreiflich wird? Der sanfte Chirurg mit der Brille, den Sam in Erinnerung hat, sah nicht so aus, als hätte er auch nur einen Funken Aggressivität in sich. Andererseits sind Menschen immer für eine Überraschung gut.

Es kann Stunden dauern, bis Cat sich bei ihm meldet. Womöglich kommt sie erst morgen dazu. Er weiß nicht, was er mit sich anfangen soll, während er auf ihren Anruf wartet.

Sam drückt auf die Klingel, und an Matties Haustür ertönt die vertraute Melodie. Es dauert eine Weile, er hört gedämpftes Fluchen, dann macht sie die Tür einen Spaltbreit auf und späht heraus. »Hi.«

»Bist du krank?«, fragt er, als er das erhitzte Gesicht und das zerzauste Haar seiner Schwester sieht.

Sie schüttelt den Kopf und wirft kurz einen Blick über die Schulter. »Passt gerade nicht so.«

Von der Treppe ertönt eine Männerstimme. »Komm zurück ins Bett, Süße.«

Sam reißt die Augen auf, und Mattie zieht die Brauen zusammen.

»Wo ist River?«

»Bei Luke.«

Die Hände immer noch am Türrahmen, wartet sie ab. Erst da scheint sie ihn richtig wahrzunehmen und fixiert ihn besorgt. »Ist alles in Ordnung?«

Er muss tief graben, um ein paar verstreute Reste seines Selbst heraufzubeschwören. Mit Mühe hält er sie gerade so lange zusammen, dass er fragen kann: »Das da drinnen ist aber hoffentlich nicht der Postbote?« Er zieht die Augenbrauen hoch. »Der Milchmann? Ich habe dich doch vor den Kerlen gewarnt.«

Sie lacht. »Tschüss, Sam«, und macht die Tür zu.

Es ist die längste Nacht seines Lebens. Er geht und geht, das Handy fest umklammert. Er schleppt sich nach Süden, vorbei an Pubs und Restaurants, aus denen Geschirrklappern und lärmige Gespräche dringen. Er macht einen Bogen um die Opernbesucher in Covent Garden, die ihr privilegiertes Leben wie einen goldenen Umhang tragen. Er überquert die Waterloo Bridge und starrt auf den dunklen Fluss hinab, auf dessen Oberfläche ölige Spiegelungen Streifen ziehen und die geisterhaften Lichter der Stadt flimmern. Er geht an der South Bank entlang und denkt an den Tag, als Cat ihn in der Garderobe der Queen Elizabeth Hall aufsuchte. In Blackfriars wechselt er zurück auf die andere Flussseite. Wieder und wieder sieht er auf dem Telefon nach, ob er ihren Anruf auch nicht verpasst hat. Ein Zug rumpelt über die Brücke, und das Licht hinter den Fenstern blitzt rhythmisch auf, während die Waggons an den Querstreben vorbeiziehen.

Sam humpelt heimwärts nach Norden Richtung Rosebery Avenue; mittlerweile hat er eine Blase an der Ferse. Hinter einer Mülltonne schleicht ein Fuchs heraus. Die Stunden vergehen, es sind immer weniger Menschen auf der Straße, und die, die noch da sind, sind von Alkohol, Drogen oder Verzweiflung gezeichnet. Mit mürrischem, leerem Blick starren sie vor sich hin oder torkeln brüllend umher. Vor den Kebab-Imbissen und Pommesbuden versammeln sich kleine Grüppchen und schlingen gierig und stumpf ihr Essen herunter. Unter einer Brücke haben sich Obdachlose zum Schlafen hingelegt, die Pappkartons zum Schutz vor dem Wind aufgestellt oder als Kissen unter den Kopf geschoben haben. Sam greift in seine Taschen und stellt fest, dass er den Geldbeutel vergessen und nichts zu vergeben hat.

Erst am folgenden Vormittag ruft sie an. Sie will ihn bei der Bank treffen. »Sobald du kannst«, sagt sie. Ihre Stimme ist ausdruckslos und leise. »Ich kann nicht reden. Ich erkläre dir das, wenn wir uns sehen.«

Hier läuft alles falsch. Was gibt es da zu erklären? Sam ist übel.

Sie ist schon da, gebeugt kauert sie auf der Bank und starrt in die Ferne.

Er setzt sich neben sie. »Was ist los? Ist was passiert?«

Ihre glasigen und verquollenen Augen erschrecken ihn. Sie schiebt sich das strähnige Haar aus der Stirn. »Grace hat gestern versucht, sich umzubringen.«

Sam wird eiskalt. »Was?«, stößt er hervor.

Sie schüttelt den Kopf. »Ich habe Leo gar nicht gesagt, dass ich ihn verlassen will. Das war unmöglich, denn als ich von hier nach Hause gekommen bin, habe ich sie …« Mühsam holt sie Luft. »… mit aufgeschnittenen Pulsadern in der Badewanne gefunden.«

»O Gott.« Er reibt sich über die Stirn. »Cat, das tut mir so leid. Wird sie es schaffen?«

»Die Schnitte waren nicht tief genug, um … lebensbedrohlich zu sein.« Sie ballt die Hände auf ihren Knien zu Fäusten.

»Sie ist im Krankenhaus, man wird entscheiden, ob sie in die Psychiatrie verlegt werden soll. Es ist total verkorkst. Sie hat sich die Schuld am Tod ihrer Mutter gegeben. Hat jahrelang schweigend gelitten.«

»Und wir?« Seine Stimme ist nur mehr ein hauchdünner Geräuschfaden.

»Ich kann nicht. Es geht nicht.« Langsam bewegt sie den Kopf von einer Seite zur anderen.

Er legt eine Hand auf ihre, hüllt sie in seine Wärme ein. »Ich verstehe, dass … es schwierig ist und du noch ein bisschen warten musst, aber …«

Sie zieht ihre Hand weg. »Keine Warterei mehr, Sam. Das ist nicht fair, niemandem gegenüber. Ich werde Grace nicht im Stich lassen. Jetzt nicht und auch später nicht. Niemals. Ich kann das nicht.«

»Aber du hast doch gesagt, dass deine Ehe mit Leo nicht richtig ist.« Er versucht, ihren Blick zu erhaschen. »Ganz unabhängig von mir. Wenn du bei ihm bleibst, machst du dich für den Rest deines Lebens unglücklich.«

Tränen rollen an ihrer Nase herunter und sammeln sich an der Oberlippe. Mit den Fingern wischt er sie fort. »Hör zu, ich akzeptiere das nicht, das kann ich nicht.«

Mit trüben Augen sieht sie ihn an. Er zieht sie zu sich heran und hält sie ganz fest. Sie ist steif und lässt sich nicht auf seine Berührung ein. Ihr Haar riecht nach Krankenhaus. »Cat«, flüstert er. Sie stöhnt, schlingt die Arme um ihn und vergräbt ihr nasses Gesicht an seinem Hals. »Warte einfach noch ein bisschen, bis der Schrecken sich gelegt hat, und dann reden wir wieder«, murmelt er in ihr Haar.

»Nein.« Sie windet sich aus seiner Umarmung. »Grace braucht mich. Ich verlasse sie nicht. Ich habe es ihr versprochen.«

»Dann … Okay …« Verzweifelt sucht er nach etwas, woran

er sich festhalten kann. »Geben wir uns mehr Zeit. Zwei Jahre? Fünf Jahre? Treffen wir uns in fünf Jahren.«

»Nein.« Sie legt die Hand an seine Wange. »Ich will nicht, dass du alleine bleibst. Ich will nicht, dass du jahrelang wartest, das ist Wahnsinn.«

»Es ist mein Leben«, erwidert er leise. »Meine Entscheidung.«

Stumm schüttelt sie den Kopf.

»In Ordnung.« Er holt tief Luft. »Ich komme in zehn Jahren hierher zu unserer Bank.«

»Wie bitte?« Kurz schließt sie die Augen. »Sam. Nein. Dann sind wir in den Vierzigern. Fast … fünfzig.«

Er nickt. »Ganz genau. Und Grace wird erwachsen sein. Wir treffen uns hier, und wenn ich jemanden kennengelernt habe oder du glücklich mit Leo bist, dann wird es das letzte Mal sein.« Seine Stimme klingt müde und kraftlos. »Aber wenn nicht … dann sind wir frei. Zehn Jahre, Cat.« Er beugt sich zu ihr hin. »Ich glaube an uns. Unsere Gefühle werden sich nicht ändern.«

»Willst du das wirklich? All die Jahre warten?«

»Wenn es sein muss.«

»Aber was willst du machen?« Sie lässt den Blick umherschweifen, als schwebe die Antwort irgendwo in der Luft und habe sich vielleicht in den Ästen eines Baums verfangen. »Was machst du die ganze Zeit?«

Er zuckt die Achseln. »Keine Ahnung. Spielt das eine Rolle?« Er reibt an einem Fleck auf seinem Ärmel herum. »Vielleicht verkaufe ich das Haus. Vielleicht gehe ich auf Reisen, es gibt so viele Länder, die ich sehen will. Griechenland, Albanien, Mali. Ich würde gern mit Musikern von dort zusammenarbeiten.« Er berührt ihr Haar. »Mach dir keine Sorgen um mich.«

»Es tut mir leid.« Sie angelt ein Taschentuch aus ihrer Hosentasche und schnäuzt sich. »Seit wir uns kennen, mache ich nichts anderes, als dein Leben zu zerstören.«

»Dir zu begegnen, war das Beste, was mir in meinem ganzen Leben passiert ist.« Er lächelt. »Du bist die Musik, Cat.«

Sie streichelt sein Gesicht.

Er lässt sie zuerst gehen. Er sieht zu, wie sie unsicher aufsteht, blinzelnd den Kopf abwendet und den Blick auf ihr anderes Leben richtet. Er beobachtet sie, bis sie hinter den Weißdornbüschen verschwunden ist. Dann starrt er auf die Leere, die sie zurückgelassen hat, die Abwesenheit, den gähnenden Abgrund.

SIEBENUNDVIERZIG

Cat, Juli 2001

»Grace Dunn.« Klar und deutlich klingt der Name durch den Saal. Über die Köpfe der anderen Eltern hinweg sehe ich zu, wie meine Tochter die Stufen zur Bühne hinaufgeht, um ihr Universitätsdiplom entgegenzunehmen. Anmutig und aufrecht kehrt sie durch den Saal an ihren Platz zurück und presst die kostbare Papierrolle an ihre Brust. Suchend wandert ihr Blick über die Menge. Leo und ich heben gleichzeitig die Hände und winken. Sie grinst.

Ich bin stolz auf sie und den Weg, den sie eingeschlagen hat. Sie hat weiterhin getanzt, jetzt aber plant sie, im karitativen Bereich zu arbeiten. Ab dem nächsten Monat wird sie an einer Schule in der Nähe von Bangalore unterrichten. Auf ihre Schulter hat sie sich einen großen braun-gelben Adler mit im Flug ausgebreiteten Schwingen tätowieren lassen. Leo war entsetzt. Ich musste an die Musiknoten bei Sam denken und habe sie gefragt, wofür der Adler steht. »Freiheit«, gab sie zur Antwort. Sie legte die Finger an die Schulter und betastete die Stelle, als sei sie ein Freund. »Und es erinnert mich daran, dass ich stärker bin, als ich denke.« Unterhalb des Bündchens am Ärmel konnte ich gerade noch die Narben erkennen.

Wir gehen zu dritt zum Abendessen, und nachdem wir mit Sekt angestoßen haben, bricht Grace auf, um mit ihren Freunden zu feiern. Sie wird noch ein paar Tage in Bristol bleiben, um weiterzufeiern, Zeit mit ihrem Freund zu verbringen und ihre Sachen aus dem Zimmer in der Wohngemeinschaft zusammenzupacken. Am Wochenende komme ich noch einmal hierher und hole sie und ihr Gepäck ab.

Es ist schon spät, als wir das Restaurant verlassen, und uns stehen drei Stunden Autofahrt nach Hampstead bevor. Leo hat am nächsten Morgen Behandlungstermine und muss nach Hause. Er übernimmt das Fahren, und ich sitze auf dem Beifahrersitz und starre hinaus in die Dunkelheit; der brausende, donnernde Verkehr auf der Autobahn macht mich schläfrig. Die entgegenkommenden Scheinwerfer blitzen auf, und unablässig verändert sich das rote Muster der Rücklichter vor uns. Ich zwinge mich, wach zu bleiben und Leo Gesellschaft zu leisten, auch wenn er sich eine politische Sendung im Radio anhört und den Blick starr geradeaus gerichtet hat. Es ist warm im Auto, aber ich schaudere trotzdem, spüre plötzlich ein Prickeln auf der Haut; es ist die Erkenntnis, dass sich heute etwas unwiederbringlich verändert hat. Die Abschlussfeier von Grace, das Abendessen, sogar diese Fahrt: Das alles symbolisiert das Ende einer Lebensphase. Trauer und Wehmut haben sich in mir breitgemacht, aber gleichzeitig ist da auch ein Gefühl von Dringlichkeit. Mein Magen macht einen Satz. Ich sehe in die Finsternis, und es kommt mir so vor, als öffnete sich vor mir eine bislang verschlossene Tür.

Leo und ich reden nicht, während wir uns zum Schlafengehen fertig machen. Als ich die Bettdecke aufschlage, betrachte ich das Schränkchen neben dem Bett, in dem ich meine Tagebücher aufbewahre, zwei Bände, in denen mein Leben und die Geschichte von Sam und mir aufgezeichnet sind. Ich denke an unsere letzte Begegnung bei der Bank und an den Plan, zehn Jahre zu warten. Diese Tatsache sitzt in mir wie ein unverrückbarer Stein, der von den Jahren und Erkenntnissen einen glänzenden glatten Schliff bekommen hat. Ich kann sie nicht länger für mich behalten. Natürlich bedeuten mir mein Mann und unser gemeinsames Leben viel. Aber es gibt jemanden, der in meinen Gedanken und in meinem Herzen immer die erste Stelle einnehmen wird.

Leo kommt ins Bett, den Schlafanzug bis zum Hals zugeknöpft; von der Mundspülung riecht sein Atem nach Pfefferminz.

»Leo«, sage ich. »Können wir reden?«

»Jetzt nicht, Cat.« Seine Hand wandert zum Lichtschalter. »Du weißt doch, dass ich morgen früh aufstehen muss.«

»Aber … ich muss dir was sagen.« Mein Herzschlag beschleunigt sich. Ich hatte das nicht so geplant, aber es wird nie den richtigen Augenblick geben, um meinem Mann zu erklären, dass ich mich von ihm trennen will.

Mühsam hangle ich mich durch Erklärungen, dass unser Zusammenleben eher an eine Wohngemeinschaft als eine Ehe erinnert und wir beide etwas Besseres verdient haben. Sein zunächst genervter Gesichtsausdruck wird beim Zuhören ungläubig. Kopfschüttelnd weist er alles, was ich sage, von sich. »Meinst du nicht, dass in unserem Alter Freundschaft mehr zählt als Leidenschaft?« Seine Stimme ist ruhig, gefasst und etwas herablassend.

»Kann schon sein«, erwidere ich. »Aber für mich nicht.«

Ostentativ seufzt er. »Schlaf jetzt, Schatz. Du bist müde. Es war ein aufwühlender Tag. Lass uns ein andermal darüber reden.«

»Nein«, sage ich. »Nein, tut mir leid. Das kann nicht warten.«

Jede Faser in mir ist angespannt, mein Körper vibriert vor Angst. Ich habe gerade das Undenkbare getan, bin in den Abgrund gesprungen, habe ihm gesagt, dass wir uns trennen sollten, und Leo meint, er kann das mit einem Tätscheln meiner Hand und einem praktischen Ratschlag vom Tisch wischen. Ich erinnere mich daran, wie Sam mich mutig genannt hat, als ich das erste Mal entschlossen war, Leo zu verlassen, vor all den Jahren. Damals empfand ich mich nicht als mutig, und auch jetzt tue ich es nicht. Meine Hände zittern, und mein ganzer Körper bebt.

Ich muss es ihm irgendwie erklären, ich muss ihm alles erzählen. Ich unternehme noch einen Versuch, beginnend in Atlantic City. Als ich Sam erwähne, richtet Leo sich auf und setzt die Brille wieder auf die Nase. Ich lasse nichts aus. Er wartet bis zum Ende. Im Verlauf meiner Erzählung spüre ich, wie er sich mehr und mehr vor mir zurückzieht und die Luft zwischen uns immer dünner wird.

»Dann … dann hast du sogar an diesen Mann gedacht, als wir versucht haben, ein Kind zu bekommen? Herrgott noch mal.« Er schlägt mit der Faust auf die Matratze.

Ich zucke zusammen. Aber mehr als das kommt nicht, er wütet und tobt nicht, sondern bedeckt sein Gesicht mit den Händen, senkt den Kopf und sitzt reglos neben mir.

Ich möchte ihn berühren, aber ich weiß, das darf ich nicht, und so ziehe ich die ausgestreckten Finger zurück. »Es tut mir leid«, sage ich.

»Hast du mich überhaupt je geliebt?« Er hebt den Kopf und sieht mich durchdringend an.

Ich nicke. »Ja, das habe ich. Das tu ich.«

»Aber nicht so, wie du *ihn* liebst?«

»Nein, nicht so.« Meine Worte sind grausam, und sie entsetzen mich, aber ich kann sie nicht unterdrücken.

»Wo ist dieser Mann?« Er zieht die Mundwinkel herab. »Lebt er in London?«

»Ich weiß es nicht. Ich habe ihn nicht wiedergesehen, seit Grace … seit sie sich die Pulsadern aufgeschnitten hat. Als wir uns das letzte Mal begegnet sind, haben wir verabredet, uns in zehn Jahren wiederzutreffen.«

»Also gab es in den letzten – wie viel? – sieben Jahren keinerlei Kontakt zwischen euch?« Leos Stimme ist kalt.

Ich schüttle den Kopf.

»Das Ganze klingt wie ein Hirngespinst.« Er verschränkt die Arme vor der Brust. »Woher willst du wissen, ob er auch wirklich kommt?«

»Ich weiß es nicht.« Ich blicke auf meine Hände. »Aber egal, ob er kommt oder nicht, es ändert nichts an der Sache zwischen uns. Es ändert nichts daran, dass … dass wir uns endlich eingestehen sollten, dass wir nicht gut füreinander sind.«

»Du scheinst dir deiner Sache sehr sicher.« Er massiert sich die Stirn.

»Ich glaube …« Meine Stimme wird leise. »Ich glaube, du weißt es auch.«

Verärgert zieht er die Augenbrauen zusammen. »Du hast mich angelogen, Cat. Du warst unaufrichtig. Aber … ich will trotzdem wenigstens versuchen, unsere Ehe zu retten.« Er sieht mich an, als sei ich ihm fremd geworden. »Du nicht?«

Ich sollte ihm zustimmen. Ich sollte sagen, ja, wir können darüber reden, einen Therapeuten aufsuchen. Aber jetzt, da ich die Worte ausgesprochen habe, erfasst mich Erleichterung – eine nie da gewesene, schwindelerregende Erleichterung. Es gibt kein Zurück, es gibt nichts, was daran etwas ändern kann.

Er wartet auf eine Antwort, aber mein Gesichtsausdruck sagt alles. Er verzieht den Mund und nickt, als wäre eine Entscheidung gefallen. »Du bist fest entschlossen, oder?« Er räuspert sich, strafft die Schultern. »Wenn du es wirklich so willst …« Sein Blick ist gekränkt. »Aber du musst es Grace sagen.« Er wendet sich von mir ab. »Ich hoffe um deinetwillen, dass sie dir verzeiht.«

Er nimmt die Brille ab und reibt sich über die Augen. Ohne Brille wirkt sein Gesicht nackt und verletzlich, er sieht alt und erschöpft aus. Ich wünschte, es gäbe etwas, das ich sagen könnte, das alles einfacher und besser machen würde. Aber ich habe das abgenutzte Gewebe unserer Ehe zerrissen, und nun fährt der raue Wind ungebremst hindurch. Wir haben keinen Zugriff mehr auf die vertrauten Versöhnlichkeiten und tröstlichen Plattitüden.

Starr blickt er zur Schlafzimmertür. »Ich will … ich will alleine sein.« Ihm bricht die Stimme.

Ich hatte mehr Wut erwartet, mehr Widerstand. Er lässt mich gehen.

Mit regloser Miene starrt er weiter zur Tür, und ich schlüpfe aus dem Bett. Seine Waffe war schon immer die emotionale Kälte, etwas Besseres habe ich nicht verdient. Ich beziehe das Bett in meinem alten Zimmer und krieche hinein; ich fühle mich uralt und todmüde. Die Verletzungen, die ich Leo zugefügt habe, haben mich sämtlicher Energie beraubt. Zitternd rolle ich mich zusammen und umfasse meine Knie. Ich fühle mich elend und ausgedörrt; aber unabhängig davon, was in drei Jahren geschehen wird, weiß ich, dass Leo und ich nicht mehr zusammengehören.

Es tut weh. Ich wusste, dass es so sein würde, wenn wir uns endgültig trennen, aber es ist viel schlimmer, als ich mir jemals hätte ausmalen können. Jeder Teil von mir ist wie ausgewrungen, besteht aus nichts als Schmerz, als würden sämtliche innere Organe unablässig gequetscht und zusammengepresst.

Nachdem wir am Wochenende in Bristol die Kisten und Koffer ins Auto gepackt haben, gehen Grace und ich vor der Heimreise noch einen Kaffee trinken und ein Sandwich essen.

»Ich muss dir was sagen.« Mein Magen knotet sich zusammen. »Dein Dad und ich … trennen uns.«

Sie hält ihre Tasse zwischen den Händen und blickt stirnrunzelnd hinein, als wolle sie die Zukunft im Kaffeesatz lesen. Dann nickt sie. »Du hast abgewartet, bis ich mit dem Studium fertig bin?«

Mit dieser Reaktion hatte ich nicht gerechnet. Ich schlucke. »So in der Art.« Ich beuge mich über den Tisch. »Genau genommen gab es keinen Plan. Es ist einfach passiert. Ich denke, wir waren schon eine Weile nicht mehr so richtig glücklich.«

»Stimmt.« Sie sieht mich an, und ihr Gesicht wirkt plötzlich reifer und weiser. »Das habe ich gemerkt.«

Ich hole tief Luft und atme langsam aus. Ich erinnere mich noch so deutlich daran, wie sie mich vor der Hochzeit weinend mit ihrer Erklärung überraschte, warum sie mich nicht »Mom« nennen könne. Jetzt überrascht sie mich wieder. Sie hat Fragen praktischer Art, die ich, so gut es geht, beantworte.

»Dein Dad und ich wollen nicht, dass die Sache hässlich wird«, versuche ich, sie zu beruhigen. »Wir sind uns einig. Es gibt keinerlei Veranlassung, vor Gericht zu gehen oder so.« Ich berühre ihre Hand. »Es wird schwer werden, für uns alle. Aber ich bin fest davon überzeugt, dass es so am besten ist.«

Im Auto weint sie still vor sich hin, schniefend und mit abgewandtem Gesicht. Ich reiche ihr ein Taschentuch, und sie nimmt es schweigend entgegen und schnäuzt sich.

Ich habe nichts von Sam gesagt, weil Leo mich darum gebeten hat. »Zuerst einmal muss sie mit der Tatsache fertigwerden, dass wir uns trennen«, hat er gemeint. »Und dieser Mann … Sam Sage … taucht ja vielleicht sowieso nie wieder auf«, fügte er grimmig hinzu.

Ich war einverstanden, es war nur gerecht, und mir war klar, dass Leo wenigstens etwas Kontrolle zurückgewinnen wollte, indem er Grenzen setzte und Regeln aufstellte.

Oktober 2001

Mein winziges Reihenhäuschen in Gospel Oak ist immer noch nahe genug an Hampstead Heath, dass ich täglich zum Schwimmen gehen kann. Das Viertel ist bunter, die Gehsteige schmutziger, die Läden extravaganter, und es herrscht eine Energie und Geschäftigkeit, die es in den weitläufigen eleganten Straßen, die ich hinter mir gelassen habe, nicht gab. Es fühlt sich richtig an, als ich meinen Nippes und die Bücher auf den Regalen platziere und ein paar wenige Bilder an die Wand hänge.

Die Tage vergehen, und ich sitze in meinem Arbeitszimmer mit Blick über das erdige Rasenviereck, das als Garten herhalten muss. Ich schwimme und gehe spazieren. Grace ist in Indien. Wann immer sie nach London kommt, wird sie abwechselnd bei mir oder Leo übernachten. Leo ist mir gegenüber distanziert und höflich. Er wirkt steif, so als stünde er hinter einer unsichtbaren Barriere, und er rührt mich nie an. Es wird sehr lange dauern, bis wir eine entspanntere und freundschaftlichere Haltung zueinander finden. Vielleicht wird es uns nie ganz gelingen, aber immerhin haben wir zuwege gebracht, was wir uns vorgenommen hatten, sofern das überhaupt möglich ist: eine zivilisierte Scheidung.

Ich will Kontakt zu Sam aufnehmen. Drei Jahre vor der Zeit. Ich sitze in meiner Küche und versuche es unter seiner Handynummer. Meine Hände zittern, als ich die Tasten drücke. *Die gewählte Nummer ist nicht vergeben.* Ich probiere es ein zweites Mal, und wieder kommt die Automatenstimme. Ich rufe bei seinem Plattenlabel an. Die Frau am anderen Ende ist verwirrt, als ich frage, ob ich mit jemandem über Sam Sage reden kann. Schließlich werde ich zu einer Stimme weitergeleitet, die mir erklärt, dass Sam nicht mehr bei ihnen unter Vertrag sei. Er sei vom Radar verschwunden. Mir fällt ein, dass seine Schwester Mattie heißt, und ich suche nach einer M. Winterson im Telefonbuch, aber sie steht nicht drin. Vielleicht hat sie einen anderen Nachnamen angenommen.

Hinter den Fenstern seines Hauses in Islington hängen andere Vorhänge, und die Haustür ist rot gestrichen, nicht grau. Ich stehe an der Türschwelle, und das Herz hämmert mir in den Ohren, als ich die Klingel drücke. Eine Haushälterin macht die Tür einen Spaltbreit auf und sieht mich argwöhnisch an. Auf meine Frage, ob sie eine Nachsendeadresse des vorherigen Bewohners hat, schüttelt sie den Kopf.

Es beginnt zu regnen, als ich zurück zur U-Bahn-Station gehe, leichter Nieseldunst, von dem meine Haut feucht und die Jacke dunkel wird. Von der Enttäuschung bin ich wie ausgehöhlt, und erschöpft schleppe ich mich vorwärts. Schwankend bleibe ich stehen, und die Leute auf dem Gehsteig brummen verärgert und machen einen Bogen um mich. Ich starre in den weißen, nassen Himmel und beobachte ein paar Tauben, die von einem Fenstersims auffliegen. Eine Feder fällt aus den gespreizten Schwingen und landet grau und verloren vor meinen Füßen. Ich bücke mich und hebe sie auf. Während ich sie zwischen den Fingern hin und her drehe, frage ich mich, ob ich nicht etwas spüren müsste. Müsste ich nicht intuitiv erahnen, was er macht und wo er ist? Ich schließe die Augen und konzentriere mich. Aber es ist genau wie damals in Atlantic City, als ich auf seine Briefe wartete: Es ist, als sei er vom Rand der Welt gesprungen.

ACHTUNDVIERZIG

Cat, September 2004

Mein Handy klingelt. Seufzend nehme ich die Hände von der Tastatur und reiße mich von der Szene los, die ich gerade schreibe. Das Wort, nach dem ich gesucht habe, schwebt noch in der Luft und löst sich dann in Rauch auf, bevor ich danach greifen kann. Mist. Ohne den Blick vom Bildschirm zu wenden, taste ich nach dem schrill klingelnden Telefon.

Ich drücke den Knopf. »Hallo?«

»Mum?«

»Liebling?« Ich presse das Telefon fester ans Ohr. »Käferchen, wie geht es dir?« Mein Blick wandert zu dem Foto von Grace, das an die Korkwand gepinnt ist. Sie hat erst vor Kurzem eine neue Stelle bei einer Wohlfahrtsorganisation in Nairobi angetreten. Es knistert in der Leitung. »Ich wollte mich nur kurz melden. Ich habe nicht viel Zeit, wollte nur sagen, dass alles in Ordnung ist. Die Leute hier sind wirklich nett. Ich rufe nächste Woche wieder an, dann können wir ausführlicher reden.«

»Das freut mich sehr«, sage ich. »Wäre wirklich schön, wenn wir uns dann länger unterhalten können.«

»Ja, ich weiß«, erwidert sie. »Ich vermisse dich. Schade, dass das Telefonieren so teuer ist. Aber … Mum, wenn du mich brauchst: Mein Handy funktioniert meistens ganz gut.«

»Mir geht es gut, Liebling. Mach dir keine Sorgen um mich. Pass auf dich auf. Ich hab dich lieb.«

»Ich hab dich auch lieb.«

Ich halte das kleine schwarze Nokia-Handy in der Hand. Es

ist schwer vorstellbar, dass es die Verbindung um den halben Globus möglich macht – von einer Welt in eine völlig andere, von ihr zu mir. Ich versuche, mir den Ort auszumalen, an dem Grace gerade ist, die Hitze, die ausgedörrte Erde, die unbekannte Architektur einer fremden Stadt. Plötzlich scheinen mir die Wörter auf dem Computerbildschirm nicht mehr so wichtig, sie haben an Bedeutung verloren. Die Stimme von Grace hat mich aus meiner Geschichte katapultiert. Nächsten Monat wird sie siebenundzwanzig, so alt wie ich, als ich Sam begegnet bin.

September. Zehn Jahre sind vergangen, eine Folge von Tagen, Wochen, Monaten und Jahren, in denen sich die kleinen Alltäglichkeiten angehäuft haben: gemeinsame Mahlzeiten, einsame Ausflüge zum Schwimmen, Staubsaugen, Schreiben, Krankheiten und Streits, Urlaube, Lesen im Bett und Kinobesuche. Ein Leben. Und jetzt ist das Datum, das so unendlich weit weg schien, beinahe erreicht. Es kommt mir unwirklich vor. Manchmal fürchte ich, dass ich es mir nur eingebildet habe. In Zeitungen und Zeitschriften suche ich nach Hinweisen, die mir sagen, was er macht, mit wem, wo er lebt. Aber soweit ich feststellen kann, ist er immer noch wie vom Erdboden verschluckt. Bestimmt ist er auf Reisen. Ich erinnere mich, wie er bei unserer letzten Begegnung ein paar Länder aufgezählt hat, die er bereisen wollte.

Manchmal werden seine Lieder im Radio gespielt. Songs von den Lambs und auch seine Solostücke tauchen immer wieder bei verschiedenen Sendern auf. Wenn *Ocean Blue* läuft, dann lasse ich alles stehen und liegen und drehe die Lautstärke auf.

Zehn Jahre. Wird er daran denken? Wird er kommen?

Und wenn ja, was wird er von der achtundvierzigjährigen Frau halten, die ich geworden bin? Wird er mich überhaupt noch haben wollen?

Ich stehe vor dem großen Schlafzimmerspiegel, betrachte mein Spiegelbild und mustere die Veränderungen. Mein Haar hat graue Strähnen, immerhin so viele, dass ich sie bemerke, wenn ich mit der Bürste durchfahre. Feine Linien haben sich auf der Stirn eingeprägt und kräuseln sich in den Augenwinkeln. Meine Taille ist dicker geworden. Ich betaste mein Dekolleté, wo Sonnenschäden die dunklere Haut sprenkeln. Über die Oberschenkel ziehen sich blaue Venen. Aber ich habe nie ein Kind gekriegt, und vom täglichen Schwimmen und den langen Spaziergängen durch den Park bin ich einigermaßen gut in Form.

Ich kritzle ein paar Sätze ins Tagebuch, halte inne und blättere zurück bis an den Anfang des Buchs, gleich nach dem Selbstmordversuch von Grace. In jenen Tagen war ich zu nichts anderem in der Lage, als zu funktionieren, und jede Stunde war ein weiterer Trittstein über einen unendlichen Fluss. Dann kam die Scheidung, und die Zeit danach war auf eine andere Art schwer, aber nach und nach wurde es leichter, als Leo und ich uns in ein neues, eigenständiges Leben einfanden.

Ich klappe das Tagebuch zu und stelle es zurück zu seinem Weggefährten. Die beiden Bände haben mein Leben über zwei Jahrzehnte hinweg kartografiert. Ich gehe in die Küche hinunter und mache mir eine Tasse Tee, kehre an den Schreibtisch zurück und versuche, mich wieder in mein Kinderbuch zu vertiefen. *Die Detektive auf Zeitreise* haben es auf acht Bände und eine Verfilmung fürs Fernsehen gebracht. Ich versuche mich gerade an einer neuen Idee über ein Volk von Kindern, das unter Wasser lebt, eine moderne Version der *Wasserkinder* von Kingsley, aber mit mehr Abenteuern.

Dougie und ich essen Nudeln in einem kleinen vietnamesischen Restaurant in Soho. Man muss den Wein selbst mitbringen, und die Schlange hoffnungsvoller Kunden reicht die ganze Straße hinunter. Dougie ist mittlerweile Chefredakteur der Zeitschrift *Marie Claire*. Mit seinem Lebensgefährten, einem Fotografen, lebt er in einem Haus in Hackney. Wir versuchen, uns alle zwei Wochen zum Abendessen zu treffen, um uns gegenseitig auf den neuesten Stand zu bringen.

»Hast du den Bericht über die Kampagne der ›Väter für Gerechtigkeit‹ gelesen?«, fragt er und kippt etwas Sojasoße auf sein Essen. »Sie sind als Batmans verkleidet über den Zaun am Buckingham-Palast geklettert.«

Wir schlürfen unsere Nudelsuppen und reden über Batman auf dem Balkon der Königin und die berechtigten Interessen geschiedener Väter. Er schenkt mir Wein nach und berichtet vom neuesten Drama zwischen ihm und seinem Freund. »Wie geht es Leo?«, fragt er dann und tupft sich die Lippen mit der Papierserviette ab.

»Er und Ann wirken glücklich. Ich bin froh, dass er wieder geheiratet hat.«

»Seht ihr euch noch?«

»Ja, manchmal verabreden wir uns, und wir telefonieren. Grace wird uns immer verbinden.«

Dougie setzt sich aufrechter hin. »Also, kommt jetzt nicht bald der Tag … du weißt schon, diese Verabredung nach zehn Jahren mit Sam? Steht das nicht demnächst an?«

Ich setze mein Glas ab, weil meine Hand plötzlich zittert. »Das weißt du noch?«

Ich habe seit Jahren nicht mehr über Sam geredet, nicht mehr seit jenem alkoholisierten Abend, kurz nachdem es passiert war, als ich seine elegante knochige Schulter zum Ausweinen gebraucht habe.

Er verdreht die Augen. »So was vergesse ich doch nicht. Etwas Romantischeres als das habe ich nie erlebt.« Durchdringend sieht er mich an. »Also?«

»Es ist diesen Monat. Ich weiß nicht, ob er auftauchen wird … Es ist so lange her.« Ich schiebe die Schale weg, mir ist der Appetit vergangen.

Dougie greift über den Tisch und nimmt meine Hand. »Er wird da sein, Schätzchen. Da bin ich sicher.« Er drückt meine Finger.

Der Teich ist der einzige Ort, der mir eingefallen ist, wo ich Mut fassen und meine Gedanken ordnen kann. Eiskaltes Wasser kann das bewirken. Ich vermisse Sam schon so lange, und diese Sehnsucht war wie ein Wesen, das sich in mir verkrochen hatte, zwischen den Spalten meiner Rippen, an der tiefsten Stelle meiner Kehle, in meinen Fingern und Zehen. Aber jetzt kommt es herausgekrochen, es macht sich mit nachdrücklichem Gebrüll und Appellen bemerkbar, es dehnt sich aus und erfasst jeden Teil von mir, nimmt Besitz von mir.

Ich schwimme und schwimme. Nach vielen Runden bin ich außer Atem und erschöpft. Ich stelle die Füße auf den schlammigen Grund, die Zehen graben sich in den Schlick, und ich wate durch die Schlingpflanzen zur Leiter. Ich habe Gänsehaut. Nach dieser Anstrengung, denke ich, werde ich heute Nacht bestimmt schlafen können. Ich zucke zusammen, als ich auf etwas Scharfes trete. Als ich herausgeklettert bin, hinterlasse ich blutige Fußspuren auf den abgewetzten Holzbohlen. Ich bücke mich, um die kleine Wunde an meiner rechten Fußsohle zu untersuchen. Sie ist nicht tief. Unter der Dusche wasche ich sie gründlich aus. Als ich nach Hause komme, klebe ich ein Pflaster darüber. Mir ist immer noch kalt. Ich zittere.

Es wird immer unerträglicher, die Tage bis zu unserem Treffen herunterzuzählen. Ich versuche, mich in die Arbeit zu versenken, und als mir das nicht gelingt, verbringe ich einen ganzen Tag damit, den Wäscheschrank neu zu sortieren und meine

Kleider auszumisten. Nur um irgendetwas zu tun, sodass die Zeit vergeht. Aber dann bekomme ich eine Grippe. Ich habe alle üblichen Symptome: Kopfweh, schmerzende Glieder, mir ist abwechselnd heiß und kalt. Ich mache mir eine heiße Zitrone mit Honig und gebe einen Schuss Whisky hinein. Ich hätte nicht schwimmen gehen sollen.

Ich muss unbedingt vor dem Wiedersehen mit Sam gesund werden, bevor ich seine Arme um mich spüre, bevor seine Wange an meiner liegt. Bevor ich ihm sage: Da bin ich. Ich bin zu Hause angekommen, bei dir.

Unter der zerwühlten Bettdecke schlafe ich ein, wache auf, schlafe wieder ein.

Hallo, kleine Schwester, flüstert die Stimme von Frank. *Lang ist's her.*

Verwirrt schlage ich die Augen auf und starre in die Finsternis über mir. Ich hatte den Eindruck, dass Frank an meiner Bettkante sitzt. Ich habe seine Hand auf meiner Stirn gespürt.

Ich habe keine Ahnung, welcher Tag heute ist und wie viel Zeit vergangen ist. Ich will aufstehen, doch es tut zu sehr weh, und alles um mich herum dreht sich. Ich habe solchen Durst. Meine Haut brennt und ist gleichzeitig klamm. Jede Bewegung ist eine Qual, selbst die verklebten Augen aufzuschlagen, bereitet mir höllische Schmerzen, sie sind in ihren vertrockneten Augenhöhlen verschrumpelt. Dann schlafe ich wieder, und Erinnerungsfetzen holen mich ein. Vielleicht ist es ja auch die Wirklichkeit, Vergangenheit, Gegenwart und Zukunft, die miteinander kollidieren und mich unter sich zermalmen.

Sam steht bei der Bank, ich sehe, wie er sich nach mir umschaut. Ich stelle mich auf die Zehenspitzen und winke. *Hier bin ich,* versuche ich zu rufen. *Ich komme!*

Ich strecke die Hände nach ihm aus, aber die Blätter des Weißdorns sind mir im Weg, eine raschelnde, verdichtete Wand aus fleischigem Laub. Ich will mich durchkämpfen, aber die Blätter vervielfachen sich, werden mehr und mehr. Gefangen im Geäst, schlage ich schluchzend um mich. Die Dornen bohren sich in meine Hände, stechen mir ins Gesicht und zerfetzen meine Haut.

Ich habe nichts anderes verdient, sagt eine Stimme. *Ich bin ein schlechter Mensch, ich habe es gar nicht verdient zu leben.*

Nein! Das ist nicht meine Stimme. Das sind nicht meine Worte. Ich will nicht sterben, ich will leben.

Und dann sagt jemand wieder und wieder meinen Namen.

NEUNUNDVIERZIG

Sam, September 2004

Er geht quer durch den Wald und über die vom Regen der vergangenen Tage morastigen Wiesen, die unter seinen Schuhen schmatzen, und nähert sich der Bank von vorne und nicht durch die Weißdornbüsche. Er will sie schon aus der Ferne sehen können. Diesen Vorteil will er haben. Nach all den Jahren ohne Nachricht hat er Angst vor der Enttäuschung. Dennoch glaubt er daran, dass sie kommt.

Als er den Kopf hebt, die Augen gegen das Licht abschirmt und zum Hügel und der Silhouette auf der Bank hinaufblickt, stockt ihm kurz das Herz: Sie ist gekommen. Er stößt sich mit den Zehen ab, sprintet mit gesenktem Kopf den steilen Hang hinauf, und die Arme schwingen im Takt, als nehme er an einem Wettlauf teil.

Oben angekommen, erkennt er, dass er sich getäuscht hat. Auf der Bank sitzt eine Fremde, eine junge Frau mit dunklem Haar. Wann immer er sich dieses Treffen ausgemalt hat, hat er nie die Möglichkeit in Betracht gezogen, dass jemand anders auf dieser Holzbank sitzen könnte. Er hatte Sorge, dass Cat nicht kommt. Er stellte sich alle möglichen Szenarien vor, was geschehen mochte, wenn sie käme. Und jetzt das: Da sitzt diese junge Frau, ein Eindringling, die sich anmaßt, genau dort zu sitzen, wo Cat eigentlich sitzen sollte. Er ist verstört.

Keuchend steht er da, um Atem zu schöpfen, fährt sich mit der Hand durchs Haar und schiebt es aus der Stirn. Erwartungsvoll sieht die junge Frau ihn an, so als kenne sie ihn. Er betrachtet sie genauer, ihre feinen Gesichtszüge, die gebräunte Haut, die im matten Herbstlicht merkwürdig wirkt, die bunten Perlenketten an ihrem Hals und die vielen silbernen Armreife.

»Sam?«, fragt sie.

Da wird ihm klar, wer die Fremde ist.

Er setzt sich neben sie auf die Bank und bemüht sich, seine fünf Sinne zusammenzunehmen, die sich in alle Winde zerstreut haben, und die Angst zu unterdrücken, die sich in seinem Magen zusammenballt. »Grace?«

Sie nickt und dreht an ihren Armreifen.

»Hat Ihnen … Cat von mir erzählt?« Er lässt sie nicht aus den Augen und versucht, ihre Miene zu deuten. »Hat sie Sie hergeschickt?«

»Nein.« Grace schüttelt leicht den Kopf. »Ich wusste nichts von … Ihnen und Cat. Sie hat nie von Ihnen gesprochen.«

»Aber … wie …«

Grace greift nach einem Gegenstand, der neben ihr auf der Bank liegt. Es ist ein abgegriffenes Buch mit einem blauen Einband. Mit der Hand streicht sie darüber. »Ihre Tagebücher. Die waren im Schlafzimmer, zwei Bände. Und nachdem … als sie nicht da war … wollte ich … ihr näher sein. Also habe ich sie gelesen.« Sie ringt um Fassung. »Vor vielen Jahren hat sie auch einmal mein Tagebuch gelesen.«

»Augenblick.« Er schüttelt den Kopf. »Nachdem sie was?« Die Panik bricht sich Bahn und erfasst seinen ganzen Körper. Um nicht aufzuschreien, legt er die Hand auf den Mund. Nach ein paar tiefen Atemzügen bringt er einen Satz heraus. »Geht es ihr gut?«

»Es hat etwas gedauert, bis ich die Bank gefunden hatte«, sagt sie. »Sie hat sie in ihrem ersten Tagebuch beschrieben.« Grace drückt das Buch an ihre Brust. »Den Weißdorn, den Hügel. Den Ausblick. Schließlich bin ich darauf gekommen, wo sie steht.« Sie legt die Hand an die Rückenlehne. »Und als ich die Widmung gelesen habe, wusste ich, dass es die hier ist.«

»Grace, bitte sagen Sie mir, was mit Cat passiert ist?«

Ihr Blick schweift über die Landschaft.

»Grace?«

Sie zuckt zusammen und sieht ihn an, als käme ihr erst wieder in den Sinn, warum sie hier ist. »Es ist beim Teich passiert«, sagt sie. »Sie war schwimmen. Sie ist auf … irgendetwas Scharfes getreten …« Grace legt eine zitternde Hand auf den Mund. Sie sieht Sam nicht an, sondern hat den Blick zum Horizont gerichtet. »Sie war alleine zu Hause, ganz alleine …« Ihre Stimme bricht, und sie schluckt. »Es war eine Blutvergiftung, eine Sepsis.«

»Was?« Sam packt sie am Arm. Grace wirkt erschrocken, und er zieht die Hand zurück und umklammert mit steifen Fingern seine Knie. »Wo ist sie?« Er spricht ganz deutlich. Ihm ist bewusst, dass er behutsam vorgehen muss, auch wenn er dringend Klarheit braucht.

»Ihr Freund Dougie hat sie gefunden. Er hatte sich Sorgen gemacht, weil Mum auf seine Anrufe nicht reagiert hat, und hat die Polizei alarmiert. Sie haben die Tür aufgebrochen.« Grace weint jetzt, auf ihren Wangen schimmern die Tränen, und sie schnieft und zieht die Nase hoch. Sie kramt in ihren Taschen nach einem Taschentuch.

»Aber … ich verstehe nicht ganz … Wo war denn Ihr Vater?«

Verwirrt sieht sie ihn an. »Sie sind geschieden, schon seit Jahren.« Sie wischt sich über die Augen. »Und ich war auch nicht da, ich war in Afrika. Sie war tagelang alleine.«

»Wo. Ist. Sie. Jetzt.« Er muss sich zurückhalten, um nicht loszubrüllen, um Grace nicht an den Schultern zu packen und zu schütteln, damit sie endlich die Antwort ausspuckt.

Grace schnäuzt sich. »Sie ist im Royal Free Hospital.«

»Im Krankenhaus?« Ihm ist übel vor Erleichterung.

»Sie hängt am Tropf, bekommt Antibiotika. Man musste

operieren. Sie haben ihr das Leben gerettet. Wir dachten … ich dachte, sie stirbt.«

Sams Schultern fallen herab, er lässt die Hand sinken, und sie baumelt zwischen seinen Beinen, als er sich nach vorne beugt und auf die Blätter starrt, die durch die Luft geweht werden. Er hat das Gefühl, dass er wie sie herumgewirbelt wird, schwerelos und zerbrechlich.

»Sie wollte herkommen«, sagt Grace. »Sie wollte Sie treffen, sie will mit Ihnen zusammen sein. Das weiß ich aus den Tagebüchern. Deswegen bin ich hier. Ich möchte Sie zu Cat bringen. Sie weiß nichts, es sollte … ich weiß nicht … so etwas wie eine Überraschung sein. Ein Geschenk.«

Er blinzelt die Tränen fort, die in seinen Augen kribbeln. »Ich hätte erwartet, dass Sie wütend auf uns sind«, sagt er.

»Zuerst war es ein Schock. Aber es hat so vieles erklärt. Und nach der Scheidung wollte sie niemanden kennenlernen. Sie hat auf Sie gewartet. Cat liebt Sie.« Grace unterdrückt ein Schluchzen. »Ich weiß … ich weiß, was sie um meinetwillen getan hat, was Sie beide für mich getan haben. All die Jahre ohneeinander. Ich will einfach, dass sie endlich die Chance bekommt … das richtige Leben zu leben.«

Sie stehen von der Bank auf, und Sam fährt noch einmal mit der Hand über das massive Holz und die Gravur.

Dann machen sie sich gemeinsam auf den Weg den Hang hinunter Richtung Innenstadt, zu einem Bett auf einer Station in einem Krankenhaus, zu einer Frau, die dort wartet.

FÜNFZIG

Cat, September 2004

Ein Infusionsschlauch an meinem Arm bindet mich ans Bett, die klare Flüssigkeit tropft in meine Vene und jagt das Gift aus meinem Blut, macht mich wieder gesund. Im Zimmer ist es stickig, die Fenster sind fest verschlossen und lassen keine Luft von außen herein. Außer mir sind fünf Frauen hier, die atmen und stöhnen und miteinander plaudern. Von meinem Bett aus kann ich den Himmel sehen, der aus nichts als Wolken besteht. Die Station muss sich im obersten Stockwerk des Krankenhauses befinden.

Vor zwei Tagen, als ich von der Operation aufwachte, galt meine erste Frage dem Datum. Bei der Antwort entfuhr mir ein Heulen, und die Pflegerin tätschelte mir die Hand. »Bald geht es Ihnen besser«, sagte sie. »Sie müssen sich nur ein bisschen ausruhen.«

»Nein«, stammelte ich. Mein Mund war trocken und funktionierte nicht richtig. »Sie verstehen nicht …«

Ich konnte nicht erklären, dass ich drauf und dran war, eine Verabredung zu verpassen, auf die ich zehn Jahre lang gewartet hatte. Heute ist der Tag. Ich stelle mir vor, dass er auf unserer Bank sitzt, die Augen zusammenkneift, wenn eine Gestalt den Hügel heraufkommt, und sich erwartungsvoll umdreht, wenn das Laub hinter ihm raschelt. Und ich kann nicht ertragen, dass ich ihn so enttäuschen muss. Eine Zeit lang wird er warten, dann wird er aufbrechen. Ich habe Angst, dass ich ihn niemals finden werde.

Sam, ich bin hier. Genau hier, und ich denke mit jeder Faser an dich.

Ich kann kaum atmen. Der Schmerz über den Verlust lastet schwer auf meiner Brust. Tief im Innern schreie ich und schlage um mich, aber ich stecke in diesem kranken Körper fest, in einem Bett und der unverrückbaren Krankenhausroutine, die um mich herum ihren Gang geht: drei Mahlzeiten am Tag, die Medikamentenausgabe, der Rollwagen mit den Snacks, die Visite, die mit Blumen und mitleidigen Blicken bewehrten Besucher. Die Frau im Bett nebenan fragt, was mit meinem Fuß passiert ist, und bietet mir ein Bonbon an. Mein Arzt kommt vorbei und studiert die Akten. Ich kann mich nicht konzentrieren, verstehe nicht genau, was er sagt, und gebe nicht die richtigen Antworten. Ich will mir die Infusionsnadel aus dem Arm reißen, den bandagierten Fuß auf den Boden stellen, über den Flur humpeln und mich mit wehendem Krankenhauskittel nach Hampstead Heath aufmachen. Ich balle die freie Hand zur Faust und presse sie frustriert zusammen. Aber ich bin so schwach, dass ich kaum in der Lage bin, die Finger zu krümmen.

Ich glaube nicht an das Schicksal. Falls es aber doch so etwas gibt, dann scheint es fest entschlossen, Sam und mich voneinander fernzuhalten. Ich habe aufgehört zu kämpfen. Es ist vorbei. Erst jetzt wird mir so richtig bewusst, wie schwer es war, ohne ihn weiterzuleben, zu lächeln, zu arbeiten und mich um Leo und Grace zu kümmern, all die Jahre weiterzumachen und aus den Tagen Trost zu ziehen, während in meinem Innern so viel Schmerz war über den Verlust. Aber selbst als der Tag noch fern war, hielt er mich aufrecht und half mir vorwärtszugehen. Millionen Mal habe ich mir die Situation ausgemalt, wie wir uns bei der Bank treffen, wer wohl zuerst da ist, wer was sagt; aber nie kam mir der Gedanke, dass ich zu krank sein könnte, um hinzugehen. Ich drehe den Kopf auf dem Kissen zur Seite, als mir eine Träne an der Nase hinunterläuft.

Ich muss eingeschlafen sein. Als ich aufwache, beugt sich Grace über mich. Auf ihrem gebräunten Gesicht liegt ein besorgter Ausdruck. Gestern, als sie weinend und müde von der Reise an meinem Bett auftauchte, war ich überwältigt. Es war eine wunderbare Überraschung, sie bei mir zu haben, aber ich hatte Schuldgefühle, dass sie um meinetwillen nach Hause gehetzt war.

»Mein Schatz.« Ich blinzle und richte mich mühsam auf, und ihre jungen starken Hände mit den klimpernden Armreifen stützen mich am Rücken. Ihr Haar riecht nach frischer Luft, und ich atme den Duft kalter Blätter und feuchter Erde ein, der auf mich wirkt wie eine ganz eigene Medizin.

»Mum«, sagt sie. »Ich … ich bin nicht alleine. Hier ist noch jemand, der dich sehen will.«

»Oh.« Ich betaste mein strähniges Haar und kämme es mit den Fingern. »Wer denn?«

Grace' Gesichtsausdruck ist merkwürdig, voller Erwartung. Jetzt fällt mir auf, wie nervös sie ist. Sie macht diese Sache mit ihrem Mund, bewegt ihn hin und her, beißt sich auf die Lippen und stülpt sie nach innen.

»Grace?« Mein Herz fängt an zu flattern. Sie geht ein paar Schritte zurück.

Voller Sehnsucht nach dem Unmöglichen blicke ich an ihr vorbei zur Tür.

Eine Gestalt tritt ins Zimmer.

Sam. Sein Name verhakt sich in meiner Kehle, die Welt hört auf, sich zu drehen, und der Raum und alle, die sich darin befinden, verschwinden, als er auf mich zukommt, sich mit jener vertrauten Geste das dunkle Haar aus der Stirn streicht und mich mit seinem breiten schiefen Lächeln ansieht.

Jetzt steht er neben mir, nimmt meine freie Hand und führt sie an den Mund. Er küsst sie. Seine Lippen sind warm und trocken. Er ist es, wirklich und wahrhaftig.

»Wie?«, frage ich.

Er schmiegt seine Wange in meine Handfläche. »Grace«, antwortet er. Ich stelle keine weiteren Fragen. Später werde ich genug Zeit dafür haben, denke ich. Alle Zeit der Welt.

Er setzt sich neben mich, und wir hören nicht auf, einander anzusehen, als spürten wir den Jahren nach, die wir voneinander getrennt waren, durchliefen sie in Lichtgeschwindigkeit und rasten an den Geistern unserer Vergangenheit vorbei. Sein Gesicht erzählt mir Geschichten aus der Zeit ohne mich: Ich sehe ihn mit der Gitarre in einer schummrigen Bar, wo er vor ein paar Einheimischen spielt, in einem schaukelnden Bus auf einer verschlungenen Bergstraße, vor einer Hütte am Rande einer Wüste, während sich das Lagerfeuer in seinen Augen spiegelt. Er berührt mein Gesicht und fährt die Konturen ab, macht sich mit den Veränderungen vertraut, dem weicher gewordenen Kinn, den Falten. Und ich mache das Gleiche bei ihm. Wir lächeln. Das hier war immer das Ziel unseres Strebens.

Ich rutsche so weit wie möglich zur Seite, und er schlüpft vorsichtig zu mir ins Bett, darauf bedacht, weder dem verletzten Fuß noch dem Infusionsschlauch ins Gehege zu kommen. Er nimmt mich in die Arme, und ich lege den Kopf auf seine Brust, so wie vor vielen Jahren im Bestattungsinstitut, vergrabe mein Gesicht an seinem Hals und versenke mich in seinen Duft und Geschmack.

Raschelnd schließt sich der Vorhang um mein Bett, von einer unsichtbaren Hand gezogen. Durch den dünnen Stoff schimmert das Licht. »Cat«, flüstert er, und stumm danke ich meiner Tochter, danke den verborgenen Mächten, die sie zu ihm und ihn zu mir geführt haben.

Und dann gibt es kein Denken mehr, nur Erleichterung darüber, angekommen zu sein, während wir schweigend nebeneinanderliegen und diesen Augenblick festhalten, der den Anfang unseres restlichen Lebens markiert.

EPILOG

Hampstead, September 2044

Oben auf dem Hügelkamm steht Grace neben der Bank und klatscht in die Hände. »Es geht los! Kommt her!« Ihre drei Enkel tollen durch das hohe Herbstgras und hopsen mit dem Hund im Gefolge lachend den Hang herauf. Zärtlich drückt ihre Tochter, die in den späten Dreißigern ist, Grace zur Bestärkung den Arm.

Während sie darauf wartet, dass die Kinder sich um sie scharen, blickt Grace über die Stadt und denkt daran, wie anders die Aussicht für Cat und Sam damals gewesen sein muss. Mittlerweile wird der Horizont von glänzenden Türmen beherrscht. Der Park selbst allerdings ist vermutlich seit Hunderten von Jahren beinahe unverändert. Ihr Mann und sie haben das weiße neogotische Haus geerbt, als Leo in Ruhestand ging. Sie hatten lange im Ausland gelebt, und es war schön gewesen, nach Hause zu kommen.

Sie blickt in die erwartungsvollen Gesichter ihrer Tochter und ihrer Enkel und lächelt. »Ihr wisst, wie sehr Sam und Cat diesen Ort geliebt haben«, erklärt sie ihrem Publikum, »und die Gravur auf dieser Bank hatte eine tiefere Bedeutung für sie. Als sich also die Gelegenheit ergab, die Bank zu übernehmen, habe ich gründlich darüber nachgedacht, was darauf stehen sollte.« Sie blinzelt die aufsteigenden Tränen fort. »Sie hatten dreißig gemeinsame Jahre. Sie sind viel gereist, sie haben gelebt und geliebt. Sie haben Musik komponiert und Bücher geschrieben, sie haben Zeit mit uns verbracht und sind gemeinsam alt geworden. Wir vermissen sie.« Ihre Stimme bricht. Sie wirft einen Blick auf ihr jüngstes Enkelkind, das anfängt, unruhig zu werden, und ringt sich ein Lächeln ab. »Okay, wer will sehen, was da drunter ist?«

»Ich, ich, ich!«, schreien alle.

Sie greift nach dem Tuch, das über die Rückenlehne gebreitet ist, einem großen Viereck aus bunter Seide, das einmal Cat gehört hat und vom vielen Tragen weich und fadenscheinig ist.

»Tada!« Grace zieht das Tuch herunter und enthüllt die Bank mit ihrer frisch ins Holz geschnitzten Widmung.

Ihrer Tochter entfährt ein Seufzen. »Es ist wunderschön, Mum. Sie hätten es geliebt.«

Die Kinder klatschen, und das kleinste klettert auf die hölzerne Sitzfläche, legt die Fingerspitzen in den blassen Schriftzug und fährt die Buchstaben nach.

Grace hält die Luft an, weil sie die beiden wie aus Fleisch und Blut dort auf der Bank sitzen sieht, wie sie die Köpfe zusammenstecken, leise miteinander reden und sich an der Hand halten. Dann sind sie verschwunden, und stattdessen ist da ihre Enkelin und lächelt zu ihr auf. Grace nimmt das kleine Mädchen hoch, küsst sie auf die pummelige Wange und setzt sie dann auf dem Boden ab. Sie fragt sich, ob die unsichtbaren Geister all der Menschen, die an diesem Ort herumspaziert sind, miteinander geredet und sich geliebt haben, hier unter ihnen sind und flüsternd um sie herumschwirren, während ihr Lachen das Laub zum Rascheln bringt.

Die beiden älteren Kinder spielen mit Cats Seidentuch, schwenken es durch die Luft und bringen die Farben zum Tanzen. Grace lächelt. »Na los, allesamt«, ruft sie. »Jetzt geht's nach Hause.« Sie deutet hinunter nach Hampstead. »Es gibt Kuchen.«

Arm in Arm gehen die beiden Frauen langsam den Hügel hinunter, während die Kinder und der Hund vor ihnen her durch das trockene gelbe Gras tollen.

Für Cat und Sam,
die zueinanderfanden,
sich verloren
und wiederfanden.
Und noch einmal fanden.

*

Sie sitzen immer an unserer Seite.

ANMERKUNG DER AUTORIN

Ich bringe viele Stunden damit zu, mit meinen Hunden durch Parks, Wälder, über Heideland und an Flussufern entlangzuspazieren, und wann immer ich an einer Bank vorbeikomme, bleibe ich stehen und lese die Widmung. Es ist ein innerer Drang, den ich nun mit Cat und Sam, den Helden meines Romans, teile. Wie diese beiden sehe ich mir die eingravierten Beschriftungen genau an und hoffe auf eine Eingebung, immer auf der Suche nach einer Geschichte. Manchmal machen die Worte Mut, manchmal sind sie tragisch, manchmal bringen sie mich zum Lachen, aber egal wie prosaisch oder hintergründig sie sein mögen, immer schwingt in ihnen die menschliche Fähigkeit zu lieben mit.

Anders als ein Grabstein kann die Bank an einem Ort aufgestellt werden, der dem Menschen, an den erinnert werden soll, etwas bedeutet hat. Die kraftvolle Verbindung von Worten und einem speziellen Ort hat einen ganz besonderen Zauber und macht aus einem gewöhnlichen hölzernen Sitz plötzlich etwas Bedeutungsschweres – beinahe meint man, längst vergangenes Gelächter und Gespräche zu hören oder die Einsamkeit und das Innehalten eines Menschen zu spüren. Gleichzeitig ist eine Bank ein praktischer Gegenstand, der es anderen ermöglicht, an derselben Stelle ihre eigenen Erinnerungen zu begründen, und auf diese Weise im Laufe der Zeit eine Vielzahl unterschiedlicher Bedeutungsschichten zu schaffen. So wird eine Bank zu einem Geschenk für Fremde – sogar für eine ganze Gemeinde –, und damit zu einem Symbol, das nicht nur für den Verstorbenen steht, sondern auch für unser Vertrauen in die Zukunft und unsere Mitmenschen.

Die Überschriften der einzelnen Teile des Romans sind Zitate von Parkbänken, an denen ich auf meinen Spaziergängen in Englands Süden vorbeigekommen bin. Um die Privatsphäre zu schützen und es kurz zu halten, habe ich auf Namen und Daten verzichtet.

DANKSAGUNG

Ein riesengroßes Dankeschön gilt meiner Lektorin Emma Beswetherick und etlichen Weiteren bei Piatkus, die so viel für mich und meine Bücher getan haben: Jo Wickham, Hannah Wann, Kate Hibbert, Andy Hine und Helena Doree. Danke auch an Jane Selley für ihre umsichtige Redaktion.

Weiterhin danke ich wie immer Eve White und Ludo Cinelli von der Literaturagentur Eve White.

Sara Sarre, Alex Marengo, Mary Chamberlain, Viv Graveson, Cecilia Ekback und Laura McClelland danke ich dafür, dass sie die ersten Fassungen gelesen und mir ein außerordentlich wertvolles Feedback gegeben haben.

Und schließlich danke ich meiner Familie: Alex Marengo, Hannah Hayward, Olivia Hayward, Sam Hayward, Gabriel Marengo, Ana Sarginson und Alex Sarginson. Eure unerschütterliche Liebe und Unterstützung bedeuten mir unendlich viel.

Bei meinen Recherchen zu Krematorien war das faszinierende Buch *Fragen Sie Ihren Bestatter. Lektionen aus dem Krematorium* von Caitlin Doughty ganz besonders hilfreich.